RENÉ LAFFITE

Der tote Bäcker vom Montmartre

RENÉ LAFFITE

Der tote Bäcker vom Montmartre

COMMISSAIRE MOREL ERMITTELT

Personen und Handlung sind frei erfunden. Ähnlichkeiten mit lebenden oder toten Personen sind rein zufällig und nicht beabsichtigt.

Die automatisierte Analyse des Werkes, um daraus Informationen insbesondere über Muster, Trends und Korrelationen gemäß § 44b UrhG (»Text und Data Mining«) zu gewinnen, ist untersagt.

Bei Fragen zur Produktsicherheit gemäß der Verordnung über die allgemeine Produktsicherheit (GPSR) wenden Sie sich bitte an den Verlag.

Immer informiert

Spannung pur – mit unserem Newsletter informieren wir Sie regelmäßig über Wissenswertes aus unserer Bücherwelt.

Gefällt mir!

Facebook: @Gmeiner.Verlag
Instagram: @gmeinerverlag

Besuchen Sie uns im Internet:
www.gmeiner-verlag.de

© 2024 – Gmeiner-Verlag GmbH
Im Ehnried 5, 88605 Meßkirch
Telefon 0 75 75 / 20 95 - 0
info@gmeiner-verlag.de
Alle Rechte vorbehalten
4. Auflage 2025

Lektorat: Claudia Senghaas, Kirchardt
Herstellung: Mirjam Hecht
Umschlaggestaltung: U.O.R.G. Lutz Eberle, Stuttgart
unter Verwendung von: © Illustration Lutz Eberle nach einem Foto von
hassanmim2021 / stock.adobe.com
Druck: GGP Media GmbH, Pößneck
Printed in Germany
ISBN 978-3-8392-0577-8

À Faby et tous nos amis parisiens

EIN MIESES GEFÜHL

Commissaire Geneviève Morel erwachte an diesem Morgen im späten April mit einem ganz miesen Gefühl. Dabei bestand kein Grund dazu. Es war 6 Uhr, die Dämmerung stieg bereits langsam herauf, und es versprach ein sonniger Frühlingstag in Paris zu werden. Ihr innerer Wecker hatte perfekt funktioniert. Von ihrem Vater hatte sie gelernt, sich eine innere Uhr anzuziehen, die mindestens ebenso verlässlich war wie die Smartwatch, die auf dem Nachtkästchen neben ihr lag.

Geneviève streckte sich und blickte durch das Mansardenfenster über ihrem Bett. Der Ausblick erhellte ihr Gesicht mit einem seligen Lächeln. Die Kuppeln der Basilika *Sacré-Coeur* ragten zum Greifen nahe vor ihr auf. Ihr Weiß so hell, dass sie auch in tiefster Nacht nicht zu übersehen waren. Wenn frühmorgens die ersten Sonnenstrahlen auf den weißen Stein der Basilika fielen, schien das Gotteshaus von innen zu leuchten. Der Stein selbst schien wie ein Geschenk Gottes. *Sacré-Coeur* war aus *Château-Landon*-Steinen erbaut worden. Diese Steine gaben bei jedem Regen Calcit ab und sorgten so dafür, dass sich die Basilika ständig selbst einen neuen, strahlend weißen Anstrich gab.

Ihre Gedanken wurden von Merlot rücksichtslos gestört. Sie hatte den fünfjährigen Maine-Coon-Kater als ausgesetztes Babykätzchen aus einem Tierheim in Paris gerettet. Am gleichen Tag, an dem sie selbst in Paris angekommen war und die Dachgeschosswohnung in einem Haus an der Ecke Rue Maurice Utrillo und Rue Paul Albert unterhalb von *Sacré-Coeur* bezogen hatte. Geneviève hatte sich damals nicht lange mit der Wohnungssuche aufhalten müssen. Das Haus stand im Besitz ihrer Familie, das Stockwerk unterhalb der Dachgeschosswohnung wurde von Genevièves *Mamie*, Olivia Morel, bewohnt. Die anderen Stockwerke waren – teuer – vermietet. Der Rest der Familie – Mutter, Vater und ihr jüngerer Bruder Frédéric samt Frau und Kindern – bevorzugte es, dem *Savoir-vivre* an der Côte d'Azur zu frönen. Geldsorgen gab es in ihrer Familie nicht. Alter Geldadel und eine der größten Kunstsammlungen Frankreichs machten solche Sorgen überflüssig. Es war jedoch nicht Genevièves Welt. Dafür unterschied sie sich zu sehr vom Rest der Familie. Sie schüttelte mit einem schwachen Lächeln den Kopf. Nein, darüber wollte sie wirklich nicht nachdenken. Warum auch, wenn sich ihr Kater gerade mit lautem Schnurren bei ihr einschleimte? Seinen Kopf an ihrem nackten Unterarm rieb und sich fest an sie lehnte.

»Au!«, rief sie schließlich leise tadelnd. Merlot hatte sie zärtlich und doch fordernd in den Daumen gebissen. Natürlich war seine Schmeichelei nicht reine Zuneigung. Der Kater hatte einfach Hunger.

Geneviève rollte sich aus dem Bett. Aus ihrem Schlafzimmer gelangte sie in ein großes Wohnzimmer, das einen Großteil des Dachgeschosses einnahm. Merlot war vorgetrabt und wartete an der Küchenzeile darauf, dass Frauchen endlich die Futterlade öffnete. Geneviève schüttelte ihre schulterlangen schwarzen Haare und kam der mit einem lauten Maunzen vorgetragenen Bitte nach. Sie quetschte das Katzenfutter aus dem Plastiksäckchen, leise vor sich hin fluchend, weil es gar so mühevoll war, auch die letzten Stückchen aus der Verpackung zu streifen. Merlot waren die Mühen seiner Ernährerin völlig egal. Der riesige weinrote Kater saß geduldig wartend neben Genevièves nackten Füßen. Lediglich das Hin- und Herwedeln seines buschigen Schweifs verriet die Aufregung des Tiers. Als Geneviève sich schließlich hinunterbeugte, um die Futterschüssel auf den Boden zu stellen, war es mit der Aufgeräumtheit vorbei. Als hätte der Kater seit Tagen nichts zu fressen bekommen, stürzte er sich auf sein Futter.

Geneviève streichelte Merlot einmal von Kopf bis zum Schwanz, was das Tier völlig kaltließ, und ging ins Bad. Die ausgiebige Morgenwäsche musste warten. Heute früh wollte sie ein wenig laufen gehen. So, wie sie es vier bis fünf Mal die Woche machte. Am Weg retour würde sie Baguette und Croissants für sich und *Mamie* mitnehmen, um mit der Großmutter kurz zu frühstücken, bevor sie ihren Dienst am Kommissariat antrat. Ein Morgenritual, das mehrmals die Woche am Programm stand.

Das miese Gefühl hatte sie die ganze Zeit über nicht verlassen, war wie ein Jucken in ihrem Rücken gesessen, das man nicht und nicht erreichen konnte. Sie checkte ihr Handy – keine Nachricht vom Kommissariat des 18. Arrondissements. E-Mail ebenfalls Fehlanzeige. Kein Alarm. Aber die Vorahnung ließ sie nicht los.

Sie streifte ihre Smartwatch über und schlüpfte in ihre Laufklamotten. Geneviève zog ihr Fitnessprogramm zwar auch im Winter durch, aber jetzt im Frühling machte es mehr Spaß und kostete deutlich weniger Überwindung. Statt zwei oder drei Schichten Kleidung konnte sie jetzt in Shorts und T-Shirt ihre Runde durch ihr Arrondissement ziehen.

Geneviève zog die Eingangstür hinter sich zu und nahm die Treppen. Ein Stockwerk tiefer öffnete sie die Tür zur Wohnung der Großmutter. Vielleicht hatte das miese Gefühl ja etwas mit ihr zu tun?

Auf Zehenspitzen schlich sie in das Appartement, das den kompletten vierten Stock des Hauses einnahm. Alter Geldadel eben.

In der Wohnung der Großmutter war es mucksmäuschenstill. Aramis, der Cocker Spaniel von *Mamie*, blickte aus seinem Hundekörbchen im Vorzimmergang der Wohnung kurz auf und setzte seinen Schlaf fort, nachdem er Geneviève erkannt hatte. Als Wachhund taugte der alte Spaniel nicht, stellte Geneviève fest. Was sie jedoch nicht abhielt, sich zu ihm zu beugen und ihm sanft über den Kopf zu streicheln. Immerhin waren seine Manieren besser als jene von Merlot. Bevor *Mamie* nicht aufstand, würde er auch nicht um Futter betteln. Andererseits war es genau diese Eigenwilligkeit, die Geneviève an ihrem Kater – und grundsätzlich allen Katzen – so schätzte. Es entsprach mehr ihrem eigenen Charakter als die kopflose Hörigkeit von Hunden.

Geneviève stahl sich auf Zehenspitzen über den mit teuren Perserteppichen ausgelegten Parkettboden. Das Schlafzimmer lag am anderen Ende der Wohnung, im Gegensatz zu ihrem eigenen nicht mit Blick auf die prachtvolle Kirche weiter oben am Hügel, sondern hofseitig, sodass *Mamie* garantiert morgens ihre Ruhe hatte. Die Tür zum Schlafzimmer war einen Spalt offen. Vorsichtig stieß sie die Tür weiter auf. Es war stockfinster, die Jalousien waren runtergelassen. Sie steckte ihren Kopf durch den schmalen Spalt und hörte das leise Schnarchen der Großmutter. Sie war mit einigen anderen feinen Damen der Pariser Gesellschaft am Vorabend unterwegs gewesen und hatte sich einen kleinen Damenspitz zugelegt. Vorzugsweise mit dem einen oder anderen Glas Kir, so wie Geneviève sie kannte.

Leise zog sie die Schlafzimmertür hinter sich zu und schlich sich aus der Wohnung. Mit *Mamie* war alles in Ordnung. Aber noch immer war dieses nagende Gefühl, dass etwas nicht stimmte.

Vom ungen Gefühl getrieben lief sie die restlichen Stockwerke hinunter und hinaus ins Freie. Links vom Eingangstor war ein Bistro, zur Rechten ein schmaler Vorgarten. Ein zwei Meter hoher schwarzer Eisenzaun hielt Eindringlinge davon ab, das Grundstück zu betreten.

Geneviève stand nun am Rand eines kleinen namenlosen Platzes, in dessen Mitte in einem Halbkreis gleich vier schmale Gassen zusammenstießen. Geneviève nahm keine davon. Stattdessen wandte sie sich rechts und nahm die Rue Maurice Utrillo – eine gewagte Bezeichnung für eine etwa drei Meter breite und 65 Meter lange Steinstiege, die bis hinauf zum Fuß von *Sacré-Coeur* reichte.

Kaum jemand war um diese Zeit auf den Straßen von Montmartre unterwegs. Geneviève hatte die Gegend ganz für sich allein. So wie es ihr am liebsten war. Die frische, klare Luft belebte sie, machte sie sogar ein klein wenig übermütig. Jeweils zwei Treppen auf einmal nehmend, lief sie die Stiegen den Hügel hinauf. Die Treppe war in der Mitte durch ein schmiedeeisernes Geländer geteilt und von hohen Eisenzäunen links und rechts abgegrenzt. Auf der rechten Seite reihte sich ein wunderschönes altes Haus an das nächste. Auf der linken Seite säumten Bäume die steil ansteigende Treppe, dahinter erstreckte sich gleich der weitläufige Park, der in abfallenden Etagen von der Basilika bis hinunter zur Place Saint Pierre reichte und den südöstlichen Teil des *Butte* dominierte.

Oben angekommen machte Geneviève für einen Moment Halt. Die Stufen im Sprinttempo zu nehmen hatte den Puls selbst für eine durchtrainierte Frau wie die Kommissarin in ungesunde Höhen getrieben. Aber das miese Gefühl war ein wenig in den Hintergrund getreten. Ihr Herz war damit beschäftigt, Blut durch den Körper zu pumpen. Sie schmunzelte und setzte ihre Runde in gemäßigterem Tempo fort. Nur vereinzelt traf sie auf Passanten. Hier ein Zeitungsausträger, da ein Bäcker, der für eine Zigarette vor seine Boulangerie getreten war, eine Handvoll anderer Läufer. Man nickte sich freundlich zu und hing sonst seinen eigenen Gedanken nach. Geneviève ließ ihre Gedanken schweifen. Sollte sie für *Mamies* Frühstück Baguette besorgen? Ein Pain au Chocolat? Ein Pain au Raisin? Oder gleich alles davon?

Genevièves Weg führte sie vorbei an *Sacré-Coeur*, die nördliche Seite des Hügels hinunter bis zum Boulevard Ornano, über die Rue de Clignancourt zurück in südlicher Richtung bis zum Boulevard Marguerite de Rochechouart und schließlich über mehrere verwinkelte, kleine Gassen auf die Place du Tertre. Hier, am nördlichen Ende des bei Touristen so beliebten Platzes, in der Rue Norvins, lag ihre Stammbäckerei, *Le Palais des Pains*.

Am Platz angekommen lief sie locker aus und ging langsam unter den austreibenden Laubbäumen, die den gesamten Platz einnahmen, weiter. Den Künstlern, die hier tagsüber ihrer Profession nachgingen, und den Gastgärten der zahlreichen Restaurants spendeten sie im Sommer bitter nötigen Schatten.

Frühmorgens strahlte der Platz eine ganz eigene Atmosphäre aus. Ruhe und Ungeduld zugleich. In wenigen Stunden würden hier Touristenhorden durch die Gassen getrieben werden, viele von ihnen ein Porträt von sich anfertigen lassen, andere im Schatten der Bäume einen Kir, einen Cidre oder ein Glas Rosé aus der Provence genießen. Momentan lag der Platz aber noch da wie ein schlafender Hund. Geneviève hatte das Gefühl, dass der Hund bereits ein Auge geöffnet hatte und auf seine Beute wartete.

Schließlich sah sie auf die Uhr. Kurz vor 7 Uhr. Der Bäcker sperrte erst um Punkt 7 Uhr auf. Geneviève nahm auf einer Bank Platz, holte ihr Handy heraus und checkte ihre Werte auf der Fitness-App. Etwas über sieben Kilometer in knapp 32 Minuten. Okay für einen lockeren Morgenlauf. Im Notfall konnte sie auch etwas schneller. Das hatte nicht erst ein Verbrecher verdutzt einsehen müssen, der gedacht hatte, einer Polizistin zu Fuß entkommen zu können.

Ein Schrei riss sie aus ihren Gedanken. Sie sprang auf und sah sich um. Nichts. Außer den Bäumen und ein paar Tauben war nichts zu sehen. Doch dann wieder: ein Schrei. Jetzt, wo sie darauf vorbereitet war, erkannte Geneviève, dass der Schrei gedämpft klang. Als würde er aus dem Inneren eines der Häuser, welche den Platz auf allen Seiten säumten, kommen. Sie schloss die Augen und wartete auf den nächsten Schrei. So noch einer kommen sollte. Aber damit rechnete sie felsenfest. Die ersten beiden Schreie, so viel hatte sie unbewusst registriert, hatten nicht auf eine unmittelbare Bedrohung schließen lassen. Es waren Schreckensschreie. Weibliche Schreckensschreie.

Der dritte Schrei kam. Und diesmal war sich Geneviève sicher, woher er kam. Sie sprintete Richtung Rue Norvins. Zwischen Souvenirläden und Restaurants nahm eine Boulangerie das gesamte Erdgeschoss eines Hauses ein. Nicht irgendeine Boulangerie. *Ihre* Boulangerie.

Die Tür zum *Palais des Pains* stand sperrangelweit offen. Von innen konnte sie eine Frauenstimme schluchzen hören.

Unverständliches Gebrabbel. Noch mehr Schluchzen. Jammern. Unendlicher Schmerz lag in der Stimme.

Vorsichtig näherte sich Geneviève dem offenen Türspalt. Automatisch fuhr ihre Hand zum Brusthalfter, aber sie hatte ihre Dienstwaffe, eine *SIG Sauer Special Police*, natürlich nicht mit. Wer ging bewaffnet joggen? So ein Zwischenfall war ihr in ihrer Karriere noch nie untergekommen.

Noch immer klang die jammernde Stimme gedämpft. Geneviève überflog mit einem Blick den Verkaufsraum der Boulangerie. Es war nichts Ungewöhnliches zu sehen. Ein Teil der Boulangerie wurde von einer Handvoll runder Stehtische eingenommen, an denen Gäste ihren morgendlichen Kaffee und ihr Croissant oder Pain au Chocolat gleich im Lokal konsumieren konnten. Vor der Rückwand des großen Raums stand eine lange Theke mit Glasvitrine, in der die in den letzten Stunden gebackenen Leckereien präsentiert wurden. An der Rückwand hingen mehrere Körbe mit verschiedensten Baguette-Variationen. Stets griffbereit, um sie der Kundschaft noch warm in eine Tüte zu packen und zu überreichen. Der Geruch stieg ihr verführerisch in die Nase. Geneviève liebte den Duft frischer Backwaren. Er erinnerte sie an ihre Kindheit in Cannes. Der Weg zum Bäcker war einer der wenigen, den ihre Mutter gemeinsam mit ihr absolviert hatte. Die restlichen Einkäufe wurden vom Personal der Familie Morel erledigt. Man gönnte sich ja sonst nichts.

Die schluchzende Person war noch immer nicht zu sehen.

Auf Zehenspitzen durchquerte Geneviève den leeren Raum. Der verlockende Duft der frischen Backwaren erweckte in Geneviève weitere, zu diesem Zeitpunkt absolut unpassende Assoziationen an ihre Kindheit. Es hatte schon mit dem Teufel zugehen müssen, wenn der Stammbäcker der Familie Morel in Cannes nicht auch immer wenigstens ein Petit Pain au Chocolat für die kleine Geneviève übriggehabt hätte. Dem zarten Schoko-Blätterteig-Gebäck war Geneviève heute noch verfallen. Interessant, wie sich gewisse Kindheitserinnerungen im Kopf festsetzten, für immer blieben und das Verhalten steuerten. Heute war sie immerhin in der Lage, den inneren Schoko-Schweinehund soweit unter Kontrolle zu halten, dass sie sich nicht auf jedes unbewachte Pain au Chocolat stürzte.

Geneviève schüttelte den Kopf. Jetzt war wirklich nicht die Zeit, sich von einem Duft in Kindheitserinnerungen fangen zu lassen. Es gab Dringenderes zu erledigen.

Gebückt schlich sie weiter. Sie konnte die flennende Frauenstimme noch immer hören. Hinter der Theke stand eine Tür weit offen. Es war der Eingang zur Backstube, die auch tagsüber in Betrieb war, um stets Nachschub an frischem Gebäck zu liefern. Von dort kam die Stimme, war sich Geneviève sicher. Sie ging um die Theke, sah sich um und nahm ein Brotmesser. Besser als nichts, wenigstens war sie jetzt bewaffnet.

Ihre Sneaker verursachten auf dem verfliesten Boden leise Quietschgeräusche. Die geheimnisvolle schluchzende Frau, von der Geneviève nach wie vor keinen Blick erhaschen konnte, schien davon nichts zu merken. Sie heulte weiter vor sich hin.

Geneviève schob ihren Kopf langsam um den Türrahmen und warf einen Blick in die Backstube. Endlich konnte sie die schluchzende Frau sehen. Sie kannte sie. Es war Natalie Beauvais. Die angeheiratete Nichte des Boulangerie-Besitzers. Sie und ihr Mann, der leibliche Neffe Beauvais', führten eine Patisserie nur wenige Häuser weiter.

Natalie kniete hinter einem lang gezogenen Tisch, auf dem frische Teiglinge darauf warteten, in den Ofen geschoben zu werden. Geneviève konnte von ihrer Position nur den Kopf Natalies sehen, der Rest wurde vom Tisch verdeckt. Der Kopf war nach vorne gesenkt, Tränen liefen aus ihren Augen.

Was war geschehen? Geneviève musste annehmen, dass es Natalie war, die zuvor geschrien hatte. Sie hatte niemanden aus dem Geschäft stürmen gesehen, und es gab keinen weiteren Ausgang. Was machte sie hier bei ihrem Onkel? Sollte sie um diese Uhrzeit nicht in ihrem eigenen Geschäft stehen und *Viennoiseries* zubereiten?

Als sie um den Tisch herumgetreten war, offenbarte sich der Grund, warum die junge Frau so aufgelöst war. Natalie Beauvais kniete am Boden, in ihrem Schoß ruhte der Kopf des Onkels. Der Rest des Körpers lag schlaff und über und über mit Blut bespritzt am kalten Fliesenboden. Seine Gurgel war durchgeschnitten – ein schräger Schnitt quer über den Hals.

Die Frau strich abwesend über das graue Haar des Onkels. Die Augen des Opfers stierten offen und leer an die Decke. Das bleiche Gesicht unter dem stoppeligen Dreitagebart wurde von Sekunde zu Sekunde fahler. Es war nicht Genevièves erste Leiche. Trotzdem berührte sie es jedes Mal aufs Neue, wenn sie zusehen musste, wie sich der Körper eines Toten veränderte. Alles Menschliche verlor, bis nur mehr eine leere Hülle übrig war.

Blutlachen hatten sich mit dem Mehl am Boden vermischt. Das weiße Bäckergewand war vom Blut aus der Wunde rot und braun gefärbt. Blutspritzer waren auch gut zwei Meter entfernt am Boden und an Kästen der Backstube zu erkennen. Natalies weißer Kittel war ebenso über und über mit Blut verschmiert. So wie das Blut über die ganze Backstube verteilt war, sprach für Geneviève alles für eine Spritzblutung. Der Schnitt, der Beauvais getötet hatte, musste recht tief gegangen sein. All das nahm Geneviève mit einem Blick wahr.

»Natalie?«, fragte Geneviève ruhig. »Was ist passiert?«

Die Angesprochene sah verwirrt auf. Die Anwesenheit Genevièves fiel ihr eben erst auf. »Ich ... ich bin herüber zu Onkel François und ... und habe ihn ... so gefunden.« Ihre Stimme stockte, neue Tränen flossen aus ihren Augen.

Geneviève schätzte, dass der alte Bäcker schon länger tot sein musste. Das Blut war bereits gestockt, die Haut bleich, jegliches Leben lange aus dem Körper gewichen. Wenn sie schätzen müsste, dann hätte sie gesagt, dass Beauvais vor ein bis zwei Stunden getötet worden war. Zum Glück war das nicht ihre Aufgabe.

Sie strich der verzweifelten jungen Frau mit der einen Hand beruhigend durchs Haar. Mit der anderen Hand nahm sie ihr Handy, rief im Kommissariat an und forderte Verstärkung an.

TAUSCHGESCHÄFT

Keine 15 Minuten später war Genevièves Team am Tatort und begann diesen abzusperren. So verschlafen die Place du Tertre eine halbe Stunde zuvor noch gewesen sein mochte, so sehr drängten sich jetzt Schaulustige um die Bäckerei. Yves Albouy, *Commandant* des Kommissariats des 18. Arrondissements und die rechte Hand Genevièves, hatte mit seinen Leuten alles im Griff.

Das Verhältnis zwischen Albouy und Geneviève war nicht immer so friktionsfrei abgelaufen, wie es sich heute gestaltete. Als Geneviève vor fünf Jahren von der Côte d'Azur ohne Vorankündigung in seinen Bezirk versetzt und umgehend mit der Leitung des Kommissariats betraut worden war, hatte Albouy sich zunächst wie im falschen Film gewähnt. Der Job des *Commissaire de Police* war eigentlich für ihn vorgesehen gewesen, nachdem sich der alte Kommissar in die Pension verabschiedet hatte. Dann war auf einmal Madame Morel in der Tür gestanden und hatte seinen Job bekommen. Wo sie doch zehn Jahre jünger und also unerfahrener war. Wie er meinte.

Commissaire Geneviève Morel war schön. Beinahe zu perfekt. Das war Glück und Fluch zugleich. Immer wieder war sie von ihren männlichen Gegenübern unterschätzt und herablassend behandelt worden – waren es nun Kollegen oder Verbrecher. Für die meisten war es denkunmöglich, dass eine schöne Frau auch kompetent war. Oder sich selbst wehren konnte. In beiden Fällen irrte man sich in Bezug auf Geneviève. Sie war nicht nur kompetent und klug, sondern konnte sich auch im Nahkampf zur Wehr setzen. Eine Tatsache, die so mancher Ganove erst zu spät erkannte.

In Bezug auf ihr Liebesleben war Genevièves Äußeres mehr Fluch als Segen. Meist geriet sie nur an Männer, die zur Selbstüberschätzung neigten. Für die meisten anderen war ihr Aussehen zu einschüchternd. Was ein Problem war, denn sie selbst neigte zur Selbstunterschätzung. Oder anders ausgedrückt: Sie war schüchtern, was den Umgang mit dem anderen Geschlecht anging. Vielleicht auch einfach vorsichtig. Keine ihrer Beziehungen hatte bislang gut geendet. Also hatte sie sich einen Schutzschild aufgebaut, durch den es kaum ein Durchdringen gab. Körperliche Nähe war natürlich trotzdem ein Bedürfnis. Länger als eine Nacht durfte es dann jedoch nicht dauern. Dabei machte sie inzwischen keinen Unterschied mehr, ob sie mit einem Mann oder einer Frau ins Bett ging. Mit Letzteren war es sogar unkomplizierter. Die meisten verabschiedeten sich am nächsten Morgen und waren nicht mehr gesehen. Männer tendierten dazu, immer wieder aufzutauchen. Ein Klotz am Bein, mit dem sie sich nicht auseinandersetzen wollte. Tief in ihrem Inneren wusste Geneviève, dass das alles nur Ausreden waren. In Wirklichkeit ließ sie niemanden an sich heran, weil sie niemanden ihrer Familie vorstellen wollte. In einer Beziehung hätte sie das früher oder später tun müssen. Für Geneviève war das wenigstens im Moment keine Option. Aber selbst das war eine vorgeschobene Notlüge. In Wirklichkeit war sie von ihrer letzten Beziehung zu traumatisiert. Egal, dass die über ein Jahrzehnt her war. Aber was damals in Cannes passiert war, hatte eine tiefe Wunde in ihr hinterlassen, die nicht und nicht heilen wollte. Die sie vielleicht auch einfach nicht heilen lassen wollte. Nur um sicherzugehen, dass ihr nicht wieder eine zugefügt werden konnte.

Ihre Schönheit und Distanziertheit hatten schnell dazu geführt, dass noch mehr Gerüchte aufgekommen waren, wie die *Mademoiselle* aus dem Süden, wie sie zu Beginn hinter ihrem Rücken abschätzig genannt wurde, zu ihrem Job gekommen war. Keines der Gerüchte war von der netten Sorte. Keines der Gerüchte kratzte auch nur ein wenig an der Tatsache, dass *Mademoiselle* Morel einfach eine gute Polizistin war. Am hartnäckigsten hielt sich das Gerücht, dass der Innenminister höchstpersönlich interveniert hatte, um Geneviève die Leitung des Kommissariats zu übertragen. Interessanterweise war es jenes Gerücht, das der Wahrheit am nächsten kam. Der Innenminister hatte Geneviève tatsächlich das Kommissariat des 18. Arrondissements übertragen. Aber nicht, weil er eine Affäre mit ihr hatte oder sie anderweitig protegieren wollte. Geneviève hätte eigentlich ein Kommissariat an der Côte d'Azur übernehmen sollen – ihre Leistungen und ihre Erfolgsbilanz hatten dies schon längst gerechtfertigt. Diese Versetzung hatte sie aus für den Minister nicht nachvollziehbaren Gründen abgelehnt. Auf Intervention von Genevièves gut vernetztem Vater war es schließlich Montmartre geworden.

Albouy hatte damals selbst Genevièves Geschichte recherchiert und war sehr schnell auf ihren familiären Background gestoßen. Ein paar Recherchen später hatte er Fotos von Genevièves Vater mit dem Innenminister gefunden. Mehr hatte er nicht gebraucht. Genevièves Erfolgsquote hatte er erfolgreich ignoriert. Was nicht sein durfte, konnte nicht sein. An diesem Abend war er in seine Stammkneipe gegangen und hatte versucht, seinen Frust in Alkohol zu ertränken. Aber wie üblich war Alkohol keine Lösung, und Probleme und Frust erwiesen sich als hartnäckige Schwimmer.

Also war er in den Kampfmodus übergegangen. Und er war nicht allein gewesen. Am gesamten Kommissariat hatte man sich über den ungebetenen Neuzugang wenig erfreut gezeigt. Geneviève hatte das ab ihrem ersten Tag zu spüren bekommen. Trotz aller Hürden, die man ihr in den Weg legte, hatte sie sich von Anfang an kompetent und erfolgreich gezeigt. Das war der erste Fingerzeig, dass man es bei ihr nicht einfach mit einem Protektionskind zu tun hatte. Kleinere Frechheiten hatte sie ignoriert. Bei den größeren hatte sie sich die entsprechenden Personen in ihr Büro geholt und ihnen freundlich, aber eindringlich erklärt, wie das Leben am Kommissariat ab nun lief. Wem es nicht passte, der konnte ja kündigen oder sich versetzen lassen. Als Geneviève dann auch eine fast schwindelerregend gute Aufklärungsquote an den Tag zu legen begann, drehte sich die offene Feindseligkeit in Akzeptanz und später sogar in Respekt. Das war der Moment, als Albouy nochmals die Vergangenheit seiner neuen Chefin recherchierte. Diesmal ignorierte er ihre Erfolgsquote an der Côte d'Azur nicht mehr. Ebenso wenig die Auszeichnungen, die sie schon in jungen Jahren eingeheimst hatte.

Außerdem hatte Albouy an sich selbst neue Seiten entdeckt. Oder anders: sich selbst besser einzuschätzen gelernt. Er war kein Alphatier. Nein, war es in Wirklichkeit niemals gewesen. Er würde den Job Genevièves nie so ausfüllen können, wie sie es tat. Er war eine klassische Nummer 2. Als er sich das erst einmal eingestanden hatte, war das kein Problem. Jede Leiterin brauchte eine rechte Hand, auf die sie sich bedingungslos verlassen konnte. Albouy hatte gelernt, stolz darauf zu sein. Besser eine perfekte Nummer 2 als eine fehlerhafte Nummer 1.

Nachdem der Tatort gesichert war, hatte Albouy Zeit, seine Chefin zu beobachten, wie sie die erste Zeugeneinvernahme durchführte. Geneviève saß mit Natalie an einem der Tische im Verkaufsraum. Ein dritter Stuhl war ebenfalls besetzt: Cédric Beauvais, der Neffe des Ermordeten, war inzwischen auch verständigt und zum Tatort gebeten worden. Da seine Patisserie, *La Framboise Gourmande*, gleich zwei Häuser weiter lag, hatte es nur kurz gedauert, bis sich der sichtlich unter Schock stehende Mann in der Boulangerie eingefunden hatte.

Geneviève hatte ihre Hände um eine Tasse heißen Kaffee gelegt. Die warme Tasse half ihr, sich zu fokussieren und ihre Gedanken zu ordnen. Wer ermordete einen Bäcker?

Sie konnte davon ausgehen, dass der alte Beauvais in seiner eigenen Backstube umgebracht worden war. Alle Spuren deuteten darauf hin, allen voran die großen Blutlachen, die nicht verschmiert waren, was bedeutete, dass François Beauvais an Ort und Stelle sein Leben gelassen hatte und nicht erst nach dem Mord in seine Backstube transportiert worden war. Nach der Tatwaffe wurde nach wie vor gesucht. Es musste eine scharfe Klinge gewesen sein, aber keines der vorhandenen Messer zeigte Blutspuren. Wenn sie es nicht fanden, konnte es der Täter nur mitgenommen haben. Das war wohl sogar die wahrscheinlichere Variante. Ohne Tatwaffe war die Mördersuche noch schwieriger.

»Also, Natalie«, hob Geneviève an. Sie blickte der blassen jungen Frau in die verheulten grünen Augen. »Für die offizielle Einvernahme muss ich Sie und Ihren Mann im Lauf des Tages zu uns aufs Kommissariat bitten, aber ich würde mir schon jetzt gerne ein erstes Bild machen. Praktisch solang der Tatort noch frisch ist.«

Natalie nickte langsam und nahm mit zittrigen Händen

einen Schluck von ihrem Kaffee. »Aber natürlich, Madame. Wir stehen selbstverständlich zu Ihrer Verfügung.«

»Natalie, erklären Sie mir doch, was Sie um diese Uhrzeit, vor offizieller Ladenöffnung, im Geschäft Ihres Onkels getan haben.«

»Das ist ganz leicht …«, versuchte Cédric zu antworten, wurde aber von Geneviève mit einem strengen Blick unterbrochen.

»Ihre Frau, wenn es recht ist«, erklärte sie ihm kühl. Einvernahmen und Verhöre leitete sie. Von einem Zeugen oder Beschuldigten ließ sie sich keinesfalls das Heft aus der Hand nehmen. Ihr Äußeres war dabei behilflich. Unter ihren eisblauen Augen waren schon ganz andere Kaliber zusammengebrochen.

Cédric sank zurück in seinen Stuhl, faltete die Hände und vergrub sein Gesicht darin.

»Natalie?«

»Ja also, es ist tatsächlich ganz einfach«, nahm die Angesprochene den Gesprächsfaden ihres Mannes auf. »Es ist seit Jahren unser morgendliches Ritual. Ich bringe Onkel François ein paar unserer Spezialitäten, und er gibt uns dafür Baguette und Croissants oder was auch immer wir haben wollen. So haben wir alle ein ordentliches Frühstück. Außerdem …« Natalie brach ab und griff sich mit der linken Hand an die Schläfe, die sie mit Zeige- und Mittelfinger zu massieren begann.

»Außerdem?«

»Außerdem konnten wir uns so jeden Tag versichern, dass es ihm gut geht.«

»Was hätte mit ihm sein sollen?«, hakte Geneviève nach.

»Darf ich?«, mischte sich der Neffe ein. Geneviève nickte ihm aufmunternd zu.

»Mein Onkel war herzkrank. Er hatte vor einigen Jahren einen Herzinfarkt. Aber auch nach dem Infarkt wollte er nicht kürzertreten. Er hat ja auch kaum Hilfe. Tagsüber kommen zwei Damen, die den Verkauf übernehmen, während er allein in der Backstube steht und für drei oder vier Leute auf einmal arbeitet. In dieser Hinsicht war er leider sehr stur.«

»Er hatte keine Mitarbeiter?«

»Nicht in der Backstube«, antwortete Natalie.

»Wie hat er das geschafft? Hat er nicht auch das *Élysée* mit Baguette beliefert?«

Cédric lächelte stolz. »Ja, er hat in den letzten drei Jahren den Wettbewerb zum besten Baguette der Stadt gewonnen.«

»Wundert mich nicht«, antwortete Geneviève. Ein Lächeln ließ die Kälte in ihren Augen schmelzen.

»Sie waren Stammkundin, nicht?«

Geneviève nickte. »Familientradition. *Mamie* hat hier seit Jahren ihr Gebäck gekauft.«

Natalie musterte Geneviève eingehender. »Ihre Großmutter ... ist das vielleicht die *Baronin*?« Sie betonte das letzte Wort ganz besonders. »Eine gewisse Ähnlichkeit ist Ihnen nicht abzusprechen.«

Geneviève lief rot im Gesicht an. Sie fühlte sich ertappt. Dabei gab es nichts, wofür sie sich schämen müsste. Nun, *fast* nichts.

»Ja, da liegen Sie richtig. Aber Sie wissen schon, dass das lediglich ein Spitzname ist? Meine Familie ist viel, aber nicht adelig.«

Natalie sah erstaunt drein. »Nicht? Dabei macht Ihre Großmutter so einen, wie soll ich sagen, vornehmen Eindruck. Wie eine richtig feine Dame. Sie liebt unsere *Macarons* ganz besonders.« Als ob das ein Qualitätsmerkmal für eine feine Pariser Dame war.

Geneviève schüttelte den Kopf. Ja, im Täuschen und Tarnen war ihre Familie richtig gut. »Nun«, antwortete sie, »das eine schließt das andere nicht aus. Ich denke, man muss keinen Adelstitel tragen, um eine feine Dame zu sein.«

»Nein, wahrscheinlich nicht.«

»Zurück zu Ihrem Onkel. Wer übernimmt jetzt die Lieferungen an den Präsidentenpalast?«, wollte Geneviève wissen.

Cédric antwortete: »Keine Ahnung. Aber Sie werden verstehen, wenn das aktuell unsere geringste Sorge ist.«

Geneviève nickte. Inmitten all des lecker duftenden Gebäcks fiel es ihr schwer, sich auf den Fall zu konzentrieren. Ihr Magen knurrte. »Darf ich?«, gab sie sich schließlich einen Ruck und zeigte auf das im Verkaufsraum ausgestellte Gebäck.

»Jaja, natürlich«, antwortete Cédric geistesabwesend. Geneviève ging rüber zur Verkaufstheke und nahm sich ein Croissant. Sie drehte sich von den beiden anderen weg und stopfte sich das Kipferl recht unzeremoniell und ganz und gar nicht fein oder adelig in den Mund. Herrlich! Außen kross, innen flaumig, jedes Gramm Butter im Teig brachte die Geschmacksknospen auf ihrer Zunge zum Explodieren. Welche Küche wusste das besser als die französische?

Nach nicht einmal einer Minute wischte sie sich die letzten Krümel von den Lippen. Frisch gestärkt setzte sie sich wieder zu den beiden Hinterbliebenen des ermordeten Bäckers.

»Hatte Ihr Onkel Feinde?«, stellte sie schließlich die Frage aller Fragen. Noch selten hatte sich aus dieser auf der Hand liegenden Frage eine brauchbare Spur ergeben. Denn entweder hatten die Opfer laut der Befragten »natürlich keine Feinde, wieso auch?«. Oder es waren so viele, dass man schnell einmal den Überblick verlor. Gestellt werden musste sie trotzdem.

Natalie und Cédric sahen sich an. Dann nickten sie im Gleichklang. Es war Natalie, die erklärte: »*Einen* Feind. Onkel François hatte *einen* Feind. Oder höflicher ausgedrückt, einen Konkurrenten.« Sie stockte. Geneviève nickte ihr aufmunternd zu. »Baptiste Buffet. Das ist sein Name.«

Bei Geneviève klingelte nichts. Im Gegenteil. Sie musste sich zurückhalten, ob des eigenartigen Namens nicht in lautstarkes Lachen auszubrechen. Erst als Cédric sie vorwurfsvoll ansah, hakte sie nach. »Sollte mir der Name etwas sagen?«

»Nein, natürlich nicht«, entschuldigte sich Cédric für den unausgesprochenen Vorwurf. »Buffet ist ein Bäcker aus dem 5. Arrondissement. Er hat sich in den letzten Jahren mit meinem Onkel um den Titel des besten Baguettes der Stadt gematcht.«

»Und dabei zuletzt jedes Mal den Kürzeren gezogen«, fiel ihm Natalie ins Wort.

»Mein Onkel hat die letzten drei Jahre in Folge den Wettbewerb für das *Meilleure baguette de Paris* gewonnen«, wiederholte Cédric stolz seine Aussage von zuvor. »Das hat vor ihm noch niemand geschafft.«

Geneviève nickte angemessen beeindruckt. Als Pariserin konnte sie diese Auszeichnung hinreichend einordnen. »Hatten die beiden viel Kontakt?«

Schnippisch antwortete Natalie: »Ich weiß es nicht. Wir stehen nicht ständig bei ihm in der Bäckerei. Aber vorstellen könnte ich es mir.«

Cédric ergänzte: »Buffet hat ihm vorgeworfen, er hätte die Auswahlkommission beim Baguette-Wettbewerb bestochen. Das ging damals sogar durch die Medien. Buffet hat es einfach nicht verkraftet, dass mein Onkel der bessere Bäcker war.«

Geneviève ließ die Informationen erst einmal sacken. Natürlich hatte die Wahl zum *Meilleure Baguette de Paris*, dem besten Baguette der Stadt, im Volksmund auch gerne das Baguette des Präsidenten, ein gewisses Renommee. Der Sieger erhielt nicht nur 4.000 Euro Preisgeld, sondern durfte ein Jahr lang exklusiv das *Élysée* mit seinen Backwaren beliefern. Ein schönes Geschäft, kein Zweifel. Viel wichtiger und ertragreicher war aber die Steigerung des Bekanntheitsgrades. Jeder Baguette-Connaisseur der Stadt wollte das Baguette des Jahres probieren. So konnte die Stammkundschaft gleich um eine erkleckliche Zahl gesteigert werden.

Aber ob das tatsächlich ein Motiv für einen Mord war?

»Major Faivre?« Der Angesprochene hatte bislang den Eingang zur Bäckerei bewacht. Auf Genevièves Rufen trat er in das Geschäftslokal.

»Madame?«

»Ich glaube, fürs Erste habe ich genug vom Ehepaar Beauvais erfahren. Bitte bringen Sie die beiden auf das Kommissariat. Albouy soll dort offiziell die Stellungnahmen der beiden aufnehmen.«

»Aber unser Geschäft?«, fragte Cédric entsetzt mit einem Blick durchs Schaufenster. Die Rue Norvins hatte sich gefüllt. Menschen machten sich auf den Weg zur Arbeit, zur Schule oder genossen einfach diesen Frühlingsmorgen im April. Eines war ihnen allen gleich: Jeder wollte eine Kleinigkeit zu essen mit auf den Weg. Der Morgen war die umsatzstärkste Zeit des Tages.

Geneviève war kein Unmensch. »Vergessen Sie es, Major«, korrigierte sie sich. »Kann ich mich darauf verlassen, dass Sie in …«, sie sah auf die Uhr, »… etwa zwei Stunden aufs Kommissariat kommen, damit wir Ihre Aussagen offiziell aufnehmen können?«

Die beiden nickten und verschwanden aus der Boulangerie. Geneviève sah ihnen lange nach, selbst als sie bereits in der Menschenmenge, die sich durch die Rue Norvins wälzte, verschwunden waren. Dann zuckte sie mit den Schultern und stand selbst auf. Natürlich mussten die beiden auch an ihr Geschäft denken. Was hatte jemand davon, wenn *La Framboise Gourmande* aus Trauer schloss? Die *Viennoiseries* waren bereits zubereitet, die Kundschaft wartete vor dem Eingang, und der Onkel wurde so oder so nicht mehr lebendig. Zu beneiden waren die beiden jungen Beauvais dennoch nicht. In diesem seelischen Zustand auch noch ans Geschäft denken zu müssen war mehr, als man einem Menschen zumuten durfte. Aber die Zeiten waren hart. Jeder musste schauen, wie er irgendwie über die Runden kam.

Nach einer gefühlten Ewigkeit ging Geneviève in die Backstube, in der die Spurensicherer noch immer ihrem Werk nachgingen. Auffälliges hatten sie bisher nicht gefunden. Die Gerichtsmedizinerin machte sich gerade am Leichensack zu schaffen.

»Isabelle?«

Die Gerichtsmedizinerin zog den Zipp die letzten Zentimeter hoch und wandte sich Geneviève zu.

»Du erwartest von mir aber nicht im Ernst jetzt bereits einen genauen Befund?«, antwortete die Angesprochene, nachdem sie sich aufgerichtet hatte.

Geneviève zuckte mit den Schultern. »Etwas mehr, als dass man ihm die Kehle durchgeschnitten hat, schon«, konterte die Kommissarin kühl. Daraufhin entspannten sich bei beiden die Gesichtszüge. Isabelle Thibaut umarmte Geneviève und gab ihr zwei *bisous*.

»So wünscht man sich einen schönen Frühlingsmorgen nicht«, stellte die Gerichtsmedizinerin schließlich fest.

»Nein, ganz sicher nicht. Aber es ist eben unser Job. Wir können uns nicht aussuchen, wann ein Verbrechen geschieht.«

Isabelle nickte zustimmend, dabei fielen schwarze Locken in das dunkle Gesicht der Ärztin.

»Im Ernst«, nahm Geneviève den Gesprächsfaden wieder auf. »Gibt es irgendwelche Ungereimtheiten?«

»Bis auf die Tatsache, dass das Opfer so viel Blut verloren hat, als hätte man ihn geschächtet?«

Geneviève forderte sie mit einer Handbewegung auf weiterzumachen.

»Der Tod muss einige Stunden vor Auffinden der Leiche eingetreten sein. So in etwa gegen 5 Uhr morgens. Der Täter war Linkshänder, wie man an der Schnittwunde sehen kann. Außerdem wurde dem Opfer von hinten die Kehle durchgeschnitten. Und …«

»Und? Mach es nicht so spannend.«

»Und der Täter war wahrscheinlich kleiner als das Opfer.«

»Das kannst du an der Schnittwunde erkennen?«

»*Oui, Madame.*« Sie nahm Geneviève an der Hand und zog sie rüber zum Leichensack, den sie nochmals aufzippte. »Ich erklär es dir.«

Isabelle legte den Kopf und den Hals des alten Bäckers frei. »Das mit dem Linkshänder hättest du mit deiner Erfahrung selbst feststellen können«, klärte Isabelle die Kommissarin auf. Geneviève nickte. Wenn sie nicht so mit der völlig aufgelösten Nichte des Opfers beschäftigt gewesen wäre, wäre es ihr wahrscheinlich auch aufgefallen. »Ein kleiner *Schwalbenschwanz* am linken Ende des Schnitts«, stellte sie schließlich fest.

»Genau!«, bestätigte Isabelle mit einem stolzen Grinsen. »Hast du ja wenigstens etwas bei mir gelernt. So ein *Schwal-*

benschwanz ist ganz typisch, wenn die Klinge aus der Wunde gezogen wird, während hier«, die Gerichtsmedizinerin deutete auf die rechte Seite der Wunde, »eine glatte Einstichstelle ist. Die Klinge wurde also von rechts nach links gezogen.«

Gut, das engte den Kreis der Verdächtigen fürs Erste ein.

»Und die Größe des Täters?«

»Das ist nur meine Vermutung, das muss ich betonen.«

»Also warum?«

»Der Schnitt geht diagonal, nicht horizontal. Der Täter hat den Schnitt angesetzt und dann nach schräg links unten durchgezogen. Was dafür spricht, dass er kleiner ist.«

»Oder es in der Hektik des Geschehens passiert ist.«

Isabelle nickte. »Deshalb meinte ich auch, es wäre eine Vermutung. Beauvais hat auf jeden Fall nicht viel mitbekommen. Der Täter hat die Halsschlagader erwischt. Zehn, vielleicht 15 Sekunden, dann hat sein Gehirn keinen Sauerstoff mehr bekommen, und er wurde ohnmächtig. Die Sauerei hier ist auch ein Beweis, dass der Täter die Halsschlagader getroffen hat. Wäre es nur die Vene gewesen, hätten wir es nicht mit einer Spritzblutung zu tun, wie es hier der Fall ist. Außerdem schließe ich aus, dass es einen Kampf gegeben hat. Die Leiche weist keine anderen Schnitt- oder Stichwunden auf.«

Geneviève sah sich das Opfer an. Beauvais war ein Bär von einem Mann gewesen. Sicher gut zwei Meter groß. Da konnte der Täter schnell einmal kleiner sein. Das würde sie nicht weiterbringen. Dass es zu keinem Kampf gekommen war, sprach dafür, dass er den Täter gekannt haben musste.

»Die Tatwaffe?«, fragte sie zum Abschluss.

»Nichts von dem, was hier in der Backstube ist«, entgegnete Isabelle. »Der Mörder hat sie wohl mitgenommen.«

»Wäre auch zu schön gewesen.«

»Und zu einfach.«

»Das sowieso.« So blöd waren allerdings die wenigsten Täter, die inkriminierende Waffe am Tatort zurückzulassen. Geneviève war das wenigstens noch nicht untergekommen. Insofern konnte das ihre Laune auch nicht schlechter werden lassen. Auf ihren Hunger hatte sich das Ganze ebenfalls nicht ausgewirkt. Eher im Gegenteil. Mittlerweile war es 8.30 Uhr, *Mamie* war ganz bestimmt schon munter und wartete ungeduldig auf das Frühstück.

Am Weg aus der Bäckerei schnappte sie sich ein Baguette und drei Croissants. Sie würden niemandem abgehen und heute sowieso nicht mehr verkauft werden, dachte sich Geneviève. Warum das leckere Gebäck also schlecht werden lassen?

Vor der Bäckerei wartete Albouy auf sie.

»Haben die Befragungen etwas ergeben?«, erkundigte sich Geneviève, das gemopste Gebäck verstohlen hinter ihrem Rücken versteckend.

»Nichts Ergiebiges«, antwortete der *Commandant* kopfschüttelnd.

Die Menschenmenge hatte sich inzwischen über die Rue Norvins und die Place du Tertre verteilt. Die ersten Künstler hatten Stellung bezogen und pinselten fleißig an ihren Karikaturen und Gemälden. Neben dem Eingang stand der schwarze Leichenwagen, die Heckklappe geöffnet, hungrig auf seine Ladung wartend.

Geneviève sah sich um. Vis-à-vis der Boulangerie lag der belebte Platz, aber keine Häuser, aus denen jemand etwas hätte beobachten können. Die Bäume des Platzes nahmen für die niedrigeren Stockwerke der Häuser an den Längsseiten ebenfalls jede Sicht auf den Eingang der Boulangerie. Aber vielleicht aus den oberen Stockwerken?

»Klappert die Häuser rund um den Platz ab und befragt die Bewohner. Vielleicht hat ja jemand etwas beobachtet.« Ihre Hoffnung auf einen Ermittlungserfolg hielt sich jedoch in Grenzen. Dem säuerlichen Gesicht Albouys nach zu schließen schien es ihm nicht anders zu gehen. Polizeiarbeit war nun mal mühsam und bei Weitem nicht so actionreich und aufregend, wie es im Fernsehen gezeigt wurde. Stattdessen wartete auf Geneviève und ihr Team anstrengende Detailarbeit mit Dutzenden Befragungen, Auswertungen von Spuren und dem Hoffen auf ein Quäntchen Glück. Wenn sich ein Täter nicht besonders blöd anstellte, dann war es fast immer ein Zufallsmoment, der die Polizei schließlich auf die richtige Spur brachte. Glücklicherweise, so hatte Geneviève in ihrer Karriere festgestellt, machten die meisten Verbrecher einen entscheidenden Fehler. Nobody is perfect.

»Machen wir. Faivre!«

Der Major kam eiligen Schrittes zu seinem Vorgesetzten. Albouy erklärte ihm die Aufgabe. Faivre salutierte und machte sich daran, den Auftrag auszuführen. Zur Seite standen ihm drei weitere niederrangige Mitglieder aus Genevièves Team.

Jetzt wurde es für Geneviève höchste Zeit. Sie hatte keine Lust, weiter vor ihrem Team in ihren Joggingklamotten herumzulaufen. »Ich bin spätestens zu Mittag im Büro«, verabschiedete sie sich von Albouy und machte sich im Laufschritt auf den kurzen Heimweg.

ARS EST NOSTRA ARS

Ein paar Minuten später läutete sie höflichkeitshalber bei ihrer Großmutter. *Mamie* musste ja nicht wissen, dass die Enkelin zwei Stunden vorher bereits heimlich die Wohnung betreten und sich nach ihrem Wohlergehen umgesehen hatte. Zudem hatte Olivia Morel auch im Alter von über 70 Jahren (das genaue Alter verschwieg sie konsequent sogar vor ihrer Enkelin) regelmäßig Sex. Und hieß es gar nicht gut, wenn man unangekündigt einfach bei ihr in der Wohnung auftauchte. Aber Regeln galten nur für andere.

»*Bonjour, Chérie!*«, empfing die Großmutter Geneviève mit einem abfälligen Blick auf deren Aufzug. Sie selbst hatte sich fein herausgeputzt, schien also noch etwas vorzuhaben. Sie hielt ihrer Enkelin die gerougten Wangen für die obligatorischen Morgenküsschen hin. Dabei stieg Geneviève der penetrante Rosenduft ihres Parfums in die Nase. *Nahema* von *Guerlain*. Geneviève liebte es – in geringeren Dosen. *Mamie* neigte dazu, zu viel aufzutragen, sodass man Angst haben musste, sie hätte in dem sündteuren Zeug gebadet. Um den Hals trug sie eine schwarze Perlenkette, in den Ohrläppchen hingen die passenden Klunker.

Die silbervioletten Haare hatte sie zu einem Dutt hochgesteckt, der mit einem Bleistift befestigt war. Reines Understatement. Geneviève wusste, dass es sich bei dem Bleistift um ein exklusives Modell mit den eingravierten Initialen ihrer Großmutter handelte. Außerdem trug sie ein dunkelgraues Ensemble von *Chanel*, die Füße steckten in *Louboutin* Pumps, mit denen 50 Jahre jüngere Frauen Probleme beim Gehen gehabt hätten.

Mamie war früher ebenso groß wie Geneviève gewesen und hatte dieselbe athletische Figur gehabt. Mit dem Alter war sie ein paar Zentimeter geschrumpft. Durch die hochhackigen Schuhe wurden diese Zentimeter wiedergutgemacht. Die Figur hatte sie behalten.

Auf alten Fotos glaubte Geneviève sich manchmal eins zu eins in ihrer Großmutter wiederzuerkennen. Vielleicht einer der Gründe, warum sie die Lieblingsenkelin war. Weil auch die Großmutter so viel von sich selbst in ihr erkannte. Kein Wunder, dass die junge Zuckerbäckerin sie sofort mit ihr in Verbindung gebracht hatte.

»Spät aufgestanden?«, fragte *Mamie* säuerlich, während sie in den großen Speisesalon vorausging. Der Hunger hatte sich ihr auf die Laune geschlagen.

»Im Gegenteil«, antwortete Geneviève. »Ich war joggen, und dann hat es den ersten Mord gegeben. Ich bin eben erst vom Tatort zurückgekommen.«

»Wirklich?« Die Großmutter blieb stehen und sah Geneviève erstaunt an. »Wer wurde denn ermordet?«

»Unser Lieblingsbäcker.«

»François?« *Mamie* schlug sich vor Schreck die Hand vor den Mund. Geneviève nickte.

»Ja, Monsieur Beauvais.«

»Warum …? Wie …?« Genevièves Großmutter war fassungslos. So hatte sie sie noch nie erlebt.

»Kehle durchgeschnitten«, antwortete Geneviève wahrheitsgemäß. *Mamie* konnte man so etwas zumuten. »Den Grund kenne ich noch nicht.«

Olivia nahm ihre Enkelin an beiden Händen und sah ihr ernst in die Augen. »Woher nehmen wir jetzt unser Baguette?«, fragte sie. Ja, diese Reaktion entsprach eher ihrer Großmutter.

Geneviève musste leise lächeln. »Für heute habe ich vorgesorgt. Hier.« Sie reichte *Mamie* das Baguette und die Croissants aus dem *Palais de Pains*.

»Hast du dafür bezahlt?«

»Nein, wem hätte ich das Geld geben sollen? Beauvais war alleine.«

»Gutes Kind«, lobte Olivia und strich ihrer Enkelin zart über die Wange.

»*Mamie!*«, rief Geneviève empört.

»Gené!«, antwortete die Großmutter im selben Tonfall. »Man muss sein Handwerk üben, sonst verlässt dich dein Geschick im Notfall.«

»Aber ich bin doch Polizistin!«, protestierte Geneviève. Wenngleich nur halbherzig. Sie wusste, was als Nächstes kam.

»Ja, eine Schande!« Aber *Mamie* hatte es gutmütig gesagt und dabei gelächelt. »In erster Linie bist du trotz allem eine Morel. Wie heißt unser Familienmotto?«

»*Mamie*, bitte.«

»Unser Motto!«, beharrte die Großmutter.

Geneviève seufzte, dann rezitierte sie das Familienmotto, das sogar im Wappen der Familie enthalten war: »Ars est nostra ars.«

»Genau«, lobte die Großmutter. »Kunst ist unsere Kunst.« Ein geschickt verstecktes Wortspiel, dessen wahre Bedeutung nur dem engsten Familienkreis bekannt war. Denn es machte einen Unterschied, ob man das erste oder das dritte Wort des Mottos betonte.

*

Circa 15 Jahre zuvor

Es war der Sommer, in dem *Mamie* eine große Fete am Familienanwesen der Morels in Cannes geschmissen hatte. Offiziell zu ihrem Geburtstag (welchen, verriet sie nicht), inoffiziell zur Übergabe der Familiengeschäfte in die Hände ihres Sohnes, Geneviéves Vater. Geneviève selbst war damals gerade 20 Jahre alt gewesen und konnte sich noch gut an die Party erinnern. Sie war den Anblick von Promis und Politikern gewöhnt. Oft wurden sie von solchen Prominenten daheim besucht. Manche wollten sich einfach mit ihren Eltern gut stellen, andere kamen, um über den Ankauf von Kunstwerken zu verhandeln. Der Massenauflauf an Promis der obersten Klasse an diesem Abend hatte aber selbst Geneviève in Erstaunen versetzt. Vom Innenminister abwärts war alles geladen, was in Frankreich Rang und Namen hatte: Schauspieler, Models, andere Kunstsammler. Niemand konnte oder wollte sich den ungenannten Geburtstag von Olivia Morel entgehen lassen. Das Polizeiaufgebot war gigantisch. Geneviève hatte den Eindruck, dass die komplette Polizei von Cannes angetreten war, um die Promi-Party zu beschützen.

Die Feier hatte jedoch noch einen zweiten inoffiziellen Grund: Nachdem Geneviève über Jahre hinweg abgelehnt hatte, in die Fußstapfen ihrer Eltern zu treten, durfte ihr kleiner Bruder an diesem Abend seine Feuertaufe absolvieren.

Und sein erstes großes Ding drehen.

Da die gesamte Prominenz an diesem Abend am Morel'schen Anwesen vertreten war, hatte der erst 15-jährige Frédéric eine große Auswahl an leer stehenden Villen und Appartements entlang der Côte. Ein Bonus war, dass eben auch ein Großteil der Polizei rund um das Morel'sche Anwesen Dienst schob. Ein Traum für jeden Einbrecher. Geschickt eingefädelt von *Mamie*.

In Frédérics Feuertaufe war Geneviève nicht eingeweiht worden. Sie war das schwarze Schaf der Familie und stand aus Sicht ihrer Eltern und Großmutter auf der falschen Seite des Gesetzes.

Geneviève erwischte ihren kleineren Bruder zufällig, als der sich durch die Parkanlage des Anwesens davonschlich. Sie hatte sich mit Tom, ihrer großen Liebe, ein lauschiges und unbeobachtetes Plätzchen gesucht, an dem sie mit ihm herummachen konnte. Ihre Liebe war noch jung, wild und ungestüm. Sie taten sich schwer, die Finger voneinander zu lassen. Egal zu welcher Tages- oder Nachtzeit. Dabei waren sie von ihrem kleineren Bruder erwischt worden. Der pickelgesichtige Frédéric war hinter einer alten Korkeiche über die beiden gestolpert.

»Frédéric!«, fuhr ihn Geneviève empört an. Dann sah sie seinen Aufzug. Ganz in Schwarz. Eine Menge Cargotaschen an den Hosenbeinen. Aus einer lugte der Griff einer Stabtaschenlampe heraus. »Entschuldige uns einen Moment«, sagte sie zu Tom, der sich genervt wegdrehte. Geneviève zupfte sich ihr Kleidchen zurecht, packte ihren kleinen Bruder am Arm und zog ihn außer Hörweite.

»Was hast du vor?«

»Wonach sieht es aus?« Trotz lag in der Stimme des pubertierenden Jungen.

»Mama und Papa haben mir davon nichts erzählt.«

»Wieso sollten sie auch? Am Ende verpfeifst du mich noch bei deinen Freunden!«

»Was soll das heißen?«

»Na, wir wissen doch alle, dass du Polizistin werden willst.

Bei unserer Familiengeschichte! Unsere Eltern sollten sich eigentlich für die schämen.«

»Jetzt pass mal auf!«

»Nein, du pass auf. Willst du hier jetzt wirklich einen Aufstand machen? Die Familie auffliegen lassen?« Frédérics Stimme war lauter geworden.

»Psst!«, warnte ihn Geneviève. »Tom ist auch da, schon vergessen?«

»Ha! Wie sollte ich das vergessen? Aber hast du vergessen, wieso heute gefeiert wird? Es ist *Mamies* Geburtstag, und du hast nichts Besseres zu tun, als mit deinem Gockel rumzumachen!«

»Frédéric!« Aber in Genevièves Stimme schwang Scham mit. Er hatte nicht unrecht. Die ganze Sache war ihr peinlich. Die ganze Party. Der vorsätzliche Betrug. Alles nur Show. Und sie konnte nichts sagen, ohne ihrer Familie zu schaden.

Frédéric riss sich von seiner großen Schwester los. »Weißt du was?«, fragte er schnippisch. »Du lässt mich jetzt in Ruhe mein Ding drehen, dafür verpfeife ich dich nicht bei *Mamie*.«

Zögerlich ließ Geneviève von ihm ab. Sie hatte keine Wahl. Lautlos schlich sich Frédéric durch die Parkanlage davon.

»Was war das?«, fragte Tom, der sich in der Zwischenzeit eine Zigarette gedreht hatte und gelangweilt auf einem Arm im Gras lümmelte.

»Ach, gib das Ding weg. Du weißt, wie ich das hasse.«

»Das war keine Antwort.« Er zündete sich die Zigarette an.

Geneviève ließ es geschehen. Ein Blick in seine Augen ließ sie schmelzen und alles rundherum vergessen. Er war ihre große Liebe. Niemals würde sie einen anderen Mann so lieben können. Dessen war sie sich sicher. Ebenso, dass sie seine große Liebe war. Nichts und niemand würde sie trennen können. Hätte sie an Gott geglaubt, hätte sie gesagt, dass diese Beziehung vorherbestimmt und gottgewollt war. Er war der perfekte Mann für sie. Ihm würde sie jeden Wunsch erfüllen.

»Also? Was ist mit Frédéric los?«

Geneviève zuckte mit den Schultern. »Nichts. Ihm ist langweilig. Er will sich wohl mit Freunden treffen«, log sie ohne zu zögern. Nur weil sie nicht das Familien-Business übernehmen wollte, bedeutete das nicht, dass ihr Papa nicht die notwendigen Werkzeuge dafür mitgegeben hätte.

Sie sah Tom sehnsüchtig in die Augen. Noch ein Blick zurück zur hell erleuchteten Villa. Gedämpft drang der Lärm der Party bis in den Park. Aber niemand war zu sehen. Dann streifte sie ihr schwarzes *Cartier*-Kleidchen von den Schultern. »Wenn du mich liebst, dann liebe mich.« Sie war eine große Romantikerin. Diesen Satz hatte sie in einem Roman gelesen. Sie konnte sich nicht mehr erinnern, in welchem, aber sie hatte ihn immer schon mal anbringen wollen. Woran sie sich nicht mehr erinnern konnte: Die Liebesgeschichte, aus der der Satz stammte, endete tragisch. Vielleicht hatte sie das Ende auch nur verdrängt.

Tom lächelte sie unwiderstehlich an. Er rauchte seine Zigarette in aller Ruhe fertig und dämpfte sie im feuchten Gras aus. Erst dann kam er Genevièves Wunsch nach.

Frédéric hatte inzwischen das Gelände des Anwesens durch eine versteckte Geheimtür verlassen, die in eine kleine Nebengasse führte. Die Morel'sche Villa lag etwas außerhalb von Cannes, auf halbem Weg nach Antibes. Eingebettet zwischen unzählige andere Villen und viel, viel Natur. Hinter einer Hecke hatte er sein Mountainbike versteckt, mit dem er einen Kilometer weiter radelte. Hier war die Villa eines Lokalpolitikers, der ebenfalls zu Olivia Morels Party eingeladen war. Frédérics Abwesenheit fiel in dem Gedränge der gut 500 Gäste nicht weiter auf. Wer passte an so einem Abend schon auf einen 15-Jährigen auf? Man wollte sich mit den Gastgebern gut stellen, nicht mit deren Nachwuchs.

Eine Stunde später kehrte er triumphierend zurück. Er nahm denselben Weg zurück aufs Grundstück und schlich sich in eines der an diesem Abend nicht benützten Gästehäuser, deren es fünf Stück gab. Die Morels waren immer auf Besuch vorbereitet. Dort verpackte er das gestohlene Diamantencollier.

Als er es am nächsten Tag feierlich als Geburtstagsgeschenk überreichte, war *Mamie* vor Rührung zu Tränen gerührt. Geneviève hingegen war fassungslos und zu schockiert, um noch etwas dagegen zu tun. Das stolze Grinsen Frédérics hätte sie beinahe zum Kotzen gebracht, so angewidert war sie.

Das Collier war noch heute im Besitz von *Mamie*. Sie trug es niemals in der Öffentlichkeit. Dafür war der Wiedererkennungswert zu hoch, und *Mamie* war viel, aber nicht dumm. Trotzdem hielt sie es in Ehren, als wäre es der wertvollste Schatz. Der erste richtige Diebstahl ihres Enkels! In anderen Haushalten wurde der erste ausgefallene Zahn aufbewahrt, die erste abgeschnittene Haarlocke, vielleicht auch noch das erste Zeugnis mit ausschließlich Einsen. Im Hause Morel war es das erste wertvolle Diebesgut. In dieser Hinsicht fehlte es der Großmutter an Erinnerungsstücken von Geneviève. Ein unbezahltes Baguette zählte nicht.

Und das war genau das Problem mit Genevièves Familie. Das Vermögen der Morels war über die Jahrhunderte nicht ausschließlich durch offiziellen Kunsthandel zusammengekommen. Nebenbei hatten sich Generationen von Morels auch als Kunstdiebe betätigt. Das *Handwerk* war von Generation zu Generation weitergegeben worden. Wertvolle Kunstwerke waren gestohlen und an reiche Kunstsammler verkauft worden. Oder man hatte einfach für den Eigenbedarf geklaut. Im Speisesalon der Großmutter hingen Bilder von Klimt, van Gogh oder Picasso. *Mamies* Lieblingsbild war ein einfaches Plakat: ein Original von Théophile-Alexandre Steinlens *Tournée du Chat Noir* aus der Zeit des *Fin de Siècle*. Es hing hinter Glas und war eines jener Kunstwerke, welche von Großmutter auf legalem Weg erstanden worden waren. Bei allen anderen Kunstwerken wurde Besuchern erklärt, dass es sich um sehr detaillierte und teure Kopien handelte. *Mamie* genoss diese Gratwanderung, niemals ging sie aber so weit, echte Kunstexperten in ihren Salon einzuladen. Man konnte das Risiko lieben, ohne dabei sehenden Auges ins Verderben zu laufen.

Die Familienmitglieder sahen sich als Künstler. Künstler trugen natürlich Künstlernamen. So war ihr Vater als die »Nachteule« bekannt. Er hatte das Handwerk von seiner Mutter, Genevièves Großmutter, gelernt. *Mamie* war in ihrer aktiven Zeit unter dem Namen »Samtpfote« bekannt gewesen. Genevièves Bruder ging bei ihrem Vater noch in die Lehre und hatte sich den Künstlernamen »Luchs« ausgesucht. Eine gewisse Affinität zur Tierwelt war den Morels nicht abzusprechen. Dass Frédéric nicht so aus der Art geschlagen war wie sie selbst, war das große Glück Genevièves. Irgendwer musste die Familientradition ja fortführen. Sie würde das ganz sicher nicht sein.

Dies bedeutete nicht, dass sie von den Erfahrungen der Familie nicht profitierte. Von ihrem Vater hatte sie in jungen Jahren die körperliche Ausbildung bekommen. Mit 15 hätte sie in jedem Zirkus des Landes als Akrobatin beginnen können.

Die Sommerferien hatte Geneviève immer in Paris bei *Mamie* verbracht. Darauf hatte die Großmutter bestanden. Ihre Enkelin hatte früh eine beängstigende Vorliebe für die Polizei, Gerechtigkeit und Gesetzestreue entwickelt. Beim *Räuber-und-Gendarm-Spielen* hatte sich Geneviève immer einen Sheriffstern angesteckt und dafür gesorgt, dass die Bösewichte im Kittchen landeten. Wen sie beim Brettspiel beim Schummeln erwischte, bestrafte sie mit tagelanger Nichtbeachtung. Was des Öfteren dazu geführt hatte, dass sie mit ihren Eltern wochenlang kein Wort gewechselt hatte. In ihrer Jugend hatte sie sich auf Drängen ihrer Eltern ebenfalls einen Künstlernamen überlegt: »Flic«. Ihr Vater hatte das nicht wahnsinnig lustig gefunden.

Die Großmutter war sich sicher, dass sie einen besseren Einfluss auf das missratene Kind haben würde.

Aber Geneviève war die eine Nuss, die sie nicht und nicht knacken konnte. Ein gerüttelt Maß an Sturheit war den weiblichen Mitgliedern der Familie Morel von Haus aus in die Wiege gelegt worden. Bei Geneviève hatte sich dieses Merkmal potenziert, nachdem sie gemerkt hatte, dass sie das weiße Schaf der Familie war.

Zudem war Geneviève clever. Sie war sich früh darüber im Klaren, dass sie einmal zur Polizei gehen würde. Und ihr war ebenso früh bewusst, dass sie davon profitieren würde, wenn sie die Methoden *der anderen Seite* in- und auswendig kannte. Also hatte sie sich von *Mamie* widerstandslos in die Kunst des Taschendiebstahls einführen lassen. Gerade der Montmartre, auf dem sich die Touristen zur Hochsaison wie die Sardinen in der Öldose drängten, war ein perfektes Übungsgelände.

Außerdem liebte sie *Mamie* über alles. Sie war keine Großmutter, wie sie sie von ihren Freundinnen kannte. Natürlich war sie fürsorglich, aber sie konnte nicht kochen und war auch nicht immer sofort da, wenn ihre Eltern Unterstützung benötigten. Was rein räumlich unmöglich war, lagen doch rund 1.000 Kilometer zwischen Paris und Cannes. Und selbst wenn Geneviève auf Besuch war, bedeutete dies nicht automatisch, dass Großmutter alles stehen und liegen ließ, nur weil die kleine Gené gerade etwas haben wollte.

Dafür kannte *Mamie* Geheimnisse und Tricks, von denen andere Großmütter nur träumen konnten. Sie führte Geneviève auch früh in die Pariser Gesellschaft ein und hätte die Enkelin am liebsten mit einem echten Aristokraten verheiratet, aber den Plan gab sie schnell auf, als klar war, dass die Kleine auf diesen Plan nicht einsteigen würde.

Sie führte die Enkelin in die besten Restaurants der Stadt aus, besuchte mit ihr die großen und kleinen Museen von Paris, angesagte und aufstrebende Kunstgalerien, schleppte sie von einem Nobeljuwelier zum nächsten, besuchte mit ihr die feinsten Bälle der Stadt und ließ ihr so eine Allgemeinbildung zukommen, die man mit Geld nicht kaufen konnte. Die man als Kunstdieb jedoch sehr gut gebrauchen konnte. Oder auch als Polizistin.

Geneviève benötigte selten die Hilfe von Experten, um eine Fälschung – seien es Gemälde oder Edelsteine – zu erkennen. Ebenso konnte sie einen Betrüger praktisch riechen. Bei Mördern war das eine andere Geschichte. Mit Gewalt hatte die Familie Morel nichts am Hut. Wenn, dann konnte man sie als »Gentleman-Gauner« bezeichnen. Wobei bis auf Geneviève alle anderen Familienmitglieder beim Wort »Gauner« die Nase rümpften. Man sah sich eben als Künstlerfamilie. Kunst war ja ein durchaus dehnbarer Begriff. Aber die Diebstähle, welche ihr Vater durchzog, hatten tatsächlich etwas Künstlerisches an sich. Im Gegensatz zu anderen Künstlern störte es den Vater auch nicht, dass er für seine Darbietungen keinen Applaus erntete. Er genoss seinen Erfolg lieber im Stillen.

Natürlich wollte die kleine Gené ihre Großmutter nicht vor den Kopf stoßen und saugte alle Ratschläge und Tipps krimineller Natur auf wie ein Schwamm. So ließen sich gleich zwei Fliegen mit einer Klatsche schlagen. Einerseits stellte sie sich auf die gute Seite der Großmutter, andererseits erlernte sie so alle Tricks der anderen Seite. Offen rebellieren konnte sie den Rest des Jahres über daheim an der Côte d'Azur.

Und das Wichtigste: Ihre Familie stahl wenigstens nur. Sie konnte sich nicht erinnern, dass ihr Vater einem seiner Opfer jemals körperlich etwas angetan hatte. Was natürlich nicht bedeutete, dass man auf etwaige Notfälle nicht vorbereitet war. Also hatte Geneviève auch schon im Kindesalter verschiedene asiatische Kampfsportarten gelernt. Am Geld für exzellente Trainer hatte es in der Familie nicht gemangelt. Dementsprechend gut ausgebildet war sie, als sie sich zum Schrecken der ganzen Familie nach abgeschlossenem Gymnasium wirklich bei der Nationalen Polizeischule einschrieb.

Für ihren Vater war das einzige Trostpflaster, dass zu diesem Zeitpunkt wenigstens der fünf Jahre jüngere Frédéric bereits Ambitionen zeigte, das Familiengeschäft einmal zu übernehmen.

Nach außen gab die Familie das Bild leichtlebiger Bonvivants. Fast clownesk, wie sich ihre Eltern und ihr Bruder im Gesellschaftsleben der *Côte* suhlten, legendäre und ausschweifende Charity-Partys auf der familieneigenen 80-Meter-Jacht oder dem eigenen Strandclub in Cannes organisierten und ständig in den Schlagzeilen waren.

Dabei war das alles nur Show. Niemand vermutete hinter dieser Fassade einen der größten Kunstdiebe aller Zeiten. Seit Generationen funktionierte diese Show. Mal schriller, mal weniger schrill. Je nach Bedarf. Und auch *Mamie* zog dieses Schauspiel nach wie vor ab. Jetzt eben in Paris, als feine Dame der gehobenen Gesellschaft, der sie aufgrund ihrer Abstammung ja auch angehörte. *Mamie* war früh vom Familienanwesen am Meer in die Hauptstadt geflüchtet. Sie liebte die Vielfalt der Stadt. Tief in ihrem Herzen war sie aber vom Land. Wohl auch ein Grund, warum sie sich ausgerechnet am Montmartre niedergelassen hatte. Die Familie besaß Immobilien über die ganze Stadt verteilt, aber *Mamie* wollte nirgendwo anders wohnen als hier. Einem Dorf hoch auf einem Hügel über Paris, das erst 1860 eingemeindet worden war und sich bis heute seinen eigenständigen Charme und eine gewisse Ruhe und Gelassenheit bewahrt hatte. Ja, es gab hier viele Touristen. Ja, es konnte auch hier hektisch werden. Aber nein, es war hier doch ganz anders als im Rest des Riesenmolochs Paris. Ein Grund dafür waren sicher die topografischen Gegebenheiten. Hier am *Butte* gab es keine breiten Boulevards, keine ausufernden Avenues. Einbahnen und schmale, verwinkelte Gässchen dominierten den etwa 130 Meter hohen Hügel, auf dessen Kuppe die schneeweiße Basilika *Sacré-Coeur* thronte und auf die Millionenmetropole hinabblickte.

Mamie liebte aber nicht nur den Montmartre, sondern auch die Auswahl, die ihr Paris bot. Die Auswahl an Diebesgut, wohlgemerkt. Seitdem Geneviève nach Paris gezogen war, hatte sie diese Tätigkeit drastisch reduzieren müssen. Mit einer Polizistin im Haus war nicht gut Kirschen essen. Was nicht bedeutete, dass *Mamie* gar nichts mehr stahl. Die Katze ließ das Mausen nicht. Und Geneviève musste nicht alles wissen.

Mit dem Rest der Familie gab es eine Art widerwilligen Waffenstillstand: Vater klaute nichts in Paris, dafür steckte Geneviève ihre Nase nicht in die dunklen Geschäfte der Familie.

Alle wussten, dass das nicht ewig gut gehen konnte. Doch was sollte man sonst tun? Insofern genoss Geneviève jeden Tag, an dem sie nicht in die unangenehme Lage kam, gegen ihre eigene Familie ermitteln zu müssen. Sogar *Mamie* hielt sich daran und klaute wenigstens nicht im 18. Arrondissement. Womit etwaige Diebstähle (und Geneviève wusste, dass ihre Großmutter weiter klaute wie ein Rabe) wenigstens nicht direkt in ihren Zuständigkeitsbereich fielen. Aber es war ein brüchiger Friede. Was Geneviève umso mehr ärgerte, als sie ihre Familie im Grunde genommen liebte. Es konnte zeitweise nur sehr anstrengend sein, zwischen zwei so unterschiedlichen Welten zu leben.

Während Geneviève das mitgebrachte Gebäck am großen Esstisch aus edlem Mahagoni anrichtete, startete *Mamie* in der Küche die Espressomaschine. Es krachte und knarzte, und herrlich frischer Kaffeegeruch drang aus der Küche in den Salon. So etwas Neumodisches wie eine Kapselmaschine kam *Mamie* auf keinen Fall ins Haus. »Abwaschwasser« bezeichnete Großmutter solchen Kaffee abfällig. Bei ihr musste es eine edle *La Marzocco*-Espressomaschine mit echten Walnuss-Einsätzen sein. Auch wenn Geld in ihrer Familie keine Rolle spielte, hatte Geneviève die Hände über dem Kopf zusammengeschlagen, als sie die Rechnung sah, nachdem das gute Teil geliefert und aufgebaut war: Über 8.000 Euro hatte sich *Mamie* die Maschine kosten lassen. Um das Geld hätte sie sich für den Rest ihres Lebens den besten Kaffee der Stadt nach Hause liefern lassen können. Mehrmals täglich.

Schweigend kauten beide später ihre Croissants und tranken den hervorragenden Kaffee. Es war etwas anderes als das Kapselzeug, wobei Geneviève in ihrem Appartement genauso eine Kapselmaschine stehen hatte. Für ihre Ansprüche reichte das auch. Zugegeben, dass George Clooney dafür Werbung gemacht hatte, mochte auch etwas ihre Entscheidung beeinflusst haben. Sie war eben auch nur ein Mensch und anfällig für Werbung.

»Was hast du heute noch vor?«, fragte Geneviève schließlich. Dass *Mamie* um diese Uhrzeit aufgeputzt wie ein Weihnachtsbaum war, schien ein klein wenig verdächtig.

»Nichts«, wich die Großmutter aus.

»*Mamie!*«

»Hach, wieso interessiert dich das überhaupt?«

»Weil du mir nicht egal bist?«

»*Chérie*, das ist wirklich süß, aber ich treffe mich nur mit ein paar Freundinnen.«

»In diesem Aufzug? Um diese Uhrzeit?«

Die Großmutter sah verlegen zur Seite.

»Also? Was habt ihr vor?«

»Was die anderen vorhaben, weiß ich nicht. Ich möchte mir einen schönen Vormittag in einem der *Grands Magasins* machen.«

Aha, daher wehte also der Wind und die Aufmachung. »Du willst doch nicht …«

»Etwas stehlen? Ich?« *Mamie* gab sich entsetzt. »Ich möchte mir eine neue Halskette ansehen. Dafür muss man doch ordentlich hergerichtet sein, oder? Die Verkäufer sehen in allen nur das Schlechte. Wenn man nicht passend gekleidet ist, bekommt man so ein Schmuckstück gar nicht in die Hände!«

Geneviève seufzte. Sie würde ihre Großmutter nie auf den rechten Weg bringen. Es mochte schon stimmen, dass sie sich mit Freundinnen treffen wollte, aber die würden in erster Linie als Ablenkung für ihren Coup herhalten müssen. Natürlich ohne eingeweiht zu sein. Geneviève kannte *Mamies* Freundinnen ein wenig. Keine von ihnen hatte ihrer Meinung nach eine Ahnung, welchem »Hobby« Olivia Morel in deren Anwesenheit nachging. Keine war auch nur annähernd mit Verbrechern jemals in Berührung gekommen. Außer vielleicht wenn sie einen Diebstahl zu melden hatten, denn *Mamies* Freundinnen gehörten selbstverständlich ebenfalls der Pariser Oberschicht an. Geneviève hatte das nagende Gefühl, dass ihre Großmutter auch bei ihren eigenen Freundinnen das eine oder andere Mal zugegriffen hatte. Wenigstens hatte sie so viel Anstand, dass sie nicht in Genevièves Revier auf Diebestour ging. Sollte Geneviève aber etwas bei ihr finden, wurde das gute Teil – anonym – an den Besitzer zurückgeschickt. Es wäre nicht das erste Mal. Natürlich gebärdete sich *Mamie* dann jedes Mal wie ein kleines Kind, dem man das Lieblingsspielzeug weggenommen hatte. Lang hielten diese Phasen glücklicherweise nicht an. Dafür war das nächste verlockende Objekt viel zu nah. Paris bot ja jede Menge an potenziellen Zielen. Und Geneviève konnte ihre Großmutter nicht ständig überwachen. Wollte sie auch gar nicht. Sie konnte nur darauf hoffen, dass *Mamie* einerseits geschickt genug war, um ihren Kollegen weiterhin erfolgreich auf der Nase herumzutanzen, und andererseits, dass sie vernünftig genug war zu erkennen, wenn ihre Karriere aus Altersgründen endgültig zu Ende war.

»Lass dich nicht erwischen«, verabschiedete sie sich resignierend von ihrer Großmutter und stieg die Treppen zu ihrem eigenen Appartement hoch.

VON GRAUEN MÄUSEN UND STOLZEN SCHWÄNEN

In ihrer Wohnung wurde sie von Merlot überschwänglich begrüßt. Der Teufelskater hatte durch die Eingangstür gerochen, dass Frauchen an ihn gedacht und etwas mithatte. Geneviève war noch nicht einmal durch die Tür durch, da musste sie sich schon zu dem roten Kater hinunterbeugen und das Stück Croissant aus der Papiertasche wickeln, welches sie für ihn aufgespart hatte. An Dank war selbstverständlich nicht zu denken. Merlot schnappte das Croissant, trabte im Maul damit davon und verzog sich knurrend unter die Couch. Als ob sein Frauchen ihm das angesabberte Stück nochmals wegnehmen würde.

Geneviève entledigte sich ihrer längst aufgetrockneten Joggingklamotten und stieg in die Dusche. Sie schloss die Augen und ließ das heiße Wasser aus der Brause über ihre Haare, ihren Kopf, ihren Körper prasseln. Aus versteckten Boxen kam leise Musik, eingebaute Leuchten spulten ein ausgeklügeltes Lichtprogramm ab, dazu passend kam aus winzigen Öffnungen in der Wand feiner parfümierter Sprühnebel. Ein Luxus-Spa war nichts dagegen. Alles nur aus den edelsten Materialien, wobei im Bad dunkler Marmor dominierte.

Das Ganze war ein – aufgezwungenes – Geschenk ihres Vaters gewesen. Irgendwie hatte er bis heute nicht die Hoffnung aufgegeben, dass er seine Tochter bekehren könnte.

Auf der anderen Seite des Gesetzes ließ es sich doch viel besser verdienen und leben! Ein klein wenig schlechtes Gewissen hatte Geneviève schon, andererseits war sie in diesem Luxus aufgewachsen und daran gewöhnt. Insofern hatten ihre Eltern Erfolg gehabt.

Ihr Appartement war weit über dem, was sich eine einfache *Commissaire de Police* normalerweise leisten konnte. Aber sie hatte ja unbedingt in der Nähe ihrer *Mamie* wohnen wollen, und die Renovierung der Dachgeschosswohnung in der Rue Maurice Utrillo hatte ihr Vater ungefragt übernommen. Als Geneviève bei der Schlüsselübergabe zum ersten Mal in die Wohnung kam, wäre sie beinahe aus ihren Sneakers gekippt. Ihr Vater hatte da ein kleines Vermögen ausgegeben und ihr sogar einen echten Picasso ins Wohnzimmer gehängt. Den hatte sie noch am selben Tag zu ihrer Großmutter hinuntergetragen und sich dafür beim nächsten *Ikea* jede Menge billiger Kunstdrucke gekauft, mit denen sie glaubte, ihre sündteure Wohnung wenigstens eine Spur downgraden zu können. *Mamie* hatte zwar protestiert, aber den Picasso schließlich angenommen. »Den verwahre ich sicher, bis du endlich zur Vernunft kommst«, hatte sie lapidar gemeint. Und dann ebenso beiläufig hinzugefügt: »In meinem Testament steht übrigens, dass du die Alleinerbin meiner Kunstsammlung bist.« Und schließlich mit einem teuflischen Grinsen: »Früher oder später wirst du dich mit deiner Herkunft arrangieren müssen.« Ja, aber lieber später als früher. Ganz abgesehen davon, dass sie ihre Großmutter möglichst lange haben und sich nicht mit dem Gedanken auseinandersetzen wollte, sie zu verlieren.

Nach einer Viertelstunde drehte Geneviève das Wasser ab. Gleichzeitig begann das Licht im Bad langsam zu pulsieren, eine neue Duftrichtung wurde aus den Wänden gesprüht.

War das alles *over the top*? Einfach zu viel? Ja, natürlich! Aber verdammt noch mal, sie liebte es, und niemand hatte etwas davon, wenn sie das Geschenk ihres Vaters wieder rausriss und durch ein billiges Einbaubad ersetzte. Außerdem hatte sie tagtäglich mit so viel Abschaum und Mist zu tun, dass es guttat, sich in dieser Wohlfühl-Oase den Alltagsschmutz runterwaschen zu können.

Das sah unter anderem auch Merlot so. Normalerweise waren Katzen ja eher auf der wasserscheuen Seite des Tierspektrums angesiedelt. Nicht so der Maine-Coon-Kater, der in dieser Hinsicht jedes Klischee seiner Rasse erfüllte. Manchmal sehr zum Missfallen seines Frauchens. So wie auch jetzt. Geneviève stand triefnass auf einem kleinen flauschigen Handtuch vor der Dusche. Ein großes Badetuch hatte sie um ihren Oberkörper gewickelt, aber ihre Beine … die waren noch nass, und Merlot hatte nichts Besseres zu tun, als sich an sie anzuschmiegen. Wohl aus Dank für das Croissant von zuvor. Er schnurrte wie ein gut geölter Achtzylinder (und auch ebenso laut), der Schwanz stand senkrecht in die Höhe, und der Rücken war durchgebogen wie eine Büroklammer.

Und seine Haare klebten an den feuchten Unterschenkeln Genevièves.

»Ksch!« Sie scheuchte den Kater weg. Beleidigt machte sich Merlot von dannen. Undankbarer Dosenöffner! Geneviève stieg zum zweiten Mal in die Dusche und brauste schnell ihre Beine ab. Sie blickte auf die Uhr. Es war kurz vor 11 Uhr. Höchste Zeit! Ohne groß nachzudenken, schlüpfte sie in Jeans und ein T-Shirt. Knöchelhohe Stiefeletten und eine schwarze alte Bikerjacke mussten für heute reichen. Das war der Vorteil, wenn man die Leiterin des Kommissariats war. Niemand konnte ihr Vorschriften machen, was sie in die Arbeit anzuziehen hatte.

Vor der Eingangstür versperrte ihr neuerlich Merlot den Weg. Der Kater maunzte herzzerreißend. Geneviève schnaufte und öffnete das Fenster neben der Eingangstür. Mit einem Satz war der Kater am Fensterbrett, mit einem weiteren Satz saß er auf dem Ast eines der Bäume, die zwischen der Häuserzeile und der langen Treppe, die hinauf zur Basilika führte, gepflanzt waren. Natürlich war es dem Kater nicht darum gegangen, dass er wieder alleingelassen wurde. Einer Katze war so etwas im Großen und Ganzen egal. Was ihn nervös gemacht hatte, war die Angst vor fehlendem Auslauf.

»Mach keinen Blödsinn!«, rief ihm Geneviève nach. Merlot würdigte sein Frauchen nicht einmal eines Blickes. Mit einer Grazie, die man einer Katze seiner Größe nicht zutraute, sprang er von Ast zu Ast, von Baum zu Baum, und nach wenigen Sekunden war von ihm nichts mehr zu sehen. Geneviève ließ das Fenster offen. Für Einbrecher lag das Appartement viel zu hoch, da musste sie sich keine Sorgen machen. Aber sie konnte nicht wissen, wann Merlot sich entschloss, nach Hause zu kommen. Sie wollte das Tier keinesfalls vor einem geschlossenen Fenster darben lassen.

Vor dem Haus stieg sie auf ihre Maschine. Sie besaß zwar zusätzlich einen hochgezüchteten Renault Clio, aber sie hatte sich früh nach ihrem Umzug nach Paris angewöhnt, nach Möglichkeit auf zwei Rädern unterwegs zu sein. Im dichten Pariser Verkehr, noch dazu im größtenteils verwinkelten 18. Arrondissement, war es beinahe sinnlos, mit einem Auto unterwegs zu sein. Da half meistens auch Blaulicht nichts. Ein Motorrad war eine ganz andere Geschichte. Im Fall eines Staus war sie nur eine von unzähligen anderen Motorradfahrerinnen, die über den nächstgelegenen Gehsteig auswich. Einbahnen existierten für sie lediglich auf dem

Papier, schließlich durften Fahrräder ja auch gegen die Einbahn fahren. Ein gewisses Faible zum Gesetzesbruch lag ihr einfach im Blut.

Geneviève startete ihre blau-schwarze BMW F 900 XR und drehte spaßeshalber einmal den Gasgriff durch. Das Dröhnen des Motors ließ die naheliegenden Fenster klirren und den Sattel unter ihrem Po wohlig zittern. Sie klappte das Visier ihres Helms runter – sie mochte sich im Verkehr nicht an alle Regeln halten, aber sie war auch nicht lebensmüde – und machte sich auf den Weg Richtung Kommissariat, das sie keine fünf Minuten später erreichte. Die Wege am Montmartre waren kurz – so man korrekt motorisiert war und sich nicht um Verkehrsregeln scherte. Das Kommissariat lag in der Rue de Clignancourt, einer der größeren Straßen, die Montmartre wie ein unförmiger Ring einfassten. In diesem Fall war es eine dreispurige Straße, wobei der linke und rechte Fahrstreifen für Parker reserviert waren. Dementsprechend langsam wälzte sich der Verkehr durch die Straße.

Das Kommissariat war ein abgrundhässlicher, fünfstöckiger Bau aus beigefarbenem Stein, schwarzem Stahl und verspiegeltem Glas. Kein Vergleich zu den Haussmann'schen Gebäuden, die das Bild von Paris prägten.

Der Bürgersteig vor dem Kommissariat war mit Gittern abgesperrt, mindestens zwei Polizisten mit Sturmgewehren und schusssicheren Westen sicherten das Gebäude ab. Spätestens seit der Geschichte im *Bataclan* war man in Paris hoch sensibilisiert. Vor dem Absperrgitter parkten einige Wagen der Polizei, vom einfachen Streifenwagen bis zur mobilen Einsatzzentrale, und zwei Polizei-Motorrädern. Geneviève parkte ihre Maschine neben den beiden offiziellen Motorrädern, grüßte die wachhabenden Polizisten mit einer kurzen Handbewegung und ging ins Kommissariat.

Ihr Büro lag im fünften und letzten Stock. Die gegenüberliegende Häuserzeile hatte ein Stockwerk weniger, was ihr einen schönen Ausblick auf die südöstlich gelegenen Teile der Stadt bot. Aus sportlichen Gründen verzichtete sie auf den Lift und stieg die Treppen hinauf. Oben angekommen wurde sie von ihrer persönlichen Assistentin empfangen. Lunette Lizeroux überreichte ihrer Chefin gleich einen ganzen Stoß an neuen Akten. »Das ist alles, was wir bisher zum Fall Beauvais haben«, erklärte sie. Geneviève bedankte sich und bat Lunette, in einer Viertelstunde mit zwei Tassen Kaffee zu ihr zu kommen.

In ihrem Büro ließ sie sich erschöpft in den Sessel hinter ihrem gläsernen Schreibtisch fallen. Ein Überbleibsel ihres Vorgängers. Seit fünf Jahren wollte sie den pompösen Tisch austauschen, aber immer war etwas dazwischengekommen. Die Akten legte sie neben ihren Laptop, auf dem sie zunächst ihren E-Mail-Eingang prüfte. Noch keine Nachricht von der Gerichtsmedizin. Aber dafür war es natürlich viel zu früh. Der Rest waren vernachlässigbare Nachrichten. Nichts, was ihrer Aufmerksamkeit bedurfte. Nur der übliche Kleinkram, mit dem ihre Leute auch sehr gut alleine zurechtkamen. Aber auch das war nach fünf Jahren ein Überbleibsel des alten Chefs, der ein Mikromanager erster Güte gewesen war. Er wollte über jeden Vorgang auf seinem Kommissariat informiert werden, und sei es ein noch so kleines Delikt. Im Vergleich zu ihrem ersten Jahr hatte sich dieser Wust an nutzlosen Informationen aber recht deutlich reduziert. Es war ein hartes Stück Arbeit, so lange eingefahrene Arbeitsstrukturen zu ändern, aber Schritt für Schritt ging es voran.

Lunette war ihr dabei eine große Hilfe. Wenn Albouy ihre Nummer 2 war – was vom Dienstrang her auch absolut stimmte –, so war Lunette ihre eigentliche rechte Hand, der sie alles anvertrauen und der sie blind vertrauen konnte. Auch sie hatte sie von ihrem Vorgänger übernommen, aber Lunette war von Anfang an eine der Wenigen gewesen, die bedingungslos zur neuen Chefin gestanden waren. Sie war in etwa so alt wie Geneviève und war heilfroh gewesen, dass im Kommissariat endlich ein frischer und vor allem weiblicher Wind wehte. Zudem hatte sich Lunette als äußerst hilfreich bei vielen Fällen erwiesen. Sie war keine normale Vorzimmertippse, sondern voll ausgebildete Polizistin. Eigentlich war sie sogar bei einer Spezialeinheit, der BRI-BAC (*Brigade Anti-Commando*) gewesen. Bis zu jenem schicksalhaften Tag, als islamistische Terroristen eine verheerende Anschlagserie in Paris verübten. Lunette war unter jenen Polizisten gewesen, die im *Bataclan* im Einsatz waren. Sie hatte dabei ihr rechtes Bein unterhalb des Knies verloren, das Monate später durch eine Prothese ersetzt worden war. Jahrelang hatte sie danach ausschließlich mit Krücken gehen können. Jeder Gedanke an einen aktiven Polizeieinsatz war damit vorbei. Sie wurde in den Bürodienst im 18. Arrondissement versetzt und erntete dort in erster Linie mitleidige Blicke. An ihren exzellenten Qualifikationen war niemand interessiert.

Dafür stürzte sie sich nach ihrer Genesung umso mehr in die unumgänglichen Recherchearbeiten, die jedes schwere Verbrechen mit sich brachte. In den letzten fünf Jahren war sie für Geneviève zu so etwas wie ihrer »externen Festplatte« geworden. Lunette hatte immer alle Informationen parat und war durch ihre Ausbildung außerdem eine wunderbare Gesprächspartnerin, um Thesen und Theorien durchzugehen und gegebenenfalls zu verifizieren oder falsifizieren. Unter ihrem Vorgänger war das nicht der Fall gewesen. Lunette hatte zwar auch dem alten Chef ihre Dienste angeboten, aber der hatte sie lediglich als verkrüppelte Assistentin gesehen. Eine Ex-Polizistin, der man aus Mitgefühl das Ausgedinge finanzierte.

Unter Geneviève war sie richtig aufgeblüht. Was sich auch an ihrem Äußeren bemerkbar gemacht hatte. Als Geneviève an ihrem ersten Tag in ihr Büro gekommen war, war Lunette wie eine verschreckte graue Maus dagesessen. Rahmenlose Brille an einer silbernen Kette, wie ein Vorzimmerdrache aus einem schlechten Roman, dazu ein graues formloses Kostüm und die dunkelblonden Haare zu einem strengen Dutt hochgesteckt. Die Füße in flachen Tretern, die aus dem nächsten Orthopädieshop stammten, und eine blickdichte Strumpfhose. Geneviève war das egal gewesen, sie mischte sich grundsätzlich nicht in das Privatleben ihrer Mitarbeiter ein. Und doch war es Genevièves Einfluss geschuldet, dass sich innerhalb weniger Monate aus dem grauen Entchen ein stolzer Schwan entwickelte. Je mehr Aufgaben Geneviève ihr übertrug, umso mehr steigerte sich auch Lunettes Selbstbewusstsein. Damit einher ging ein optischer Wandel, der vor allem den männlichen Mitarbeitern des Kommissariats nicht entging.

Nach der vereinbarten Viertelstunde klopfte es an Genevièves Tür, und Lunette kam mit einem Tablett, auf dem zwei Tassen Kaffee dampften, in den Raum. Ohne Krücken. Sie hatte in den letzten Jahren auch körperlich eine überraschende Veränderung durchgemacht. Mit dem gesteigerten Selbstbewusstsein hatte sie ihre Physiotherapie intensiviert, und sie konnte heute wieder ohne die beschämenden Krücken gehen. Es war ein langwieriger und schwieriger Weg gewesen. Gepflastert mit Rückschlägen und Zweifeln. Aber Geneviève war den Weg mit ihr gegangen. Hatte stolz zugesehen, wie Lunette es erstmals ohne Krücken vom Kaffeeautomaten ins Büro ihrer Chefin geschafft hatte. Selbst diese scheinbar niedrigen Hilfstätigkeiten waren wichtige Erfolgserlebnisse für ihre Assistentin. Zu Beginn war das eine wackelige Sache gewesen, und mehr Kaffee war am Tablett gelandet, als in den Tassen blieb, aber bereits nach wenigen Wochen brachte Lunette den Kaffee, ohne einen Tropfen zu verschütten. Ein Meilenstein in ihrer körperlichen und auch geistigen Genesung, den Geneviève spontan mit einem gemeinsamen Abendessen belohnt hatte. Ein ungeplantes *Bonding*, das dazu geführt hatte, dass sich Lunette noch mehr für ihre Chefin ins Zeug legte, wenn das überhaupt möglich war. Geneviève war die Einzige gewesen, die sie nach ihrer Verletzung wie ein normaler Mensch behandelt hatte. So einfach und doch so wichtig.

Heute trug Lunette einen eng geschnittenen, schwarzen Hosenanzug mit einem gewagt tiefen Ausschnitt. Um ihren Hals baumelte eine feingliedrige silberne Kette. Das Gesicht war dezent geschminkt, dafür knallte das Rot ihres Lippenstifts umso mehr. Ihre alte Sekretärinnen-Brille hatte sie gegen ein schmales, schwarz umrahmtes Modell getauscht. Die Haare hatte sie wie Geneviève zu einem praktischen Pferdeschwanz gebunden. Ihre Füße steckten in schwarzen sportlichen Sneakers, die das elegante Ensemble komplettierten.

Sie nahm am Sessel gegenüber von Geneviève Platz, die mit einem Kopfnicken ihre Tasse Kaffee entgegennahm und mit der Hand auf den Stapel Akten deutete.

»Nichts Neues dabei«, antwortete Lunette wie aus der Pistole geschossen. »Die Verwandten des Mordopfers werden gerade zwei Stockwerke tiefer offiziell einvernommen.«

»Von Albouy?«

»Ja. In deiner Abwesenheit hat er sich nicht nehmen lassen, die Befragung selbst durchzuführen.«

»Abgesehen davon, dass ich ihm das aufgetragen habe, macht es auch Sinn, er hat ja zugehört, als ich die beiden befragt habe. So wie ich ihn kenne, hat er sich alles gemerkt und weiß, wenn die beiden auf einmal von ihrer Geschichte abweichen.«

»Glaubst du, dass sie das tun könnten?«

Geneviève schüttelte den Kopf. »Nein, nicht wirklich. Aber man weiß ja nie. Wobei, kann schon sein, dass sie sich jetzt an andere Sachen erinnern. Als ich mit den beiden gesprochen habe, war der Schock noch ganz frisch. Da kann man mal etwas vergessen oder anders in Erinnerung haben. Mit ein paar Stunden Abstand erscheinen die Dinge vielleicht in einem anderen Licht.«

»Wäre nicht das erste Mal«, merkte Lunette an.

Geneviève stellte ihre Tasse ab. »Was ist deine Meinung zu der ganzen Sache?«

Lunette zuckte mit den Schultern. »Mir fehlen noch zu viele Informationen. Ich weiß nur das, was ich von Albouy gehört habe und was ich inzwischen über das Mordopfer recherchiert habe.«

»Und?«

»Nichts Aufregendes. Also nichts, was nicht ohnehin öffentlich bekannt ist. Beauvais hat seit Jahren das offiziell beste Baguette der Stadt gebacken. Platz zwei ging jeweils an Baptiste Buffet, der seine Boulangerie im fünften Arrondissement betreibt.«

»Die Nichte hat ihn als möglichen Täter ins Spiel gebracht.«

»Schon möglich, Baguette ist uns Franzosen heilig.«

»So heilig, um dafür zu morden?«

»Du darfst nicht vergessen, dass es nicht nur um die Auszeichnung geht. Damit verbunden ist auch ein richtig großes

Geschäft. Menschen aus ganz Paris pilgern in die siegreiche Boulangerie, um das beste Baguette der Stadt zu probieren.«

»Und er darf das *Élysée* beliefern.«

»Das auch.«

»Sonst noch was?«

Lunette blätterte aufgeregt in den Akten herum. »Ja, das Handy des Opfers wurde auch gefunden. Es befand sich in seiner Hosentasche.«

Geneviève sprang auf. »Und das erfahre ich erst jetzt? Am Tatort hat mir keiner was davon gesagt.«

»Beruhig dich«, antwortete Lunette lachend. »Isabelle hat es erst gefunden, als sie Beauvais auf ihrem Seziertisch liegen hatte. Da ist es aus seiner Hosentasche gerutscht. Darüber trug er ja seinen Bäckerkittel, den sie erst entfernen musste.«

Geneviève setzte sich wieder. Okay, so etwas konnte vorkommen. Sollte nicht passieren, aber passierte eben. Niemand war perfekt.

»Und?«

»Fehlanzeige, es ist gesperrt. Aber bereits am Weg hierher. Am Nachmittag solltest du es am Tisch liegen haben. Zuerst müssen die Spurensicherer drübergehen.«

Geneviève nickte zufrieden. »Zurück zu Beauvais. Konntest du auf die Schnelle mehr über ihn herausfinden? Hatte er Feinde? Ich meine, *richtige* Feinde? Nicht einen eifersüchtigen Baguette-Bäcker?«

»Sieht nicht danach aus. Seine Finanzen sind in Ordnung. Keine Probleme mit der Finanz, auch die Hygiene in seiner Bäckerei passte. Aber das sollte nicht verwundern, als Bäcker des Präsidenten stand er in dieser Hinsicht unter besonderer Beobachtung. Er wusste, dass er sich da nichts leisten durfte.«

»Familie?«

»Nur der Neffe mit der angeheirateten Nichte. Sein Bruder, der Vater des Neffen, ist vor ein paar Jahren gestorben. Aber hier wird es tatsächlich interessant.«

»Ach?«

Lunette richtete sich ihre Brille und rutschte voller Vorfreude auf ihrem Sitz hin und her. »Ja, wirklich! Er wurde nämlich erstochen.«

»Okay, das ist interessant. Von wem?«

»Der Täter wurde bis heute nicht gefunden.«

»Schleißige Arbeit der Kollegen.«

»Kollegen ist relativ«, antwortete Lunette. »Die Geschichte ist an der Côte d'Azur passiert. Genauer gesagt in Antibes.«

Geneviève schluckte. Das war ja ganz in der Nähe ihrer alten Heimat.

»Wann ist das passiert?«

Lunette blätterte in den Akten. »Vor drei Jahren.«

»Wohnte der Bruder – wie hieß er eigentlich? – im Süden?«

Lunette schüttelte den Kopf. »Nein, tat er nicht. Er lebte in einem Vorort von Paris. Ärmliche Verhältnisse. Wurde von seinem Bruder und seinem Sohn über Wasser gehalten. War ein schwerer Fall. Mehrere Verurteilungen wegen kleinerer Vergehen. Nichts Weltbewegendes, aber er war eindeutig auf der falschen Seite des Gesetzes. Sein Name war Hugo Beauvais.«

»Weiß man, was er unten machte, als er erstochen wurde?«

»Nur vage. Die Kollegen im Süden haben den Fall als Streit unter Kriminellen zu den Akten gelegt und nicht weiter verfolgt. Ein Vermerk besagt, dass es sich um Spielschulden gehandelt haben dürfte. Cédrics Vater dürfte dort in illegalen Casinos verkehrt sein und dabei sein Glück überstrapaziert haben.«

Geneviève seufzte, konnte die Kollegen aber verstehen. Gerade in den Nobelgegenden zwischen Nizza und Saint Tropez gab es genug Kriminalität, um sich mit so einem Fall nicht weiter auseinanderzusetzen. Nicht perfekt, aber wer war das schon? Für Cédric Beauvais musste es doppelt hart sein: zuerst den Vater und dann den Onkel wegen eines Gewaltverbrechens zu verlieren. Das Schicksal konnte grausam sein.

Die nächsten Stunden verbrachte Geneviève damit, die Akten zu studieren, aber wie Lunette angekündigt hatte, gab es dabei nichts Neues. Zu Mittag holte sie sich aus der Kantine einen leichten Salat, ganz ohne Baguette-Begleitung. Davon hatte sie für heute genug. Am späten Nachmittag landete schließlich das freigegebene Handy von François Beauvais auf ihrem Tisch. Sauber eingetütet in ein Plastiksäckchen, dazu ein kurzer Bericht. Darin stand ebenfalls wenig Erhellendes. Es waren lediglich die Fingerabdrücke des Mordopfers darauf zu finden, öffnen ließ es sich nicht, da es mit einem Code gesperrt war. Sie nahm das Handy trotzdem heraus. Lange starrte sie es an, als ob es sich magisch entsperren würde, wenn sie es nur ernst genug anschaute. Was natürlich nicht passierte. Enttäuscht verstaute sie es schließlich wieder in der Plastiktüte und beendete ihren Arbeitstag.

Erfolgreich sah anders aus.

Sie verließ das Büro und wunderte sich, dass Lunette bereits gegangen war. Dann blickte sie auf ihre Uhr und sah, dass es nach 18 Uhr war. *Merde!* Merlot wartete sicher schon auf sein Futter. Nicht, dass der rote Kater nicht auch in den weitläufigen Grünanlagen unterhalb von *Sacré-Coeur* genug zu futtern fand. Der Kater war zudem gechipt, und alle Sicherheitskräfte im Bezirk waren darüber informiert, wer der riesige rote Freigänger war. In dieser Hinsicht hatte weder Merlot noch Geneviève etwas zu befürchten. Am Hunger konnte es also nicht liegen, dass der Kater jeden Abend sein Säckchen oder seine Dose Futter haben wollte. Daheim war eben daheim. Und Frauchen kochte noch immer am besten. Eher ging es aber wohl darum, Frauchen zu beschäftigen und auf Trab zu halten.

Um 18.30 Uhr stellte sie die Maschine vor ihrer Haustür ab und sprintete hinauf in ihr Appartement. Sie öffnete die Tür, und wie erwartet saß Merlot direkt dahinter. Den langen, buschigen Schweif um seinen Körper gerollt und einen vorwurfsvollen Blick in den Augen. Sein Abendessen war seit über einer halben Stunde überfällig. Geneviève nahm das Tier auf den Arm. Während sie mit ihm in die Küche ging, streichelte sie Merlot schuldbewusst. Erst nach ein paar Sekunden ließ sich der Kater zu einem sehr leisen Schnurren hinreißen. Während das Tier sein Fressen schmatzend in sich hineinschlang, rief Geneviève *Mamie* an.

»*Bonsoir, ma chère!*«, wurde sie von ihrer Großmutter überschwänglich begrüßt. »Bist du daheim?«

»Im Gegensatz zu dir schon«, antwortete Geneviève. Die Hintergrundgeräusche verrieten, dass *Mamie* unterwegs war.

»Ach Kindchen, sei doch nicht so. Ich bin mit meinen Freundinnen abendessen.«

»Wolltet ihr nicht mittagessen?«

»Auch«, antwortete *Mamie* nach einer kurzen Pause. »Aber wir haben etwas zu feiern.«

Geneviève wurde es heiß. »Was denn?«, fragte sie, obwohl sie eine Vermutung hatte.

»Natürlich mein neues Collier«, antwortete *Mamie* lachend und legte auf.

EIN HUNGRIGER PRÄSIDENT

Der nächste Tag passte wettertechnisch zur Stimmungslage Genevièves. Dicke Regentropfen klopften an die Fenster ihrer Mansardenwohnung, als ihr Wecker um 6 Uhr morgens losratschte. Neben ihrem Bett gluckerte der Heizkörper. Es hatte über Nacht abgekühlt, und das Thermostat war angesprungen. Merlot kroch bei ihren Fußspitzen unter die Decke und kuschelte sich an die nackten Beine. Geneviève schlief sogar im Winter ohne Pyjama oder Schlafshirt. Sie hasste es, wenn sie sich im Schlaf herumwälzte und sich der Stoff einer Schlafanzughose zwischen ihren Pobacken einzwickte. Oder ein Shirt sich um ihre Hüften wickelte und sie es schlaftrunken zurechtzupfen musste. Frieren musste man ja trotzdem nicht. Man konnte sich der Kälte mit einer dicken Daunendecke entgegenstellen, in die man sich ganz tief hinein verkroch.

Eine kühle Brise zog ihr über die Nase. Trotz der niedrigen Temperaturen trug sie den frischen Duft des Frühlings in sich. Ein Versprechen von Sonne, blühender Natur und neuem Leben. Zugleich aber auch beinahe frostige Kälte. Halt! Wieso Kälte? Woher die Brise? *Putain!* Geneviève warf die Decke von sich und sprang auf. Mit einem Fauchen hüpfte Merlot ebenfalls vom Bett. Die Dosenöffnerin hatte wirklich keinen Anstand. Aber wie hieß es so schön? Die Neugier war der Katze Tod. Also trabte Merlot seinem Frauchen interessiert nach. Im großzügig angelegten Wohnzimmer zog Geneviève fluchend die beiden großen Schrägfenster zu. Darunter hatten sich bereits große Pfützen am dunklen Parkettboden gebildet. *Putain* war noch ein Hilfsausdruck gewesen. Merlot schnupperte interessiert am Regenwasser, während Geneviève hektisch nach einem Handtuch suchte, um die Pfützen aufzutrocknen. Wobei sie mehrmals über den Kater stolperte, der natürlich just in dieser Situation um Futter zu betteln begann und ständig zwischen ihren Beinen herumstrich.

Zehn Minuten später lehnte sie schnaufend an der Küchenzeile. Neben ihren Füßen schlang Merlot das Futter in sich hinein. Dabei sah er gar nicht verhungert aus. Aus dem Badezimmer kamen die Geräusche der Waschmaschine, die Geneviève mit den Handtüchern befüllt hatte, mit denen sie die Wasserpfützen trockengelegt hatte. Eines hatte nicht gereicht. Sie hoffte inständig, dass sie nicht zu spät gekommen war. Der Parkettboden war natürlich versiegelt gewesen, aber wenn das Wasser länger gestanden war, half die beste Versiegelung nichts. Sie hatte keinen Bock darauf, einen neuen Boden verlegen zu lassen. Die Hoffnung war allerdings gering, schon beim Aufwischen hatten sich die ersten Wellen und Dellen im Nussholzboden bemerkbar gemacht.

Sie schüttelte den Kopf und schlüpfte in ihre Laufklamotten. Weil es ohnehin egal war. Nach so einem Erwachen war der ganze Tag zum Schmeißen. Da half nur mehr ein kompletter Reset.

Draußen schüttete es noch immer wie aus Kübeln, als Geneviève im Sprint die Stufen hinauf Richtung *Sacré-Coeur* nahm. Wenigstens war sie da mit ihren Gedanken allein. Bei dem Sauwetter gab es kaum andere Jogger in den schmalen Gassen von Montmartre. Das Thermometer musste einstellige Temperaturen anzeigen, die Luft vor ihrem Mund bildete beim Ausatmen weiße Wölkchen.

Sie nahm dieselbe Route wie am Vortag. Diesmal ohne Rücksicht auf Verluste. Nach knapp 29 Minuten lief sie vor der nun geschlossenen Bäckerei *Le Palais des Pains* locker aus. Überrascht registrierte sie, dass Dutzende Menschen auf ihre ganz besondere Art und Weise Abschied von ihrem Lieblingsbäcker genommen hatten. Nachdem die Polizei den Tatort geräumt und versiegelt hatte, waren sie gekommen und hatten Blumensträuße vor der Tür abgelegt und Grablichter angezündet. Einige der Kerzen hatten den anhaltenden Regen überstanden und flackerten noch immer gleichmäßig vor sich hin. Andere waren verloschen.

Wie das Leben von François Beauvais.

Bei anderen Gedenkgaben kam Geneviève nicht umhin zu schmunzeln. Einige Trauernde, vielleicht waren es aber auch pietätlose Scherzbolde gewesen, hatten Baguettes vor der Eingangstür zum Geschäft abgelegt. Die waren selbstverständlich vom Regenwasser völlig durchweicht und matschig.

Geneviève lief das Wasser längst von den Haarspitzen bis in die Joggingschuhe. Jeder Schritt quietschte und gurgelte. Ihr Körper dampfte dennoch. Sie hatte sich ziemlich verausgabt. Eigentlich ging sie bei diesen widrigen Bedingungen nicht laufen, aber das Missgeschick mit den offen gelassenen Fenstern hatte sie so wütend auf sich selbst gemacht, dass sie ihrem Zorn irgendwie hatte Luft verschaffen müssen. Selbstgeißelung, praktisch.

Das matschige Baguette erinnerte sie daran, dass sie sich noch keine Alternative für ihr gemeinsames Frühstück mit *Mamie* überlegt hatte. Beauvais war hier auf der Place du Tertre der einzige *Boulanger* gewesen. Wenigstens der einzig ernstzunehmende. Seitdem sie nach Paris gezogen war, gab es für sie eigentlich nur das *Palais des Pains*. Natürlich kannte sie in der Umgebung andere Bäcker, aber sie hatte keinem davon jemals einen Besuch abgestattet. Ihre andere Stamm-Boulangerie lag nahe dem Kommissariat, aber die war in diesem Moment keine Alternative, weil einfach zu weit entfernt.

Zwei Häuser weiter ging eine Tür auf, und Natalie Beauvais trat auf die Straße. Sie hielt sich tunlichst unter dem kurzen Vordach, auf dem in geschwungener Schrift der Name der Patisserie »La Framboise Gourmande« geschrieben stand. Die über den Gehweg reichende Markise war um diese Uhrzeit noch nicht ausgerollt. Das brachte Geneviève auf einen Gedanken. Warum zur Abwechslung nicht einmal etwas Süßes zum Frühstück? *Mamie* war einer guten *Viennoiserie* nicht abgeneigt, und sie selbst hatte mit ihrem Morgenlauf genug für die Fitness getan.

Natalie zündete sich eine Zigarette an. Die rechte Hand hatte sie schützend vor die Flamme des Feuerzeugs gehalten. Sie sah erschrocken auf, als plötzlich Geneviève neben ihr stand.

»*Madame le Commissaire*?«, fragte sie.

»Nicht so förmlich, Natalie«, entgegnete Geneviève freundlich. Die Gute musste noch vom Vortag geschockt sein, wenn ihr die Frau wenige Meter daneben nicht einmal aufgefallen war. Geneviève bemerkte, dass die Hand, mit der Natalie die Zigarette hielt, zitterte. Mit der rechten Hand stützte sie ihren linken Ellenbogen. Die Hand mit der Zigarette zitterte dennoch weiter.

»Wie geht es Ihnen?«

Natalie senkte den Blick, inhalierte einmal tief von der Zigarette und warf sie dann sofort weg. Die Luftfeuchtigkeit war so hoch, dass die Zigarette schon nach wenigen Momenten komplett feucht und ausgegangen war.

Erschöpft stieß sie den Rauch aus. »Wie soll es mir gehen?«, fragte sie achselzuckend. »Das Leben muss ja weitergehen. Aber was machen Sie in diesem Aufzug um diese Uhrzeit hier?« Natalie musterte Geneviève von oben bis unten. Geneviève tat es ihr nach. Vielleicht hätte sie doch kein weißes Shirt zum Laufen anziehen sollen. Erst jetzt fiel ihr auf, dass es in nassem Zustand trotz Sport-BH mehr von ihrer Figur preisgab, als ihr lieb war.

Verschämt zupfte sie an ihrem triefenden Shirt herum, der Effekt war endenwollend. »Das ist eine lange Geschichte«, antwortete sie schließlich. Die Antwort schien Natalie zu reichen. Sie nickte abwesend und wandte sich um, um in ihr Geschäft zu gehen.

»Haben Sie schon geöffnet?«, rief ihr Geneviève nach.

»Nein«, antwortete Natalie, ohne sich umzusehen. »Aber kommen Sie rein. Wir sperren ohnehin in fünf Minuten auf.«

Rasch schlüpfte Geneviève hinter Natalie ins Geschäft, ehe die Tür zufallen konnte. Mit vor der Brust verschränkten Armen stand sie vor der Theke.

»Was darf's sein?«, fragte Natalie. Von Cédric war weit und breit nichts zu sehen. Aus der Backstube hinter dem Verkaufsraum kamen Geräusche. Etwas schepperte. Eine zu Boden gefallene Schüssel? Dann ein lauter Fluch. Das war eindeutig Cédric. Natalies Miene verzog sich nicht im Geringsten. Die Stimmung im Verkaufsraum war eisig und wollte so gar nicht zu den feilgebotenen *Viennoiseries* passen. Ein Stück sah leckerer aus als das andere. Von so viel Angebot fühlte sich Geneviève in ihrer aktuellen Situation fast erschlagen. Am Ende entschied sie sich für ein Eclair au Chocolat und zwei Stück Pain au Chocolat. Wenig einfallsreich, aber sie war schlicht überfordert und begann nun in ihren nassen Klamotten zu frösteln.

Die Peinlichkeiten wollten nicht abreißen. Als es ans Zahlen ging, bemerkte Geneviève, dass sie kein Geld bei sich hatte. Auch keine Karten. Vielleicht sollte sie dem Drängen ihrer Bank doch endlich nachkommen und sich für das kontaktlose Bezahlen mittels Handy oder Smartwatch entscheiden. Aber sie hasste Banktermine. Nicht wie die meisten anderen, weil es immer nur Hiobsbotschaften gab, sondern weil so ein Termin einfach nicht in ihren täglichen Zeitplan passte. Redete sie sich ein. Tatsächlich war es ihr peinlich, dass sie als Kommissarin ein derart prall gefülltes Konto hatte, was sie bei ihren seltenen Bankgesprächen mit ständig wechselnden Beratern immer aufs Neue erklären musste. Was wiederum bedeutete, dass sie über die Profession ihrer Familie lügen musste. Was wiederum bedeutete …

»Kann ich das Geld später vorbeibringen?«, fragte sie schließlich. Sie zeigte auf ihre eng anliegende Jogginghose, die keine Seitentaschen hatte.

Erstmals entkam Natalie so etwas wie ein schwaches Lächeln. »Natürlich. Ich nehme an, dass mich die Kommissarin unseres Bezirks nicht übers Ohr hauen will.«

Geneviève schluckte. Wenn die Gute nur wüsste … Sie bedankte sich, dann trat sie den geordneten Rückzug an. Der Regen hatte endlich nachgelassen. Die ersten Menschen kamen auf die Straße, um sich ihr Frühstück zu besorgen, oder machten sich auf den Weg in die Arbeit. Viele taten beides.

Daheim angekommen legte sie die Papiertüte mit den Mehlspeisen vor der Tür von *Mamie* ab. Ein Pain au Chocolat nahm sie heraus und verschlang es noch im Stiegenhaus. Merlot würde sicher wieder um Futter betteln, wenn er sah, dass sie etwas zu essen mithatte.

In ihrer Wohnung hatten sich inzwischen die schlimmsten Befürchtungen bewahrheitet. Der Holzboden unter den Schrägfenstern hatte sich aufgebläht und Wellen geworfen. Und das großflächig. Nichts mehr zu machen, da half nur mehr ein neuer Boden. Beziehungsweise – teilweise ein neuer Boden.

Eine Stunde später saß sie in ihrem Büro am Kommissariat. Am Weg dorthin hatte sie einen kurzen Umweg gemacht und Natalie Beauvais das Geld für die Gebäckstücke von zuvor vorbeigebracht.

Lunette hatte ihr die Tageszeitungen auf den Tisch gelegt. Ihren Laptop hatte Geneviève noch nicht eingeschaltet, Lunette hatte sie aber gedrängt, dies baldigst zu tun.

Daraufhin hatte Geneviève geschluckt. Lunette musste gar nichts mehr sagen. Sie konnte sich denken, was im Posteingang auf sie wartete. Zu ihrem Schrecken hatte sie sich jedoch geirrt. Es war schlimmer als befürchtet. Eine Mail schien sie mit seiner Dringlichkeit vom Bildschirm aus anzuspringen. Es kam nämlich nicht, wie befürchtet, aus dem Innenministerium, sondern direkt aus dem *Élysée*-Palast.

Der langen Rede kurzer Sinn: Der Präsident hatte Hunger. Und er wollte sein Baguette. Also genau das Baguette, das es derzeit nicht mehr gab, weil der Hersteller das Zeitliche gesegnet und kein Rezept hinterlassen hatte. Nach der ersten Schrecksekunde musste Geneviève sogar schmunzeln. Die Aufforderung, den Fall so schnell wie möglich seinem Ende zuzuführen und nach Möglichkeit auch das Rezept von Beauvais' Baguette zu finden, war von der Sekretärin des Präsidenten verfasst und vom Präsidenten selbst unterschrieben worden. Danach eingescannt und als PDF an sie geschickt worden. Das Hauptaugenmerk in dem Schreiben war dem *ausgezeichneten* Baguette gewidmet, das Auffinden des Mörders kam nur als zweitrangig rüber. Würde der gute Mann doch auch so viel Energie in das vernünftige Regieren des Landes stecken …

Egal, über das Fassen des Mörders machte sie sich weniger Sorgen. Sie hatte ihren Mann, oder ihre Frau, noch immer gestellt. Okay, *fast* immer. Aber welche Kommissarin hatte schon eine 100-prozentige Aufklärungsquote? So etwas gab es nur bei den Super-Kommissaren in Kriminalromanen. Aber die wichtigen Fälle, die hatte sie alle gelöst.

Mehr Sorgen bereitete ihr das Rezept von Beauvais' Baguette. Das hatte der alte Bäcker garantiert geheim gehalten. Wobei, eine kleine Möglichkeit bestand ja. Vielleicht hatte er es in weiser Voraussicht an seinen Neffen weitergegeben? Oder hatte man in Bäckerkreisen sogar Angst vor Konkurrenz aus der eigenen Familie? Sie machte sich eine kurze Notiz in ihrem Handy, dass sie das bei nächster Gelegenheit überprüfen musste. Ein hungriger Präsident war einfach nicht er selbst. Druck von höchster Stelle konnte sie wegen eines letztlich profanen Mordes nicht gebrauchen. Ganz im Ernst: Musste *Monsieur le Président* in nächster Zeit eben vorlieb mit einem anderen Baguette-Bäcker nehmen. Es war ja nun nicht so, dass alle anderen Baguettes der Stadt ungenießbar wären. Ganz im Gegenteil. Ihr graute vor dem Gedanken, was in anderen Ländern als Baguette verkauft wurde. Auf Weiterbildungsseminaren war sie durch halb Europa gekommen. Bei ihrer Rückkehr war sogar das Baguette, das man am Flughafen *Charles de Gaulle* bekam, wie eine paradiesische Offenbarung. Eigentlich eine Gemeinheit, was man im Ausland unter dem Namen des französischen Nationalgebäcks zu kaufen bekam.

Ihre Stimmung besserte sich nicht, als sie die Zeitungen, die ihr Lunette gebracht hatte, aufschlug. Es reichte sogar schon ein Blick auf die Titelseiten, um zu sehen, welchen Trubel der Mord an François Beauvais, einem einfachen Bäcker, im ganzen Land schlug. Selbst *Le Monde* und *Le Figaro* war die Tat einen kurzen Bericht auf der Titelseite wert. Im Inneren wurde dann ausführlicher berichtet. Jedoch nicht so umfangreich wie in *Le Parisien*, der größten regionalen Tageszeitung. Dort zierte ein Bild des ermordeten Bäckers hinter der Theke seines Ladens formatfüllend die Titelseite. Stolz hielt Beauvais da zwei seiner Baguettes in die Kamera. Die Bildunterschrift verriet, dass das Foto im Vorjahr nach Beauvais' abermaligen Triumph bei der Wahl zum besten Baguette der Stadt aufgenommen worden war. Im Innenteil war dem beliebten Bäcker gar eine Doppelseite gewidmet worden. Auf einem weiteren Foto war Beauvais mit seinem Neffen und seiner Nichte zu sehen. Zum Fremdschämen war das Bild, auf dem der Präsident der Republik höchstpersönlich in der Backstube von Beauvais stand und gemeinsam mit dem Bäcker Baguette-Teig knetete. Unter dem Bäckerkittel gut sichtbar seinen Slim-Fit-Anzug tragend. Geneviève glaubte nicht, dass sich der Mann jemals freiwillig die Hände schmutzig gemacht hatte, aber das war ihre persönliche Meinung. Politiker blieben Politiker. Für eine gute Schlagzeile oder ein prestigeträchtiges Foto machten sie alles.

Der Tenor aller Berichte war jedenfalls derselbe. Es wurde die Frage aufgeworfen, wer Interesse am Tod des beliebten Bäckers haben konnte. War es Rache? Eifersucht? Geldschulden? Ein offizielles Statement des Präsidenten war ebenfalls wortgleich in allen Zeitungen abgedruckt worden. Darin lobte der Präsident die Verdienste Beauvais' um die französische *cuisine* und versicherte, dass er die Polizei angewiesen hatte, mit Hochdruck an der Lösung des Falles zu arbeiten. »Dieser Anschlag auf unser Kulturgut ist nicht hinzunehmen. Wir werden den Täter zur Rechenschaft ziehen.« Mit diesen Worten schloss das präsidiale Statement.

Geneviève schnaubte. Als ob sie nicht auch ohne die Hinweise des Präsidenten an der Lösung des Falls arbeiten würde. Bei seinem Statement hatte nur ein abschließendes *Bon Appetit* gefehlt.

Das Mail und die Zeitungsberichte hatten allerdings etwas geschafft: Geneviève fühlte sich schuldig und hatte ein schlechtes Gewissen, weil sie den Fall noch nicht gelöst hatte. Wenn der Präsident nur wüsste, dass sein mediales Getöse genau den gegenteiligen Effekt hatte. Sie hasste es, unter Druck zu arbeiten.

Lunette unterbrach ihre Gedanken mit einer Tasse Kaffee. »Mühsam, nicht?«

Geneviève nickte und nahm einen Schluck vom pechschwarzen dampfenden Getränk. So hatte sie ihn am liebsten: schwarz, klein und gemein.

Lunette hatte ihr gegenüber Platz genommen. Auch heute war sie wie aus dem Ei gepellt. Diesmal in einem eng anliegenden grauen Etuikleid, das ihrer Figur schmeichelte und mit dem sie auch bei jedem präsidialen Empfang passend gekleidet gewesen wäre. Das Kleid endete oberhalb ihrer Knie und gab den Blick auf die Prothese am rechten Bein frei. So etwas wäre früher völlig undenkbar gewesen. Jetzt zeigte Lunette der Welt, dass es ihr egal war, was man über sie dachte.

»Hast du Albouys Protokoll gelesen?«, fragte sie ihre Chefin mit einem Nicken in Richtung des Stapels an Akten, welche sie ihr gestern gebracht hatte.

»Ja, ich bin sie gestern noch durchgegangen.«

»Auch das Protokoll der Einvernahme der Beauvais?«

»Klar, aber im Großen und Ganzen haben die beiden nur wiederholt, was sie mir gestern selbst erzählt haben.« Geneviève machte eine Pause. »Wie klingt die Sache für dich?«

Lunette grinste: »Es klingt danach, als solltest du diesem anderen Bäcker endlich einen Besuch abstatten. Wie hieß er noch einmal?«

»Buffet. Baptiste Buffet!« Sie musste lachen. »Ich glaube, so einen passenden Namen habe ich noch selten gehört. Glaubst du, dass er es gewesen sein könnte?«

Lunette zuckte mit den Schultern. »Menschen haben schon für weniger als die Chance auf das beste Gebäck der Stadt getötet. Ansehen solltest du ihn dir auf jeden Fall.«

»Nein.«

»Wie, nein?«

»Ich werde ihn mir nicht ansehen. Also, nicht alleine. Lust auf einen kleinen Ausflug?« Schwungvoll stand sie auf und reichte Lunette die Hand über ihren Schreibtisch. »Würden Sie mir die Ehre geben?«

Lunettes strahlendes Gesicht war Antwort genug.

BOULANGERIE BUFFET

Geneviève verfluchte ihre Entscheidung, in der Früh wegen des Regens auf ihr Motorrad verzichtet zu haben und stattdessen zu Fuß in die Arbeit gegangen zu sein. Lunette hatte die Adresse des konkurrierenden Bäckers vorausschauend bereits gegoogelt. Die *Boulangerie Buffet* lag mitten im Quartier Latin. Eine Unzahl an verwinkelten Gassen, die kaum Platz für ein einzelnes Auto ließen, einige von ihnen für den motorisierten Verkehr gesperrt. Die Rue Saint-Séverin war eine von ihnen. Und natürlich war genau dort die gesuchte Bäckerei.

Vor dem Kommissariat waren die Motorradparkplätze der Polizei leer – alle waren entweder auf Streife oder im Einsatz. Also blieb Geneviève nichts anderes übrig, als einen der Streifenwagen zu nehmen. Sie wusste jetzt schon, dass es eine mühsame Fahrt werden würde.

Die Befürchtung bewahrheitete sich nach wenigen Metern. Gleich ums Eck des Kommissariats bog sie auf den Boulevard Barbès ein und stand schon im Stau. Im Schneckentempo ging es Richtung Süden, am Boulevard Magenta besserte sich die Verkehrssituation ein wenig und sie konnte erstmals knapp 30 Stundenkilometer fahren. Ein Geschwindigkeitsrausch im Vergleich zum Schritttempo von zuvor. Die Rue du Faubourg Saint-Martin entpuppte sich dafür dann als das befürchtete Nadelöhr. Einbahnen in

Paris ... Wie sehr sie sich nach ihrer Maschine sehnte. Am Ende hatten sie fast eine Stunde für die knapp acht Kilometer quer durch die Stadt gebraucht.

Sie parkte den Streifenwagen in der Rue de la Harpe, näher kam sie ohne Blaulicht und ohne triftigen Grund nicht an die Bäckerei ran. Lunette stieß sich daran nicht. Die Sonne hatte inzwischen die Wolken verdrängt, das nasse Straßenpflaster dampfte leicht, und mit dem schönen Wetter waren auch die Menschen wieder auf den Straßen unterwegs.

»So stelle ich mir einen Arbeitstag vor«, lachte sie laut, während sie zielstrebig auf die Rue Saint-Séverin zusteuerte, die parallel zur zwei Häuserblocks entfernten Seine verlief. Geneviève hechelte ihr hinterher. Wenn man es nicht wusste, würde man nie ahnen, dass Lunette mit einer schweren körperlichen Behinderung zu kämpfen hatte. Elegant stakste sie über das Kopfsteinpflaster der Straße, ihre halbhohen Stöckelschuhe wackelten kein einziges Mal.

Kaum hatten sie die Rue Saint-Séverin betreten, wurde es finster. Die Straße war eigentlich nicht mehr als ein schmales Gässchen, von drei- bis vierstöckigen Häusern gesäumt, welche die Sonne komplett verdeckten. Hinter nahezu jeder Eingangstür versteckte sich ein Bistro, ein Café, eine Bar oder ein kleiner Laden mit den unvermeidlichen Touristensouvenirs. Dazwischen hatten sich griechische und türkische Imbisse geschmuggelt, die das kulinarische Angebot von Paris in den letzten Jahrzehnten erweitert hatten. Es mussten nicht immer Weinbergschnecken oder Miesmuscheln sein. Was aus Sicht von Geneviève ohnehin ein blödes Vorurteil war. Sie kannte genug Pariser, die damit nichts anfangen konnten. Sie selbst zum Beispiel. Wenigstens, was die *Escargots* anging. Es war fast nicht zu glauben, dass jährlich rund 30.000 Tonnen Schnecken in Frankreich gegessen wurden.

Allerdings: War sie wirklich eine echte Pariserin? Den Großteil ihres Lebens hatte sie an der Côte d'Azur verbracht, was einen komplett anderen Lebensstil mit sich brachte. Auf der anderen Seite hatte sie fast jeden Sommer bei ihrer Großmutter in Paris verbracht und hatte auch die Vorzüge und Lebensweise der Großstadt zu schätzen gelernt. Wieso sich nur zu einer der beiden Spielarten der französischen Kultur bekennen? Man konnte die beiden auch verdammt gut miteinander verbinden.

Nach etwa 200 Metern wurde es heller, die Häuserzeile zur rechten Hand machte einem kleinen Platz und einer etwas breiteren Seitenstraße Platz. Die Geschäftsdichte lichtete sich. Hier stand die mächtige Église Saint-Séverin, die Namensgeberin des Gässchens. Genau gegenüber befand sich die gesuchte Boulangerie.

Sie blieben vor dem Geschäft stehen. Eine kurze Menschenschlange wartete vor dem Eingang auf Einlass. Über dem Eingangstor prangte neben dem obligatorischen Schriftzug »Boulangerie« eine Unterzeile, die bei Geneviève für Schmunzeln sorgte: »Kaufen Sie das zweitbeste Baguette der Stadt«. Buffet musste einen gewissen Sinn für Humor haben, wenn er mit seinem Dasein als ewiger Zweiter so umging.

Was aber nicht bedeutete, dass auch, oder gerade deshalb, ein ewiger Zweiter nicht danach trachten konnte, einmal die oberste Treppe des Siegerpodests zu erklimmen.

Der Werbespruch schien die Leute auf jeden Fall anzuziehen. Buffets Geschäft brummte.

Die beiden stellten sich am Ende der Schlange an. Dabei hatten sie Zeit, den Laden genauer zu studieren. An Geld schien es Buffet nicht zu mangeln. Der Sockel des Gebäudes war bis zu einem Meter Höhe mit dunklem Marmor verkleidet, die Wände rund um die großen Schaufenster waren mit dunklem edlem Holz getäfelt. Die Schaufenster selbst hatten einen vergoldeten Rahmen und waren teils mit aufwendigen Glasmalereien verziert. Von innen drang goldenes Licht hinaus auf die dunkle Straße. Alles an dem Lokal schrie förmlich »Komm herein! Fühl dich wohl! Hier ist es warm und gemütlich!«

Genevièves Magen begann zu knurren. Auch bei ihr schien das Konzept von Buffet zu wirken. Ungeduldig betraten sie endlich den Laden. Auch hier war alles sehr prunkvoll und sauber. Schwarz-weiße Marmorfliesen schmückten den Boden. Ein Teil des Ladens war kleinen Kaffeehaustischen gewidmet, an denen Gäste ihre Snacks verzehren konnten. Die andere Hälfte wurde von einer großen gläsernen Theke dominiert, in der die verschiedenen Gebäckstücke wild durcheinander angeordnet waren. Hinter der Theke verrichteten zwei Verkäuferinnen ihr Werk. Geneviève fand es bewundernswert, wie die beiden in all dem Chaos immer sofort die gewünschten Gebäckstücke fanden. Wie in nahezu allen Boulangeries der Stadt war die wichtigste Ware, das Baguette, an der Wand hinter der Theke verstaut. Wie früher in mittelalterlichen Waffenkammern die Lanzen standen hier die Baguettes in Reih und Glied, darauf wartend, von hungrigen Kunden mit nach Hause genommen zu werden. Oder gleich am Weg verputzt zu werden. Hell, dunkel, Weizen, Vollkorn, Dinkel, Natur, bestreut, lang, kurz, breit, schmal – die Auswahl war schier endlos.

»Ist Monsieur Buffet zu sprechen?«, fragte Geneviève, als sie endlich an der Reihe waren.

Die Verkäuferin sah Geneviève fragend an. Kein Wunder, so wie sie und Lunette dastanden, wirkten sie absolut nicht wie Polizistinnen. Geneviève in Sneakers, Blazer und Jeans, Lunette in ihrem eher für einen Abendempfang passenden Outfit.

»Was wollen Sie vom Chef?«, antwortete die Verkäuferin kurz angebunden. Hinter Geneviève begannen die Schlange stehenden Kunden zu murren.

Geneviève zog seufzend ihre Dienstmarke. »Wir sind von der Polizei und hätten einige Fragen an Ihren Chef. Wir können das natürlich auch gerne hier heraußen vor versammeltem Publikum machen.« Ungeduldig tippte sie mit den Fingern der freien Hand auf die Glastheke.

Die Verkäuferin wurde blass. »Von der Polizei ... einen Moment«, sagte sie und verschwand durch eine Tür hinter der Theke. Wenige Momente später tauchte sie wieder auf und bat Geneviève und Lunette, ihr zu folgen. Sie führte die beiden Polizistinnen durch dieselbe Tür, hinter der eine weitläufige Backstube – mindestens doppelt so groß wie jene von Beauvais – sie erwartete. Zwei Männer standen an einer großen Maschine, in der Teig geknetet wurde. Der eine war alt und untersetzt, der andere jung und schlaksig. Geneviève tippte auf den alten untersetzten Mann als Baptiste Buffet.

»Hier sind die Damen«, verkündete die Verkäuferin. Geneviève hatte richtig vermutet. Es war der ältere untersetzte Mann, der sich umdrehte und sie mit einem breiten Grinsen empfing. Er hatte ein freundliches, rundes Gesicht. Über der Oberlippe ein breiter, schwarzer hochgezwirbelter Schnurrbart. Auf den ersten Blick sah Buffet wie das Mensch gewordene Klischee eines gemütlichen französischen Kochs aus. Fehlte nur die Kochmütze.

»Was für eine Ehre!«, sagte Baptiste.

»Das werden wir erst sehen«, erwiderte Geneviève. Sie

ignorierte die mehlbestäubte Hand des Bäckers, die er ihr entgegenstreckte.

Hinter Buffet kauerte der junge Mann. Auf Geneviève machte es den Eindruck, als wollte er sich hinter seinem Chef verstecken.

»Können wir irgendwo ungestört sprechen?«, fragte Geneviève mit einem Blick auf den hinter Buffet immer mehr verschwindenden jungen Mann.

»Das ist Khaled, mein Lehrling«, antwortete Buffet und machte einen Schritt zur Seite. Geneviève konnte auch optisch erkennen, dass es sich um einen arabischstämmigen Burschen handelte.

»Mir wäre es trotzdem lieber, wenn wir uns unter vier Augen …«, ein Räuspern von Lunette unterbrach sie, »… wenn wir uns unter sechs Augen unterhalten könnten.«

»Wie Sie wünschen«, stimmte Buffet protestlos zu. »Khaled!« Buffet zeigte mit dem Daumen über seine Schulter. Gerade, dass er nicht nach einem Hund pfiff. Den Jungen schien der Befehlston seines Chefs nicht zu stören. Eilig wieselte er zu einer Tür, die in einen Hinterhof führte, wie Geneviève erkennen konnte.

»Besser?«, fragte Buffet, und jetzt war doch eine Spur Genervtheit in seiner Stimme zu hören.

Ohne auf seinen bissigen Kommentar einzugehen, eröffnete Geneviève ihre Befragung. Lunette zückte dabei ihr Handy und aktivierte die Diktierfunktion.

»Es ist Ihnen recht, wenn wir das Gespräch aufzeichnen?«, fragte Geneviève formhalber.

»Habe ich eine Wahl?«

»Man hat immer eine Wahl.«

»Tun Sie, was Sie nicht lassen können.« Schön langsam schien Buffet zu dämmern, warum die beiden Polizistinnen bei ihm aufgetaucht waren. Geneviève versicherte sich dennoch: »Sie wissen, wieso wir hier sind?«

»Wegen Beauvais?«, antwortete Buffet kurz angebunden.

Geneviève nickte. »Genau. Ihr Konkurrent wurde gestern ermordet.«

»Habe ich in der Zeitung gelesen. War ja unmöglich, das nicht mitzubekommen.«

»Und wir würden jetzt gerne von Ihnen wissen, wo Sie gestern zwischen 5 und 6 Uhr morgens waren.«

»Ich nehme an, das war die Tatzeit?«

»Beantworten Sie bitte einfach meine Frage.«

Buffet lehnte sich mit dem Gesäß an den Tisch, auf dem Teigwürste darauf warteten, zu Baguettes weiterverarbeitet zu werden. Dabei stützte er sich mit den Händen ab.

»Also?«, forderte Geneviève ihn auf.

»Ganz einfach. Ich war hier. So wie jeden Tag. Was glauben Sie, wann das Gebäck gemacht wird, das meine Kunden jeden Morgen essen?«

»Dafür haben Sie sicher einen Zeugen?«

»Ja, Khaled. Er ist seit zwei Jahren bei mir im Betrieb. Ein wenig schüchtern, aber sehr tüchtig.« Stolz schwang in Buffets Stimme mit. »Ich habe selten einen so wissbegierigen Lehrling gehabt. Die Baguette-Produktion könnte ich ihm bedenkenlos alleine überlassen.«

»Das freut mich für Sie«, antwortete Geneviève. Der Tonfall ihrer Stimme sagte etwas ganz anderes aus. Es war ihr in Wirklichkeit völlig egal. Das Problem war: Außer einer vagen Anschuldigung der Verwandten Beauvais' hatte sie gegen Buffet nichts in der Hand.

»Wir werden das mit Khaled natürlich noch prüfen. Inzwischen können Sie uns vielleicht ein paar andere Fragen beantworten.«

»Gerne!« Das war genauso gelogen wie Genevièves Aussage zuvor.

»Wie war Ihr Verhältnis zu Monsieur Beauvais?«

»Wenig bis nicht existent. Wir hatten kaum Kontakt.«

»Sie haben sich auch nie getroffen?«

»Nein, wozu?«

»Um ihm etwas über sein Rezept rauszukitzeln?«

»Ha, so blöd war der alte Beauvais wirklich nicht. Der konnte schweigen wie ein Grab.«

»Ich dachte, Sie kannten ihn nicht so gut?«

Buffet wurde rot. »Ich meinte damit, dass wir keine private Beziehung pflegten. Auf verschiedenen Veranstaltungen ist man sich natürlich über den Weg gelaufen.«

»Und der Vorwurf, dass Beauvais die Kommission bestochen hätte?«

Buffet schnaubte. »Was ist damit?«

»Haben Sie ihn konkret mit diesem Vorwurf konfrontiert?«

»Sie müssen besser recherchieren, meine Liebe. Die Geschichte stand damals sogar in den Zeitungen. War letztes Jahr. Nachdem er zum dritten Mal in Folge gewonnen hatte. So etwas hat es noch nie gegeben. Ist doch klar, dass da nicht alles mit rechten Dingen zugegangen sein konnte.«

»Haben Sie Beweise dafür?«

»Natürlich nicht.«

»Wieso sind Sie dann damit an die Medien gegangen? Hat Beauvais Sie nicht wegen Rufschädigung geklagt?«

»Pah! An dem prallte doch alles ab. War wie aus Teflon. Außerdem bin nicht ich an die Medien gegangen. Die Zeitungsfritzen sind auf einmal bei mir im Lokal gestanden. Ist ja nicht nur mir aufgefallen, dass ich zum dritten Mal in Folge Zweiter geworden bin.«

»Und da haben Sie dann einfach mal eine Anschuldigung in den Raum gestellt.«

Buffet kratzte sich am Hinterkopf. »Vielleicht habe ich mich da ein wenig hinreißen lassen.«

»Sie hatten also sehr wohl ein Problem damit, dass Sie bei der Wahl immer hinter Beauvais gelandet sind.«

Buffet überlegte einen Moment, bevor er antwortete: »Natürlich war das frustrierend. Egal was ich machte, er hat mich immer geschlagen. Dabei ist sein Baguette, unter uns gesagt, maximal durchschnittlich.«

»Aber die Geschichte mit dem Zeitungsartikel hatte auch etwas Gutes.« Er strich sich selbstgefällig über den Schnauzer.

»Ach ja?«

»Es hat mich auf die Idee gebracht, dass man auch aus einem ewigen zweiten Platz Kapital schlagen kann.«

»Wie man über Ihrem Eingang sehen kann«, fiel ihm Lunette ins Wort.

»Es ist Ihnen also auch aufgefallen!«, antwortete Buffet, und sein Gesicht begann zu strahlen.

»Ganz ehrlich, es ist ja nicht zu übersehen«, bestätigte Lunette zynisch.

»Die Idee hatte eigentlich Khaled, muss ich gestehen. Das zweitbeste Baguette von Paris bedeutet noch immer das beste Baguette hier im Quartier Latin.« Er schmunzelte verschwörerisch. »Und im Rest von Paris. Wer tut sich schon den Weg hinauf auf *La Butte* an? Ich liege viel zentraler. Mein Geschäft floriert, ich hätte gar keinen Grund, Beauvais umzubringen.«

Geneviève überlegte. Seine Begründung klang durchaus logisch. Aber es ging ja nicht nur um Lauf- und Stammkundschaft. »Aber das *Élysée* durften Sie nicht beliefern.«

Buffet zuckte mit den Schultern. Mit der linken Hand griff er sich an den Mund und zwirbelte seinen Schnurrbart. »Unter uns: Ich bin kein Fan unseres Präsidenten. Insofern ist mir das egal.«

Das kam für Geneviève zu nonchalant. Es mochte stimmen, dass Buffet kein Wähler des Präsidenten war, aber hier ging es ums Geschäft. Er fragte ja auch seine Kunden nicht, welcher Partei sie angehörten. Geld stinkt bekanntlich nicht. Und das sagte sie ihm auch geradeheraus ins Gesicht: »Monsieur Buffet, das glaube ich Ihnen nicht.«

»Dass ich diesen *Crétin* nicht gewählt habe?«

»Nein, dass es Ihnen egal ist, ob Sie Erster oder Zweiter werden.«

»Madame, das sei Ihnen unbenommen. Aber alleine der Aufwand, jetzt wieder die Werbelinie vom zweitbesten auf das beste Baguette der Stadt zu ändern …«

»Ich habe nicht den Eindruck, dass Ihnen der Mord an Ihrem Konkurrenten besonders nahegeht«, mischte sich Lunette ein.

»Nein, natürlich nicht. Wie gesagt, wir haben uns kaum gekannt. Geht es Ihnen nahe, wenn Sie von einem Mord in der Zeitung lesen und Sie das Opfer nicht oder kaum kannten?«

Ja, tat es, dachte Geneviève. In all den Jahren hatte sie sich auch in diesem Knochenjob, in dem man tagtäglich mit den grausigsten Seiten der Menschen konfrontiert war, ihre Humanität bewahrt. Aber das musste Buffet ja nicht wissen.

»Es ist aber auch nicht so, dass ich gestern vor Freude eine Flasche Champagner aufgemacht hätte, wenn Sie es genau wissen wollen«, fügte Buffet halbherzig hinzu.

»Wir würden jetzt gerne mit Khaled sprechen«, beendete sie deshalb die Befragung Buffets.

Der *Boulanger* nickte und ging in den Hof, um seinen Lehrling zu holen. Nach zwei Minuten kehrte Buffet mit Khaled zurück.

»Wurde auch Zeit«, schnauzte Geneviève den Bäcker an. Sie hatte langsam genug von seinen Spielchen. Was konnte so lange dauern, den Lehrling hereinzurufen?

Als hätte Buffet ihre Gedanken gelesen, meinte er entschuldigend: »Pardon, Madame. Khaled war um die Ecke, eine Zigarette rauchen. Ich musste ihn erst suchen.«

Buffet schob den Jungen vor sich her. Alles an ihm schien sich zu sträuben, mit der Polizistin zu reden. Geneviève wusste, dass sie, wenn sie wollte, auf ihr Gegenüber einen einschüchternden Eindruck haben konnte. Besonders bei offiziellen Auftritten. Aber dass sich der Junge so dagegen wehrte? War es wegen der Zigarette? Er war garantiert noch keine 18, dachte er wirklich, dass sie ihn deswegen belangen würde? Das war ja lächerlich. Als ob so etwas für sie wichtig wäre.

Aber wie sollte er das wissen?

Buffet zog sich unauffällig in eine Ecke der Backstube zurück. Geneviève platzierte den Jungen auf einem Hocker, nahm sich selbst ebenfalls einen und setzte sich. Sie wollte mit dem Jungen auf Augenhöhe sein, stehend war sie etwas größer als er.

»Du bist Khaled?«, begann sie, Sanftmut in der Stimme, die sie Buffet zuvor nicht angedeihen hatte lassen. Sie konnte eben auch anders.

Der Angesprochene nickte eingeschüchtert. Das würde nicht leicht werden.

»Wie alt bist du?«

»19!« Wie aus der Pistole geschossen. Viel zu schnell.

Geneviève schmunzelte. »Beginnen wir nicht mit einer Lüge, bitte. Also: Wie alt bist du?«

»17«, antwortete Khaled kleinlaut.

»Schon besser.« Sie nickte Lunette zufrieden zu, die hinter Khaled stand und seine Aussage mit ihrem Handy aufnahm.

»Du weißt, wieso wir hier sind?«

Khaled schüttelte den Kopf.

Konnte es sein? Sie hatten die Anschuldigungen Buffet gegenüber erst rausgelassen, nachdem der Junge die Backstube verlassen hatte.

»Monsieur Beauvais wurde gestern ermordet. Sagt dir der Name etwas?«

Der Junge stockte. Seine Augen sprangen wild von links nach rechts, die Finger seiner linken Hand kneteten die seiner rechten. Er war höchst nervös. Und sagte nichts.

»Also?«

Nach einer kleinen Ewigkeit nickte Khaled. »Er ist auch ein Bäcker, oder?«

»Genau.« Genevièves Gesichtszüge entspannten sich immer mehr. Selbst das Blau ihrer Augen verlor ihre Eiseskälte. Sie lächelte den Jungen aufmunternd an. Der blickte leer zurück. Was will diese Frau von mir, schienen die ängstlichen Augen zu sagen.

Geneviève atmete tief durch. So ging das nicht. Aber sie wollte ohnehin nur eine Auskunft. »War dein Chef gestern in der Früh hier in der Backstube?«

Eifrig nickte der Junge.

»Bitte auch in Worten«, forderte sie ihn auf. »Deine Gestik wird leider nicht aufgezeichnet«, fügte sie lächelnd hinzu.

»Ja, Monsieur Buffet war gestern den ganzen Morgen hier. Als ich kam, hat er bereits Baguettes geformt.«

Für den Jungen war das ein beinahe verdächtig ausufernder Wortschwall. Und für Genevièves Geschmack war das ebenfalls zu schnell gekommen.

»Ganz sicher?«, hakte sie nach.

Wieder ein eifriges Nicken. Wieder ein auffordernder Blick Genevièves. Der Junge räusperte sich und sagte: »Ja, ganz sicher.«

»Wann bist du denn in die Bäckerei gekommen?«

»So wie jeden Tag.«

Ungeduld begann sich in Genevièves Herz zu fressen. »Wann genau ist das?«

»So gegen 3 Uhr in der Früh.«

»Und du warst die ganze Zeit über in der Backstube?«

»Ja, ganz sicher.«

»Und dein Chef war ebenfalls die ganze Zeit hier in der Backstube?«

Khaled nickte eifrig.

Geneviève seufzte und erhob sich. »Lunette, nimm bitte die Personalien der beiden auf. Ich denke, wir sind hier fertig.«

Nachdem diese Formalie erledigt war, zeigte sich Buffet wieder ganz als zuvorkommender Hausherr. »Darf ich Ihnen ein oder zwei Baguettes mit auf den Weg geben? Damit Sie wissen, wie das nunmehr beste Baguette der Stadt schmeckt?«

»Nein danke«, antwortete Geneviève genervt, »wir dürfen keine Geschenke annehmen.«

»Sie wissen nicht, was Sie sich entgehen lassen.«

Geneviève hob eine Hand zum Abschiedsgruß und stürmte aus der Backstube. Lunette war ihr dicht auf den Fersen, als sie sich im Verkaufslokal einbremste. Der verlockende Duft des frischen Gebäcks ließ ihren Magen wieder knurren. Aber die Schlange an Kunden reichte nach wie vor bis zum Eingang. Eigentlich wollte sie nur mehr hier raus. Also tat Geneviève etwas, was sie sonst nie tat. Sie setzte ihren Rang und ihre Funktion ein. Sie drängte sich einfach vor und bestellte zwei verschiedene Baguette-Kreationen Buffets. »Beweismaterial«, murmelte sie entschuldigend zu den schäumenden Kunden, die sich zu Recht veralbert fühlten. Die Verkäuferin packte die Gebäckstangen in zwei längliche Tüten und reichte sie Geneviève über die Theke.

Diesmal achtete sie peinlichst genau darauf, für ihren Einkauf auch zu zahlen.

DES BAGUETTES GEHEIMNIS

Geneviève und Lunette nützten ihren Aufenthalt im Quartier Latin für ein schnelles Mittagessen. Die Auswahl hier war riesig wie beinahe überall in Paris. Letztendlich entschieden sie sich für eine süße Crêperie, keine 100 Meter von der *Boulangerie Buffet* entfernt. Sie bestellten jeweils eine *Galette Complète* mit einem kleinen grünen Salat und einer Karaffe Rosé. Man durfte es sich auch einmal gut gehen lassen, und inzwischen hatte sich der Frühling den Himmel über Paris zurückerobert. Vereinzelt hingen noch ein paar graue Regenwolken am Himmel, aber die Gefahr, in einen weiteren Guss zu kommen so wie Geneviève am frühen Morgen, ging gegen null.

»Was hältst du von dem Jungen?«, fragte Geneviève schließlich, nachdem sie die Karaffe mit Rosé auf die zwei Gläser am Tisch aufgeteilt hatte.

»Schwer verängstigt. Aber das ist dir sicher auch aufgefallen.«

»Ja, aber wieso? Sehe ich wirklich so Furcht einflößend aus?«

Lunette musste lachen. »Nein, aber Respekt gebietend auf jeden Fall.«

»Ich kann mir nicht vorstellen, dass er etwas mit der Sache zu tun hat.«

»Nein«, bestätigte Lunette, »der Mörder ist er auf keinen Fall.«

»Dafür fehlt ihm die Kaltblütigkeit«, führte Geneviève den Gedanken weiter. »Wenn er schon beim Anblick einer Polizistin so zu zittern beginnt, hat er nicht den Mut für einen kaltblütigen Mord.«

Genevièves Handy bimmelte. Genervt schaute sie auf das Display. Eine Kurznachricht von einer unbekannten Nummer. Wer zum Teufel hatte ihre Handynummer? Vor allem wer, dessen Nummer sie nicht eingespeichert hatte.

Das Rätsel löste sich, als sie die Nachricht öffnete. Es war die Sekretärin des Innenministers. Die gute Dame forderte Geneviève im Namen des Innenministers in unmissverständlichem Ton auf, mit ihren Ermittlungen Gas zu geben. Der Mörder sei ehestmöglich dingfest zu machen. Außerdem müsse unbedingt das Rezept für Beauvais' Baguette gefunden werden.

»Manchmal frage ich mich, was sich unsere Politiker so denken«, murmelte sie und reichte Lunette das Handy.

Ihre Assistentin überflog die Nachricht. »Das ist typisch für Audette.«

»Audette?«

»Audette Allegre, die Sekretärin des Innenministers.«

»Du kennst sie?«

»Was glaubst du, wer dir die unangenehmen Telefonate abnimmt?«, fragte Lunette sarkastisch.

»Du.«

»Eben. Audette ist seit 30 Jahren die Sekretärin unserer Innenminister. Es gibt nichts, was sie nicht weiß. Niemanden, den sie nicht kennt. Man sollte es sich mit ihr nicht verscherzen.«

Geneviève seufzte und deutete Lunette, ihr das Handy zurückzugeben. Sie tippte einige Wörter und schickte eine Nachricht zurück an Audette.

»Darf ich sehen?«, fragte Lunette.

»Klar!« Geneviève schob das Mobiltelefon über den Tisch und schmunzelte, als sie sah, wie Lunettes Gesicht einfror, nachdem sie die Antwort ihrer Chefin gelesen hatte.

»Du bist ja völlig irre!«, meinte ihre Assistentin schließlich, als sie sich ein wenig gefasst hatte. Geneviève zuckte beiläufig mit den Schultern.

»Hätte ich noch die genaue Adresse angeben sollen?«

»*Chérie*, du kannst ihr doch als Antwort auf eine Dienstanweisung nicht einfach einen anderen *Boulanger* vorschlagen.«

»Wieso nicht? Ist jetzt immerhin der beste der Stadt. Und das mit der Dienstanweisung musst du mir auch mal erklären. Um den Mord kümmern wir uns ohnehin, aber selbst *Monsieur le Président* wird einsehen müssen, dass …«

»Innenminister, meine Liebe, Innenminister!«, unterbrach Lunette sie lachend.

»Egal, was glaubst du, woher der Druck auf den Innenminister kommt? Also, selbst unser verehrter Herr Präsident wird einsehen müssen, dass sich ein Mord selten in 24 Stunden aufklären lässt. Was das Rezept angeht: Das ist nun wirklich nicht unsere oberste Priorität.«

»Und hat mit dem Mord auch nur peripher zu tun.«

»Das werden wir erst sehen. Aber es ist jedenfalls nicht meine Aufgabe, dem Präsidenten sein Lieblingsbaguette zu beschaffen.«

In der Zwischenzeit waren die Galettes serviert worden. Herrlich duftend standen die zwei Buchweizen-Pfannkuchen vor ihnen. In der Mitte jeder Galette thronte ein Spiegelei, darunter waren die dünnen Teigblätter zu einem Viereck gefaltet, wobei die Spitzen nach innen zeigten und unter sich eine köstliche Füllung aus Schinken und geschmolzenem Käse versteckten. Kalorientechnisch ein Albtraum, aber geschmacklich ein Gedicht. Im Vergleich zu ordinären Weizen-Pfannkuchen waren echte Galettes sogar leicht knusprig. Dazu der etwas nussige Geschmack des Buchweizens ... Geneviève lief beim Anblick ihres Essens das Wasser im Mund zusammen.

Die Baguettes, die sie erst vor Kurzem bei Buffet gekauft hatte, waren komplett vergessen. Stattdessen frönten die beiden Frauen ungeniert der Schlemmerei der ursprünglich bretonischen Spezialität, die heute so selbstverständlich zu ganz Frankreich gehörte wie Champagner oder Rotwein.

Eine halbe Stunde später bezahlten sie ihre Rechnung. Der kurze Spaziergang zum Auto war nach dem Essen eine willkommene Abwechslung.

»Zurück zum Kommissariat?«, fragte Lunette.

»Nein, noch nicht. Zuerst kümmern wir uns um das Rezept von Beauvais' Baguette.«

»Also doch?«

»Ich habe nie gesagt, dass es mich nicht interessiert. Aber ich lasse mich deswegen nicht von irgendjemandem vor sich hertreiben. Erst recht nicht von Politikern, die jegliche Beziehung zur Realität verloren haben. Ganz ehrlich: So wichtig kann ein Baguette nun auch nicht sein.«

»Scheinbar schon«, meinte Lunette nachdenklich.

Sie stiegen in den Streifenwagen und machten sich auf den Weg zurück ins 18. Arrondissement. Der Rückweg dauerte nur unwesentlich kürzer als der Hinweg, und Geneviève verfluchte den trägen Streifenwagen gleich mehrmals. Mit ihrer Maschine hätte sie lediglich einen Bruchteil der Zeit gebraucht.

»Wir haben es nicht eilig, oder?«, beruhigte Lunette sie zwischendurch, immer kurz bevor Geneviève drauf und dran war, auf die Hupe zu drücken. Was ohnehin nichts gebracht hätte. Die Zeit in den verschiedenen Staus überbrückten sie unter anderem mit einer Kostprobe von Buffets Baguette. Es war wirklich nicht schlecht, wie Geneviève eingestehen musste, und sie wunderte sich, wie verschiedene Bäcker mit den im Großen und Ganzen gleichen Zutaten teilweise so unterschiedliche Baguettes produzieren konnten. Außer Mehl, Wasser, Salz und ein wenig Hefe durfte ein *Baguette de Tradition* so gut wie keine Zusatzstoffe enthalten. So viel wusste sogar Geneviève.

Lunette war besser vorbereitet. Sie war eine begeisterte Hobbyköchin. Ein Steckenpferd, das sie sich während ihrer langen Rekonvaleszenz zugelegt hatte.

»Die Zutaten sind vielleicht gleich, oder wenigstens ähnlich. Aber es liegt an der Verarbeitung«, erklärte sie Geneviève. »Es macht einen gewaltigen Unterschied aus, wie lange man den Teig gehen lässt. Dann kommt es darauf an, wie das Verhältnis zwischen Mehl und Wasser ist, wie viel Hefe beigegeben wird und so weiter. Ein richtig gutes Baguette zu backen, ist eine Wissenschaft für sich. Das Grundrezept gilt übrigens nur für die traditionelle Variante. Inzwischen bekommt man ja alle möglichen Baguettes.«

»Und welches wird alljährlich prämiert?«

Lunette überlegte. Dann sagte sie: »Damit habe ich mich ehrlich gesagt noch nicht beschäftigt. Das hatte ich nicht am Radar. Ich gehe mal davon aus, dass uns Beauvais junior da weiterhelfen können wird.«

Als sie sich nach einer gefühlten Ewigkeit endlich den Montmartre und seine schmalen Gässchen hinaufgequält hatten, stellte sie den Streifenwagen einfach an der Place Jean Marais, direkt neben der Place du Tertre im absoluten Halteverbot ab. So ein Streifenwagen hatte eben auch seine Vorteile.

Die Place du Tertre quoll vor Touristen über. Die Maler unter den Bäumen konnten sich über mangelnde Arbeit nicht beschweren. Bei einigen hatte sich sogar eine kurze Schlange gebildet. *La Mère Catherine*, das älteste Restaurant am Platz, konnte sich vor Besuchern ebenfalls kaum retten. Die *garçons* eilten mit ihren Tabletts unter der roten Markise aus dem Lokal in den großzügigen Gastgarten, wo Dutzende Tische unter ebenfalls roten großen Sonnenschirmen mit Gästen besetzt waren. Nahezu ausschließlich Touristen – so wie beinahe alles hier auf der Place du Tertre der Unterhaltung der ausländischen Besucher gewidmet war. Geneviève musste sich eingestehen, dass sie selbst noch nie hier essen war. Ihrer Großmutter war die Vermarktung des bis vor wenigen Jahrzehnten ursprünglich belassenen Dorfes am höchsten Hügel von Paris ein Graus. Sie lebte gerne hier, aber konsumierte kaum etwas. Wenigstens nicht hier oben, auf der Spitze des Hügels. Beauvais' Boulangerie war die Ausnahme gewesen.

»Wusstest du, dass hier angeblich das Wort *Bistro* erfunden wurde?«, begann Lunette unvermittelt, als sie sich durch die Touristenhorden quälten.

»Hm?« Geneviève konnte dem Gedankensprung ihrer Assistentin nicht folgen.

»Von russischen Soldaten.«

Geneviève machte abrupt halt. »Wovon sprichst du bitte?«

»Na hier!« Lunette deutete auf *La Mère Catherine*. »Nachdem Napoleons Russland-Feldzug in die Hosen gegangen ist, *excuse-moi*, aber mir fehlt ein passenderer Ausdruck, kamen im Zuge der Befreiungskriege russische Soldaten nach Paris. Die Legende besagt, dass sie hier bei *La Mère Catherine* den Kellnern ›bystro, bystro!‹ zugerufen haben. Das ist russisch für schnell. Daher dann unser Wort *Bistro*.«

»Mehr als eine Kneipe, aber weniger als ein Restaurant«, stellte Geneviève trocken fest.

»Genau. Für einen schnellen Imbiss zwischendurch.«

»Womit wir endlich wieder beim Thema wären«, ermahnte Geneviève sie. Kurz darauf standen sie vor der Patisserie *La Framboise Gourmande*. Eine rosafarbene Markise ragte vom Haus hinein in die Rue Norvins, darauf war eine dicke, lachende Cartoon-Himbeere abgebildet. Nur für den Fall, dass jemand den Namen des Geschäfts nicht kapierte.

Geneviève drückte die Tür zum Geschäftslokal auf. Sofort schlug ihr zuckersüßer Duft entgegen. Ein olfaktorisches Versprechen, das durch die in der Verkaufsvitrine ausgestellten Patisserien unterstrichen wurde. Vor der L-förmigen gläsernen Verkaufstheke stand ein halbes Dutzend Kunden. Hinter der Theke gab Natalie ihr Bestes, um die Kundschaft so schnell wie möglich zu bedienen. Die beiden Polizistinnen nahmen an einem der kleinen runden Kaffeehaustische Platz, die auf Kunden warteten, die sich gleich an Ort und Stelle Zeit für einen Kaffee und Mehlspeise nahmen. Was gar nicht so wenige waren. Dem Stimmengewirr entnahm Geneviève, dass es sich auch hier mehrheitlich um Touristen handelte: Deutsch, Englisch, Italienisch – alle Sprachen waren vertreten.

Die beiden hatten noch gar nicht richtig Platz genommen, da tauchte wie aus dem Nichts eine Kellnerin neben ihnen auf. Geneviève bestellte einen Café au Lait, Lunette orderte einen doppelten Espresso, dazu nahmen beide ein Mousse au Chocolat.

»Heute noch was vor?«, fragte Geneviève, als die beiden ihren Kaffee vor sich stehen hatten. Lunettes in einer einfachen, kleinen weißen Tasse – klein und gemein, so stark wie er sein musste. Genevièves Getränk war in einem hohen

Glas serviert worden. Der Kaffee ein milchiges Hellbraun, oben eine dicke Schicht Milchschaum, getoppt von einem Herzchen aus Kakao-Pulver.

»Ja, Arbeit für dich erledigen«, konterte Lunette. »Schau mal raus.«

Geneviève drehte ihren Kopf zur Seite und blickte durch das große Schaufenster, das neben ihrem Tisch direkt auf die belebte Rue Norvins ging. Keine fünf Meter von ihnen entfernt stand Major Faivre mit zwei seiner Leute. Faivre deutete auf einige Häuser, woraufhin sich die anderen beiden Polizisten in Bewegung setzten.

»Die Befragung der Anrainer läuft noch?«

Lunette nickte.

»Ich werde mir die bereits abgelieferten Berichte von Faivre und seinen Leuten heute noch zu Gemüte führen. Vielleicht ist ja schon einiges auf meinem Schreibtisch gelandet.«

Gute Frau, stellte Geneviève einmal mehr fest.

Schließlich kam auch das bestellte Dessert. Das Mousse au Chocolat wurde von Natalie persönlich serviert.

»Verzeihen Sie, dass ich nicht zuvor Zeit für Sie hatte, Mesdames«, entschuldigte sich Natalie, nachdem sie die Desserts am Tisch abgestellt hatte. Verlegen stand sie da und knetete die Hände.

»Kein Problem«, beruhigte Geneviève sie, »ich habe gesehen, dass Sie beschäftigt sind. Aber nehmen Sie doch bei uns Platz, wenn Sie ein paar Minuten erübrigen können.«

Natalie sah sich gestresst um. Der Kundenzustrom schien nicht abzureißen, aber die Kellnerin, die zuvor die beiden Polizistinnen bedient hatte, nickte ihrer Chefin beruhigend zu und stellte sich hinter die Theke, wo sie gleich die Bestellung der nächsten Kundschaft aufnahm.

»Einen Moment bitte«, sagte Natalie. Kurz darauf kam sie mit einer eigenen Tasse Espresso zurück und nahm erschöpft zwischen Geneviève und Lunette Platz. Sobald sie saß, schien eine große Last von ihr abzufallen. »Wie kann ich Ihnen helfen?«, fragte sie.

Geneviève ignorierte die Frage zunächst und antwortete mit einer Gegenfrage: »Viel zu tun?«

Natalie nickte. »Ja, heute werden wir beinahe überlaufen. So viel ist sonst nie los. Es kommen so viele Menschen herauf, um zu sehen, wo Onkel François gestorben ist.«

»Und dann schauen sie alle gleich bei Ihnen vorbei?«

»Sieht so aus«, antwortete Natalie ausweichend. Entschuldigend fügte sie hinzu: »Wir haben keine Reklame gemacht, wenn Sie darauf anspielen wollen.«

»Wollte ich nicht«, antwortete Lunette ruhig. Für Geneviève war es interessant, wie schuldbewusst Natalie auf die Anspielung Lunettes reagiert hatte. Andererseits war es verständlich. Da wurde am Tag zuvor der Onkel ermordet, und deswegen machen sie und ihr Mann jetzt das Geschäft ihres Lebens. Sollten sie sich dagegen wehren?

»Natalie, wir sind hier, weil wir ein paar Fragen an Sie haben.« Die Angesprochene nickte und senkte ihren Blick. Mit zittrigen Fingern nahm sie ihren Espresso und trank ihn in zwei Zügen aus. Dabei stützte sie mit der rechten Hand ihre linke, um nichts zu verschütten. Die Arme war noch immer völlig durch den Wind, stellte Geneviève fest.

»Geht es noch immer um den Mord?«

Geneviève zögerte mit ihrer Antwort. Dann sagte sie: »Vielleicht. Wahrscheinlich. Ich kann es nicht sagen. Meine Frage dreht sich um das Baguette-Rezept von Monsieur Beauvais.«

Natalie schüttelte energisch den Kopf. »Dazu kann ich Ihnen gar nichts sagen.«

»Können oder wollen Sie nicht?«, mischte sich Lunette ein. Hektisch blickte Natalie zwischen den beiden Polizistinnen hin und her. Herrlich, wie die Good-Cop-Bad-Cop-Masche immer wieder zog.

»Können«, antwortete Natalie schließlich empört. »Ich bin bei uns für den Verkauf und die Finanzen zuständig. Alles, was Backen angeht, erledigt mein Mann.«

»Vielleicht könnte er uns dann weiterhelfen?«, half ihr Geneviève auf die Sprünge.

Natalie nickte und sprang fast auf, um dem stechenden Blick Lunettes zu entkommen, die sie die ganze Zeit über fixiert hatte.

Während sie weg war, tadelte Geneviève ihre Assistentin: »Also wirklich«, meinte sie schmunzelnd, »ganz so hart musst du die Arme auch nicht angreifen.«

»Muss ich schon, sonst geht hier ja gar nichts weiter«, antwortete Lunette fröhlich. Eine gewisse teuflische Ader ließ sich bei ihr nicht verbergen.

Kurz darauf nahm Cédric Beauvais an ihrem Tisch Platz, ebenfalls mit einer Tasse dampfenden Kaffee. Von Natalie war keine Spur zu sehen.

»Sie wollen etwas über das Baguette-Rezept meines Onkels wissen?«, eröffnete er das Gespräch. Er saß fast ebenso verkrampft da wie zuvor seine Frau. Den Rücken an die Lehne des Sessels gelehnt, die Arme vor der Brust verschränkt. Gesprächsbereit sah nach Genevièves Erfahrung anders aus.

»Ja«, bestätigte Geneviève, »haben Sie es?«

Cédrics Augen weiteten sich, er blickte fassungslos zwischen seinen beiden Besucherinnen hin und her. Dann begann er lauthals zu lachen.

»Was ist an dieser Frage so witzig?«, fragte Lunette entrüstet.

»Sie haben echt keine Ahnung von unserem Geschäft, oder?«

»Monsieur Beauvais, wenn wir das hätten, wären wir Bäckerinnen«, erwiderte Geneviève. Ihre Augen hatten sich zu schmalen Schlitzen zusammengezogen. In aller Öffentlichkeit lächerlich gemacht zu werden – und die Augen aller Anwesenden in der Boulangerie waren nun auf ihren Tisch gerichtet – konnte sie überhaupt nicht leiden.

»Schon gut, schon gut«, erwiderte der Bäcker. Inzwischen hatte er sich etwas gefangen. »Natürlich habe ich sein Rezept nicht. Kein preisgekrönter Bäcker gibt sein Rezept freiwillig her.«

»Nicht einmal innerhalb der Familie?«

Cédric schüttelte den Kopf. »Nein, wenigstens nicht, bevor er sein Geschäft weitergibt.«

»Hatten Sie nie Interesse, auch eine Boulangerie zu eröffnen?«

Cédric breitete seine Arme aus: »Diese Patisserie ist meine Welt. Es ist alles, was ich brauche.«

Ein Dementi klingt anders, dachte sich Geneviève.

»War das eigentlich von Anfang an so geplant? Also, dass Sie ganz in der Nähe Ihres Onkels ein Geschäft eröffnen?«

Cédric nahm einen Schluck von seinem Kaffee. »Es hat sich so ergeben. Ursprünglich bin ich bei meinem Onkel in die Lehre gegangen. Ich habe also eine ungefähre Ahnung, wie man Baguettes und Croissants macht«, erklärte er mit einem stolzen Lächeln. »Aber meine Liebe hat immer der Patisserie gegolten. Das Lokal hier«, dabei breitete er seine Arme aus, als wollte er sein Geschäft in die Arme nehmen, »stand seit längerer Zeit leer. Für ein Restaurant war es zu klein, niemand wollte sich die teure Miete leisten.«

»Bis Sie gekommen sind.«

»Genau.«

»Und das Geschäft läuft?«

»Sehen Sie sich um, *Madame le Commissaire*. Zugegeben, heute ist ein spezieller Tag, das hat Ihnen Natalie ohnehin schon erklärt, aber auch sonst können wir uns über mangelnden Zuspruch vonseiten der Kundschaft nicht beschweren.«

»Und in Zukunft?«, hakte Geneviève nach. »Jetzt fehlt uns hier oben am *Butte* ein guter *Boulanger*.«

Cédric hob langsam die Schultern. »Schauen wir mal«, antwortete er schließlich ausweichend.

»Was passiert eigentlich mit dem Geschäft Ihres Onkels?«, mischte sich Lunette ein. »Außer Ihnen gibt es ja keine Verwandten mehr. Werden Sie alles erben?«

»Um ehrlich zu sein, damit habe ich mich noch nicht beschäftigt. Der Schmerz über den Verlust meines Onkels sitzt zu tief. Wir haben uns über solche Sachen auch nicht unterhalten. Ich bin keiner, der einem Lebenden das letzte Hemd nehmen will. Dafür sind mein Onkel und ich uns zu nahegestanden. Ich weiß nicht einmal, ob es ein Testament gibt.«

»Ehrlich?« Geneviève hob ihre linke Augenbraue. »Gestern haben Sie mir noch erzählt, dass Ihr Onkel vor Kurzem einen Herzinfarkt hatte. Wenn man so etwas überlebt, sorgt man doch vor.«

»Wie gesagt, ich weiß nicht, ob es ein Testament gibt. Kann durchaus sein. Aber Onkel François war ein sturer Mensch. Das habe ich Ihnen gestern übrigens bereits erzählt.«

»Wenn die Mieten hier oben so teuer sind – wie konnten Sie sich dieses Geschäftslokal leisten? Es bleibt ja nicht bei der Miete alleine. Provisionen, Investitionen ins neue Lokal und so weiter.« Mit ihrer Frage schlug Lunette eine Volte, und das war durchaus so beabsichtigt.

Cédric wandte sich Genevièves Assistentin zu. »Ist das wichtig?«

»Ich denke, die Frage meiner Assistentin ist durchaus berechtigt.«

Wieder musste sich Cédric drehen, er sah aus wie ein Zuschauer beim Tennis, der den Kopf ständig links und rechts dreht.

»Wenn Sie es genau wissen wollen: Das Geld hat mir mein Onkel vorgestreckt. Zufrieden?«

»Noch nicht ganz. Den Kredit haben Sie zurückbezahlt?«

»Was soll das wieder für eine Frage sein?«

»Nun«, begann Geneviève und rückte vor, ganz nahe an Cédric, »falls nicht, hätten Sie durchaus ein Motiv, Ihren Onkel umzubringen.« Ihr gegenüber formten sich Lunettes Lippen zu einem schmalen, bitteren Lächeln.

Cédric Beauvais war nicht nach Lachen zumute. Ganz und gar nicht.

»Was soll das bitte heißen?«, empörte er sich und sprang von seinem Sessel auf. Dabei kippte seine Kaffeetasse um. Der letzte, noch nicht getrunkene Rest ergoss sich über die runde Tischplatte.

»Gleich so emotional?« Geneviève war ruhig geblieben. Sie hatte mit keiner Wimper gezuckt, als ihr Gegenüber aufgesprungen war.

»Na hören Sie!« Cédric hatte seinen Tonfall wieder gemäßigt. Der letzte Satz war mehr wie ein Zischen herausgekommen. »Was erlauben Sie sich?«

»Ich erlaube mir, was mir mein Beruf zugesteht. Setzen Sie sich!« Genevièves Stimme war nicht mehr als ein leiser Lufthauch, aber das Blitzen ihrer eisblauen Augen ließ Cédric der Aufforderung sofort folgen.

Geneviève atmete tief durch. »Ich habe Sie nicht beschuldigt. Sonst würden Sie jetzt bereits in Handschellen sitzen. Ich habe lediglich erwähnt, dass Sie ein Motiv hätten, sollte der Kredit doch nicht abbezahlt sein.«

»Aber dieses Motiv können wir schnell aus der Welt schaffen«, mischte sich Lunette ein. »Haben Sie den Kredit vollständig zurückbezahlt?«

Cédric knetete nervös seine Hände. Noch immer starrte die wartende Kundschaft auf den Tisch, an dem er mit den beiden Polizistinnen saß. Auch die Verkäuferin hinter der Theke hatte ihre Arbeit eingestellt. Nur von Natalie war nach wie vor weit und breit nichts zu sehen. Sie schien sich dieses Theater ersparen zu wollen.

»Natürlich habe ich das. Schon vor zwei Jahren.«

»Sie haben sicher Bankbelege, die uns das beweisen können?«, hakte Geneviève nach.

Cédric schüttelte den Kopf. »Nein, habe ich nicht. Es war ein ... Privat-Darlehen meines Onkels. Aber ...«

»Aber?«

»Aber es gibt den Vertrag zwischen meinem Onkel und mir. Darauf ist auch die Tilgung des Kredits verzeichnet.«

Geneviève nickte. »Wären Sie so nett ...?«

Schwer erhob sich Cédric. Er verschwand hinter der Tür, die zur Backstube führte. Geneviève vermutete, dass sich dort auch das Büro der Beauvais' befand. Ein paar Minuten später kam er zurück. Diesmal mit seiner Ehefrau im Schlepptau. Unter dem Arm hatte er eine braune Mappe.

»Hier«, sagte er einsilbig und reichte Geneviève die Mappe. Sie öffnete sie und fand zwei einseitig beschriebene Blätter. Auf dem einen war die Kreditvereinbarung. Auf dem anderen war die erfolgreiche Tilgung des Kredits vermerkt. Unterschrieben vom Onkel und mit dessen Firmenstempel versehen.

»Haben Sie einen Kopierer?«, fragte Geneviève betont freundlich.

»Ja, hinten im Büro. Ich erledige das für Sie«, bot sich Natalie an. Es war ihr anzusehen, dass sie die beiden *flics* so schnell wie möglich aus ihrem Geschäft haben wollte.

»Eine Frage noch«, wandte sich Lunette wieder an Cédric, als sie bereits in der geöffneten Tür stand.

»Ja?«, gab dieser genervt zurück.

»Welche Art von Baguette wird bei dem Wettbewerb eigentlich prämiert? Kann man da jede Kreation einreichen?«

Beauvais sah Lunette verständnislos an. »Die traditionelle Variante, das ist doch selbstverständlich«, antwortete er nach ein paar Sekunden des Zögerns. Er schien nach den richtigen Worten zu suchen, weil ihm so viel Ignoranz nicht oft unterzukommen schien. »Warum?«

»Reines Interesse«, sagte Lunette zuckersüß und verließ mit Geneviève die Patisserie.

Der Nachmittag war inzwischen vorangeschritten, und Geneviève hatte keine Lust mehr, zurück ins Büro zu fahren. Für einen Tag hatte sie sich genug durch die Stadt gestaut. Stattdessen gab sie Lunette die Schlüssel zum Streifenwagen. Sie verabschiedeten sich, danach schlenderte Geneviève gemächlich die Stufen der Rue Maurice Utrillo hinunter. Im Haus klopfte sie bei ihrer Großmutter an, erhielt aber keine Antwort. Sie sperrte auf und ließ das noch nicht angebrochene Baguette Buffets in ihrer Küche. Dazu legte sie einen Post-it-Zettel mit einer kurzen Erklärung. Das angebrochene Baguette nahm sie zu sich mit hinauf. Merlot empfing sie beleidigt. Sie hatte Mühe, das große Tier, das sich hinter dem Eingang platziert hatte, mit der Tür wegzuschieben, um in ihr Appartement zu schlüpfen. Als Entschuldigung für das lange Eingesperrtsein gab es ein kleines Stück vom Baguette, das der rote Kater in Sekundenschnelle runterschlang. Geneviève öffnete das Fenster neben der Eingangstür, und mit zwei Sprüngen war der Kater im Freien. Geneviève ließ sich auf ihr Sofa fallen und begann, den Fall aufs Neue durchzudenken. Irgendwie schien nichts so richtig zusammenzupassen.

DAS EISKALTE HÄNDCHEN

Über dem vielen Grübeln und den sanften Hintergrundgeräuschen, die von draußen durch die geöffneten Fenster drangen, schlummerte Geneviève schließlich auf ihrer Couch ein. Zwei Stunden später wurde sie durch ihren Kater geweckt. Er saß auf ihrem Bauch, maunzte insistierend und tapste vorsichtig mit der Pfote auf ihre Nase. Geneviève musste sich erst zurechtfinden. Wann war sie das letzte Mal am Nachmittag auf ihrer Couch eingeschlafen? Draußen senkte sich die Abenddämmerung über dem Butte. Was dem Treiben am höchsten Hügel von Paris keinen Abbruch tat. Ganz im Gegenteil. Sobald die Straßenbeleuchtungen eingeschaltet wurden, verströmte Montmartre nochmals eine ganz eigene romantische Stimmung. Wenigstens für Touristen. Als Ansässige nutzte sich dieser Reiz mit der Zeit ab. Dennoch wusste Geneviève es zu schätzen, in welchem Kleinod der Millionenmetropole sie zu Hause war.

Nachdem sie Merlot gefüttert hatte, checkte sie auf ihrem Laptop die Mails. Lunette hatte mehrmals geschrieben. Ihre Assistentin hatte sich das Handy von Beauvais nochmals angesehen und einen Weg gefunden, wie man es vielleicht doch entsperren könnte. Das wollte sie ihr aber morgen unter vier Augen erklären. Zudem hatte Faivre inzwischen einen ersten Bericht über die Befragung der Anrainer der Place du Tertre abgegeben. Leider ohne verwertbare Hinweise.

Zugleich hatte der eifrige Major aber auch angemerkt, dass die Befragungen morgen weitergeführt würden. Es wäre also noch nicht aller Tage Abend.

Geneviève überlegte, was sie sich zum Abendessen machen könnte. Schließlich fiel ihr Blick auf das angebrochene Baguette, das sie bei Buffet gekauft hatte. Im Kühlschrank fand sich etwas Brie, einen Beutel mit vorgeschnippeltem buntem Salat und ein halb geleertes Gläschen Entenpastete. Warum nicht ein einfaches Abendessen? Sie schnitt das Baguette auf und toastete die beiden Teile in einer Pfanne kurz scharf an. Der Salat wurde gewaschen, getrocknet und in einer Schüssel mit Olivenöl und etwas Knoblauch vermengt. Den Brie schnitt sie in kleine Würfel, dann wurde er über den Salat gestreut. Sie hielt einen Moment inne und öffnete den Vorratsschrank. Nach kurzem Suchen fand sie, was sie suchte: ein Säckchen mit Walnusskernen und eines mit Pinienkernen. Von beiden Säckchen gab sie etwas in die heiße Pfanne und ließ die Kerne kurz anrösten, danach wanderten auch sie in den Salat. Dann machte sie es sich auf ihrem Sofa gemütlich.

Im Fernsehen liefen die Nachrichten. Dort hatten andere Schlagzeilen inzwischen den Mord am Bäcker des Präsidenten verdrängt. Wenigstens eine positive Meldung. Den Blick auf den großen Flatscreen gerichtet, strich sie gedankenverloren die Entenpastete auf das kross gebackene *Baguette*. *Magnifique!* So einfach, so schnell zubereitet, aber ein absolut himmlischer Genuss. Und wie herrlich es war, sich gerade um niemand anderen kümmern zu müssen. Kein mühsames Gespräch darüber, wie der Arbeitstag war. Nicht daran denken müssen, ob Kinder alles für die Schule am nächsten Tag gepackt hatten. Keine Verantwortung. Keine Verpflichtung. Nur sie alleine. Und ihr Kater Merlot.

Deprimiert ging sie kurz darauf zu Bett.

An Schlaf war um kurz nach 21 Uhr nicht zu denken. Zu viele verschiedene Gedanken gingen ihr durch den Kopf. Auch Merlot war ganz nervös, weil Frauchen normalerweise nicht um diese Uhrzeit im Bett lag.

Nachdem sie sich eine halbe Stunde erfolglos von einer Seite auf die andere gedreht hatte, schaltete sie die Nachttischlampe ein. Am Nachtkästchen lag ein Roman, den ihr Lunette zu Weihnachten geschenkt hatte und den sie eine Woche zuvor endlich zu lesen begonnen hatte. Der Titel war *Je suis la mort*, geschrieben von einer gewissen Evangeline Moreau. Der Name der Schriftstellerin hatte sie sofort angesprochen. Aus dem einfachen Grund, weil Moreau ein moderneres Derivat ihres eigenen Familiennamen Morel war. Beides bedeutete im Kern *dunkel* und schien sowohl auf die Schriftstellerin als auch auf sie selbst zuzutreffen. Beide hatten dunkle Geheimnisse, die sie vor dem Rest der Welt zu verbergen suchten. Ihr eigenes kannte Geneviève zur Genüge, das von Madame Moreau hatte ihr Lunette verraten oder wenigstens angedeutet.

Je suis la mort war ein Mystery-Thriller, der sich mit den Geschehnissen rund um die Zerstörung des Grand Palais durch religiöse Fanatiker zwei Jahre zuvor beschäftigte. Ein Akt des Vandalismus, der die Stadt ähnlich traumatisiert hatte wie die Terroranschläge im November 2015. Wobei der Angriff auf das Grand Palais nur der Höhepunkt einer dreitägigen Hetzjagd quer durch Paris auf die Schriftstellerin selbst gewesen sein soll, wenn man der Erzählung im Buch glaubte. Lunette hatte ihr das bestätigt. Sie saß praktisch an der Quelle. Ihr ehemaliger Boss, Olivier Guyon, Kommandant der BRI, kurz für *Brigade de Recherche et d'Intervention*, hatte in der ganzen Geschichte eine tragende Rolle gespielt und war von

Moreau auch in die Geschichte eingewoben worden. Er war Lunette nach wie vor freundschaftlich verbunden und hatte ihr die Geschichte bei einem gemeinsamen Abendessen unter dem Siegel der Verschwiegenheit bestätigt.

»Wieso Verschwiegenheit, wenn Moreau die Geschichte sogar als Buch veröffentlicht hat?«, hatte Geneviève sie verwirrt gefragt.

»Das wirst du sehen, wenn du es gelesen hast«, hatte Lunette geantwortet. Der Blick in ihren Augen hatte Geneviève dabei gar nicht gefallen.

Geneviève mochte Thriller eigentlich nicht besonders. Ihr eigenes Leben war schnell und aufregend genug, da benötigte sie so etwas zur Entspannung nicht. *Je suis la mort* hatte sie aber von Beginn an gepackt. Die Geschichte war so ganz anders als alles, was sie bisher gelesen hatte. Verschiedene Zeitebenen, Neudeutungen der biblischen Schöpfungsgeschichte und moderne Monster. Nein, sie konnte nicht glauben, dass dieser – wie er sich selbst nannte – *autofiktive* Thriller auch nur ein Körnchen Wahrheit enthielt. Sie *wollte* es einfach nicht glauben. Das wäre einfach zu ... unglaublich. Und zu beängstigend. Also hatte sie sich letztlich auf die Geschichte eingelassen und sie als genau das gesehen: eine Geschichte. Damit ließ es sich leben. Es war gute Unterhaltung. Pur und simpel.

Als sie an diesem Abend gegen Mitternacht das Buch zuschlug, lief es ihr dennoch eiskalt über den Rücken. »Wenn auch nur ein Bruchteil davon stimmt«, grübelte sie ... Und dabei war sie noch gar nicht am Ende der Geschichte angekommen.

Dafür konnte sie endlich einschlafen. Es wurde eine unruhige Nacht. In ihren Träumen wurde sie von wild gewordenen Bäckern quer durch Paris gejagt.

Am nächsten Morgen war sie um 8 Uhr in ihrem Büro. Diesmal war sie wieder mit ihrer geliebten Maschine zur Arbeit gefahren. Sollte sie wieder durch die Stadt müssen, wollte sie nicht auf ein Auto angewiesen sein.

Lunette empfing sie mit der obligatorischen Tasse Kaffee. Um diese Uhrzeit, und wenn sie frühmorgens nicht laufen gegangen war, durfte es auch für Geneviève ein kleiner, gemeiner Espresso sein. Der Fahrtwind allein hatte nach dieser furchtbaren Nacht nicht gereicht, um ihre Lebensgeister völlig zu wecken.

Nachdem Geneviève die Tasse geleert hatte, begann Lunette ihren Morgenbericht. »Die Befragungen der Anrainer an der Place du Tertre haben bislang nichts ergeben, aber das habe ich dir gestern ohnehin geschrieben. Jean-Marie und seine beiden Kollegen nehmen heute den Rest durch. Er hofft, dass sie damit bis Nachmittag fertig sind.«

Jean-Marie?, dachte Geneviève amüsiert. Lunette war eigentlich peinlichst darauf bedacht, mit allen am Kommissariat förmlich umzugehen. Niemand sollte glauben, dass er bei der Assistentin der Kommissarin einen Stein im Brett hatte oder sich eine Sonderbehandlung erwarten konnte. Sie würde die Sache auf jeden Fall im Auge behalten. Sollte sich zwischen Lunette und dem Major etwas ergeben, würde sie der Sache keinesfalls im Weg stehen. Ganz im Gegenteil, sie gönnte Lunette jedes Glück der Welt. Die Arme hatte in ihrem Leben schon genug durchgemacht.

»Sonst?«, fragte sie, ohne näher auf den Versprecher ihrer Assistentin einzugehen.

»Das Handy des Opfers.«

»Ja?«

»Wir konnten es nicht entsperren ...«

»Weiß ich bereits«, unterbrach Geneviève sie ungeduldig.

»Aber wir konnten es tracken.«

Ah, endlich positive Nachrichten. Der Tiefschlag folgte aber sogleich.

»Es gab leider keine auffälligen Bewegungen. Beauvais hat sich in den 24 Stunden vor seinem Tod lediglich zwischen der Boulangerie und seiner nahe gelegenen Wohnung bewegt.«

Merde.

»Wo wohnte er eigentlich?«

Lunette blätterte in dem Aktenordner auf ihrem Schoß. Schließlich fand sie die gewünschte Information. »Nicht weit von der Boulangerie entfernt. Er besaß ein Haus in der Rue Saint-Vincent.«

»Ein ganzes Haus?«, fragte Geneviève erstaunt.

»Warum nicht? Er wäre ja nicht der Einzige«, antwortete Lunette mit einem vielsagenden Blick.

»Moment! Das Haus, in dem ich wohne, gehört meiner Großmutter!«, protestierte Geneviève.

»Ja, und wer bekommt es, wenn sie einmal stirbt?«

Touché.

»Wie auch immer«, fuhr Lunette fort. »Das Haus ist gleich gegenüber der *La Vigne de Montmartre*.«

»Gegenüber dem Weingarten?«

Lunette nickte. »Und nur ein paar Häuser weiter ist das Cabaret *Au Lapin Agile*.«

»Historische Gegend«, merkte Geneviève an.

»Auf jeden Fall. Andererseits: wo nicht hier im Bezirk?«

»Bewohnt er das ganze Haus alleine?«

»Nein, natürlich nicht. Er hat sich – wohl aufgrund seines Alters – eine große Wohnung im Erdgeschoss behalten. Der Rest ist vermietet.«

»Auch ein schönes Geschäft.«

»Du musst es ja wissen«, antwortete Lunette augenzwinkernd.

»Jetzt reicht's dann aber!«, lachte Geneviève.

»Sollen wir uns die Wohnung mal anschauen?«

»Ja, auf jeden Fall. Vielleicht finden wir dort ja auch ein Testament.«

»Gut, Albouy müsste …«, sie sah auf die Uhr, »… in diesen Minuten dort eintreffen. Vielleicht bekommen wir ja heute Nachmittag ein Ergebnis.«

Einmal mehr hatte Lunette vorausgesehen, was ihre Chefin ohnehin angedacht hatte. Geneviève beglückwünschte sich selbst dazu, dass sie das Potenzial der jungen Frau bei ihrem Dienstantritt gleich erkannt hatte. Trotzdem sollte man die Bäume nicht in den Himmel wachsen lassen.

»Bleibt noch immer das Handy. Wie wollen wir das knacken?«

Lunette grinste: »Ich habe es mir auch noch einmal angeschaut. Es ist ein älteres Modell mit Fingerabdrucksensor.«

»Der Besitzer ist tot, meine Liebe.«

»Ja, aber noch nicht unter der Erde.«

Fünf Minuten später saß Geneviève auf ihrer Maschine und war unterwegs zum Institut Médico-Légal. Die Pariser Gerichtsmedizin war an der Quai de la Rapée in einem großen Backsteingebäude aus dem Anfang des vorigen Jahrhunderts untergebracht und lag direkt am Ufer der Seine im 11. Arrondissement.

Sie genoss die Fahrt, praktisch alle Verkehrsregeln missachtend. Für die knapp sieben Kilometer benötigte sie gerade mal zehn Minuten. Mit dem Auto hätte sie mindestens die dreifache Zeit gebraucht. Sie stellte das Motorrad vor dem Eingang der Gerichtsmedizin ab und hängte ihren Helm auf den Lenker. Rund um das Gebäude verlief eine Hochtrasse der

RER, in diesem Moment donnerte gerade einer der Lokalzüge vorbei. So viel zur Totenruhe.

Von außen waren auch hier nach wie vor Spuren der Attentatsserie von vor zwei Jahren zu sehen. Am Tag nach dem Anschlag auf das Grand Palais war die Gerichtsmedizin teilweise ausgebrannt. Bis heute war nicht klar, wer dafür verantwortlich war. Die Terroristen hatten bei ihrer Harakiri-Aktion auf das Grand Palais allesamt den Tod gefunden. Beim Anschlag auf die Gerichtsmedizin fehlte jegliches Bekennerschreiben, und die BRI hatte den Fall schließlich ungelöst zu den Akten gelegt. Die Renovierung hatte über ein Jahr gedauert, an der Fassade wurde noch immer gearbeitet. Schwarze Rußspuren zogen sich vor allem auf der der Seine zugewandten Seite von der Straße bis hinauf zum flachen Dach.

Isabelle Thibaut, die Gerichtsmedizinerin, die bereits am Tatort die Leiche Beauvais' untersucht hatte, erwartete sie am Empfang. Sie war eine imposante Erscheinung, vor allem der Kontrast zwischen ihrer fast schwarzen Haut und dem weißen Arztmantel. Ihre Haut schien beinahe zu leuchten.

»Gerade noch geschafft«, antwortete sie leicht schnaufend. »Deine Assistentin hat mich vorgewarnt, dass du vorbeischaust. Sie wollte aber nicht sagen, worum es geht. Ich nehme mal an, um den verblichenen Monsieur Beauvais.«

»Natürlich«, bestätigte Geneviève, »sonst habe ich momentan keine Leiche bei euch liegen.«

»Wie kann ich dir dabei weiterhelfen? Meine Untersuchung ist nicht ganz fertig, aber es hat sich alles bestätigt, was ich dir am Tatort gesagt habe. Der Täter war Linkshänder und vermutlich kleiner als das Opfer.«

Geneviève nahm die Medizinerin zur Seite. Die Sekretärinnen am Empfang mussten von ihrem Vorhaben nichts mitbekommen. »Ich muss die Leiche sehen«, flüsterte sie.

»Kein Problem«, antwortete Isabelle überrascht. »Dazu hast du jedes Recht, wieso tust du so heimlich?«

Geneviève zog Beauvais' Handy aus ihrer Jackentasche und zeigte es Isabelle. »Weil ich seine Finger brauche. Die sind ja alle dran?«

Isabelles überraschter Blick wandelte sich in Entsetzen. »Natürlich, wofür hältst du mich? Wieso sollte ich meinen Kunden die Finger abschneiden?« Das war so ein Tick von Isabelle. Sie bezeichnete die Leichen, die sie untersuchte, immer als ihre *Kunden*. Wusste der Teufel, wieso. Geneviève hatte auch noch nie nachgefragt.

Sie begleitete die Kommissarin zu einem Aufzug, mit dem sie ein Stockwerk tiefer fuhren. Die der Seine zugewandte Seite lag einige Meter tiefer als jene, die auf die Quai de la Rapée schaut. Sie entstiegen dem Aufzug, und sofort schlug Geneviève der stechende Geruch von Desinfektionsmitteln entgegen. Das war der Teil ihres Jobs, den sie wirklich hasste. Sie hatte kein Problem mit Leichen – solange sie mit ihnen am Tatort zu tun hatte. Hier, in einer großen Leichenhalle, war das etwas anderes. Es herrschte bedrückende Stille, selbst das Licht war steril und kühl.

Isabelle führte sie zu Beauvais' Leiche. Sie lag auf einem Obduktionstisch, an dessen einem Ende ein Waschbecken angebracht war. Über dem Tisch eine starke Leuchte. Der Leichnam war aktuell zugedeckt, was Geneviève ganz recht war. Wenn Isabelle bereits mit ihrer Arbeit vorangeschritten war, hätte es für ihren Geschmack zu viele Schnitte und unnatürliche Körperöffnungen gegeben. Als Isabelle das Tuch über der Leiche wegziehen wollte, fiel ihr Geneviève in den Arm.

»Mir reicht eine Hand.«
»Welche?«

Gute Frage. Die Wahrscheinlichkeit sprach dafür, dass Beauvais Rechtshänder war. Also probierten sie diese zuerst aus. Isabelle ließ ihre Hand unter das Tuch gleiten und zog Beauvais' rechten Arm am Handgelenk hervor.

Geneviève hatte sich inzwischen Latexhandschuhe angezogen. Ohne lange zu zögern hielt sie das Handy unter die schlaffe Hand, nahm den kalten Daumen von Beauvais und drückte ihn auf den Sensor am Handy. Mit einer minimalen Verzögerung begann das Display zu leuchten, der Sperrbildschirm erschien und verschwand sogleich wieder. Jetzt hatte sie das Handy für sich. In Windeseile ging Geneviève in die Einstellungen und deaktivierte die Sperrfunktion.

»Irgendwie spooky«, merkte Isabelle an, als sie das eiskalte Händchen der Leiche unter dem Leichentuch verstaute.

»Nicht nur irgendwie«, murmelte Geneviève. Sie war in die SMS- und *WhatsApp*-Nachrichten von Beauvais vertieft. Auf den ersten Blick war da nichts Auffälliges zu finden.

Auf den zweiten auch nicht.

Sie verabschiedete sich von Isabelle und fuhr zurück aufs Kommissariat, wo sie Lunette das geöffnete Handy von Beauvais auf den Tisch legte. »Vielleicht können unsere Computerspezialisten etwas herausfinden«, sagte sie niedergeschlagen. »Wenn etwas auf dem Handy war, dann hat Beauvais es vor seinem Tod gelöscht.«

Sie wollte zurück in ihr Büro gehen, als sie sich nochmals zu Lunette umdrehte. »Wir sollten sicherheitshalber auch Buffets Handy tracken beziehungsweise nachverfolgen, wo er sich am Morgen der Tat tatsächlich aufgehalten hat.«

»Du glaubst ihm nach wie vor nicht?«

Geneviève schüttelte den Kopf.

Danach stürzte sie sich aufs Neue in die Akten des Falls. Diesmal konzentriert und ohne Ablenkung. Bevor nicht die Ergebnisse der beiden Handys da waren, konnte sie nicht viel anderes machen. Rein von den Motiven her deutete momentan alles auf Buffet als Täter hin. Ihr Bauchgefühl sagte ihr aber, dass das falsch war. Sein Laden ging auch so gut. Er hatte aus dem ewigen Zweiten ein Geschäftsmodell gemacht. Das sprach sogar für einen gewissen Schuss Selbstironie.

Andererseits war da die Sache mit dem Betrugsvorwurf. Der war damals, das hatte Lunette inzwischen für sie überprüft, durch alle Medien gegangen. Herausgekommen war dabei nichts. Buffet hatte sich in der Hitze des Gefechts zu einer nicht belegbaren Anschuldigung hinreißen lassen. Die Journalisten hatten sich wie die Geier auf die Anschuldigung gestürzt. Dagegen sprach, dass die Sache bereits ein Jahr her war und sich Buffet mit der Rolle des ewigen Zweiten abgefunden zu haben schien. Daraus sogar ein Geschäftsmodell gemacht hatte.

Und dann war da Cédric Beauvais. Wäre der Kredit noch nicht zurückgezahlt worden, hätte er ein astreines Motiv gehabt, seinen Onkel zu ermorden. Der Großteil der Gewalttaten spielte sich innerhalb der Familie ab, auch wenn das die Öffentlichkeit nicht so gern hörte. Aber auch sein Laden ging ganz gut, und er schien kein Interesse daran zu haben, seine Patisserie um eine Boulangerie zu erweitern.

Geneviève lehnte sich in ihrem Bürostuhl zurück und schloss die Augen. Vielleicht dachte sie zu kompliziert? Wie hieß es immer: Folge dem Geld. Das traf zwar nicht immer zu, aber war auf jeden Fall ein Ansatz. Sie rief Lunette nochmals zu sich und gab ihr einen weiteren Auftrag: »Mich würden die Finanzen von Buffet und Beauvais interessieren. Erzählen können sie uns ja viel, aber ich möchte wissen, wie es in Wirklichkeit darum bestellt ist.«

»Beauvais junior oder senior?«

»Junior, aber wenn wir dabei sind, können wir auch gleich den Senior ausheben.«

»Das wird aber etwas dauern. Beauvais' Handy zu untersuchen geht sicher schneller.«

»Egal, irgendwo muss sich ein Motiv finden, mit dem wir etwas anfangen können. Vielleicht auf den Konten. Und mal schauen, was bei den Handys rauskommt.«

ALLES LÜGNER

Als Geneviève am späten Nachmittag heimkam, fand sie einen Post-it-Zettel an ihrer Eingangstür. *19 Uhr Abendessen bei mir. Bisous, Mamie.*

Das war typisch für Großmutter. Keine Frage, ob sie Zeit oder Lust hatte, sondern einfach nur der Marschbefehl. Als »regierende« Matriarchin der Morel-Familie war sie es gewohnt, dass man ihren Wünschen nachkam. Am besten sofort und ohne nachzufragen. Das war wenigstens die Theorie. Geneviève schmunzelte. Sie hatte immer schon ihren eigenen Kopf gehabt. Einladungen ihrer Großmutter kam sie nach, wenn ihr danach war. Das wusste auch *Mamie*. Aber sie musste – wohl für das eigene Ego – den Schein wahren. Eine Einladung als Frage auszusprechen, wäre Olivia Morel nie in den Sinn gekommen. Wenn Geneviève sie einmal versetzte, musste sie sich keine großen Gedanken machen, dass ihre Großmutter umsonst in der Küche gestanden war. Sie stand nie selbst in der Küche. Essen wurde geliefert. Nicht von der nächsten Pizzeria, nicht aus dem nächsten Bistro. Sondern aus den feinsten Restaurants der Stadt. Selbst wenn diese kein Lieferservice anboten. Für Madame Morel galten eben eigene Regeln.

Heute war Geneviève aber danach, den Abend mit ihrer Großmutter zu verbringen. Außerdem musste sie sie noch wegen ihres Besuchs in den *Grands Magasins* befragen. Diese

Sache war zwischen ihnen offen. Geneviève vermutete, dass *Mamie* ein schlechtes Gewissen hatte, weil sie sich gestern gar nicht bei ihr gerührt hatte. Das war untypisch für sie.

Pünktlich um 19 Uhr stand sie vor der Tür ihrer Großmutter. Sie läutete und ließ sich dann gleich selbst hinein. Ihre Großmutter erwartete sie im Salon, in dem sie sonst auch die feine Pariser Gesellschaft empfing. Der Raum wirkte ein wenig wie aus der Zeit gefallen. Schwere Damastvorhänge, jahrzehntealter Parkettboden, *Louis XIV.*-Möbel und ein paar alte Meister an den Wänden. Natürlich alles Originale.

Geneviève hatte sich in dieser überbordend prunkvollen Umgebung nie wohlgefühlt. Sie ertrug es nur wegen ihrer Großmutter. Unter der aufgesetzten Versnobtheit und Arroganz schlummerte noch immer ein junges, einfaches Mädchen, das vor Jahrzehnten in nahezu grenzenloser Freiheit an der Côte d'Azur aufgewachsen war. Es waren andere Zeiten gewesen, und die junge Olivia war sich der Verpflichtung ihrer Familientradition gegenüber bewusst gewesen. Sonst waren sich Geneviève und sie ziemlich ähnlich. Doch Olivia hatte sich eine strenge Disziplin selbst anerzogen. Auch wenn das bedeutete, das Gesetz zu brechen, wo immer es ging. Der Deal, in Paris keinen Coup durchzuziehen, galt nur für den Rest der Familie. Großmutter hätte sich niemals so etwas aufzwingen lassen. Wieso auch? Geneviève war in ihre Stadt gekommen, nicht umgekehrt. Und eine gewisse Hackordnung musste eingehalten werden.

Was nicht bedeutete, dass Geneviève nicht seit Jahren versuchte, ihre Großmutter auf den rechten Weg zu bringen. Immerhin hatte sie das alles nicht mehr nötig und brachte sich damit unnötig in Gefahr. Und damit auch den Rest der Familie.

Auf dem großen Mahagoni-Esstisch war das Essen bereits angerichtet. Auf einer Silberplatte lag ein großer Hummer, so rot, dass man glauben mochte, er würde sich für so viel Prunk rundherum schämen. Neben den beiden feinen Porzellantellern, dem Silberbesteck und den Stoffservietten, auf denen das Familienwappen eingestickt war, stand jeweils ein weiteres, kleines Porzellantellerchen, darauf ein kleines silbernes Messerchen. *Mamie* hatte also auch Gedeck liefern lassen. Zwischen ihnen, neben einem ebenfalls silbernen Kerzenständer, wartete eine geöffnete Flasche *Mâcon-Chaintré Vieilles Vignes 2015*, ein Chardonnay aus dem Burgund und passender Begleiter zu jeder Art von Krustentieren, in einem Weinkühler. Die Liebe zur Önologie hatte Geneviève von ihrem Vater vererbt bekommen, der sich nicht nur für Kunst, sondern auch den gehobenen Weingenuss begeistern konnte. Wobei ihr die sogenannten »einfachen« Weine in Wirklichkeit lieber waren.

Unaufgefordert nahm Geneviève die Flasche aus dem Kühler und schenkte ihrer Großmutter und sich selbst in die bereitgestellten Kristallgläser ein. Alles sehr alt, konservativ und wie aus einer anderen Epoche. Genau deshalb hatte es auch Charme.

»*Chin-chin*«, toastete Geneviève ihrer Großmutter zu. »Schöne Halskette, die du heute trägst.«

Unbewusst griff sich *Mamie* an den Hals. »Schön, dass sie dir aufgefallen ist.«

Geneviève schüttelte lachend den Kopf. »*Mamie*, wie ist dieser Klunker zu übersehen?« Ihre Großmutter trug ein schwarzes Kostüm von *Louis Vuitton*, dessen beherzter Ausschnitt genug Platz für das schwere Diamantencollier bot. Es eigentlich wie auf dem Servierteller präsentierte.

»Ist das von deinem Beutezug gestern?«, wurde Geneviève ernst.

»Beutezug?«, fragte *Mamie* mit echter Bestürzung in der Stimme.

»*Mamie!*«

»Was?«

»Du warst doch gestern mit deinen Freundinnen in den *Grands Magasins*.«

»Ist das verboten?«

Geneviève seufzte. »Nein, natürlich nicht. Aber ich kenne dich.«

»Scheinbar nicht gut genug.«

»Dann hast du sicher eine Rechnung für die Kette?«

Mamie täuschte einen Anfall von Schnappatmung vor, erklärte dann aber: »Natürlich!«

Geneviève hielt ihr auffordernd die offene Hand entgegen.

Entrüstet, aber mit einem schmalen Lächeln auf den Lippen, stand die Großmutter auf und kramte in der Lade eines antiken Sekretärs. Schließlich zog sie triumphierend ein Blatt Papier hervor und legte es vor Geneviève auf den Tisch, die die Rechnung studierte. Das Datum stimmte, sie war von gestern. Auch das Geschäft in den *Grands Magasins* kam hin. Nur der Preis …

»*Mamie!* Der Klunker an deinem Hals kostet keine 500 Euro. Der ist mindestens das Hundertfache wert!«

»Was heißt hier Klunker?«, erwiderte *Mamie*, ohne auf den eigentlichen Vorwurf einzugehen.

Geneviève schwieg und klopfte mit den Fingern ungeduldig auf die Tischplatte.

Mamie seufzte und sagte: »Es ist doch nicht meine Schuld, wenn mir die Verkäuferin den falschen Preis verrechnet.«

Geneviève schüttelte den Kopf und machte sich über den Hummer her. Es konnte manchmal mühsam sein, eine Trickbetrügerin als Großmutter zu haben. Besonders eine, die sich keinerlei Schuld bewusst war und selbst jetzt still vor sich hinlächelte.

Am nächsten Morgen verzichtete Geneviève auf ihren Morgenlauf. Der Abend mit *Mamie* hatte länger gedauert, und die alte Dame hatte ihre Enkelin ganz unauffällig mit Kir Royal abgefüllt, während sie ihr alte Geschichten erzählte. Geschichten über ihre früheren Raubzüge. Mit allen Tricks und Finten, die sie angewandt hatte, um einen Kunstdiebstahl erfolgreich durchzuführen. Die Enkelin mochte auf der, aus ihrer Perspektive gesehen, falschen Seite des Gesetzes stehen, das hinderte *Mamie* jedoch nicht daran, sie möglichst gut auf ihren Job vorzubereiten. Zudem hatte das Ganze einen Vorteil: Je besser Geneviève vorbereitet war, umso mehr Konkurrenz landete im Knast. Der Kunstmarkt war umkämpft, und *Mamie* hatte noch einen großen Coup in Vorbereitung, bevor sie sich endgültig zur Ruhe setzte.

Aber davon wusste Geneviève natürlich nichts. Und wenn alles gut ging, würde sie es auch nie erfahren. Außerdem war für ihr absolutes Meisterstück noch ausreichend Zeit. Gerade in diesem Geschäft durfte man nichts überstürzen.

Geneviève war jedenfalls mit einem gewaltigen Brummschädel aufgewacht. Keine Chance, sich die Kopfschmerzen mit einer lockeren Morgenrunde aus dem Körper zu laufen. Jeder Schritt vom Bett zur Toilette ließ ihren Kopf explodieren. Sie musste eine Schmerztablette schlucken, um wieder halbwegs klar denken zu können. Das hatte *Mamie* geschickt eingefädelt. Mit ihren alten Geschichten und dem ganz beiläufig ständig nachgeschenkten Alkohol hatte Geneviève nicht mehr über die neue Halskette ihrer Großmutter nachgedacht. So war das Thema einfach elegant umschifft worden.

Und jetzt stand sie vor ihrem Badezimmerspiegel, der

einem Künstlerspiegel ähnelte: Umrahmt von sanft gedimmten Glühbirnen, wurde ihr Gesicht in weiches, orangefarbenes Licht getaucht. Was trotzdem nichts half. Sie sah aus wie der Tod auf zwei Beinen. Normalerweise hielt sie sich bei Alkohol zurück. Für sie war er Genuss- und nicht Betäubungsmittel. Sie konnte es nicht ausstehen, wenn sie die Kontrolle über sich selbst verlor. Wenigstens war es nur im Beisein von *Mamie* passiert.

Der kühle Fahrtwind am Motorrad half, sie bis zu ihrer Ankunft im Kommissariat ein wenig frischer zu machen. Vor ihrem Büro wurde sie von Lunette erwartet. Ihr reichte ein Blick in das Gesicht der Chefin, um zu sehen, was los war. Nach einem kurzen *Bonjour* verschwand sie in der Büroküche und kehrte fünf Minuten später mit einem kleinen Espresso und einem Croissant zurück. Beides stellte sie vor Geneviève auf den Schreibtisch. Geneviève sah das zerknautscht, irgendwie armselig wirkende Croissant vor sich an. Sie meinte, dass das Croissant ebenso skeptisch zurückschaute. Sie sah noch immer mindestens ebenso zerknautscht aus wie das Croissant.

»Ist vom Supermarkt ums Eck«, erklärte Lunette. Entschuldigend fügte sie hinzu: »Brigadier Jeandet hat heute eingekauft. Er ist neu und kennt sich hier im Bezirk nicht so gut aus.«

Geneviève biss vom traurigen Croissant ab. Kein Vergleich zu den Croissants von Beauvais, aber besser, als auf leeren Magen einen starken Kaffee zu trinken. Man merkte dem Gebäck an, dass es bereits länger in einer Papiertüte vor sich hinvegetiert hatte. Außen war es nicht mehr besonders kross, eigentlich überhaupt nicht mehr, dafür war das Innenleben auch schon recht trocken. Tja, manchmal hatte man kein Glück, und an anderen Tagen kam Pech dazu.

Nachdem sie den Kaffee getrunken hatte, kam langsam wieder Leben in sie.

»Gibt es etwas Neues?«, fragte sie ihre Assistentin, die die ganze Zeit über schweigend, aber eindeutig erwartungsvoll auf einem Sessel gegenüber von Geneviève gesessen und aufgeregt hin und her gerutscht war.

»Au ja!«, sprudelte es endlich aus Lunette hervor.

Geneviève nickte ihr aufmunternd zu.

»Die Trackingdaten von Buffets Handy sind endlich gekommen.«

Adrenalin schoss durch Genevièves Körper. Die aufgeregte Art ihrer sonst so besonnenen Assistentin ließ sie darauf hoffen, dass diese Daten erfolgsversprechend waren. »Und?«

»Buffet war am Morgen des Mordes am Montmartre.«

»Nein!«

»Doch!«

»Oh!«

»Jetzt wirst du aber albern«, kicherte Lunette. Geneviève lächelte zurück. »Wir können den Standort von Buffet hier am *Butte* natürlich nicht auf den Meter genau eingrenzen, aber sein *mobile* war zur vermutlichen Tatzeit am Sendemast bei der Place du Tertre eingeloggt.«

Geneviève nickte. Hatte er also gelogen. Und sein Lehrling auch. »Können wir seinen Weg nachvollziehen?«

»*Oui!* Er startete kurz vor 5 Uhr morgens von seiner Bäckerei los und war etwa eine Viertelstunde später an der Place du Tertre.«

»Klar, um diese Uhrzeit ist noch nicht so viel Verkehr. Da kommt man viel schneller durch die Stadt. Wie lange hielt er sich an der Place auf?«

Lunette konsultierte ihre Unterlagen. »Etwa eine halbe Stunde.«

»Genug Zeit für einen ordentlichen Streit mit Beauvais und um ihn dann umzubringen.«

Sie sahen sich ein paar Sekunden an. Dann sagte Geneviève: »Zeit, Monsieur Buffet zu uns einzuladen. Und wenn wir schon dabei sind, soll sein Lehrling auch gleich mitkommen. Während die beiden hier sind, soll sich *Commandant* Albouy gleich in der Bäckerei umsehen. Vielleicht findet er ja etwas.«

»Dachte ich mir«, antwortete Lunette und zog einen Zettel aus ihrem Aktenstapel, den sie Geneviève überreichte. »Der unterschriebene Untersuchungsbefehl. Ich war so frei, ihn zu organisieren, nachdem ich die Handydaten analysiert hatte.«

Geneviève grinste über das ganze Gesicht. »*Tu es adorable!*«

Eine Stunde später saß der Bäcker in einem der Verhörräume des Kommissariats, die im Untergeschoss des modernen Gebäudes untergebracht waren. Ein kühler, steriler Raum. Bis auf die verspiegelte Glasscheibe nichts, an dem das Auge hängen bleiben hätte können. An der Decke ein großer Ventilator und eine nackte, kalte Neonröhre. In der Mitte des Zimmers ein einfacher Tisch, darauf ein Aufnahmegerät. Aschenbecher waren schon vor Jahren verbannt worden. Es war ein Verhörraum, kein Kuschelzimmer für Verdächtige.

Am Tisch saßen sich Buffet und Geneviève gegenüber. Die Stimmung konnte man getrost als frostig bezeichnen. Buffet blickte stur über Genevièves rechte Schulter an die grüne schmucklose Wand.

»Kaffee?«, begann Geneviève das Gespräch in neutralem Ton. Buffet war nicht die erste verschlossene Auster, die ihr in diesem Raum gegenübersaß. Streng konnte sie später auch werden. Was ihr hier noch nie passiert war: dass ein Einvernahmekandidat aus freien Stücken alles und sofort gestanden hätte. So etwas passierte nicht einmal im Film. Im echten Leben noch viel weniger. Hinter der verspiegelten Glasscheibe verfolgte Lunette gemeinsam mit Major Faivre das eher einseitige Gespräch.

Buffet nickte langsam mit dem Kopf. Es folgte eine weitere Runde Schweigen. Erst als eine junge Polizistin zwei Tassen Kaffee in den Verhörraum brachte, kam etwas Bewegung in die Sache.

»Wieso haben Sie uns letztens angelogen?«, eröffnete Geneviève die Einvernahme.

»Wie meinen Sie?« Ein leichtes Zucken im rechten Augenwinkel des Bäckers.

»Sie haben mir vorgestern erklärt, dass Sie keinen Kontakt zu François Beauvais hatten und sich zum Tatzeitpunkt in Ihrer Bäckerei befanden.«

»Sie haben ein gutes Erinnerungsvermögen, Madame Morel«, antwortete Buffet trocken. Geneviève konnte es nicht ausstehen, wenn man so herablassend ihr gegenüber war. Aber im Moment schluckte sie Buffets freches Gehabe.

»Sind Sie sich ganz sicher?«, bohrte Geneviève nach. Ihr Ton war unverbindlich, weit entfernt von unfreundlich oder gar feindselig. Dafür strahlten ihre eisblauen Augen eine Kälte aus, die lauter sprach, als es Worte tun konnten. Unter diesem Blick begann Buffet langsam auf seinem Sessel hin und her zu rutschen.

»Nun ... vielleicht ... unter Umständen ...«

»Ja?«

»Kann sein, dass ich vielleicht einmal kurz mein Geschäft verlassen habe. Kurz hinaus, Luft schnappen, Sie verstehen?«

»Luft schnappen am Montmartre?«, frage Geneviève trocken.

Buffet schaltete auf Angriff. »Wollen Sie mir noch immer den Tod von Beauvais anhängen?«, wurde er laut. »Ich habe Ihnen mehrmals gesagt, dass mich der alte Sack nicht interessiert hat.«

Der alte Sack, interessant, dachte Geneviève. Beauvais schien Buffet doch nicht ganz egal gewesen zu sein, wenn er sich zu solchen Ausdrücken herabließ.

»Ich will Ihnen gar nichts anhängen. Und jetzt beruhigen Sie sich wieder. Sie machen Ihre Lage dadurch nicht besser. Ganz im Gegenteil. Ich würde Ihnen zudem empfehlen, etwas kooperativer zu sein.«

»Kooperativ?«, entrüstete sich Buffet. »Inwiefern kooperativ? Ich weiß von nichts.«

»Letzte Chance.« Genevièves Stimme war nun eine Oktave tiefer, aber nach wie vor seelenruhig. Das hier war nicht ihr erstes Rodeo.

Buffet schwieg. Er schien sich des Ernsts seiner Lage noch immer nicht richtig bewusst zu sein.

Geneviève holte den Ausdruck mit der Auswertung von Buffets Handydaten aus dem Aktenordner, der vor ihr am Tisch lag, und schob ihn dem Bäcker unter die Nase. Der las sich das Papier kurz durch und wurde blass. »*Merde!*«

Geneviève nickte bestätigend. *Merde* war der richtige Ausdruck. Buffet saß nämlich richtig in der Scheiße.

»Wir haben hier den Beweis, dass Sie sich rund um den Tatzeitpunkt an der Place du Tertre befunden haben, Monsieur Buffet. Sie standen in direkter Konkurrenz mit François Beauvais. Wir haben Zeugenaussagen, die Ihnen ein Konkurrenzverhältnis zu Beauvais unterstellen. Dazu ihr medial breitgetretener Vorwurf, er hätte betrogen. Die Wahl zum *Grand Prix de la meilleure baguette de tradition de Paris* steht in ein paar Wochen auf dem Programm. Das sind einige ganz schön starke Motive, wenn Sie mich fragen.« Sie machte eine kurze Kunstpause. »Mir ist schon klar, dass Sie jetzt nicht gestehen werden, aber ich kann Ihnen versichern, dass ich in diesen Sachen durchaus eine gewisse Expertise habe.« Das süffisante Lächeln am Ende konnte sich Geneviève nicht verkneifen. Nicht, nachdem er sie für blöd hatte verkaufen wollen.

Sie hatte nicht damit gerechnet, dass sie nun auch im Gesicht von Buffet ein Grinsen sehen würde. Der Bäcker hatte sich überraschend rasch wieder gefasst, zurückgelehnt und die Arme über seinem stattlichen Bauch verschränkt.

»Motive mögen ja schön und gut sein, aber Sie haben keine Beweise, dass ich mit der Tat etwas zu tun habe. Außerdem habe ich eine Information für Sie, die Sie garantiert noch nicht kennen.«

Geneviève entschied sich, das Spiel mitzuspielen. Sie lehnte sich gelangweilt auf den Tisch, ihr Kinn auf der rechten aufgestellten Hand abgestützt. »Dann klären Sie mich mal auf.«

»Ich wurde zur Place du Tertre hinaufbestellt.«

Okay, das war wirklich neu und überraschend. Geneviève ließ sich in ihrer Mimik nichts anmerken. »Kann jeder behaupten.«

»Ich kann es aber beweisen.« Er kramte in seiner Jackentasche und zog ein Handy heraus. »Darf ich?«, fragte er, bevor er das Handy einschaltete.

»Solange Sie keinen Blödsinn machen«, gab ihm Geneviève die Erlaubnis.

»Den Teufel werde ich tun«, schnaubte Buffet. Er tippte auf dem Smartphone herum. Von der anderen Seite konnte Geneviève sehen, dass er einen Kurznachrichtendienst aufrief. Dann hielt er ihr sein Handy vor die Nase. »Hier!«

Geneviève las die Nachricht. Sie war von einer unbekannten Nummer abgeschickt worden. Der Inhalt war kurz und prägnant: »Morgen, 5 Uhr, an den Escaliers du Calvaire, ganz oben. Wir müssen wegen des Baguette-Wettbewerbs sprechen.« Buffet hatte auf das SMS mit der verständlichen Frage »Wer sind Sie?« geantwortet, aber keine Antwort mehr bekommen. Danach ein SMS, in etwa zur Tatzeit: »Wo sind Sie?«

Geneviève reichte ihm das Handy zurück. »Von einer unbekannten Nummer? Ein Treffen um diese Uhrzeit? Ist Ihnen das nicht verdächtig vorgekommen?«

»Natürlich, aber ...«

»Aber die Neugier ist der Katze Tod, nicht wahr?«

Buffet nickte niedergeschlagen.

»Was ist passiert, als sie bei den Treppen oben angekommen sind?«

Buffet hielt ihrem eisigen Blick stand: »Nichts. Er ist nicht gekommen.«

»Sie sind also davon ausgegangen, dass Beauvais Sie dorthin bestellt hat?«

»War doch offensichtlich.«

»Und die unbekannte Nummer?«

Buffet schnaufte genervt: »Nochmals, es ist die Wahrheit, dass ich kaum Kontakt zu ihm hatte. Und seine Handynummer kannte ich schon gar nicht. Das war für mich also das Unauffälligste. Wer sonst hätte mich um diese Uhrzeit dorthin bestellen sollen?«

»Dorthin ist ein gutes Stichwort. Die Escaliers liegen mehr oder weniger genau auf der anderen Seite der Place du Tertre. Wieso nicht direkt in Beauvais' Geschäft?«

»Wieso fragen Sie mich das? Woher soll ich wissen, was der Alte sich da eingebildet hatte?«

Geneviève versuchte, sich die Situation bildlich vorzustellen. Zwischen *Le Palais des Pains* und den Escaliers du Calvaire lag die dicht von Bäumen und Gastgärten umgebene Place du Tertre. Stand man bei den Stiegen, konnte man nicht hinüber bis zum Geschäft sehen. Sie schüttelte den Kopf. Wie passte das nun wieder zusammen? »Was haben Sie gemacht, nachdem Beauvais nicht gekommen ist?«

»Ich habe gewartet.«

»Eine halbe Stunde?«

»Ja, hat nicht Spaß gemacht. Aber der Blick auf die Stadt hat abgelenkt und entschädigt.«

»Sie haben nicht zu Beauvais' Geschäft hinübergeschaut, um ihn zur Rede zu stellen?«

»Sind Sie wahnsinnig?«, fuhr Buffet sie an. »Ich wollte mich doch nicht zum Narren machen. Mir ist langsam klargeworden, dass man mich an der Nase herumgeführt hat. Ich habe mich geärgert, weil ich mein Geschäft alleine gelassen habe.«

»Nicht ganz allein. Khaled war auch dort?«

»Natürlich, aber es ist mein Geschäft, und ich stehe jeden Morgen in der Backstube und backe das beste Baguette der Stadt, völlig egal, welches Ergebnis jedes Jahr bei diesem scheiß Wettbewerb herauskommt. Ich kann es mir nicht leisten, so zum Spaß ein paar Stunden außer Haus zu sein.«

Wie schnell es ging, dass sich der Mann von seinem alten Werbeslogan verabschiedet hatte. Geneviève machte sich eine Notiz.

»Sie haben also eine halbe Stunde an den Stiegen gewartet und sind dann wieder zurückgefahren. Sie haben nicht hinüber zu Beauvais geschaut.«

»*Exactement.*«

Ein Klopfen an der verspiegelten Glasscheibe unterbrach das Gespräch. Geneviève erhob sich, um den Verhörraum zu verlassen. »Entschuldigen Sie mich bitte einen Moment.«

»Was gibt es?«, fragte sie die vor der Tür auf sie wartende Lunette.

»Albouy hat die mögliche Tatwaffe gefunden«, antwortete Lunette ernst.

»Das Messer? Wo?«

»Kein Messer. Ein Teigabstecher. Genauso scharf. In einem öffentlichen Mülleimer, keine zehn Meter von Buffets Geschäft entfernt. Auf dem Teigabstecher war Blut. Wir können natürlich noch nicht zu 100 Prozent sicher sein, dass es sich um Beauvais' Blut handelt, aber die Sache scheint recht eindeutig. Die DNA wird aktuell überprüft.«

Geneviève bedankte sich bei Lunette und ging zurück in den Verhörraum.

»Monsieur Buffet, ich muss Sie jetzt wegen dringenden Mordverdachts festnehmen.«

»Wie bitte?« Buffet fiel vor Schreck fast von seinem Sessel.

»Wir haben die Tatwaffe gefunden. Es handelt sich um einen Teigabstecher.«

»Den jeder Bäcker in Paris besitzt«, versuchte sich Buffet zu rechtfertigen.

»Da gebe ich Ihnen recht. Aber nicht mit Blut auf der Klinge. Außerdem wurde der Teigabstecher in unmittelbarer Nähe zu ihrem Geschäft gefunden. Monsieur, aus der Kiste kommen Sie so schnell nicht wieder raus.« Buffets Gesicht blieb stoisch ruhig, nur sein Adamsapfel bewegte sich gut sichtbar. Er schluckte. »Noch eine Frage, Monsieur: Sind Sie Links- oder Rechtshänder?«

»Linkshänder«, antwortete Buffet leise. Geneviève nickte zufrieden. Die Tür zum Verhörraum öffnete sich. Major

Faivre trat ein, flankiert von zwei Brigadiers. Er hielt ein Paar Handschellen in der Hand.

Zuerst wurde Buffet blass. Dann wurde er abgeführt.

ES GIBT IMMER EIN ERSTES MAL

Nachdem Buffet von Major Faivre in die Arrestzelle gebracht worden war – sie hatte amüsiert beobachtet, wie Lunette ihrem neuen Schwarm anhimmelnd hinterherblickte, als hätte er gerade die größte Heldentat geleistet – hatte sich Geneviève zum Durchschnaufen einen großen Café Crème gegönnt. 15 Minuten Pause hatte sie sich verdient. Mehr wollte sie sich selbst nicht geben, denn mit Khaled wartete ja noch ein weiterer Kandidat im Verhörzimmer. Sie wollte den Jungen nicht zu lange warten lassen, da sie annahm, dass er inzwischen dem Nervenzusammenbruch nahe war. Immer vorausgesetzt, dass er bei ihrem ersten Gespräch nicht eine großartige Schauspielleistung, würdig eines *César*, gezeigt hatte.

Wie sich schnell herausstellte, war Geneviève mit ihrer Vermutung goldrichtig gelegen. Der Junge hatte nicht einmal auf dem Sessel im Verhörraum Platz genommen, als er schon mit der Wahrheit rausrückte. So viel zum Thema, dass in diesem Raum noch niemals jemand sofort gestanden hätte. Aber es gab eben für alles ein erstes Mal.

»Ich musste lügen«, sprudelte es aus dem jungen Nordafrikaner heraus. »Mein Chef hat mich dazu gezwungen.« Seine Augen waren riesig, die Stimme überschlug sich beinahe, seine Hände zitterten.

»Langsam, langsam«, versuchte ihn Geneviève erst mal zu beruhigen. »Ich muss erst das Aufnahmegerät einschalten.«

Sie versuchte, so viel Wärme wie möglich in ihre Stimme zu legen, und zog auch die Mundwinkel leicht nach oben. Sie hatte so etwas Ähnliches vermutet. Es hätte sie gewundert, wenn der Junge aus freien Stücken gelogen hätte. Trotzdem war da etwas, was sie störte: die fast schon lächerlich große Angst, die Khaled vor der Polizei zeigte. Was hatte der Junge zu verbergen?

»So, bitte noch mal von vorne. Und etwas langsamer, wir haben ausreichend Zeit.«

Khaled knetete nervös seine Hände und schluckte. Dann begann er aufs Neue. »Gut, mein Chef, Monsieur Buffet, hat mich gezwungen zu lügen. Er war am Morgen des Mordes an dem anderen *Boulanger* nicht in der Bäckerei.«

»Die ganze Zeit über nicht?«, warf Geneviève ein, denn die Handydaten hatten etwas anderes gesagt.

»Nein, also doch! Er war da, aber dann ist er gegangen. Er hat nur gesagt, dass er etwas zu erledigen habe und spätestens in einer Stunde zurück sein würde.«

»Wann war das in etwa?«

Khaled verdrehte die Augen, aber nicht aus Zorn, sondern weil er fieberhaft versuchte, sich an die Uhrzeit zu erinnern. Schließlich schien er zu einem Entschluss gekommen zu sein: »Ich schätze so gegen 4.30 Uhr? Vielleicht 4.45 Uhr?« Das passte mit den Handydaten zusammen.

»Und wann ist er zurückgekommen?«

»Das war kurz nach 6 Uhr, das weiß ich genau«, antwortete der Junge stolz.

»Warum so genau?«

»Weil da gerade die 6-Uhr-Nachrichten im Radio vorbei waren und der Wetterbericht durchgesagt wurde.«

Geneviève notierte sich diese Information. Khaleds Erinnerungen waren zu exakt, die Details zu genau, als dass der

Junge sich eine Geschichte ausgedacht hätte. Es gab auch keinen Grund für ihn zu lügen.

»Wie wirkte Buffet auf dich, nachdem er zurückgekommen ist?«

»Zornig«, antwortete Khaled wie aus der Pistole geschossen. »Er murmelte etwas von Zeitverschwendung und dass es eine unglaubliche Frechheit war. Er würde Beauvais dafür büßen lassen.«

Interessant, dachte Geneviève und notierte auch diese Information. Wieso sollte Buffet so etwas sagen, *nachdem* er seinen Widersacher bereits umgebracht hatte? »Wie hat Buffets Kleidung ausgesehen? Hast du irgendwo Blutflecken gesehen?«

Khaled schüttelte wild seinen Kopf. »Nein, nein, auf keinen Fall.«

»Wie kannst du so sicher sein?«

Khaled grinste. »Weil er seine weiße Bäckerkleidung anhatte. Da wäre ein roter Fleck sofort aufgefallen.« Punkt für den Jungen.

Geneviève überlegte. Natürlich hätte Buffet am Retourweg seine Kleidung wechseln oder für die Tat eine andere Kleidung anziehen können. Schneeweiß in der Gegend herumzulaufen, fiel sofort auf. Aber traute sie dem Bäcker so viel Kaltblütigkeit zu? Und dann der Fundort der Tatwaffe. Wie konnte Buffet so dämlich sein, sich des Teigabstechers quasi ums Eck seines Geschäfts zu entledigen? Am Weg vom Montmartre zurück hätte er Dutzende andere Möglichkeiten gehabt.

Das lief alles viel zu glatt ab. Sie wusste aus Erfahrung, dass ein Mordfall selten so einfach und straight zu lösen war. Deshalb glaubte sie auch jetzt nicht daran. Nichtsdestotrotz sprach momentan alles gegen Buffet.

Blieb noch eine offene Frage: »Wann hat er dich gezwungen, uns anzulügen?«

»Als er mich reinholte. Sie wollten ja alleine mit dem Chef reden.« Richtig, Khaled war da in den Hinterhof gegangen. Danach hatte Buffet verdächtig lange gebraucht, um den Jungen zurück in die Backstube zu holen.

»Womit hat er dir gedroht?«

Khaled, dessen Gesicht sich über die letzten Minuten ein wenig aufgehellt hatte und der Vertrauen in Geneviève zu fassen schien, wurde wieder zu einer steinernen Maske. Die Kommissarin lehnte sich zurück. Sie wollte der Sache auf den Grund gehen. »Wir können hier auch noch ein paar Stunden sitzen bleiben, Khaled. Ich habe alle Zeit der Welt.«

Khaled seufzte. »Er hat mir gedroht, mich auf die Straße zu setzen.«

Mit dieser Antwort hatte Geneviève gerechnet. Eine unangenehme Situation. Die aber nicht erklärte, wieso der Junge so verschreckt gewesen war, als sie die Backstube betreten hatte. Da war von einem erfundenen Alibi noch lange keine Rede.

Sie lehnte sich wieder vor und funkelte Khaled mit ihren eisigen Augen an. »Raus mit der Wahrheit, womit hat er gedroht?«

Der Junge sank in sich zusammen, Tränen stiegen in die Augen und er schluchzte:

»Bitte ... bitte nicht. Ich ... ich ... bin doch so gern hier.«

Daher wehte also der Wind. Genevièves Stimme wurde vertraulicher. »Du bist illegal hier, nicht wahr?«

Khaled nickte.

»Wie lange ist dein Visum abgelaufen?«

»Ein Jahr«, erwiderte der Junge nach einer langen Pause.

»Lunette?« Geneviève schaute auf die verspiegelte Glasscheibe. Ein Knacken, dann kam Lunettes Stimme über einen Lautsprecher in einer Ecke des Raums.

»*Oui?*«

»Hast du alles mitbekommen?«

»*Naturellement.*«

»Gut. Ich will, dass du Khaled bitte zurück zur Bäckerei bringst. Es war ein aufregender …« Sie sah auf die Uhr. *Mon Dieu*, schon 16 Uhr! »… ein aufregender Nachmittag für ihn.«

»Sie … Sie sperren mich nicht ein?«

Geneviève lächelte den Jungen warm an. »Nein, natürlich nicht. Du hast nichts verbrochen. Es ist eine Schande, dass dir dein Chef mit so etwas gedroht hat.«

»Wie geht es jetzt mit mir weiter?«

Gute Frage. Sie wollte einen Mord aufklären, keinen jugendlichen Illegalen außer Landes bringen. Vor allem keinen, der ganz offenbar hervorragend integriert und früher mit vollem Recht hier in Paris gelebt hat. Und der mithalf, das zweitbeste – mittlerweile sogar das beste – Baguette der Stadt zu backen. So jemand konnte kein schlechter Mensch sein, oder? Traf das dann nicht auch auf Buffet zu?

Die Tür zum Verhörraum öffnete sich, und Lunette kam herein. Geneviève nahm sie zur Seite. »Wenn du ihn in der Bäckerei abgeliefert hast, möchte ich, dass du ihn und seine Geschichte genau untersuchst. Vielleicht kannst du bei Madame Allegre ja ein gutes Wort für ihn einlegen.«

»Ich werde es versuchen, aber vielleicht sollten wir ihr und dem Innenminister etwas anbieten?«

»Wir haben jetzt ja einen Verdächtigen«, meinte Geneviève. Sie überlegte einen Moment und fuhr fort: »Lass dir von Khaled ein paar Baguettes geben, wenn du ihn absetzt, und bring sie ihr ins Büro. Mit schönen Grüßen von mir. Vielleicht will sie unseren Tipp ja an den Präsidentenpalast weitergeben«, schloss sie verschwörerisch.

Lunette zwinkerte ihrer Chefin zu. »Verstanden. Eine Hand wäscht die andere.« Sie drehte sich um, als Geneviève sie zurückhielt. »Noch was.«

»Ja?«

»Bei uns im Arrondissement gibt es ja kaum Überwachungskameras. Aber unten in der Stadt? Vielleicht gibt es ja eine, auf der der Mülleimer vor Buffets Geschäft zu sehen ist.«

Lunette nickte. »Ich werde Jean-Marie gleich darauf ansetzen.«

»Jean-Marie?«, Geneviève konnte sich die Frage nicht mehr verkneifen. Ihre Assistentin verzog keine Miene, zuckte mit den Schultern, drehte sich um und schob Khaled vor sich aus dem Verhörraum hinaus. Keine Antwort war auch eine Antwort.

Ihr Kopf schwirrte, als sie die sechs Stockwerke hinauf in ihr Büro über die Treppen stieg. Den Aufzug ließ sie aus, schließlich war sie in der Früh nicht laufen gegangen. Konnte Buffet der Mörder sein? Konnte er so ein *dämlicher* Mörder sein?

Außerdem interessierte sie der Teigabstecher, mit dem Beauvais ermordet wurde. Die Tatwaffe sprach für einen Mord im Affekt. Ein Teigabstecher war in einer Backstube schnell zur Hand. Das war jedem Bäcker klar. Auch einem, der einen Mord plante. Wieso also überhaupt eine Waffe mitbringen? Dass Beauvais von hinten die Gurgel aufgeschlitzt wurde, sprach ebenfalls mehr für eine geplante Tat.

Praktischerweise lag das *Corpus Delicti* bereits auf ihrem Schreibtisch. Fein säuberlich in eine Plastiktüte verpackt.

Daneben ein Post-it-Zettel, auf dem in Albouys Handschrift die Information stand, dass der Teigabstecher spurentechnisch untersucht worden war. Sie musste also keine besondere Vorsicht mehr walten lassen.

Trotzdem beließ sie das Küchenwerkzeug zuerst noch in der Tüte. Der Abstecher sah hochwertig aus. Ein heller Holzgriff, etwa 15 Zentimeter breit, darunter das glänzende Blatt aus Edelstahl, vielleicht zehn Zentimeter lang. Die Klinge selbst wirkte rasiermesserscharf. Sie drehte das Teil in ihren Händen, bis ihr schließlich zwei Buchstaben am unteren Rand des Griffs auffielen. »RR« – es musste sich um Initialen handeln. Es konnten weder die von Beauvais noch die von Buffet sein. Vielleicht jene des Herstellers? Sie warf ihren Laptop an, suchte nach den Initialen in Verbindung mit Küchenwerkzeug und wurde umgehend fündig. Es handelte sich um eine kleine Manufaktur in der Bretagne, die hochwertige Küchenwerkzeuge herstellte. Zu einem durchaus ansehnlichen Preis. Das Design war durchgängig. Wie sie der Website entnahm, wurde ausschließlich geöltes schwedisches Birkenholz für Griffe und dergleichen verwendet. Der Edelstahl kam aus französischer Produktion. Blieb die Frage: Wessen Teigabstecher war es?

Die Frage müsste sich recht leicht beantworten lassen. Wenigstens die Frage, ob es Beauvais' Teigabstecher war. Auch ohne auf die DNA-Auswertung zu warten, die für gewöhnlich etwas längere Zeit in Anspruch nahm.

Keine fünf Minuten später saß sie wieder auf ihrer Maschine und war unterwegs in die Rue Norvins. Am Weg änderte sie ihren Plan minimal ab. Sie fuhr nicht gleich zum *Palais des Pains,* sondern heim, wo sie das Motorrad abstellte. Dann nahm sie die Stiegen hinauf zu *Sacré-Coeur* und war kurz darauf auf der Place du Tertre bei Beauvais' Boulangerie. Noch immer legten ehemalige Stammkunden Blumen vor dem abgesperrten Geschäft ab, auch das eine oder andere Baguette befand sich noch unter den Abschiedsgaben von Beauvais' Kunden.

Aus ihrer Hosentasche fischte sie den Schlüssel zur Boulangerie, sperrte die Tür auf und duckte sich unter dem polizeilichen Absperrband durch. Wie anders das verlassene und nicht geputzte Geschäft nach wenigen Tagen der Vernachlässigung wirkte. Eine dünne Staubschicht überzog den Boden und das verwaiste Mobiliar. Fast gespenstisch. In der großen Glastheke lag das Gebäck genauso wie am Tag des Mordes. Noch schimmelte nichts, aber das war nur eine Frage der Zeit. Geneviève notierte sich gedanklich, dass sie den Tatort freigeben musste. Nach ihrer nun bevorstehenden Inspektion gab es keinen Grund mehr, die Boulangerie gesperrt zu lassen. Jemand musste sich darum kümmern, dass die verderblichen Waren weggeworfen wurden, außerdem musste das gesamte Lokal inklusive Backstube einer gründlichen Reinigung unterzogen werden. Testament war noch keines aufgetaucht, aber sie ging davon aus, dass in Ermangelung anderer Verwandter alles an seinen Neffen und die angeheiratete Nichte ging. Die beiden sollten sich inzwischen auch um die Reinigung kümmern. Sollte ein Testament doch für eine Überraschung sorgen, würden ihnen die Kosten ersetzt werden.

Bedächtig schritt Geneviève das Verkaufslokal ab und sah sich die Szenerie nochmals genauer an. Nichts Auffälliges. Was hatte sie auch erwartet? Dass der Mörder hier einen Hinweis hinterlassen hatte?

Sie ging um die Verkaufstheke und durch die Tür in die Backstube. Auch hier war noch alles so wie an dem Morgen, an dem sie Natalie und den toten Bäcker gefunden hatte. Halbfertige Teigwürste, aus denen später knuspriges Baguette hätte werden sollen, lagen verlassen und eingetrocknet auf den Arbeitsflächen. An den Wänden hingen verschiedenste Bäckerutensilien. Wie Geneviève mit einem Blick feststellte, kam der Großteil aus der Manufaktur *RR*. Dasselbe Holz auf den Griffen, feinster Edelstahl, mancher auch poliert, und auf nahezu allen Utensilien war das *RR* der Manufaktur eingraviert. Kein Zweifel: Beauvais war mit seinem eigenen Teigabstecher ermordet worden. Mit ein paar Schritten umrundete sie die zentrale Arbeitsfläche in der Mitte der Backstube. Auf der anderen Seite war damals der ermordete Bäcker im Schoß Natalies gelegen. Die Spuren waren nach wie vor zu sehen: Das Blut war eingetrocknet und braun, vermischt mit dem in der Backstube allgegenwärtigen Mehl, das durch einen Luftzug verweht worden war. Eine dünne weiße Mehldecke hatte sich über den Boden gelegt, in der ihre Fußabdrücke gut zu sehen waren. Sonst – nichts. Niemand hatte sich Zugang verschafft. Wozu auch? Es gab hier nichts von Wert.

Oder doch?

In einer Ecke war eine weitere Tür, die zwar nicht ihr, aber der Spurensicherung aufgefallen war. Auch sie war mit einem Absperrband versiegelt. Mit auf dem Mehl knirschenden Schritten ging sie hinüber, riss das Absperrband herunter und öffnete die Tür. Es war das Büro von Beauvais. Jede Menge Papierstapel, ein bisschen Büromaterial, ein alter Computer mit einem noch älteren Röhrenbildschirm und ein kleines Fenster, das auf einen Innenhof hinausging. An einer Wand war eine Tresortür zu sehen. Sie war geschlossen. Ohne große Hoffnungen zog Geneviève an ihr, aber sie ruckelte nicht einmal einen Millimeter. Der Tresor sah auch nicht so aus, als hätte jemand versucht, sich daran zu schaffen zu machen. Keine Kratzer, keine Brandspuren – alles war so, wie es sein sollte.

Halbwegs zufrieden verließ sie den Tatort, wenigstens konnte sie die Tatwaffe jetzt zuordnen. Draußen blinzelte die Sonne durch die Bäume der Place du Tertre und kitzelte sie auf der Nase. Eigentlich ein perfekter Tag – wenn sie sich nicht mit einem mysteriösen Mord herumschlagen müsste. Sie schnaufte kurz durch und ging die paar Meter zur Patisserie von Beauvais' Neffen. Dort brummte das Geschäft wieder. Oder noch immer? Egal, sie gönnte es den beiden jungen Leuten, die nun ohne ihren Mentor auskommen mussten. Leider beruhte diese Sympathie nicht auf Gegenseitigkeit.

»Sie schon wieder!«, schnauzte der junge Beauvais Geneviève an, als sie das Geschäft betrat.

»Ja, ich schon wieder«, erwiderte sie gelassen.

»Wollen Sie etwas kaufen?«

Geneviève schaute in die große Glasvitrine, in der Mehlspeisen jeder Façon präsentiert waren. Die Versuchung war sehr groß.

»Werden wir sehen. Haben Sie einen Moment Zeit für mich?«

»Habe ich eine Wahl?«

»Es gibt immer eine Wahl.« Hatte sie den Spruch nicht schon letztens bei Buffet gebracht? Aber wenn ihr ihre Gegenüber diese Antwort auch dermaßen auf dem Silbertablett servierten!

Mürrisch verließ Beauvais seinen Platz hinter der Theke. Sie setzten sich an einen freien Tisch.

»Die Untersuchung des Tatorts ist nun abgeschlossen«, eröffnete Geneviève das Gespräch. »Ich werde veranlassen, dass die Boulangerie ihres Onkels freigegeben wird. Ab morgen sollten Sie wieder reinkönnen.«

»Wozu?«, fragte Cédric. »Es ist noch kein Testament aufgetaucht. Niemand weiß, wem das Geschäft gehören wird.« Seine Stimme war angriffig und feindselig.

»Jetzt hören Sie mir mal zu«, schnauzte Geneviève zurück. Sie hatte genug, schließlich tat sie nur ihren Job. »Ich entschuldige mich sicher nicht dafür, dass wir Sie vielleicht auch verdächtigt haben. Oder es den Anschein hatte. Wir gehen einfach allen Spuren nach. Wenn Sie unschuldig sind, ist es ja auch in Ihrem Interesse, dass wir das tun.«

Beauvais nickte zögerlich.

»Gut, dann hätten wir das. Außerdem haben wir einen Verdächtigen festgenommen.«

»Wen?«

»Buffet. Sieht so aus, als wäre die Vermutung Ihrer Frau richtig gewesen.«

»Sieht so aus?«

»Wir haben noch keine Beweise, aber eine Menge Indizien. Zum Beispiel die Tatwaffe, die in der Nähe von Buffets Bäckerei gefunden wurde.«

Beauvais wurde aufmerksamer. »Womit wurde mein Onkel ermordet?«

»Mit seinem eigenen Teigabstecher.«

Der Neffe sank in sich zusammen und schüttelte den Kopf. Geneviève beobachtete ihn genau, konnte aber keine Anzeichen von Schauspielerei feststellen.

»Wie auch immer«, fuhr sie fort, »ich war zuvor in der Boulangerie Ihres Onkels und habe den Tatort ein letztes Mal gesichtet. Damit kann ich ihn nun freigeben. Egal, ob Sie erben werden oder nicht, würde ich Sie bitten, dort für etwas Ordnung zu sorgen. Ist nicht besonders hygienisch, wenn dort alles zu schimmeln und faulen beginnt.«

»Ja, ja, natürlich«, antwortete Beauvais leise.

»Sollten Sie nicht erben, werden Ihnen die Kosten selbstverständlich ersetzt. Aber momentan wären Sie der Alleinerbe, da Monsieur Beauvais sonst keine Angehörigen mehr hatte.«

Damit verließ sie *La Framboise Gourmande*. Stolz, dass sie der Versuchung widerstanden und nichts gekauft hatte. Das Verhalten von Beauvais hatte ihr allerdings die Entscheidung auch leichter gemacht.

Gedankenverloren stieg sie die Treppen zu ihrem Haus hinunter. Horden von Touristen drängten sich an ihr vorbei. Ein Stimmengewirr aus aller Herren Länder ließ sie sich immer tiefer in ihren Gedanken verlieren. Sie erwachte erst, als ein Kellner ein Glas Rosé auf den Tisch stellte. Verwundert sah sie sich um. Sie saß in dem kleinen Bistro, das im Erdgeschoss ihres Hauses – gut, des Hauses ihrer Großmutter – beheimatet war. Ein ganz einfaches Lokal mit einfacher Karte und einfachen Weinen. Und einem einfachen Namen: *Chez Frédéric*. Nichts Überkandideltes. Genauso wie sie es am liebsten hatte. Sie war derart in Gedanken versunken gewesen, dass sie gar nicht gemerkt hatte, vor dem endgültigen Heimweg unbewusst noch einen *Apéro* bestellt zu haben. Neben dem Glas Wein stand ein Körbchen mit drei Scheiben getoastetem Brot und ein Schälchen mit Oliven.

»Alles in Ordnung, Madame?«, fragte der Kellner, der die Verwirrung Genevièves registriert hatte.

»Ja, ja, alles gut, Herbert. Es war ein langer Tag.« Sie lächelte dem Kellner freundlich zu, nahm einen Schluck von ihrem Wein und biss genussvoll in das knusprige Brot.

Es tat gut, den Tag so ausklingen zu lassen.

SCHREIE IN DER NACHT

Der nächste Tag begrüßte Geneviève zeitig am Morgen mit wunderbarem Frühlingswetter. Vögel zwitscherten vor den offenen Fenstern. Genauso lange, bis Merlot sein reguläres Frühstück serviert bekam, entrüstet verschmähte und stattdessen lieber auf Jagd nach Frischfleisch ging. Geneviève konnte gar nicht so schnell die Fenster schließen, da war der rote Riesenkater auch schon draußen im Baum, und eine Meise hatte ihr Leben lassen müssen. Verdattert schaute sie ihrem Kater dabei zu, wie er auf einem dicken Ast den Vogel verschlang. Irgendwie ging ihr das näher, als eine menschliche Leiche zu begutachten. Es war das erste Mal, dass sie dem Kater bei der Jagd zugesehen hatte. Eine gute Erinnerung, dass Hauskatzen am Ende auch nur domestizierte Raubtiere waren.

Nach einer schnellen Runde durch die schmalen Gassen von Montmartre bestellte sie Lunette zur Morgenbesprechung ins *Chez Frédéric*. Ihre Assistentin hatte ihr noch am Abend eine Mail geschrieben und mitgeteilt, dass die Ergebnisse der Anrainerbefragungen nun komplett waren und es möglicherweise doch eine Spur gab. Geneviève wollte nicht ins Kommissariat fahren, nur um ein paar Minuten später wieder den Rückweg anzutreten.

Um Punkt 9 Uhr, nach Lunette konnte man die Uhr stellen, trafen sich die beiden im Gastgarten des Bistros vor

Genevièves Haustür. Am kleinen Platz, von dem sternförmig mehrere Straßen wegführten, herrschte geschäftiges Treiben. Die Menschen waren auf dem Weg zur nächsten Bus- oder Metrostation, wobei es an letzteren am Montmartre im Vergleich zum Rest von Paris deutlich mangelte, was jedoch mit den geologischen Gegebenheiten zu tun hatte. Langsam im dichten Verkehr vor sich hin kriechende Autos wurden von Motorrädern und Mofas links und rechts überholt. Dazwischen holten sich andere ihre Tageszeitung am Kiosk gegenüber dem Bistro, daneben schichteten Händler ihr Obst und Gemüse in den kleinen Regale vor ihren Geschäften. Touristen sahen sich in dem Gassenwirrwarr verloren um, wobei ihnen auch verschiedene Navi-Apps ihrer Handys nicht so richtig weiterhelfen konnten. Geneviève sog die Szenerie genüsslich ein. Das war ihr Paris. Geschäftig, hektisch, aber trotzdem mit einem gewissen Dorfcharakter, den man nur hier am *Butte* fand.

Lunette setzte sich mit einem ganzen Stoß Akten zu Geneviève an den Tisch und orderte ihr Frühstück. Während Herbert, der scheinbar tagein, tagaus Dienst schob, die gewünschten Sachen in der Küche orderte, brachte sie ihre Chefin auf den aktuellen Stand der Untersuchung.

»Also: Für Monsieur Buffet wird es immer enger. Das Blut am Teigabstecher ist von Beauvais. Es handelt sich also eindeutig um die Tatwaffe.«

»Haben wir endlich ausgewertete DNA-Proben vom Tatort?«

»*Oui*. In der Backstube wurden Spuren von Beauvais und seiner Nichte gefunden. Und einige andere, die nicht zuzuordnen sind. Wahrscheinlich von den Verkäuferinnen, die ihm geholfen haben. Das prüfen wir noch nach.« Sie blickte auf und grinste schelmisch: »Und natürlich von dir.«

»Sehr lustig«, schnaubte Geneviève, aber nicht unfreundlich. »Nichts von Buffet?«

»Nein, aber er kann vorsichtig vorgegangen sein. Wenn er nichts angegriffen hat ... Den Teigabstecher hat er ja mitgehen lassen.«

»Fingerabdrücke am Teigabstecher?«

»Nein, leider nicht. Wir haben ihn in einer Mülltonne gefunden. Er ist unter so viel anderem Müll gelegen, dass da nichts mehr zu machen war. Alles verwischt und verdreckt.«

»Also grundsätzlich geschickt gemacht. Zugleich aber auch idiotisch, weil gleich ums Eck vom eigenen Geschäft.«

Lunette zuckte beiläufig die Schultern.

»Was ist mit den Anrainerbefragungen? Du hast geschrieben, dass es da etwas geben könnte.«

Lunettes Gesicht begann zu strahlen: »Ja! Ein älterer Herr will etwas gehört haben. Schreie, ein Klirren, als ob eine Scheibe zerbrechen würde.«

»Wie passt das zu unserem Fall?«, fragte Geneviève. »Die Schreie – okay. Aber eine geborstene Scheibe? Die Schaufenster waren doch alle intakt, als wir am Tatort waren.«

Lunette nickte zustimmend. »Außerdem will der Mann das öfters gehört haben. Nicht nur einmal.«

»Passt überhaupt nicht zu unserem Fall. Will sich der Mann vielleicht wichtigmachen?«

»Ich weiß es nicht. Jean-Marie hat gemeint, dass er vertrauenswürdig wirkte.«

»Sag, läuft da was zwischen dir und dem Major? Du sprichst ständig nur mehr von ›Jean-Marie‹. Das ist doch sonst nicht deine Art«, warf Geneviève neugierig ein.

»Hat das einen Einfluss auf unseren Fall?«, erwiderte Lunette verschlossen.

»Nein, aber es ist mir aufgefallen. Verstehe mich bitte nicht falsch, ich vergönne es dir von Herzen. Aber wie gesagt, es fällt auf. Ich würde dir empfehlen, am Kommissariat etwas vorsichtiger zu sein. Du weißt, wie Kollegen sein können.«

Lunette nickte zustimmend. Dann fuhr sie fort: »Also, diesen Mann sollte man sich vielleicht noch einmal ansehen. Unter Umständen, und wenn man die richtigen Fragen stellt, hat er ja doch etwas mitbekommen.«

»Darum kümmere ich mich persönlich. Gib mir Namen und Adresse.« Sie machte einen Schluck von ihrem Kaffee und leckte sich den Milchschaum von der Oberlippe. »Hat Isabelle inzwischen die Obduktion von Beauvais beendet?«

»Hat sie. Er wäre übrigens auch so in den nächsten Wochen gestorben.«

»Ach?« Geneviève zog die linke Augenbraue hoch.

»Ja, er hatte einen großen Gehirntumor. Isabelle meinte, dass er vielleicht noch zwei, drei Monate zu leben hatte.«

»Wer auch immer es auf ihn abgesehen hatte, wusste davon offensichtlich nichts. Sonst hätte man das auch abwarten können.«

»Traurig, aber wahr«, gab ihr Lunette recht.

In der Zwischenzeit hatte Herbert den beiden das Frühstück serviert. Neben den zwei großen Café au Lait, für Geneviève ein Croissant und ein Joghurt mit frischen Früchten und für Lunette eine Omelette Complète. Schweigend machten sie sich über das Essen her.

»Ich habe einen weiteren Auftrag für dich«, sagte Geneviève, nachdem sie das Joghurt ausgelöffelt hatte. »Ich möchte, dass die Finanzen von Buffet überprüft werden. Und dann hätte ich noch heute gerne einen Bericht, ob *Jean-Marie*«, sie betonte den Namen ganz besonders, »Videomaterial von Buffets Laden gefunden hat.«

Sie verabschiedeten sich und machten sich auf den Weg. Lunette zurück zum Kommissariat, Geneviève hinauf auf die Spitze des *Butte*, um mit dem vermeintlichen Augenzeugen zu sprechen. Eigentlich eher Ohrenzeugen, aber egal.

Es war kurz vor 10 Uhr, und die unvermeidlichen Touristenströme begannen, sich von der Stadt hinauf auf den Montmartre zu wälzen. Die Fitteren unternahmen dies zu Fuß, oft beginnend in der Nähe des *Moulin Rouge* am Fuß des *Butte* über die Rue Lepic. Wer es gemütlicher wollte, nahm entweder *Le Petit Train de* Montmartre, der ebenfalls in der Nähe des *Moulin Rouge* an der Place Blanche startete, oder die *Funiculaire*, eine silbergraue Standseilbahn, die seit über 120 Jahren Schaulustige und Gehfaule gleichermaßen von der Place Saint Pierre hinauf zur Basilika beförderte. Alle drei Varianten starteten im Süden des Hügels, der Richtung, in der auch das Stadtzentrum mit all seinen anderen Sehenswürdigkeiten lag und damit auch den Hauptzustrom zu Montmartre darstellte.

Ihr Weg führte Geneviève zur südwestlichen Ecke der Place du Tertre. Die Adresse, die ihr Lunette gegeben hatte, war ein altes vierstöckiges Haus, in dessen Erdgeschoss sich, wie in beinahe allen Häusern, welche die Place umschlossen, ein Restaurant befand. Der Hauseingang war unmittelbar neben dem kleinen vorgelagerten Gastgarten des Restaurants. Die Tür war verschlossen. Sie läutete bei der Türklingel mit der Nummer 10. Es dauerte beinahe eine Minute, dann kam eine krächzende Stimme aus der Gegensprechanlage.

»*Commissaire Morel*«, stellte sie sich vor. »*Ouvrez la porte, s'il vous plaît.*«

»Na endlich«, kam die überraschende Antwort. Im nächsten Moment brummte es, das Schloss der Tür sprang auf, und Geneviève betrat das alte modrig riechende Stiegenhaus. Sie stieg zwei Stockwerke hoch, dann stand sie vor einer unauffälligen braunen Tür, deren Lack schon lange abgesplittert war. Bevor sie klopfen konnte, wurde die Tür bereits aufgemacht.

»*Une fille?* Ich dachte, man schickt mir einen echten Polizisten«, empfing sie der alte Mann. Das begann ja gut. Als *Mädchen* hatte man sie aber schon lange nicht mehr bezeichnet. Sie nahm die Begrüßung vorerst als Kompliment. Was blieb ihr auch anderes übrig? Freundlich streckte sie dem Mann die Hand entgegen: »Monsieur Henrique Voltaire, nehme ich an? Sie tragen einen berühmten Namen.« Vielleicht half ja ein wenig Schmeicheln.

Monsieur Voltaires Augen leuchteten. »*Oui, oui.* Und Sie sind?«

»*Commissaire* Geneviève Morel, wie ich Ihnen zuvor über die Gegensprechanlage mitgeteilt habe.«

»Schon, schon«, antwortete Voltaire. »Ich habe nur mit einem echten Polizisten gerechnet. Die Qualität unserer Gegensprechanlage lässt außerdem zu wünschen übrig, müssen Sie wissen. Da versteht man nicht alles.«

»Ich bin eine richtige Polizistin«, erklärte Geneviève geduldig. »Ich leite das Kommissariat des Bezirks.« Sicherheitshalber zeigte sie ihren Dienstausweis. Nicht, dass ein Zivilist im Normalfall einen echten von einem gefälschten würde unterscheiden können. Aber es sorgte für Vertrauen. Meistens. In manchen Fällen auch zu reflexartigen Fluchtversuchen.

Voltaire nickte, öffnete die Tür weiter, machte einen Schritt zur Seite und bat Geneviève mit einer galanten Handbewegung in die Wohnung. Es war eine Garconniere, wahrscheinlich keine 40 Quadratmeter groß. Ein kurzer dunkler Flur, links ein kleines Badezimmer mit Toilette, wie Geneviève durch die halb geöffnete Tür erkennen konnte. Rechts eine ebenso kleine Küche und am Ende des Flurs ein Wohnzimmer, das bei näherer Betrachtung auch als Schlafzimmer herhalten musste. Ein nicht eingeklapptes Schrankbett nahm den Großteil des Wohnzimmers ein. Gegenüber ein Fenster auf die Place du Tertre, darunter ein schmaler Tisch. Voltaire lebte alleine. Auf den ersten Blick waren auch keine Haustiere zu erkennen.

Und es roch erbärmlich. Sie musste würgen, um den Geruch nach Urin und Schweiß zu verdrängen. Davon hatte Faivre in seinem Bericht nichts erwähnt. Voltaire schien auf Körperpflege wenig Wert zu legen. Vielleicht war es aber auch eine Alterserscheinung. Oder das ewige Alleinleben? Nein, das konnte es nicht sein. Am linken Ringfinger fiel ihr ein schmaler Ehering auf.

»Verwitwet?«, fragte sie empathisch, während sie sich in der Wohnung umsah.

»Ja«, bestätigte Voltaire. »Seit zehn Jahren. Marie starb bei einem Verkehrsunfall.«

»Mein Beileid.«

»Wofür? Ihr geht es jetzt besser als mir. Sehen Sie sich doch um.« Hatte sie schon getan, trotzdem war sie sich nicht sicher, ob der Mann recht hatte. War kein Leben wirklich besser als so ein Leben?

Sie schüttelte den Kopf. »Monsieur Voltaire, ich bin hier, weil Sie einem Kollegen zu Protokoll gegeben haben, dass Sie in der Tatnacht Stimmen von der Place gehört hätten.«

»In der Tatnacht? Wovon sprechen Sie?« Das wurde ja immer besser. Geneviève suchte sich einen nicht voll geräumten Sessel und nahm Platz. Sie würde hier viel Geduld brauchen. »Der Mord am Bäcker Beauvais.«

»Ach ja. Richtig! Was wollen Sie wissen?«

Also noch mal von vorne … »Sie haben einem Kollegen von mir erzählt, dass Sie Schreie und das Klirren von Glas gehört hätten.«

»Habe ich das?« Voltaire kratzte sich am Kopf. Geneviève nickte ihm aufmunternd zu. »Wenn Sie das sagen … Aber ja, stimmt. Ich höre öfter Geschrei in der Nacht.«

»Auch in der Tatnacht?«

»Das kann ich nicht so genau sagen.«

»Meinem Kollegen haben Sie das so zu Protokoll gegeben.«

»Da muss er sich verhört haben.«

Geneviève seufzte. So kamen sie nicht weiter. »*Alors*, lassen wir das Datum mal beiseite. Was für Schreie haben Sie gehört und um welche Uhrzeit?«

Wieder überlegte Voltaire. Schließlich blitzten seine Augen auf. »Den Tag kann ich Ihnen nicht genau sagen, aber es waren keine Schreie in dem Sinn.«

»In welchem dann?«

»Na, es wurde herumgeschrien. Laut geredet. So habe ich das gemeint.«

»Aha. Und wer hat so laut geredet?«

»Der junge Beauvais war auf jeden Fall dabei. Seine Stimme kenne ich, weil ich mir von ihm jeden Tag mein Pain au Chocolat hole.«

»Der *Patissier*?«

»Ja, warum so verwundert?«

»Nichts, alles gut«, winkte sie seine Gegenfrage ab. Eigentlich war sie ja wegen des alten Beauvais gekommen, und jetzt ging es auf einmal um den jungen? »Wer war außerdem in diese … Schreierei verwickelt? Es klingt ja so, als ob Sie mir einen Streit beschreiben.«

»Absolut richtig!« Voltaires Gesicht hellte sich weiter auf. Streit war also das Wort, das er so lange gesucht hatte. »Schreierei« war vielleicht ein bisschen zu allgemein gewesen. »Er hat sich mit ein paar anderen Männern gestritten. Um 5 Uhr in der Früh!«

»Hat Sie der Streit aufgeweckt?«

»Nein, nein. Ich bin immer so früh auf. Ich kann nicht mehr besonders gut schlafen. Wenn das Wetter schön und warm ist, sitze ich am offenen Fenster und lausche den Geräuschen der Nacht.«

»Sie sagen, es war um 5 Uhr morgens. Die Uhrzeit ist für einen Bäcker nicht so außergewöhnlich.«

»*Au contraire!* Das ist für Bäcker eine normale Zeit. Aber nicht, um wegen Geld zu streiten. Normalerweise sollte ein Bäcker da in seiner Backstube stehen und arbeiten.«

»Es ging um Geld?«

»Ja. Ich habe nicht genau verstanden, worum es gegangen ist, aber es war auf jeden Fall Geld.«

»Keine Details?«

»Nein, leider.«

»Wer waren die anderen?«

»Die Stimmen habe ich nicht erkannt. Aber ich kann ja auch nicht alle Menschen kennen.«

»Schade, das hätte geholfen.«

»Aber …«

»Ja?«

»Die anderen waren nicht von hier.«

»Ach? Wie kommen Sie darauf, wenn Sie sie nicht erkannten?«

»Weil ich nicht blöd bin!«, wurde Voltaire laut. Dann lächelte er verschmitzt. »Ich erkenne einen Akzent aus dem Süden noch, wenn ich ihn höre.« Er machte eine kurze Pause und sah ihr in die Augen: »So wie bei Ihnen. Auch wenn Sie sich alle Mühe geben, wie eine Pariserin zu klingen.«

»Gut beobachtet«, musste Geneviève eingestehen.

»Ich war früher Linguist, müssen Sie wissen. Mein Nachname ... das ist kein Zufall. Ich bin ein entfernter Verwandter des großen Autors.« Seine flache Brust schwellte vor Stolz.

»Sie meinen also, dass es sich bei den anderen Männern um Leute aus dem Süden gehandelt hat.«

»Auf jeden Fall. Ungehobelte Burschen waren das, nicht nur wegen der Lautstärke.«

»Sie haben außerdem zu Protokoll gegeben, dass sie das Klirren von Glas gehört haben. Können Sie das vielleicht genauer beschreiben?«

»Es war eine Scheibe. Genauer gesagt: Es war die Auslage der Patisserie von Monsieur Beauvais.«

»Das wissen Sie auch so genau?«

»Na hören Sie! Ich habe es ein paar Stunden später in der Früh mit eigenen Augen gesehen, als ich mein Pain au Chocolat holte! Was glauben Sie, wie viele Scheiben hier in einer Nacht eingeschlagen werden?«

Nicht allzu viele, wie Geneviève annahm. Zumindest bekam sie davon am Kommissariat nichts mit. Sie hatte nicht einmal von dieser eingeschlagenen Scheibe Notiz genommen. Sie war nicht jeden Tag hier oben, um für sich und ihre Großmutter einzukaufen. Eine Anzeige war auch nicht auf ihrem Tisch gelandet. Nicht wegen so einer Lappalie. Sie musste also nochmals mit Beauvais reden. Das klang alles ein wenig nach einer Diskussion rund um Schutzgeld. Ihr war nicht bewusst gewesen, dass dieses Problem hier am *Butte* existierte. Mehr dazu würde sie nur am Kommissariat erfahren. Sie nahm an, dass dieses Problem neu sein musste, andernfalls wäre dieses Thema längst auf ihrem

Tisch gelandet. Die Mafia in ihrem Bezirk? Darauf konnte sie dankend verzichten. Aber vielleicht war das auch eine neue Spur im Fall Beauvais. Sie konnte Buffet nicht ausstehen. Er war ein eingebildeter, arroganter *connard*. Das bedeutete jedoch nicht, dass sie von seiner Schuld überzeugt war. Genauso wenig momentan allerdings von seiner Unschuld. Sie hoffte, dass die Ergebnisse des Bankenchecks und die Sichtung des Videomaterials mehr Licht auf die Sache werfen würden. So es verwertbares Material gab. Sie waren hier nicht in New York, wo an jeder Straßenecke eine Überwachungskamera hing.

Bevor es so weit war, hatte sie noch einen anderen Weg zu erledigen. Der führte sie ein paar Dutzend Meter einmal ums nordwestliche Eck der Place du Tertre und hin zur *La Framboise Gourmande* von Cédric Beauvais. In den Restaurantgärten unter den Bäumen des Platzes brummte das Geschäft, auch die Maler und Karikaturisten auf ihren Falt- und Klappstühlen konnten sich nicht über mangelndes Geschäft beschweren. Vor Jahren, nein – vor Jahrzehnten war *Mamie* in den Sommerferien einmal mit ihrer Enkelin hier heraufgekommen, um eine Karikatur der kleinen Geneviève anfertigen zu lassen. Das Blatt hing heute noch in Großmutters Schlafzimmer. Genau zwischen einem Klimt und einem Schiele. Warum auch nicht? Ihre Großmutter war ein großer Fan des *Wiener Jugendstils*, der stilistisch durchaus auch in die Zeit des französischen *Fin de Siècle* passte – *Mamies* Lieblingsepoche. »Damals waren auch die Sicherheitsvorkehrungen der Museen und der herrschaftlichen Häuser noch nicht so hoch«, hatte sie einmal angemerkt. Für Geneviève war das wohl eher der Grund, warum sie so in diese Zeit verliebt war. Ihr gegenüber erwähnt hatte sie diese Annahme jedoch nie.

Derart in Gedanken versunken betrat sie die *Framboise*. Das helle Klingeln einer kleinen Glocke riss sie aus ihren Überlegungen. Es war das erste Mal, dass ihr das Glöckchen über der Eingangstür auffiel.

»Ist neu«, erklärte Natalie Beauvais, die gerade dabei war, einen der Tische abzuräumen und Genevièves verwunderten Blick bemerkt hatte. Zwar wieder keine freundliche Begrüßung, aber besser als Cédric Beauvais' erste Worte ihr gegenüber vom Vortag.

Natalie stellte das benutzte Geschirr hinter der Glasvitrine ab, wischte die Hände an ihrer Schürze ab und lehnte sich auf die Verkaufstheke. »Wie kann ich Ihnen helfen?« Der Ton war neutral, weder unfreundlich noch erfreut, die Kommissarin schon wieder in ihrem Lokal zu sehen.

»Gibt es einen Grund für die Klingel?«, konterte Geneviève mit einer Gegenfrage.

Natalies Augen verschwammen. »Nach der Sache mit unserem Onkel … Wir wollten nicht überrascht werden, wenn wir einmal alleine hier herinnen sind.«

Geneviève nickte verständnisvoll. Es war nur eine minimale Sicherheitsvorkehrung. Aber besser als nichts.

»Wollen Sie etwas kaufen? Sie sind doch sicher nicht wegen unserer neuen Türglocke gekommen.« Natalie versuchte, ein schwaches Lächeln aufzusetzen.

»Das auch, aber zuvor würde ich gerne einmal mit Ihrem Mann sprechen. Ich habe noch zwei Fragen.«

»Sie erinnern mich an diesen *Columbo* aus dem Fernsehen.« Diesmal erhellte ein echtes Lächeln Natalies Gesicht.

»Wenn Sie so wollen«, lachte Geneviève zurück.

Die gute Stimmung hielt so lange, bis Cédric Beauvais aus der Backstube kam. Als er Geneviève sah, zogen sich seine Augen zu zwei zornigen Schlitzen zusammen.

»Sie sind ja schlimmer als ein falscher Fünfziger«, schnaubte er, nahm Geneviève grob am Ellbogen und versuchte, sie zu einem der freien Tische zu ziehen. Damit war eine Grenze überschritten. Sollte er sie doch anpflaumen, aber grob berühren ging gar nicht. Sofort griffen ihre alten Bewegungsmuster. Sie packte sein Handgelenk, drehte es rasch herum und führte seinen Arm in einer einzigen fließenden Bewegung auf den Rücken. Beauvais stieß einen kurzen Schrei aus – halb vor Überraschung, halb aus Schmerz.

»Monsieur Beauvais, ich würde Ihnen eindringlich raten, in Zukunft Ihre Finger von mir zu lassen. Ich bin Polizistin, und Sie haben mich nicht anzugreifen. Außerdem machen Sie sich langsam wirklich verdächtig. Ich versuche, den Mord an Ihrem Onkel aufzuklären, und jedes Mal kommen Sie mir mit einer anderen Frechheit«, flüsterte sie ihm ins Ohr, während sie ihn mit dem Arm am Rücken zu dem freien Tisch navigierte, den er zuvor mit ihr angesteuert hatte. Im Geschäft war es mucksmäuschenstill geworden. Das Dutzend Kunden, das an den Tischen saß oder vor der Vitrine auf Bedienung wartete, schaute der Szene gespannt zu. Einige hatten ihre Handys gezückt und Fotos gemacht. Geneviève verdrehte die Augen. Das hatte ihr noch gefehlt, dass ein paar Schaulustige die Szene im Internet posteten. Rasch ließ sie Beauvais los und sich selbst auf den nächsten freien Stuhl fallen. Hinter ihr eilte Natalie zu ihrem Mann, der sich den verdrehten Arm rieb. Aber er hatte sich beruhigt und gegenüber von Geneviève Platz genommen. Zu seiner Frau sagte er: »Bringst du mir bitte einen Espresso?« Zu Geneviève gewandt meinte er plötzlich streichelweich: »Sie wollen auch einen?« Sie nickte zufrieden. Vielleicht konnte sie sich ja jetzt mit ihm normal unterhalten.

»Also, was verschafft mir die Ehre Ihres abermaligen Besuchs?«

»Ich habe zwei Fragen an Sie. Erstens: Wussten Sie, dass Ihr Onkel einen Gehirntumor und nur mehr wenige Wochen zu leben hatte?« Beauvais' überraschter Blick war Antwort genug. Natalie, die gerade mit den zwei Espressi zurückkam, fiel beinahe das Tablett aus der Hand, als sie Genevièves Frage hörte.

»Nein, nein. Das wussten wir nicht«, antwortete Cédric schließlich stotternd. Das Kaffeetässchen in seiner Hand zitterte.

»Er hat nie mit Ihnen darüber gesprochen?«, hakte Geneviève nach.

»Hat er nicht. Wie ich Ihnen bereits erzählt habe: Er konnte sehr stur und verschlossen sein. Vor allem, was sein Privatleben anging. Da ließ er nichts raus. Er ließ sich ja auch nicht davon abhalten, nach seinem Herzinfarkt in der Bäckerei weiterzuarbeiten.«

»Ich kann mir vorstellen, dass alleine der Gedanke daran für ihn furchtbar gewesen sein muss. Die Boulangerie war doch sein Lebenswerk«, sagte Geneviève.

»Aber was hat er von seinem Lebenswerk, wenn es ihn umbringt?« Berechtigte Gegenfrage, aber Menschen waren nun mal nicht immer rational.

»Leider kannte ich Ihren Onkel persönlich nicht sehr gut. Wenn er den Gehirntumor verschwiegen hat, klingt das für mich so, als hätte er sich damit abgefunden und wollte in seinem Geschäft sterben.«

»Vielleicht wusste er nichts davon?«, mutmaßte Natalie, die sich zu den beiden an den Tisch gesetzt hatte.

»Möglich«, gestand Geneviève ein. »Dafür müssten wir seinen Arzt befragen. Wissen Sie vielleicht, wer ihn betreut hat?«

Cédric nannte ihr Name und Adresse, die sich nicht weit von der Wohnung des alten Beauvais' befand. Sie könnte gleich im Anschluss den Arzt aufsuchen, überlegte sie.

»Bedeutet das …« Natalies Stimme stockte und brach. Sie begann zu heulen: »Bedeutet das, dass der Mord an Onkel François völlig sinnlos war?«

Geneviève legte ihr beruhigend eine Hand auf den Unterarm. »Das lässt sich schwer sagen. Kommt darauf an, worum es dem Täter ging. Vielleicht war es eine zeitkritische Sache. Wie zum Beispiel die Wahl zum besten Baguette.«

»Ja, die steht in zwei Wochen auf dem Programm«, bestätigte Cédric.

»Aber im Großen und Ganzen muss ich Ihnen recht geben, Natalie. Hätte der Täter etwas mehr Geduld gehabt, hätte die Natur das für ihn erledigt.«

Cédric Beauvais nahm seine Frau in den Arm und drückte sie fest an sich: »Sie sagten, Sie hätten zwei Fragen, Madame?«

»Richtig. Hatten Sie in letzter Zeit Streit? Frühmorgens auf der Straße vor dem Geschäft?«

»Wie bitte?« Beauvais sah sie fragend an.

»Ob Sie Streit hatten? Wir haben eine Zeugenaussage, die besagt, dass es nächtens zu einem Streit vor Ihrem Geschäft gekommen sei. Dabei soll auch eine Scheibe eingeschlagen worden sein.« Geneviève begab sich mit dieser Aussage auf dünnes Eis. Sie hatte keine Ahnung, wie vertrauenswürdig die Aussage von Voltaire war. Er schien ihr ein wenig verwirrt.

»Nein, natürlich nicht!«, meinte Beauvais bestimmt. Zu bestimmt für Genevièves Geschmack.

»Keine südfranzösischen Schläger?«

Heftiges Kopfschütteln von Beauvais.

»Und die eingeschlagene Scheibe?«

»Ein Lausbubenstreich. Hat mir meine Versicherung ersetzt. Das können Sie gerne nachprüfen.«

Das würde sie garantiert tun. Es reichte nicht, dass er den Scheibenbruch zugab und die Versicherung nie und nimmer wegen eines eingeschlagenen Schaufensters groß nachgefragt hätte, was da wirklich passiert war. Aber vielleicht konnte Beauvais ja noch ein wenig erzählen?

»Lausbuben um 5 Uhr in der Früh?«

Beauvais zuckte mit den Schultern. »Natürlich keine Kinder, sondern Jugendliche. Trotzdem nur ein Streich. Ein ärgerlicher, zugegeben.«

»Womit wurde die Scheibe eingeschlagen?«

»Mit einem Ziegelstein.«

»Und Sie sind sich ganz sicher, dass es nur ein *Streich* war?« Sie sah ihn scharf an. »Hören Sie, Cédric. Ich will Ihnen helfen. Wenn es hier um Schutzgelderpressung geht, dann müssen Sie sich mir anvertrauen. Vielleicht sind auch andere Geschäftsleute betroffen. Ich kann Ihnen helfen. Wir – die Polizei kann Ihnen helfen. Reichen die Sorgen, die Sie wegen Ihres toten Onkels haben, nicht?«

»*C'est vrai, Madame*, aber ich kann Ihnen nichts anderes sagen. Niemand verlangt hier Schutzgeld. Vielleicht unten bei *Pigalle*, aber nicht hier oben am *Butte*.«

Geneviève hatte genug gehört. »*Merci*, Monsieur. Sie haben mir sehr geholfen. Wenn Sie so nett wären, mir zwei Pain au Chocolat einzupacken. Dann bin ich auch schon auf dem Weg.«

Natalie kam Genevièves Wunsch umgehend nach. Die frischen Schokobrötchen waren sogar noch warm. Ihre Bitte, das Gebäck als Geschenk anzunehmen, schlug Geneviève energisch aus. Sie wollte sich später einmal nichts vorwerfen lassen.

MAMIES RAT

Vor dem Lokal orientierte sie sich kurz, sie überlegte, wie sie am schnellsten zu Beauvais' Hausarzt kam. Zuvor machte sie einen kurzen Abstecher und brachte Voltaire die beiden Pain au Chocolat vorbei. Der alte Mann schien abermals vergessen zu haben, wer Geneviève war – etwas, das ihr sonst bei Männern nie passierte –, nahm die Schokobrötchen aber dankend an.

Amüsiert spazierte sie den kurzen Weg zurück zur Rue Norvins, von der sie nach 100 Metern in nördlicher Richtung in die Rue des Saules abbog. Sie liebte diese schmale Gasse, die links und rechts von hohen Steinmauern und dichten Bäumen gesäumt war. Es war, als würde sie unter einem bewaldeten Baldachin bergab spazieren. Die Straße selbst war mit Kopfsteinpflaster ausgelegt. Eine Herausforderung für Frauen, die es bevorzugten, mit Stöckelschuhen unterwegs zu sein. Für Geneviève kam das im Dienst nicht infrage.

Nach etwa 200 Metern zweigte schräg links die Rue de l'Abreuvoir ab. An der Kreuzung dieser beiden Straßen lag ein weiteres beliebtes Touristenmotiv des 18. Bezirks: *La Maison Rose*. Ein einstöckiges, komplett rosa angemaltes Haus, das seit über 100 Jahren ein Kaffeehaus beherbergte. Viel interessanter war aber die Hintergrundgeschichte, die mit einem Liebesdreieck der ganz besonderen Sorte zu tun hatte. *Mamie* hatte ihr erzählt, dass das kleine, eigentlich total unscheinbare Häuschen 1905 von Laure Germaine – Gargallo und ihrem Mann Ramon Pichot i Gironès, seines Zeichens ein bekannter Maler, gekauft worden war. So weit, so gut. Germaine war aber auch eine der Musen und Geliebten von Pablo Picasso, der zu der Zeit ebenfalls am Montmartre sein Unwesen trieb. Pichot wiederum galt als einer der ersten Mentoren von Salvador Dali, als dieser noch ein Kind war. Germaine war es gewesen, die veranlasst hatte, das Haus ganz in Rosa zu streichen. So viel Kunstgeschichte, Liebe, Triebe und Hinterhältigkeiten – kein Wunder, dass *Mamie* von dieser Geschichte so fasziniert war.

Nach etlichen Besitzerwechseln erstrahlte das Haus auch heute in der an Bonbons erinnernden Farbe und war für Touristen ein beliebtes Fotomotiv. Ebenso wie die Weingärten des Montmartre, die sich nur ein paar Dutzend Meter weiter auf der rechten Seite den Hang hinauf erstreckten. Die *Vigne du Clos Montmartre* interessierten sie heute aber nicht. Stattdessen bog sie an der nächsten Kreuzung links in die Rue Saint-Vincent ein, wo der Hausarzt von François Beauvais seine Ordination hatte. Ein lauschiges Plätzchen, wenngleich auch ein wenig bizarr für einen Arzt, denn genau gegenüber der langen Häuserzeile befand sich der *Cimetière de Saint-Vincent*. Die Straße selbst war etwas abgesenkt, auf der rechten Seite trennte eine hohe Mauer aus gelegten Steinen die Straße vom Friedhof, auf der linken Seite war der Bürgersteig erhöht angelegt, sodass die einspurige mit Kopfsteinpflaster ausgelegte Straße wie eine Wanne zwischen den beiden Eingrenzungen lag.

Geneviève blieb schließlich vor dem vierten Haus stehen. Wie alle anderen Gebäude in diesem Teil der Straße hatte es zwei Stockwerke. Sie läutete an der Glocke des Arztes und wurde sofort von einem automatischen Summer eingelassen.

Im ersten Stockwerk betrat sie die Ordination von Doktor Henry Martel. Sie stellte sich der Assistentin am Schalter im Vorraum mit ihrem Dienstausweis vor. Zehn Minuten später betrat sie den Ordinationsraum von Doktor Martel. Der Arzt war überraschend jung, sie hatte eigentlich damit gerechnet, dass sich Beauvais einem Arzt näher an seinem eigenen Alter anvertraute. So konnte man sich in Menschen täuschen.

»*Commissaire Morel?*«, empfing sie der Arzt. Er erhob sich und streckte ihr über seinen Tisch die Hand entgegen.

»Genau. Vielen Dank, dass Sie sich so kurzfristig Zeit für mich nehmen.«

Der Arzt ließ sich zurück in seinen Sessel fallen. Er sah erschöpft aus. Und zugleich hinreißend. Kurze, dunkelblond gelockte Haare, einen Vier- oder eher schon Fünftagebart. Groß, sportliche Figur und blitzend blaue Augen, die Geneviève an ihre eigenen erinnerten. Mit dem Unterschied, dass seine eine natürliche Wärme ausstrahlten. Eine Wärme, die sich beinahe zeitgleich in ihrem Bauch ausbreitete. Sie schätzte ihn auch in etwa so alt wie sie selbst ein, vielleicht ein paar Jahre älter.

»Kein Problem, ich dachte mir schon, dass die Polizei früher oder später bei mir nachfragen kommen wird.« Das verschmitzte Lächeln, das er ihr dabei schenkte, war unverschämt sexy. Seit wann stand sie auf Ärzte, fragte sie sich verwirrt.

»Wie genau kann ich Ihnen helfen, Madame?«, fragte er, nachdem Geneviève noch immer kein Wort herausgebracht hatte. Er wirkte so ... normal. Er hatte keine Scheu, mit ihr zu reden. *Normal* zu reden. Weder verschreckt noch überbordend machomäßig. Was für eine angenehme Abwechslung.

»Ja, genau. Was Sie für mich tun können ...« In ihrem Kopfkino spielten sich Szenen ab. Sie wusste genau, was er für sie machen konnte. *Mit* ihr machen konnte. Aber das war leider der komplett falsche Moment dafür. Sie riss sich zusammen.

»Die Obduktion an Monsieur Beauvais' Leiche hat ergeben, dass er an einem Gehirntumor litt. Ich würde gerne wissen, ob Sie davon auch Bescheid wussten, oder ob Sie mich an den Spezialisten verweisen könnten, der Monsieur Beauvais behandelte.«

Martel saß entspannt zurückgelehnt in seinem Bürostuhl. Zwischen den Fingern seiner rechten Hand wanderte unablässig ein Bleistift hin und her. »Normalerweise darf ich über den Gesundheitszustand meiner Patienten ja nicht sprechen. In diesem Fall jedoch ...« Er lehnte sich vor und beugte sich über den Tisch. »Nachdem Monsieur Beauvais verstorben ist und ich die charmante Bitte einer schönen Frau nur schwer abschlagen kann, will ich Ihnen gerne weiterhelfen.« Okay, das war ein bisschen dick aufgetragen, aber es verfehlte seine Wirkung nicht. Geneviève hatte in der Vergangenheit peinlichere Anmachsprüche gehört.

Trotzdem wollte sie es ihm nicht zu leicht machen. Konnte ja auch alles eine geschickte Fassade sein, hinter der sich ein irrer Serienmörder verbarg. Sie schenkte ihm ihr süßestes Lächeln, lehnte sich ihm aber nicht entgegen. Ruhig sagte sie: »Dann lassen Sie hören.«

Martel lehnte sich wieder zurück. Wenn er enttäuscht war, ließ er es sich nicht anmerken. »Ja, ich wusste über Monsieur Beauvais' Gesundheitszustand Bescheid. Ich habe ihn an einen Onkologen meines Vertrauens überwiesen. Als wir den Gehirntumor diagnostizierten, war es schon zu spät. Beauvais hat sein Schicksal gefasst aufgenommen. Vielleicht hat er es geahnt, ich kann es wirklich nicht sagen. Es war schwer, in ihn hineinzuschauen. Raue Schale. Ob der Kern weich war? Ich kann es nicht sagen. Aber ich habe ihn immer als sehr korrekten, anständigen Menschen erlebt.«

»Er wusste also, dass er nicht mehr lange zu leben hatte?«

Martel nickte zur Bestätigung. »Umso grausamer, dass ihm der Mörder auch noch die letzten Wochen seines Lebens genommen hat. Beauvais hat nach der Diagnose auf Chemotherapie und andere Behandlungen verzichtet. Er wollte die ihm verbleibende Zeit normal verbringen, wie er mir sagte. Ich konnte das nur akzeptieren. Er hatte recht. Mit einer Behandlung hätten man sein Leben um ein paar Wochen verlängern können, vielleicht sogar um ein paar Monate, so wie ich seinen starken Willen und seine Sturheit einschätze. Aber am Ende …« Er breitete seine Arme aus, um zu signalisieren, dass dieser Kampf nicht hätte gewonnen werden können.

»Hat er im Gespräch mit Ihnen einmal fallen lassen, dass er mit seiner Familie über seinen Zustand geredet hätte?«

»Nein, tut mir leid. Aber ich kann es mir auch nicht vorstellen. Er wollte kein Mitleid. Das war nach seinem Herzinfarkt auch so. Er war ein stolzer Mann. Es tut mir sehr leid, dass er so gehen musste.«

»Nicht nur Ihnen«, murmelte Geneviève.

»Darf ich Ihnen einen Kaffee anbieten? Tee? Wasser?«, wechselte Martel unvermittelt das Thema.

»Nein danke«, lehnte Geneviève ab, obwohl sie gerne länger mit ihm geplaudert hätte. Natürlich über andere Dinge als Mord und Totschlag. »Der Mord an Monsieur Beauvais muss geklärt werden, und ich habe am Kommissariat noch einiges zu erledigen.«

»Dann vielleicht ein Abendessen?«

Geneviève zog die linke Augenbraue hoch. »Wie kommen Sie eigentlich auf die Idee, dass ich nicht vergeben sein könnte?«

Wieder dieses unverschämte Lächeln. Statt einer Antwort hob er die linke Hand, an der kein Ring zu sehen war. Dabei deutete er mit dem Kopf auf ihre linke Hand, die natürlich ebenso ringlos war.

»Vielleicht habe ich einen Freund? Oder eine Freundin?«

Er zuckte mit den Schultern. »Das wäre für mich okay. Nur verheiratete Frauen sind für mich ein No-Go. So viel Anstand habe ich. Also?«

Geneviève traf eine Entscheidung. »Geben Sie mir Ihre Telefonnummer.«

Martels Gesicht strahlte wie die aufgehende Sonne. »Also Abendessen?«

Jetzt lehnte sie sich doch vor und sah ihm tief in die Augen: »Ich muss Sie erreichen können, falls ich noch mehr Informationen über Monsieur Beauvais benötige.« Damit schnappte sie sich die Visitenkarte, die er begonnen hatte, über seinen Schreibtisch zu schieben. Sein Gesicht verfiel, als sich Geneviève ohne weitere Worte umdrehte. Erst in der Tür wandte sie sich ihm nochmals zu. »Dass wir uns verstehen: Das war kein Nein.«

Dann war sie draußen bei der Tür und kurz darauf auf der Straße. Sie lehnte sich an die raue, von der Sonne gewärmte Steinwand des Hauses, schüttelte den Kopf und lachte dann laut los. Das hatte richtig Spaß gemacht. Das Lachen war befreiend. Es tat gut. Beschwingt spazierte sie zum Kommissariat. Im 18. war man überall innerhalb kürzester Zeit. Wenn man fit war.

Unterwegs rief sie Lunette an und fragte sie nach ihren Wünschen für das Mittagessen. Pardon, für ihr anstehendes Arbeitsessen. Sie einigten sich auf zwei kleine Salate, die Geneviève aus einem Bistro in der Nähe des Kommissariats mitnahm.

Während im Großraumbüro vor Genevièves eigenem Büro tote Hose herrschte, weil der Großteil der Beamten ebenfalls auf Mittagspause war, erstattete Lunette ihrer Chefin Bericht. Major Faivre hatte eine Videokamera in der Nähe von Buffets Boulangerie aufspüren können. Sie war auf dem Platz vor der Église Saint-Séverin angebracht. Im äußersten Winkel sah man den Eingang zur *Boulangerie Buffet* und den öffentlichen Mülleimer, in dem der Teigabstecher gefunden worden war.

»Hat er das Material bereits gesichtet?«

»Ja, ich war dabei. Stundenlang. Wir haben erst am Nachmittag aufgegeben, als Buffet das Lokal verließ, um heimzugehen«, antwortete Lunette, wieder einmal eine Spur zu diensteifrig. Dabei lief sie auch ein wenig rot im Gesicht an.

»Und?«

»Leider nichts.«

»Wie, nichts?«

»Buffet ist zu sehen, wie er von seinem Besuch am Montmartre zurückkommt. Aber er geht direkt in sein Geschäft.«

»Vielleicht hat er den Abstecher erst später weggeworfen?«

»Nein, er ist zwei- oder dreimal rausgekommen, aber nicht einmal in die Nähe des Mülleimers gegangen.«

»Hat sonst jemand etwas hineingeworfen?«

Lunette lachte sarkastisch auf. »Unmengen von Leuten. Aber es ist schwer zu erkennen. Die Leute werfen einfach schnell etwas hinein und gehen weiter. Es war niemand dort, der sich länger aufgehalten hätte, was wohl der Fall gewesen sein muss.«

»Warum?«

»Der Mülleimer hat nur eine recht kleine Öffnung. Um den Teigabstecher zu entsorgen, muss man nah an den Mülleimer ran und ihn reinschieben. So leicht wie einen Kaugummi oder ein Päckchen Zigaretten lässt sich der nicht reinwerfen. Außerdem sollten wir davon ausgehen, dass der Täter die Mordwaffe heimlich entsorgt hat.«

»Du hast recht, alle unsere Verdächtigen sind keine abgebrühten Mörder. Wer auch immer es war, hat keine Erfahrung mit der Entsorgung einer Tatwaffe.«

»Genau. Ich kann mir nicht vorstellen, dass der Täter den Teigabstecher im Vorbeigehen einfach hineingeworfen hat. Nein, er hätte sicher nervös herumgefummelt und sich umgesehen, ob ihn niemand beobachtet.«

»Irgendwelche bekannten Gesichter auf dem Video?«

Lunette schüttelte den Kopf.

»Also eine Sackgasse?«

»Ja, genauso wie die Finanzen von Buffet. Sein Geschäft läuft so gut, wie er es uns gegenüber zu Protokoll gegeben hat. Er hätte es nicht nötig, den Preis für das beste Baguette zu gewinnen.«

»Da geht es nicht nur ums Geld. Da geht es in erster Linie um den Ruf. Neid ist ein starker Motivator.«

»Da widerspreche ich dir nicht, aber ist es als Motiv stark genug, um einen Konkurrenten umzubringen?«

Geneviève überlegte: »Wenn es aus der Emotion heraus geschieht? Der Tatort und die Leiche haben uns ja einiges verraten: Es hat keinen Kampf gegeben. Beauvais hat seinem Mörder sogar den Rücken zugedreht. Der Mörder war höchstwahrscheinlich kleiner – was auch auf Buffet zutrifft.«

»Was auf so gut wie jeden zutrifft«, ergänzte Lunette.

»Ja, aber er ist außerdem auch Linkshänder. Ich will einfach mal zusammenfassen, was alles für Buffet als Täter spricht. Was hätten wir noch? Ach ja, er war zur Tatzeit am Tatort oder wenigstens in der Nähe. Das alleine spricht Bände.«

»Aber die Einladung am Handy?«

»Ist von einer anonymen Prepaid-Karte. Hätte er sich auch selbst schicken können.«

»Was wiederum dafür spräche, dass er die Tat geplant hatte. Du widersprichst dir selber, *ma chère*.«

»Jede wissenschaftliche Theorie muss falsifiziert werden«, konterte Geneviève mit erhobenem Zeigefinger. »Aber du hast recht. Wir drehen uns hier im Kreis.«

Schweigend aßen sie ihre Salate auf.

»Etwas anderes«, sagte Geneviève, nachdem beide lange genug ihren eigenen Gedanken nachgehangen waren. »Ich habe ja am Vormittag mit dem Monsieur gesprochen, der einen Streit in der Tatnacht miterlebt haben will.«

»Ja?«

»Sagen wir mal so: Er ist nicht der verlässlichste Zeuge. Er konnte sich jedenfalls nicht mehr erinnern, ob der Streit in der Tatnacht stattgefunden hat. Aber er hat mich auf etwas anderes gebracht. Schutzgeld.«

»Schutzgeld?«

Geneviève rekapitulierte ihre wirre Unterhaltung mit Monsieur Voltaire. »Haben wir jemals eine Anzeige wegen so etwas reinbekommen?«, fragte sie schließlich.

»Ich müsste in den Akten nachsehen, aber bewusst wäre mir so etwas nicht untergekommen. Nein. Wenigstens nicht in dieser Gegend. Unten am *Pigalle*, das ist eine andere Geschichte. Die ganzen Rotlicht-Lokale und kleinen Alkoholgeschäfte, dort passiert ständig etwas. Organisierte Kriminalität in so einem Ausmaß aber bislang nicht. Was nicht heißt, dass es nicht einen neuen Spieler bei uns gibt. Soll ich das mal überprüfen?«

»Ja bitte. Ich möchte alles ausschließen. Auch wenn ich nicht so richtig dran glauben kann. Und noch was.«

»Ja?«

»Ich möchte, dass wir bei der Versicherung von Beauvais den Fensterschaden überprüfen.«

»Ob er ihn wirklich gemeldet hat?«

»Genau, und wenn ja, wie die Versicherung den Fall abgelegt hat.«

»Mach dir da mal keine zu großen Hoffnungen. Hätte die Versicherung einen Verdacht gehabt, hätten sie das bei uns gemeldet.«

»Da hast du recht, aber ich möchte alles ausschließen.«

»Khaled, der Junge?«

»Ich habe seine Geschichte mal bei Audette deponiert.«

»Buffets Laden?«

»Khaled und die beiden Verkäuferinnen kümmern sich in der Zwischenzeit darum.«

»Schafft er das?«

»Er hat mir versichert, dass er das kann. Im Herbst hat er seine Gesellenprüfung.«

»Als Illegaler?«

Nur ein Schulterzucken als Antwort. Khaled hatte wohl falsche Ausweise. »Irgendwie muss er sich ja durchs Leben schlagen«, gab Lunette zu bedenken.

»Gut«, antwortete Geneviève kurz. Es gab jetzt Wichtigeres, als sich über Khaleds Meisterprüfung den Kopf zu zerbrechen.

Lunette machte sich an ihre Arbeit. Geneviève drehte sich in ihrem Bürostuhl zum Fenster und blickte hinunter zum *Eiffelturm*. Wann war sie das letzte Mal oben gewesen? Als Kind? Vielleicht sollte sie einmal mit dem Arzt …? Ohne es zu merken, hatte sie plötzlich die Visitenkarte von Doktor Martel in den Fingern. Rasch steckte sie sie wieder in ihr *Portemonnaie*. Er sollte ruhig ein wenig zappeln. Willst du etwas gelten, mach dich selten. Diesen Rat wollte sie diesmal befolgen. Ein schnelles Abenteuer wäre mit dem Doktor sicher leicht zu haben. Und sicher auch nicht uninteressant. Aber vielleicht konnte sie sich ja auch einmal auf jemand anderen einlassen. So richtig einlassen? Sie hatte Flugzeuge im Bauch. Richtige Jumbojets. Das Brummen dieser Flugzeuge war Qual und Genuss zugleich.

Sie versuchte, sich auf ihren Fall zu konzentrieren. Falls die Mafia wirklich in ihrem Bezirk Fuß fassen wollte, musste sie das unterbinden, bevor es richtig begonnen hatte. Aber wer konnte davon Ahnung haben? Wen kannte sie, der Verbindungen zur Unterwelt hatte und ihr dabei nicht ins Gesicht log. Wer?

»*Mamie?*«

Ihre Großmutter hatte beim dritten Klingelton abgehoben.

»*Chérie?*«

»Wollen wir heute Abend gemeinsam essen gehen?«

Kurze Pause. »Was brauchst du?«

Geneviève schluckte. »Es ist kompliziert.«

»20 Uhr?«

»*Certainement!*«

Geneviève hatte gar nicht erst nachgefragt, wo *Mamie* essen gehen wollte. Wenn nicht anders angemerkt, aßen sie immer im *Au Cygne Noir*, einem Restaurant der gehobenen Klasse, ganz in der Nähe ihres Wohnhauses.

Zehn Minuten vor 20 Uhr klopfte Geneviève an die Tür ihrer Großmutter. Drinnen schlug Aramis sofort an. Ein paar Sekunden später öffnete sich auch die Tür. *Mamie* stand in all ihrer Pracht in einem Kostüm von *Pierre Balmain* im Türrahmen. Der verstorbene Star-Designer hatte *Mamie* in den 70er- und 80er-Jahren mehrere Kostüme auf den Leib geschneidert. Gratis und als Freundschaftsdienst. Für Balmain waren die Damen der Pariser Gesellschaft Inspiration und Ablenkung vom normalen Modelgeschäft gewesen. Wobei die Models zu der Zeit noch *Mannequins* genannt wurden.

Olivia Morel hatte die Kleider und Kostüme über die Jahrzehnte wie ihren Augapfel gehütet. Ein guter Designer war schließlich auch nichts anderes als ein Künstler. Wie gemalte Kunstwerke hatten auch die geschneiderten Kunstwerke von *Mamie* über die Jahrzehnte an Wert zugelegt. Die exklusiven Einzelstücke in ihrem begehbaren Schrank waren heute beinahe unbezahlbar. Nicht, dass *Mamie* auch nur im Entferntesten daran gedacht hätte, eines ihrer Stücke zu verkaufen. Sie verband einfach zu viele schöne Erinnerungen damit. In einer ihrer wenigen schwachen Stunden hatte sie ihrer Enkelin sogar gestanden, dass sie Balmains Muse gewesen war. Nur für ein paar Monate. Geneviève war rot geworden, bei dem Gedanken, was *Mamie* mit dem Begriff Muse meinte. Sie kannte die Geschichte des Montmartre und der damit verbundenen Künstler gut genug. Künstler und ihre Musen waren hier seit über 100 Jahren das Normalste der Welt gewesen. Von Picasso abwärts hatte sich jeder Künstler – echt oder Möchtegern – seine Muse gehalten. Wieso sollte es bei Modedesignern anders gewesen sein? Bestätigt hatte *Mamie* ihren Verdacht nie. Ihr enigmatisches Grinsen war aber ohnehin genug gewesen.

Aramis drängte sich zwischen den Beinen seines Frauchens durch und sprang an Geneviève hoch. Das würde wieder für Stunk sorgen, wenn Merlot später den Geruch des Hundes roch.

»Es muss wirklich kompliziert sein«, begrüßte *Mamie* ihre Enkelin. »Wenn du dich für mich einmal so herausputzt.« Tatsächlich hatte sich Geneviève in einen Hosenanzug von *Hermès* gequält, dazu ein Paar hochhackige *Louboutins*, die sie von ihrer Großmutter geschenkt bekommen hatte. »Selbst kaufst du dir ja nichts Ordentliches«, hatte sie das Geschenk begründet.

»Lass uns gehen«, schmunzelte Geneviève und hakte sich bei ihrer Großmutter ein. Diesmal ging es mit dem Lift hinunter ins Erdgeschoss. Im Freien winkte Geneviève Herbert, dem Kellner im *Chez Frédéric* zu, der gerade einen Tisch voller Touristen bediente.

»So chic heute?«, rief er fröhlich zurück.

»Für *Mamie* nur das Beste«, antwortete sie. Das war ein bisschen dick aufgetragen, und ihre Großmutter quittierte das auch mit einem zynischen Schnaufen. Es gab nicht viele Menschen, die das konnten. *Mamie* schon.

»Weißt du«, sagte ihre Großmutter, während sie langsam die Rue Muller in östlicher Richtung entlangflanierten, »würdest du dich öfter so anziehen, hättest du inzwischen sicher einen Mann abbekommen. Oder eine Frau. *Je ne m'inquiète pas.* Hauptsache du lebst endlich in geordneten Verhältnissen.«

»Und weihe einen Wildfremden in unser Familiengeheimnis ein?«

»Pfft! Tu nicht so, als ob es dir ausschließlich darum ginge, die Familie zu schützen.«

»Und wenn es so wäre?«

»*Chérie*, ich bin vielleicht alt, aber ganz sicher nicht *truffe*. Ich weiß nicht, was dein Problem ist, und du sprichst auch nie darüber, aber schön langsam solltest du schauen, dass du unter die Haube kommst.«

»Wozu?«, konterte Geneviève. Darauf hatte ihre Großmutter auch keine Antwort. Das Familiengeschäft führte ohnehin ihr Bruder weiter. Für Nachwuchs hatte er auch bereits gesorgt.

»Aber ich kann dich beruhigen«, versuchte sie schließlich, die Stimmung zu kalmieren. »Was würdest du von einem Doktor halten?«

»Ich habe schon einen.«

Geneviève verdrehte die Augen. Warum musste *Mamie* einem das Leben manchmal so schwer machen? »Ich meine, als Mann. Freund. Oder so halt.«

Mamie hielt inne, auch Geneviève musste stehen bleiben. »Du hast dir einen Arzt geschnappt?«

»Nicht geschnappt. Er hat mir schöne Augen gemacht.« Sie musste bei dem Ausdruck selbst würgen, hatte aber nach etwas gesucht, was ihre Großmutter verstand und zugleich nicht zu endgültig klang.

»Schöne Augen machen? Kind, in welchem Jahrhundert lebst du?« Wie war das noch mal, dass man andere Menschen nicht unterschätzen sollte?

»Er hat mit mir geflirtet.« Vielleicht haute das ja hin. Sie hätte auch sagen können, er hatte sie angemacht. Aber hatte er das wirklich? Außerdem war das ein Wort, dass sie nicht ausstehen konnte.

»*Mon Dieu*! Na endlich!« *Mamie* bekreuzigte sich. Gut, auch Mafiabosse waren für ihre Kirchentreue bekannt. Man durfte das einfach alles nicht so ernst nehmen. »Erzähl mir mehr.«

Um ihre Großmutter in eine großzügige Stimmung zu bringen, kam Geneviève dem Wunsch nach. Sie brauchte Informationen von ihr, also musste sie selbst auch mit welchen rausrücken.

Während Geneviève erzählte, erreichten sie ihr Ziel. Beim Restaurant wurden sie vom *Maître de Cuisine* höchstpersönlich vor der Tür empfangen. Neben dem Eingang war ein Schild, auf dem darauf hingewiesen wurde, dass Hunde im Lokal nicht erlaubt waren. Der Küchenchef und *Mamie* ignorierten es geflissentlich. Der Mann führte sie zu ihrem reservierten Tisch, auf dem eine gekühlte Flasche *Dom Perignon Vintage* wartete. Die Flasche kostete mindestens 1.000 Euro. Geneviève seufzte so leise, dass es ihre Großmutter nicht hörte. Es würde also so ein Abend werden. Aramis bekam eine metallene Schüssel mit frischem Wasser.

Sie schaltete auf Durchzug, als der Küchenchef das vorbereitete fünfgängige Menü für sie rezitierte. Die Wörter Meeresfrüchte und Lammrücken blieben irgendwo im Hinterkopf hängen. Für sie hätte es eine einfache Salami- und Schinkenplatte mit ein paar ausgewählten Käsesorten und einem Glas Rosé ebenso getan. Leider spielte da ihre Großmutter nicht mit. Ein Gedanke war aber beruhigend: In Restaurants betrog ihre Großmutter nie. Hervorragende Köche waren für sie ebenso wertvoll wie exzellente Künstler. In ihren Augen gab es da kaum einen Unterschied. Außer, dass die Kunst der Köche vergänglich war. In dem Sinn, dass man ihre Kunstwerke verspeiste und nichts davon der Nachwelt hinterließ.

Außer vielleicht eine Fünf-Sterne-Bewertung auf einem Internetportal. Geneviève war sich nicht sicher, ob man ein Lokal, das mit mehreren Hauben ausgezeichnet war, auch im Internet bewertete?

»Wo drückt der Schuh?«, fragte die Großmutter, als sie die Vorspeise, eine *Plateau de fruits de mer royal*, verspeist hatten. Die Meeresfrüchte waren exquisit gewesen. Die Jakobsmuscheln zergingen auf der Zunge, nur die Austern hätten nicht sein müssen. Die waren so gar nicht ihr Geschmack.

»Ich benötige deine *speziellen* Kontakte.«

»Ich habe keine Ahnung, wovon du sprichst.«

Geneviève ignorierte die Aussage. »Hättest du etwas davon gehört, dass sich die Mafia bei uns im 18. breitmachen will? Schutzgelderpressung?«

Mamie zog die linke Augenbraue hoch – irgendwoher musste Geneviève dieses Talent ja haben – und sagte beiläufig: »Ich weiß nicht, von welchen Kontakten du sprichst, *ma chère*. Ich bin eine angesehene, rechtschaffene Bürgerin von Paris, die es mit harter Arbeit geschafft hat, sich um ihren Lebensabend keine Sorgen zu machen.« Sie zwinkerte schelmisch, dann sagte sie: »Aber wenn ich solche Kontakte hätte, wäre ich sicher, dass es so etwas hier am *Butte* nicht gibt.« Sie nahm einen Schluck vom perfekt gekühlten *Dom Perignon*. »Worum geht es? Spuck es aus, *Chérie*.«

Auch Geneviève trank vom Champagner. Das Blubberzeug würde nie ihres sein, egal wie viel es kostete. Tausendmal lieber einen einfachen Rosé. Aber: mitgehangen, mitgefangen. Also erzählte sie ihrer Großmutter, was sie von Voltaire gehört hatte und dann die Version, die ihr Beauvais aufgetischt hatte.

»Glaubst du, dass das etwas mit dem Mord zu tun hat?«, fragte *Mamie* schließlich nachdenklich.

Inzwischen war die Suppe gekommen. Überraschenderweise eine recht einfache Zwiebelsuppe, die sie bei *Frédéric* nicht viel anders serviert bekommen hätte. Dort wären lediglich die gratinierten Weißbrotstücke nicht bio gewesen.

»Ich weiß es nicht, *Mamie*«, antwortete Geneviève wahrheitsgemäß. »Ich halte nicht viel von Zufällen. Der junge Beauvais streitet sich mit eigenartigen Typen aus dem Süden, und kurz darauf stirbt der alte Beauvais. Da muss es doch einen Zusammenhang geben.«

»Lass uns fertig essen, danach sage ich dir, was ich von der Geschichte halte.« Geneviève nickte. Welche andere Wahl hatte sie schon?

Nach dem Dessert, einem Zitronensorbet mit Wodka, wobei der Wodka für Genevièves Geschmack etwas zu sehr im Vordergrund stand, ging *Mamie* vor die Tür. Sie steckte sich, ganz die alte Schule, eine Zigarette in eine Zigarettenspitze. Aramis blieb zu Genevièves Füßen liegen. Er hatte bei allen Gängen ein *Amuse-Bouche* bekommen. Es war an diesem Abend garantiert das teuerste Hundefutter der Stadt. Madame Morel und ihrem Hund wurden in diesem Restaurant keine Wünsche abgeschlagen. Wie in allen Haubenrestaurants der Stadt.

Zehn Minuten später kehrte die Großmutter an den Tisch und zu Geneviève zurück. Sie blickte ernst drein. »Nein, ich glaube nicht, dass du es mit Schutzgelderpressung zu tun hast. Aber Monsieur Beauvais scheint in Geldschwierigkeiten zu stecken. Die Typen aus dem Süden, die zerbrochene Scheibe. Das klingt mir eher nach Geldeintreibern.«

»Aber wem sollte er Geld schulden?«

»Kind, denk mal nach. Bücher werden es nicht sein. Hast du denn gar nichts von mir gelernt?«

Was waren die Schwächen von Männern, überlegte Geneviève. Normalerweise Frauen. Sie konnte natürlich in niemanden hineinschauen, aber die Beziehung zwischen Cédric und Natalie Beauvais schien zu passen. Außerdem hatte sie noch nie gehört, dass eine verschmähte Frau dem Mann einen Schlägertrupp auf den Hals hetzte. Nein, wo wurde sonst viel Geld investiert? Zu viel Geld? Dann kam es ihr. Es lag auf der Hand: »Spielschulden!«, rief sie aus. So laut, dass das feine Publikum im Restaurant entrüstet zu ihrem Tisch herüberblickte.

Mamie nickte zufrieden.

Cédric Beauvais musste Spielschulden haben. Aber wo? Ganz sicher nicht bei einer der offiziellen Spielbanken. Die ruinierten zwar ungeniert Leben, schickten aber keine Schuldeneintreiber. Blieben die illegalen Casinos.

»Was schätzt du, wo Beauvais spielt?«, fragte sie.

Als Antwort kam nur ein sardonisches Lächeln der Großmutter. »Das, meine Liebe«, sagte sie, »musst du selbst rausfinden. Du bist die Polizistin. Aber nach allem, was du mir erzählt hast, hätte ich schon eine Vermutung.«

Geneviève drang nicht weiter auf ihre Großmutter ein. Wenn sie einmal Nein gesagt hatte, blieb es auch dabei. Sie kannte keinen Menschen, der in dieser Hinsicht konsequenter war als *Mamie*.

Der Abschied aus dem Restaurant wirkte auf Geneviève irgendwie enttäuschend. Ja, der Küchenchef kam noch einmal aus seinem Reich, um Olivia Morel persönlich die Hand zu schütteln, aber es gab kein Spalier der Kellner. Einen Höhepunkt gab es dann doch. Nämlich, als der Küchenchef *Mamie* eine gut gefüllte Plastiktüte in die Hand drückte: »Für Aramis«, sagte er mit einem Augenzwinkern und schickte seine Gäste damit auf den Weg. Geneviève verdrehte die Augen.

Daheim verabschiedete sich Geneviève mit Wangenküsschen von *Mamie*. In ihrer Wohnung wurde sie von Merlot zuerst freudig begrüßt. Solang bis der rote Kater den Geruch des Hundes von einem Stockwerk tiefer wahrnahm. Er pfauchte und verzog sich daraufhin beleidigt in eines seiner Geheimverstecke, die Geneviève auch nach fünf Jahren nicht entdeckt hatte. Ihre Wohnung war zwar groß, aber kein Labyrinth. Trotzdem: Wenn der sture Kater nicht gefunden werden wollte, wurde er auch nicht gefunden.

In dieser Nacht kam er auch nicht zu Geneviève ins Bett. Ihre Träume drehten sich aber ausnahmsweise ohnehin um jemand ganz anderen.

WAS WIRD HIER GESPIELT?

Am nächsten Morgen ging Geneviève ihre Laufrunde mit neuer Energie an. Das Gefühl, mit Buffet den Falschen eingebuchtet zu haben, war nach dem Gespräch mit *Mamie* noch stärker geworden. Natürlich hatte er ein passendes Motiv, aber in ihren Augen war es einfach zu schwach. Und der ganze Fall hatte zu viele Nebengeräusche. Ohne ausreichende Beweise konnte sie damit aber weder dem Staatsanwalt noch dem *Commissaire Général* oder gar dem Innenminister kommen. Die Politik forderte Blut. Je schneller, desto besser.

Was aber nicht bedeutete, dass sie deshalb einen Unschuldigen seinem Schicksal überließ. Natürlich bestand nach wie vor die Möglichkeit, dass Buffet der Täter war, und solang sie keine anderen Beweise hatte, würde er weiter einsitzen.

Aber jetzt hatte sie eine neue Spur. Eine vielversprechende Spur, wie sie sich einredete.

Am Kommissariat wurde sie bereits von Lunette erwartet. Sie bekam sofort ein schlechtes Gewissen. War sie immer die Letzte, die im Büro auftauchte? Den Gedanken schob sie sofort wieder weg.

»Ich habe die Versicherung ausfindig gemacht, die sich um die Fensterschäden bei Beauvais kümmert.«

»Die Schäden? Ich dachte, es war einer?«

Lunette schüttelte energisch den Kopf. »Nein, das ist schon öfter passiert.« Sie kramte in ihren Unterlagen. »Genauer gesagt vier Mal in den letzten zwei Jahren.«

»Und die Versicherung hat immer anstandslos bezahlt?«

»Offenbar. Für Versicherungsbetrug sind die Summen zu gering. Beauvais hat die Scheibe außerdem immer eins-zu-eins ersetzen lassen. Selbe Aufschrift und so weiter. Er hat sich also nicht einfach ein neues Design von der Versicherung bezahlen lassen.«

»Okay, das bringt uns also auch nicht weiter. Aber vielleicht habe ich etwas Neues.« Sie erzählte ihrer Assistentin von dem Verdacht, dass Cédric Beauvais Spielschulden haben könnte. Von ihrer Großmutter erzählte sie vorsorglich nichts. Als sie fertig war, pfiff Lunette anerkennend durch die Zähne.

»Ich denke, wir sollten uns mal die Finanzen von Beauvais junior genauer anschauen«, schlug Lunette schließlich vor.

»Sehe ich genauso. Und wir sollten uns überlegen, wo er zu diesen Spielschulden hatte kommen können, falls wir da auf einer richtigen Spur sind.«

»Ich werde mir Gedanken machen«, versicherte Lunette.

»Die offiziellen Casinos können wir meiner Meinung nach ausschließen«, sagte Geneviève. »Ich möchte sie aber trotzdem überprüft haben.«

»*Oui, Madame*«, antwortete Lunette und machte sich an die Arbeit. Geneviève hatte auch noch etwas vor. Sie wollte noch einmal mit Monsieur Voltaire sprechen. Vielleicht konnte er sich heute an andere Details erinnern. Zur Bestechung besorgte sie wieder zwei Pain au Chocolat. Diesmal gleich in einer Boulangerie ums Eck des Kommissariats. Damit schwang sie sich auf ihre Maschine und knatterte zurück auf den Hügel, wo sie ihr Motorrad vor dem Haus von Voltaire abstellte. Ein Kellner des Restaurants im Erdgeschoss des Gebäudes rümpfte die Nase, schenkte ihr aber sofort ein Lächeln, nachdem sie ihren Dienstausweis gezeigt hatte. Man konnte ja nie wissen.

Die Eingangstür war angelehnt, sie musste also nicht läuten. An der Wohnungstür Voltaires klopfte sie drei Mal laut. Durch die morsche Tür hörte sie schlurfende Schritte. Schließlich wurde ein Schlüssel zwei Mal gedreht, es folgte das Geräusch einer Sicherheitskette, die zur Seite geschoben wurde, dann öffnete sich die Tür.

»Ja?«, fragte Voltaire. Unter einem abgetragenen Bademantel trug er einen verknitterten Pyjama. Beides durfte vor einem Jahr zum letzten Mal eine Waschmaschine gesehen haben. Als er Geneviève erblickte, schien ein gewisses Wiedererkennen durch seinen Kopf zu schießen. »*Madame Commissaire?* Haben wir nicht bereits miteinander gesprochen? Oder habe ich das nur geträumt?« Die Verwirrung in seiner Stimme war unüberhörbar. Geneviève lächelte ihn freundlich an und überreichte ihm die Papiertüte mit den Mitbringseln. Voltaire lugte hinein, seine Augen begannen zu leuchten. Vorsichtig steckte er die Nase in die Tüte. Er schloss die Augen und zog den Duft der Pains au Chocolat tief ein. »Ahhh«, seufzte er schließlich. »Woher wissen Sie, dass das meine absoluten Lieblinge sind?«

Geneviève verzichtete auf eine tieferschürfende Erklärung: »Ich habe wahrscheinlich einfach gut geraten. Hätten Sie vielleicht noch einmal ein paar Minuten Zeit für mich?«

»Noch einmal?«

»Wir haben gestern miteinander gesprochen.«

»Haben wir das?«

»Ja, Sie haben mir von dem Streit des jungen Beauvais' mit ein paar Männern gesprochen.«

»Habe ich das?«

»Können Sie sich nicht mehr erinnern?«

Voltaire legte den Kopf zur Seite. »An den Streit von Beauvais kann ich mich sogar sehr gut erinnern. Aber an Sie ... Vielleicht dunkel, Sie kommen mir jedenfalls bekannt vor. Sie sagten, Sie seien Kommissarin?«

»Gestern, richtig. Und vorhin ist es Ihnen auch eingeschossen«, versuchte sie, ihm auf die Sprünge zu helfen.

»Wenn Sie es sagen, wird es schon stimmen. So ein schönes Geschöpf kann unmöglich lügen.«

»*Très amical*. Aber aus Erfahrung würde ich Ihnen raten, nicht nur nach Äußerlichkeiten zu gehen.«

»Papperlapapp. Wer soll mir etwas antun wollen? Ich bin alt und arm wie eine Kirchenmaus. Wollen Sie hereinkommen?« Von innen drang ihr abermals der Geruch von altem, verwahrlostem Mann entgegen.

»Wollen wir vielleicht hinaus ins Freie gehen? Ich lade Sie auf einen Kaffee ein«, schlug sie stattdessen vor.

»Das würden Sie tun?«

»Aber natürlich. Es wäre mir eine Freude!« Und das war angesichts der olfaktorischen Abenteuer in Voltaires Wohnung nicht einmal gelogen.

Geneviève wartete vor der Haustür auf Voltaire. Es dauerte eine Viertelstunde, bis der alte Mann wieder zu ihr stieß. Er trug einen Jahrzehnte alten, ausgewaschenen Anzug mit Hemd und Krawatte. In die Brusttasche des Sakkos hatte er sich sogar ein Tuch gesteckt. Am Kopf trug er einen völlig aus der Zeit gefallenen Hut. Geneviève war gerührt ob so viel Mühe. Leider roch er noch immer genauso ungewaschen wie zuvor an der Wohnungstür. Hier im Freien war es aber erträglicher.

»Wohin darf ich Sie entführen?«, fragte sie.

»Kommen Sie«, antwortete er und hielt ihr galant seinen Arm hin. Geneviève hakte sich bei ihm ein. Dann ging es gegen den Uhrzeigersinn eine Runde um die Place du Tertre. Voltaire schien nicht oft rauszukommen, erst recht nicht mit so einer schönen Frau an seiner Seite. Deshalb genoss er die Gelegenheit umso mehr. Er grüßte links und rechts jeden, der nicht bei drei auf dem Baum war – egal ob man ihn kannte, oder nicht. Dabei zog er jedes Mal seinen Hut und nickte freundlich in die entsprechende Richtung. Geneviève musste schmunzeln. Aber es machte Spaß, auch – oder gerade weil die Leute das seltsame Paar unverhohlen angafften. Sollten die Leute ruhig reden. Schließlich gelangten sie wieder bei Voltaires Wohnhaus an. »Hier können wir Kaffee trinken«, sagte er schließlich und setzte sich an einen der Tische im Gastgarten des Bistros.

»Sie sind ein ganz schöner Schelm«, tadelte sie ihn mit erhobenem Zeigefinger. »Eine ganze Runde um den Platz, und dann enden wir, wo wir begonnen haben.«

»Erde zu Erde, Asche zu Asche. Das ist der Lauf des Lebens«, antwortete er strahlend. Die frische Luft hatte ihm gutgetan. Ebenso wie die Aufmerksamkeit der Leute. So brauchte eben jeder seine kleinen Erfolgserlebnisse.

Sie bestellten zwei große Café Crème, Voltaire nahm sich dazu ein Stück *Tarte aux myrtilles*. Er war echt ein kleines Schleckermaul, und wer konnte es ihm verdenken? In seinem Alter und seiner Lage waren es gerade die kleinen Dinge, die das Leben lebenswert machten. So ausgemergelt, wie er aussah, musste er sich wegen der vielen Kalorien des Blaubeer-Törtchens auch keine Gedanken machen.

»Wieso sind wir nochmals hier?«, fragte er, nachdem die erste Gabel mit dem Törtchen in seinem Mund verschwunden war. Geneviève hatte ihn aufmerksam beobachtet. Ihr fiel auf, dass ihm die Hälfte der Zähne fehlte. Er musste wirklich arm wie eine Kirchenmaus sein, wie er es zuvor selbst ausgedrückt hatte.

»Ich wollte Sie fragen, ob Sie mir mehr über die Familie Beauvais erzählen können? Wie es scheint, kennen Sie die Leute hier am Platz ja besonders gut.« Sie schmierte ihm absichtlich etwas Honig ums Maul. Wenn ihre Einschätzung richtig war, hatte Voltaire ein Problem mit dem Kurzzeitgedächtnis, das Langzeitgedächtnis schien bei ihm noch intakt zu sein.

»Die Familie Beauvais«, sagte er schmatzend, »ja, das ist wirklich interessant. Der alte Beauvais war seit Jahrzehnten hier oben am *Butte*. Eine echte Institution. Und schon lange bevor es diesen idiotischen Wettbewerb gegeben hat, wussten die Menschen hier, dass er das beste Baguette der Stadt machte.«

»Und der junge Beauvais?«

»Sie meinen den Zuckerbäcker?«

»Genau.«

»Nicht mein Fall. Hatte außerdem keinen Respekt vor seinem Onkel, dabei hat der ihm alles finanziert. Und dann hat er es sogar gewagt, ihm die Leviten zu lesen.«

»Wie meinen Sie?«

»Wollte, dass er endlich in Pension geht und ihm das Geschäft vermacht.«

»Woher wissen Sie das?«

Voltaire machte eine wegwerfende Handbewegung. »Ach, das wusste hier oben ohnehin jeder. Der junge Beauvais konnte einfach nicht genug bekommen.«

»Mir hat er erzählt, dass sein Onkel vor einigen Jahren einen Herzinfarkt hatte, und er wollte, dass er kürzertritt.«

»*C'est ridicule!*«, fuhr Voltaire empört auf. Die Leute an

den Nebentischen sahen pikiert zu ihnen hinüber. »Der alte Beauvais war eine Rossnatur! Den hat so ein kleiner Herzinfarkt vielleicht ein wenig gebremst. Stoppen hätte ihn das nie können. Der war noch aus einem anderen Holz geschnitzt als die Jugend von heute, die um Punkt 17 Uhr alles fallen lässt, um Feierabend zu machen.«

Konnte man so sehen, musste man aber nicht. Und natürlich war es jedem unbenommen, mit seiner Gesundheit so schleißig umzugehen.

»Haben Sie so einen Streit jemals selbst miterlebt?«

Voltaire sah sie empört an. »Was glauben Sie denn, wer ich bin? Glauben Sie, ich stecke meine Nase überall hinein?«

Geneviève schmunzelte. Ja, das glaubte sie, deshalb quatschte sie ja hier mit ihm. »Also – haben Sie?«

»Natürlich nicht!«

»Woher wissen Sie das dann alles?«

»Na, man bekommt diese Sachen natürlich mit. Montmartre ist ein Dorf, und das trifft ganz besonders auf die Place hier zu. Wie schön könnte es sein, wenn nicht diese ganzen Touristen ständig alles verstopfen würden. Wissen Sie, als ich noch jung war ...«

Geneviève unterbrach ihn. Es war sicher interessant zu hören, wie es hier vor 60, 70 Jahren war, trug aber nichts zu ihrem Fall bei. Und eigentlich sollte sie zurück aufs Kommissariat. Sie hatte die vage Hoffnung, dass Lunette vielleicht Neuigkeiten für sie hatte.

»Monsieur Voltaire, Ihre Jugendgeschichten sind sicher furchtbar interessant, und ich würde mich sehr freuen, wenn wir uns wieder einmal auf einen Kaffee treffen könnten, damit Sie mir Ihre Geschichten erzählen können.«

»Das wäre wirklich schön!« Ein verträumter Schleier legte sich über seine Augen. Geneviève zahlte die Rechnung und verabschiedete sich von Voltaire, der noch etwas länger in der Sonne sitzen bleiben wollte. »Wenn ich mir schon meinen Sonntagsanzug anziehe, muss ich das ausnützen«, meinte er und verabschiedete sich von Geneviève formvollendet mit einem Handkuss, der ihr die Schamröte ins Gesicht trieb.

Am Weg zurück aufs Kommissariat versuchte sie, ihren Kopf leer zu bekommen. Fünf Minuten nicht an den Fall denken. Sie wurde sich mit jeder Stunde sicherer, dass mit Buffet der Falsche einsaß. Das Motiv sprach immer mehr für den Neffen. Sie glaubte Voltaire, dass es zwischen Onkel und Neffen zum Streit gekommen war. Sie konnte sich gut vorstellen, dass Cédric das Geschäft des Onkels übernehmen wollte. Es war um einiges größer als sein eigenes und hatte einen guten Ruf, den er gleich mit übernehmen hätte können. Es wäre eine Geschäftsweitergabe innerhalb der Familie gewesen. Im Lokal des Onkels hätte er sowohl Boulangerie als auch Patisserie anbieten können. Doppeltes Geschäft praktisch. Der alte Beauvais hatte bis auf ein paar Kleinigkeiten wie Pain au Chocolat oder Schokolade-Croissants kaum Süßes angeboten und sich voll und ganz auf seine Baguettes und Brote konzentriert.

Am Kommissariat musste Lunette sie enttäuschen. Die Aushebung der Bankakten würde länger dauern.

»Aber eine gute Nachricht habe ich«, heiterte Lunette ihre Chefin dann noch auf.

»Die wäre?«

»Ich bin in Sachen Spielschulden weitergekommen. Cédric Beauvais ist in den Casinos in Paris gesperrt. Er darf dort nicht mehr spielen.«

»Seit wann?«

»Bereits seit ein paar Jahren.«

»Interessant, aber ich kann mir nicht vorstellen, dass die großen Casinos Schläger ausschicken, wenn jemand Spielschulden hat. Beziehungsweise kann man dort gar keine Schulden anhäufen, wenn ich mich nicht irre?«

»Richtig. Man muss ja vorher Geld wechseln. Was nicht bedeutet, dass die Spieler nicht trotzdem Schulden haben. Ist immer die Frage, woher sie das Geld hatten.«

»Wie ist er dann zu der Sperre gekommen?«

»Die Casinos monitoren alle Besucher. In einem anständigen Casino muss man sich ja ausweisen, alle Daten werden aufgenommen und so weiter. Wenn man häufiger kommt und die eingesetzten beziehungsweise gewechselten Beträge hoch genug sind, wird eine Bonitätsprüfung eingeleitet. Und die schien für Beauvais junior nicht positiv ausgefallen zu sein.«

»Das wissen wir aber nicht, weil uns ja noch seine Bankdaten fehlen.«

»Muss so gewesen sein, sonst hätten die Spielbanken ihn nicht gesperrt.«

»Stimmt. Aber das ist fünf Jahre her. Und ich kann mir echt nicht vorstellen, dass die renommierten Casinos ihm einen Schlägertrupp auf den Hals hetzen.«

»Die nicht«, konterte Lunette, »aber was ist mit den unzähligen illegalen Spielhöllen? Die gibt es ja bei uns in der Stadt zuhauf.«

Geneviève überlegte. Dann sagte sie: »Wir können das überprüfen, ich denke aber, dass wir zu keinem Ergebnis kommen werden.«

»Wieso?«

»Weil Beauvais nach seiner Sperre sicher nicht in Paris gespielt hat. Er ist ja kein Idiot. Wenn er Schulden hatte, würde er woanders spielen. Möglichst weit weg von daheim.

Wo man ihn nicht kennt und nicht so schnell findet, wenn er nicht zahlen kann.«

»Mir würde auf die Schnelle die Normandie einfallen. Deauville, Trouville – alles beliebte Ausflugsorte mit Casinos.«

»Genau deshalb glaube ich nicht, dass er dort gespielt hat. Für Pariser ist das ein Wochenendausflug. Die Gefahr, dass man ihn dort erkennt, ist viel zu groß.«

»Was bleibt dann? Wir können nicht ganz Frankreich absuchen?«

»Nein, können wir nicht. Aber ich habe eine Vermutung, wohin es ihn gezogen haben könnte.«

»Wohin?«

Geneviève zog mit Daumen und Zeigefinger einen imaginären Reißverschluss vor ihren Lippen zu. »Es wird Zeit, dass wir uns auch die Handydaten von Monsieur Beauvais anschauen, *ma chère*. Dann sage ich dir, ob ich recht hatte oder nicht.« Insgeheim war sie sich aber sicher. Und wenn es sich bewahrheitete, würde sie nicht umhinkommen, sich mit ihrer engeren Familie auseinanderzusetzen. Die Schläger hatten laut Voltaire einen südlichen Akzent gehabt. Auch *Mamie* hatte angedeutet, dass sie sich in diese Richtung orientieren sollte. Und da war noch die Sache mit dem Mord an Beauvais' Vater. Auch er war im Süden umgekommen. Es sah alles ganz danach aus, als würden in ihrer alten Heimat die gesuchten Antworten liegen.

»Etwas anderes«, wechselte Geneviève das Gesprächsthema. »Bekommen wir noch immer Druck vom Innenminister?«

Lunette lachte laut auf. »Vom Minister nicht. Ihm war nur wichtig, dass wir einen Schuldigen einbuchten. Was wir ja vorerst getan haben. Ich habe nichts fallen lassen, dass du einer weiteren Spur folgst. Die Mühlen des Gesetzes mahlen ohnehin so langsam, dass Buffet noch genug Zeit hat, bevor es zu einer Anklage kommen kann.«

»Sehr gut. Und der Präsident?«

»Scheint nach wie vor hungrig zu sein, macht seit der Verhaftung von Buffet aber auch weniger Tamtam. Heute Morgen hatte ich eine Mail mit der Frage, ob das Rezept vielleicht inzwischen gefunden wurde.«

»Und?«

»Ich habe sie geflissentlich ignoriert.«

»Wer beliefert den Palast aktuell?«

»Wenn ich mich nicht täusche, sollte das ab morgen über Monsieur Buffets Boulangerie laufen. Wenigstens habe ich, wie du gewünscht hast, bei Audette im Innenministerium ein Probebaguette abgeliefert. Sie hat versprochen, dass sie sich mit der zuständigen Stelle im *Élysée* kurzschließt, um das in die Wege zu leiten.«

»Wissen sie, woher das Baguette stammt?«

»Du meinst, ob sie wissen, dass sie vorübergehend vom mutmaßlichen Mörder des Lieblingsbäckers beliefert werden? Nein, natürlich nicht. Das ist doch der ganze Spaß! Ich habe es Audette als das aktuell beste Baguette der Stadt verkauft. Sie hat nicht groß nachgefragt.«

Geneviève hob tadelnd den Zeigefinger, lächelte ihre Assistentin dabei aber an. »Ich glaube, ich werde mal bei Khaled vorbeischauen.«

»Keine schlechte Idee. Nicht, dass das alles zu viel für ihn wird.«

»Gut. Wir sehen uns morgen in der Früh wieder. Bis dahin will ich alle erforderlichen Daten auf dem Tisch haben. Schön langsam muss etwas weitergehen.«

»*Bien sûr, Madame.*«

Als Lunette gegangen war, klingelte Genevièves Bürotelefon. Sie hob ab und hatte die Vermittlung am Hörer.

»*Madame Commissaire?*«

»*Oui.*«

»Ein gewisser Doktor Martel würde Sie gerne sprechen.«

Geneviève schluckte. Der hübsche Arzt schien es nicht erwarten zu können, mit ihr auszugehen. Trotzdem bat sie die Kollegin an der Vermittlung, ihn abzuweisen. »Sagen Sie ihm, ich bin in einem Meeting und würde mich bei ihm melden, wenn es meine Zeit erlaubt.« Sie legte auf. Nein, so einfach würde er nicht zu einem Date kommen. Außerdem hatte sie den Fall noch nicht gelöst. Für Spaß war danach Zeit.

Sie machte sich auf den Weg zu Buffets Boulangerie.

LICHT INS DUNKEL

Noch bevor am nächsten Morgen ihr Wecker losratterte, saß Merlot milchtretend auf ihrem Bauch. Sein Schnurren wurde von Sekunde zu Sekunde lauter, dabei klang er wie ein rostiger Schlüssel.

Geneviève wollte nicht aufstehen. Der Besuch bei Khaled am Vortag war ereignislos verlaufen. Der junge Tunesier hatte die Backstube im Griff. Auch mit der gesteigerten Produktionsmenge wegen des Präsidentenpalasts hatte er keine Probleme. Die beiden Verkaufsdamen unterstützten ihn, wo es ging.

Natürlich hatten sie Geneviève mit Fragen zu ihrem Chef überfallen, aber die hatte Geneviève mit dem Hinweis auf die laufenden Ermittlungen abgewehrt. Khaled bei der Arbeit zuzusehen, hatte Spaß gemacht. Der Junge ging in seiner neuen Verantwortung richtig auf. Es wäre eine Schande, müsste er das Land wegen eines Formalfehlers verlassen. In dieser Hinsicht hatte sie volles Vertrauen, dass Lunette die Sache gemeinsam mit Audette, der heimlichen Chefin des Innenministeriums, hinbiegen würde. Es war garantiert nicht zum Schaden von Khaled, wenn schließlich herauskam, dass er in der Zwischenzeit das Baguette an den Präsidentenpalast geliefert hatte. Natürlich immer vorausgesetzt, dass sie mit ihrer Annahme richtig lag, mit Buffet den falschen Verdächtigen eingesperrt zu haben.

Schließlich sprang auch ihr Radiowecker an und riss Geneviève endgültig aus ihren Träumen. Die plötzliche Geräuschkulisse hatte Merlot nicht im Mindesten geschreckt. Der Kater wurde sogar noch aufdringlicher. Geneviève begann von dem schweren Tier der Bauch zu schmerzen. Sanft scheuchte sie ihn von sich runter und schlurfte schlaftrunken in die Küche. Bevor sie die Schüssel mit seinem Futter auf den Boden gestellt hatte, hatte der rote Kater bereits seine Schnauze darin vertieft und schlabberte das Zeug gierig in sich hinein.

Während sie sich einen Kaffee machte, checkte sie am Handy ihre Mails. Noch nichts von Lunette. Gut, es war auch erst 6.30 Uhr morgens. Was hatte sie erwartet? Auf der anderen Seite bedeutete das, dass sie noch etwas Zeit hatte. Der innere Schweinehund jaulte zwar gehörig, aber sie sperrte ihn weg und machte sich auf ihre Laufrunde. Typisch für den April konnte sich das Wetter nicht entscheiden, was es eigentlich wollte. Nach zwei richtig schönen Tagen war der Himmel über Paris heute wolkenverhangen, und es stürmte. Dementsprechend anstrengend gestaltete sich ihre Laufrunde. Egal in welche Richtung sie lief, der Wind schien immer von vorne zu kommen.

Nach etwas weniger als einer Stunde war sie wieder daheim. Trotz der kühlen Temperaturen völlig verschwitzt. Merlot saß auf der Fensterbank neben der Eingangstür. Geneviève öffnete ihm das Fenster. Der Kater lugte vorsichtig hinaus, schnupperte und sah sich die Sache mal genauer an. Die Bäume vor dem Fenster wogten im starken Wind, in den schmalen Gassen unterhalb war niemand zu sehen. Vereinzelt trieb der Wind Blätter von achtlos weggeworfenen Tageszeitungen durch die Luft. Merlot war unentschlossen. Wollte er bei diesem Wetter wirklich hinaus? Eine starke Windbö nahm ihm die Entscheidung ab. Der

Ast eines Baums klatschte gegen die Hauswand, und sofort war der Kater eine Staubwolke. Geneviève schloss das Fenster. Dann heute eben nicht. Die Vogelpopulation am Montmartre würde es ihr danken.

Eine Stunde später war sie im Kommissariat, nur von Lunette fehlte jede Spur. Sie vertiefte sich zum x-ten Mal in die vorhandenen Akten, ohne daraus schlauer zu werden. Gegen Mittag war ihre Assistentin noch immer nicht im Büro. Geneviève schickte ihr eine Nachricht auf ihr Handy und wollte sich eben aufmachen, zurück auf den *Butte* zu fahren, um Beauvais junior auch ohne neue Erkenntnisse nochmals zu befragen, als Lunette bei der Bürotür hereinstürzte. Für einen Moment war das geschäftige Treiben im Großraumbüro vor der Tür zu hören, dann fiel die Tür ins Schloss und Lunette in den Sessel gegenüber von Geneviève. Sie hängte ihre Lederjacke auf und nahm ebenfalls Platz.

»*Je suis désolée.* Es hat leider alles ein wenig länger gedauert, und ich wollte mit den gesammelten Informationen zu dir kommen.«

Geneviève musterte ihre Assistentin von oben bis unten. Dann meinte sie: »Du trägst dasselbe Gewand wie gestern.«

Lunette wurde rot im Gesicht. »Homeoffice«, versuchte sie sich zu entschuldigen.

»Das kannst du besser«, erwiderte Geneviève auf die offensichtliche Lüge. Jetzt fiel ihr auch auf, dass Lunettes Haar ein wenig zerzaust war.

»Willst du die Ergebnisse wissen oder nicht?«, wich Lunette weiter aus. Geneviève wollte. Also nickte sie. Sie konnte sich zusammenreimen, wieso Lunette noch immer die Klamotten des Vortags trug und warum die Frisur alles andere als saß. Vor ihr am Tisch schien die Visitenkarte von Doktor Martel sie anzustarren. Nein, anzuschreien.

Sie hörte weg. Auch wenn es eine enorme Willensleistung dafür benötigte.

»Also, was haben wir?«, ließ sie ihre Assistentin endlich vom Haken.

Lunette atmete tief durch, strich sich eine Haarsträhne aus der Stirn, richtete sich die Brille und begann: »Zuerst die Finanzen von Monsieur Buffet. Ganz ohne Drama: Er hat nicht gelogen, als er behauptete, er hätte den Preis für das beste Baguette der Stadt nicht nötig. Seine Boulangerie läuft wie blöd, er verkauft ohne Ende. Sein Werbespruch vom zweitbesten Baguette der Stadt scheint zu wirken. Und: Er liegt viel zentraler als *Le Palais des Pains*. Ich habe mir die Mühe gegeben, die Geschäftszahlen von Beauvais senior und Buffet zu vergleichen. Gleich im Vorhinein: Beide Geschäfte dürfen sich nicht über mangelnden Umsatz beschweren. Bei Beauvais merkt man in den Wochen nach der Verleihung des Preises einen starken Anstieg der Zahlen, danach gehen sie wieder zurück auf ein normales Niveau. Bei Buffet sind die Zahlen das ganze Jahr über gleich gut.«

»Okay, er hat also nicht gelogen. Habe ich auch nicht angenommen. Aber danke für deine Mühe. Interessant zu sehen, wie sich dieser Preis auf das Geschäft auswirkt.«

»Ja, nach der Preisverleihung sind die Menschen natürlich neugierig und nehmen den Weg hinauf auf den *Butte* aus ganz Paris auf sich. Wie wir wissen, ist das ja nicht ganz ohne, weil es keine schnelle und bequeme öffentliche Anbindung gibt. Das ist bei Buffet eben ganz anders.«

»Und Beauvais junior? Er hat uns ja eigentlich interessiert.«

Lunettes Augen blitzten. »Ja, auch sein Geschäft geht leidlich, was die Umsätze angeht. Dafür schauen die Geschäftskonten aber nicht besonders gut aus. Er schrammt immer so an der schwarzen Null vorbei. Obwohl er von den Umsätzen eigentlich ganz gut leben können müsste. Aber es gibt immer wieder größere private Entnahmen. In bar. In etwas höherem Ausmaß gibt es dafür auch immer wieder Bareinlagen – von Beauvais senior.«

»Bar? Reden wir hier von Finanzbetrug?«

Lunette zuckte mit den Schultern. »Ich bin keine Finanzexpertin. Und weil es Barabhebungen und -einlagen sind, lässt sich das schwer nachvollziehen. Aber ...«

»Aber? Mach es nicht so spannend.«

»Ich habe mir von der Versicherung die Schadensmeldungen der eingeschlagenen Schaufenster von Beauvais geben lassen. Immer, wirklich immer hat es daraufhin innerhalb weniger Tage die Bareinzahlungen des Onkels gegeben. Diese Summen wurden wiederum von Beauvais junior innerhalb kürzester Zeit abgehoben. Ich glaube nicht, dass es hier um Steuerhinterziehung geht. Vielmehr hat der Onkel seinem Neffen die Spielschulden gezahlt. Falls wir mit diesem Verdacht richtigliegen.«

Geneviève rieb sich mit der rechten Hand das Kinn: »Rekapitulieren wir: Beauvais junior hebt Geld ab – mutmaßlich, um damit seine Spielsucht zu finanzieren. Wie fast alle Spieler verliert er die Kohle und kann seine Spielschulden nicht bezahlen. Man schickt ihm ein paar Schläger, die zur Warnung sein Schaufenster einschlagen. Daraufhin borgt er sich Geld von seinem Onkel – wahrscheinlich unter einem anderen Vorwand – und bezahlt damit seine Schulden.«

»Ja, so in etwa muss das passiert sein. Bleibt die Frage, wieso der Onkel das Geld auf das Konto seines Neffen einzahlt und ihm nicht einfach so gegeben hat?«

Geneviève warf die Arme in die Höhe. »Keine Ahnung, vielleicht wollte er eine Art Beweis oder Sicherheit, dass ihm der Neffe das Geld auch zurückgibt.«

»Könnte sein.«

»Aber zuletzt ist ihm der Onkel auf die Schliche gekommen und hat nicht mehr bezahlt.«

»Oder der Junior wollte nicht mehr.«

»Und deswegen hat man seinen Onkel umgebracht«, mutmaßte Geneviève. »Es war eine allerletzte Warnung, bevor es dem Junior selbst an den Kragen gehen würde.«

»Wäre nicht das erste Mal, dass so etwas passiert«, bestätigte Lunette.

In Geneviève war der Jagdtrieb neu erwacht. Endlich eine handfeste Spur, aber etwas fehlte: »Was ist mit Beauvais' Handy? Haben wir da auch Ergebnisse?«

Lunette nickte. »Ja, aber bevor ich dir die auffälligen Bewegungen verrate, verrätst du mir deinen Verdacht.«

»Na gut, es wird wohl so stimmen. Ich denke, Beauvais hat unten an der Côte d'Azur gespielt.«

»Bingo!«, rief Lunette. »Passend zu den Barabhebungen konnten wir Beauvais' Handy immer für ein paar Tage im Süden orten. Einmal Monte Carlo, den Rest in Cannes und Umgebung. Wie du vermutet hast, war er in den letzten Jahren nicht ein einziges Mal in der Normandie. Diese Casinos können wir also ausschließen.«

Geneviève wusste nicht, ob sie sich freuen oder fürchten sollte. Côte d'Azur bedeutete, dass sie nicht umhinkommen würde, ihrer Familie auf den Zahn zu fühlen. Wenn jemand etwas über illegale Tätigkeiten dort wusste, dann ihre Familie.

»Monte Carlo?«, fragte sie schließlich. »In einem *echten* Casino?«

»Das kann ich dir nicht genau sagen, du weißt, wie das mit der Handyortung ist. Wir können die Funkmasten ausmachen, aber nicht, in welchem Gebäude er sich genau aufhielt. Und nachdem er jeweils ein paar Tage unten war, sind seine Standorte über die halbe Küste verstreut. Am öftesten aber in Cannes. Vielleicht hat er sich Monte Carlo auch nur so angeschaut.«

»Könntest du bitte trotzdem die großen Casinos in Monte Carlo, Nizza und Cannes überprüfen? Damit wir sie ausschließen können.«

»Mache ich. Und was machst du in der Zwischenzeit?«

»Ich werde mich wieder einmal mit Monsieur Beauvais unterhalten. Diesmal nehme ich aber Albouy mit. In seiner Uniform kann er so schön einschüchternd wirken. Vielleicht hilft das ja, dass er mit der Wahrheit rausrückt.«

Zehn Minuten später saß sie mit dem *Commandant* in einem Zivilwagen der *Police Nationale*, Albouy am Steuer. Sie fühlte sich langsam wie in einem Hamsterrad: Place du Tertre – Kommissariat – Place du Tertre – Kommissariat – Place du Tertre ... Das war das Problem an diesen Ermittlungen: Die Informationen kamen immer nur in kleinen Scheibchen. Jedes Mal musste man sie verifizieren oder falsifizieren, auf jeden Fall musste man ihnen nachgehen. Aber schön langsam setzte sich das Bild zusammen. Und es machte sie wütend. Wenn der Onkel völlig schuldlos zum Handkuss gekommen war, nur weil der Neffe nicht in der Lage war, seine mutmaßliche Spielsucht in den Griff zu bekommen. Das war im Moment auch genau ihr größtes Problem: Sie konnte ihm nichts Strafbares nachweisen. Die Barabhebungen und -einzahlungen waren verdächtig, aber nicht strafbar. Seine Trips in den Süden? Wer wollte nicht ab und zu ans Meer? Der Wunsch, das Geschäft des Onkels zu übernehmen? In Anbetracht der Tatsache, dass der Onkel schwer herzkrank war, auch nichts Verwerfliches. Streitereien in Familien gab es immer wieder.

Leider gingen manche tödlich aus.

Albouy pflegte einen, freundlich ausgedrückt, ruppigen Fahrstil. Auch ohne Blaulicht am Wagen ignorierte er bis auf rote Ampeln so gut wie alle Verkehrsregeln. Das machte Geneviève natürlich auch, aber es war ihr lieber, wenn sie dabei selbst am Steuer saß. Heute war sie aber in der Beifahrerrolle und hielt sich verkrampft am Haltegriff über der Tür fest.

»*Commandant, mon Dieu!* Kriegen Sie sich bitte ein, ich möchte in einem Stück ankommen.«

»*Mais oui, Madame*«, antwortete Albouy, ohne jedoch vom Gas zu steigen. »Darf ich offen sprechen?«, sagte er zur Ablenkung.

»Immer.«

»Ist Ihnen an Madame Lizeroux zuletzt etwas aufgefallen?«

Oha, hatte sich ihre Affäre mit Major Faivre bereits im Kommissariat herumgesprochen?

»Nicht, dass ich wüsste«, log sie. »Wieso?«

Albouy schüttelte den Kopf. »Nichts«, sagte er schließlich.

Geneviève begann Spaß an dieser Unterhaltung zu finden. »Rücken Sie schon raus damit, Albouy. Warum soll mir etwas aufgefallen sein?«

Der Commandant seufzte. »Sie verhält sich so … anders.«

»Das tut sie, seitdem ich hier das Kommando übernommen habe.«

»Nein, Madame. Anders anders.«

»Anders anders?« Oh ja, es machte Spaß, Albouy aufzuziehen.

»Ich kann es nicht in die richtigen Worte fassen.«

»Meinen Sie«, sie senkte verschwörerisch ihre Stimme, »dass sie eine Affäre hat?«

»*Exactement, Madame!* Sie nehmen mir die Worte aus dem Mund.« Die Erleichterung in Albouys Stimme war greifbar.

»Nein!«, spielte Geneviève überrascht.

»Doch!«, antwortete Albouy mit einem gerüttelt Maß an Empörung in der Stimme.

»Oh!«, konterte Geneviève.

Albouy sah sie überrascht an. »*Madame*, wenn ich es nicht besser wüsste, würde ich sagen, Sie veralbern mich.«

Sie lächelte ihn an. »*Commandant*, Sie wissen es tatsächlich nicht besser. Ob Lunette eine Affäre hat, geht weder Sie noch mich etwas an. Selbst wenn ich es wüsste, würde ich es Ihnen nicht sagen. Nein, schauen Sie nicht so beleidigt. Ich würde es auch keinem anderen sagen. Das ist, oder besser, das wäre Lunettes Sache. Dabei würde ich es auch gerne belassen. Wir haben einen Mordfall zu lösen.«

Der *Commandant* nickte und wandte seinen Blick auf die Straße. Ein paar Minuten später parkte er den Wagen auf Geheiß von Geneviève vor ihrem Wohnhaus. Weiter oben war es mit Parkplätzen schwieriger, und sie waren ja nicht im Blaulichteinsatz.

»Schöne Gegend haben Sie sich ausgesucht, wenn das Wetter besser wäre«, merkte er an, während sie die Stufen der Rue Maurice Utrillo hinaufgingen. Das Wetter hatte sich nicht gebessert, eher im Gegenteil. Heftiger Wind fuhr ihnen von der Kuppe des Hügels ins Gesicht und machte das Treppensteigen noch beschwerlicher. Am Weg hinauf zu *La Framboise Gourmande* hatte Geneviève die vage Hoffnung, dass Beauvais unter ihrem kühlen Blick und der Uniform Albouys einbrechen und alles gestehen würde.

Es war eine kurzlebige Hoffnung.

»Madame Columbo, *quel honneur*«, wurden sie von Cédric Beauvais sarkastisch begrüßt, als sie die Patisserie betraten. Natalie stieß ihrem Mann den Ellbogen in die Seite, der fühlte sich dadurch und durch Genevièves überraschtes Gesicht lediglich mehr angestachelt. »Oder sind es heute Sherlock Holmes und Doktor Watson? Seit wann benötigen Sie denn Verstärkung?«

Abgesehen davon, dass sie hier auch in Begleitung von Lunette gewesen war und Albouy selbst mitgeholfen hatte, den Tatort zu sichern, benötigte sie keine Verstärkung. Unterstützung natürlich schon. Polizeiarbeit war ein Teamjob. Hobby-Soloermittler waren etwas für Filme oder Romane. Im echten Leben lief das alles nicht so einfach ab. Eine Mordermittlung war ein Knochenjob. Ein *repetitiver* Knochenjob. Weit weg vom Glamour und Glanz, den die Medien verbreiteten.

»Monsieur Beauvais. Auf ein Wort«, ignorierte sie seine Spitze. Beauvais machte keine Anstalten, sich hinter seiner Theke wegzubewegen. Stattdessen wollte seine Frau vorkommen, wurde von Geneviève aber sofort gestoppt. »Nein, Natalie. Wir möchten mit Ihrem Mann sprechen. Es gibt ein paar interessante Details, auf die wir gestoßen sind.« Mit einem Blick auf die wartende Kundschaft meinte sie süffisant: »Wir können das aber auch gerne hier in aller Öffentlichkeit tun.«

»Schon gut«, brummte Beauvais. Er bat sie in sein Büro hinter dem Verkaufslokal. Im Gegensatz zum Büro seines Onkels war hier alles hochmodern und fein säuberlich geordnet.

»Wie kann ich Ihnen diesmal helfen?«

»Die Frage ist vielmehr, wie können wir Ihnen helfen?«, konterte Geneviève. »Ich möchte ganz ehrlich sein. Sie kommen immer mehr in mein Visier.«

»Wie bitte?«, rief Beauvais entsetzt. »Was soll das denn bitte?« Er fuhr sich mit den Händen durch die Haare, seine

Augen waren weit aufgerissen. »Wollen Sie mir unterstellen, meinen Onkel umgebracht zu haben?«

»Das haben jetzt Sie behauptet. Ich habe davon kein Wort gesagt. Aber ich habe zwei interessante Stichworte für Sie. Mal schauen, was Sie dazu zu sagen haben.«

Beauvais sah sie hilflos an. »Monsieur Beauvais, uns wurde zugetragen, dass Sie öfters Streit mit Ihrem Onkel hatten, weil Sie angeblich sein Lokal übernehmen wollten.«

Der Angesprochene sah Geneviève fassungslos an. Dann begannen seine Mundwinkel zu zucken, und schließlich brach er in schallendes Gelächter aus.

»Monsieur!«, ermahnte in Albouy streng. Seine Uniform und sein Auftreten hatten leider nicht den von Geneviève erhofften Effekt. Beauvais lachte noch immer, als er Geneviève antwortete. Auch wenn das Lachen ein klein wenig gekünstelt auf sie wirkte: »Das ... das soll mein Motiv gewesen sein? Ernsthaft? Weil ich mir Sorgen um die Gesundheit meines Onkels gemacht habe?«

»Nun, Sorgen machen ist das eine. Lautstarke Streite sind das andere.« Geneviève konnte nur hoffen, dass sie mit ihrer Anschuldigung nicht falschlag. Voltaire war nie Zeuge eines solchen Streits geworden.

»Natürlich sind unsere Diskussionen manchmal lauter geworden«, gab Beauvais freimütig zu. »Mein Onkel war ein alter, sturer Hund. Das bedeutet aber nicht, dass ich ihn nicht trotzdem geliebt habe. Nein, ich könnte ihn niemals umbringen. Und um es nochmals ganz klarzustellen: Ja, Natalie und ich haben mehrmals versucht, ihn zu überreden, in Ruhestand zu treten. Es war einfach an der Zeit.«

»An der Zeit, dass Sie sein Geschäft übernehmen?«

»Warum nicht?« Beauvais schien kein Problem zu haben, die Vorwürfe zu bestätigen. Aus seiner Sicht war nichts

Verwerfliches dran. »Es wäre für alle ein Gewinn gewesen. Und es war nicht so, dass ich meinen Onkel in ein Altersheim abschieben wollte. Ich habe ihm angeboten, weiter in der Bäckerei zu arbeiten. Natürlich zu reduzierten Zeiten. Schließlich ging es mir darum, dass er noch möglichst lange lebt.«

»Und Ihnen weiterhin aus der finanziellen Patsche helfen kann, wenn Ihnen die Spielschulden wieder einmal über den Kopf wachsen? Das wäre übrigens mein zweites Stichwort.«

Das Lachen in Beauvais' Gesicht gefror, seine Augen verengten sich zu schmalen Schlitzen. Die ohnehin unterkühlte Stimmung in dem kleinen Büro erreichte einen neuen Tiefpunkt. »*Madame Commissaire*, ich wäre jetzt sehr vorsichtig, was Sie mir unterstellen.«

»Fühlen Sie sich ertappt?«

Beauvais' Stimme wurde zu einem leisen Zischen: »Nein, wieso sollte ich? Aber es ist eine unglaubliche Frechheit, einen unbescholtenen Bürger mit solchen Vorwürfen anzupatzen.«

Geneviève begann Spaß an der Unterhaltung zu finden. Sein abrupter Stimmungswechsel hatte ihr alles gesagt, was sie wissen musste. Sie lehnte sich vor und setzte ihren kältesten Blick auf. »Nein, Monsieur Beauvais, jetzt passen Sie einmal auf. Ich bin Polizistin, und es ist mein Job, den Mord an Ihrem Onkel aufzuklären. Das habe ich Ihnen doch letztens bereits erklärt.«

»Besonders gut machen Sie Ihren Job nicht«, warf ihr Beauvais vor. Seine Selbstsicherheit begann zu bröckeln. In der Stimme war ein leises Zittern zu hören.

»Das überlassen Sie bitte mir, wie ich meinen Job mache. Ich gebe Ihnen die Chance, mir alles zu gestehen, dann kommen Sie relativ ungeschoren davon. Ansonsten ...«

»Ansonsten?«

»Das werden Sie noch sehen. Ich erzähle Ihnen jetzt, was ich glaube, das passiert ist.«

»Ich bin ganz Ohr.« Beauvais hatte sich in seinem Bürostuhl zurückgelehnt und die Arme vor der Brust verschränkt. Noch abweisender konnte man sich kaum positionieren. Die Haltung war zugleich auch ein Schutz für ihn. Geneviève fiel auf, dass seine Arme leicht zitterten. Er rang mit seiner Fassung und musste sich selbst stützen. Viel schuldiger ging nicht mehr.

»*Alors*, wir wissen, dass Sie Spielverbot in den Pariser Casinos haben. Wir wissen von Ihren Besuchen in Cannes und Monte Carlo. Ich vermute, dass Sie Ihre Spielsucht dort in illegalen Casinos befriedigt haben. Hat Sie Ihr Vater dort eingeführt? Er wurde in Antibes ermordet. Waren es Spielschulden? Wenn es so war, dann haben Sie leider gar nichts aus der Sache gelernt. Außerdem sind Sie kein besonders guter Spieler. Sie zittern ja sogar jetzt. Was ist Ihr Lieblingsspiel? Ich hoffe nicht, dass es sich um Poker handelt, denn da würde Sie ein Kind schlagen.«

»Lassen Sie meinen Vater aus dem Spiel«, zischte er.

Geneviève ignorierte ihn. »Wir wissen, dass Ihnen Ihr Onkel immer wieder größere Geldbeträge zugesteckt hat, mit denen Sie dann Ihre Spielschulden beglichen haben. Interessanterweise immer, nachdem man Ihr Schaufenster eingeschlagen hat. Das waren die Schlägertypen aus dem Süden. Eine kleine Erinnerung an Ihre finanziellen Verpflichtungen. Diesmal ist es denen aber zu viel geworden. Nachdem Sie so oft nicht zahlen konnten, musste offenbar eine deutlichere Warnung her. Also hat man Ihren Onkel umgebracht.«

Während ihrer Tirade hatte sie Beauvais genau beobachtet. Er hatte mehrmals mit den Augenwinkeln gezuckt, die

Mundwinkel verzogen und zwischendurch hilflos zur Decke geschaut. Sie lag mit ihrer Geschichte wohl ziemlich richtig.

»Letzte Chance, Monsieur Beauvais. Sagen Sie mir den Namen des illegalen Casinos, das ihnen die Schläger auf den Hals schickt. Wir werden uns darum kümmern. Fensterscheiben einschlagen ist die eine Sache, jemand Unschuldigen umbringen, etwas ganz anderes.«

»Sehr gütig, *Madame*«, antwortete Beauvais stockend, »aber leider kann ich das nicht tun. Sie liegen mit Ihrer Geschichte völlig falsch. Ich weiß nicht, wie Sie auf die Idee kommen, dass ich Spielschulden hätte. Vielleicht würden Sie mir dafür einen Beweis vorlegen? Wenn Sie auf die Einzahlungen meines Onkels anspielen, kann ich Ihnen versichern, dass das einzig mit dem schleppend verlaufenden Geschäft meiner Patisserie zu tun hat. Es dauert ein paar Jahre, bis so ein Geschäft sich an einem neuen Standort etablieren kann. Deshalb hat er mir manchmal eine kleine Finanzspritze gegeben. Was auch Ihren Verdacht entkräften sollte, dass wir uns ständig gestritten hätten. Ich habe meinen Onkel geliebt und er mich. Deshalb hat er mir finanziell immer wieder mal aus der Patsche geholfen.« Er hatte sich gefangen. Ein zynisches Lächeln umspielte seine Lippen. »Immerhin haben Sie in diesem Belang recht. Ja, ich bin finanziell nicht so aufgestellt, wie ich es mir vorgestellt habe und es mein Finanzplan vorgesehen hat. Aber ich bin am besten Weg dorthin. Also: Wollen Sie mir jetzt Beweise für meine angeblichen Spielschulden zeigen?«

»Werde ich nicht«, erwiderte Geneviève. Sie hatte ja keine, aber das musste Beauvais nicht wissen. Sie hatte jede Menge Indizien, die ihr genug Stoff für weitere Recherchen lieferten, ein handfester Beweis fehlte ihr allerdings.

»Monsieur Beauvais, wir wollen Ihnen helfen«, probierte sie es nun auf freundlichere Art. Vielleicht konnte sie ja so zu ihm durchdringen. »Wenn diese Leute dazu fähig sind, Ihren Onkel zu töten, wird es das nächste Mal Ihnen persönlich an den Kragen gehen.«

»Oder Ihrer Frau«, warf Albouy ein. Beauvais blickte hinauf zum *Commandant*, der die ganze Zeit über stehen geblieben war und ihn klar überragte.

»Werden sie nicht, weil es diese Leute einfach nicht gibt. Ich weiß nicht, wo Sie diesen Schwachsinn herhaben.«

Geneviève seufzte. »Gehen wir, *Commandant*, es hat keinen Sinn. Monsieur Beauvais will unsere Hilfe nicht. Er hat auch aus dem tragischen Tod seines Vaters nichts gelernt.« In der Tür drehte sie sich noch einmal um. »Eigentlich sollte ich Sie Ihrem Schicksal überlassen, Monsieur. Sie haben Glück, dass ich nicht so ein Mensch bin.«

WAS SEIN MUSS, MUSS SEIN

Es war kurz vor 21 Uhr abends, als sich Geneviève aus ihrem Sessel im *Chez Frédéric* erhob, um *Mamie* mit *bisous* auf die linke und rechte Wange zu begrüßen. Sie wäre gerne im Freien gesessen, aber die Witterung ließ es diesmal nicht zu. Herbert, der Kellner, hatte ihr einen Tisch gleich am Fenster zur Straße freigemacht.

Mamie war ein paar Minuten zu früh gekommen, Geneviève hatte sie für 21 Uhr eingeladen. Sie selbst saß seit einer guten halben Stunde im Bistro, nippte nachdenklich an einem Glas Rosé aus der Provence und sinnierte über den Fall. Sie brauchte Beweise für Beauvais' Spielsucht. Und sie brauchte das illegale Casino, in dem er sie mutmaßlich angehäuft hatte. Beides war allem Anschein nach in ihrer alten Heimat zu finden. Darüber wollte sie mit ihrer Großmutter reden.

»Was ist denn mit dir los?«, fragte Großmutter besorgt, als sie sich zu ihr an den Tisch setzte. »Du siehst ja aus, als würden deine Probleme dich begraben.« Neben *Mamie* japste Aramis hektisch. Als sie ihn von der Leine ließ, sprang er sofort zu Geneviève und auf ihren Schoß. Dabei wackelte der Tisch, und das Glas Rosé kippte um. Der Wein ergoss sich über die Tischplatte, tropfte über den Rand und auf den Boden. Genau zwischen den beiden Frauen, keine von ihnen wurde nass. Dem Herrn sei Dank für die kleinen Glücksmomente im Leben.

Herbert war sofort herbeigeeilt und hatte den Wein mit einem Lappen aufgewischt. »*Monsieur Aramis!*«, sagte er mit tadelndem Zeigefinger zum Hund. »*Tais-toi!*« Der Cockerspaniel war im *Chez Frédéric* kein Unbekannter, genauso wenig wie die Großmutter, schließlich war sie die Hausbesitzerin. Als solche war beiden zu jeder Tages- und Nachtzeit eine besondere Behandlung sicher.

Herbert bückte sich zu dem Hund hinunter und strich ihm über den Kopf. »*Un moment*, deine Wasserschüssel kommt sofort.« Aramis bellte ihm nach, ganz so, als wollte er ihm mitteilen, dass er sich gefälligst beeilen sollte. Das Herrschaftliche hatte sich nach den vielen gemeinsamen Jahren von *Mamie* auf den Hund übertragen.

Gemeinsam mit der Wasserschüssel für den Hund brachte Herbert kurz darauf eine Karaffe mit demselben Rosé, den Geneviève bereits zuvor getrunken hatte. Er schenkte ihr und Olivia Morel ein und fragte nach ihren Essenswünschen. Die beiden entschieden sich für *Moules frites*, in Genevièves Augen eine totale Unart der französischen Küche. Gut, eigentlich war es ja ein belgisches Gericht. Das aber seinen Weg auf die französischen Speisekarten gefunden hatte. Geneviève ging es dabei auch weniger um die Miesmuscheln als die begleitenden Pommes Frites. Aber irgendwie gehörten die beiden Sachen inzwischen zur Esskultur wie Baguette oder Croissants. Es war ein einfaches Gericht und passte perfekt in das kleine Bistro, das kulinarisch vom nur wenige 100 Meter entfernten *Au Cygne Noir* in etwa so weit entfernt war wie die Erde vom Mond. Und doch hatte beides seine Daseinsberechtigung. Geneviève war es hier im rustikalen *Chez Frédéric* lieber als im feinen Haubenlokal die Straße hinunter. Dank ihrer Erziehung und Familiengeschichte fand sie sich in beiden Welten gleichermaßen gut zurecht.

Nachdem *Mamie* den Rosé verkostet hatte, forderte sie ihre Enkelin abermals auf, mit der Sprache rauszurücken.

»Deshalb wollte ich mich ja heute mit dir treffen«, versicherte ihr Geneviève und brachte sie auf den aktuellen Stand der Dinge, was ihre Ermittlungen betraf.

»Also lag ich mit meiner Vermutung, dass es sich um Spielschulden handelt, richtig.« Es war eine Feststellung von *Mamie*, keine Frage. Letzteres hätte auch gar nicht ihrem Naturell entsprochen. Sie war sich von Haus aus sicher gewesen, dass es so sein musste.

»Wir vermuten es, ja«, antwortete Geneviève. »Sicher können wir nicht sein, weil wir keine Beweise haben. Aber es spricht alles dafür. Wie es aussieht, hat er bei uns daheim gespielt und seine Schulden angehäuft.«

»In Cannes?« *Mamie* zog erstaunt eine Augenbraue hoch.

»Seine Handydaten deuten darauf hin. Ich hätte ursprünglich auch eher mit Marseille gerechnet, aber die Gegend dort dürfte ihm zu heiß sein.«

»Weil Cannes das nicht ist?«

»Wenigstens nicht in der öffentlichen Darstellung. Cannes ist Glamour, Geld, Promis. Marseille ist ... Marseille«, schloss sie diplomatisch. Tatsächlich schien die südfranzösische Hafenstadt Marseille alljährlich als Nummer 1 im französischen Kriminalitätsindex auf. Drogen, Prostitution, organisierte Kriminalität – Geneviève beneidete die Kollegen in Marseille nicht. Die Auswahl an illegalen Spielbanken wäre in Marseille garantiert auch größer, aber Beauvais junior war nicht blöd. Wenigstens nicht völlig.

Andererseits war er auch niemand, der sich in der Unterwelt gut auskannte. Auch wenn diese in Cannes nicht so ausgeprägt existierte wie etwa in Marseille. Alles andere war geschickte PR. Wo, wenn nicht in Promi-Hotspots wie

Cannes, Nizza und Saint Tropez würden sich Diebe aufhalten? Und trotzdem war das eine andere Art der Kriminalität. Eine, die eher ihrer Familie entsprach als die rohe Gewalt, die in Marseille herrschte.

Aber: Ausnahmen bestätigten die Regel. Und Cédric Beauvais schien an eine ganz hart gesottene Adresse geraten zu sein.

»Und was habe ich damit zu tun?«, fragte *Mamie*.

»Du? Gar nichts«, lachte Geneviève, nur um gleich wieder ernst zu werden. »Na ja, ich brauche deinen Rat. Du hast doch ganz sicher deine Kontakte da unten.«

»Wie meinst du das?« *Mamie* wollte es ihr nicht zu einfach machen.

Geneviève stöhnte und lümmelte sich mit dem Kinn auf die Handflächen und mit den Ellbogen auf den Tisch. »Okay, von *Flic* zu *Criminelle*: Ich brauche Kontakte zur Unterwelt daheim in Cannes. *Assez clair?*«

»Tut-tut, *Chérie*. Ich weiß nicht, wieso du immer glaubst, dass ich solche Kontakte besitze.«

»Ach, *Mamie*!« Geneviève warf ihre Arme frustriert in die Höhe.

Die Großmutter lächelte ein schmales Lächeln. »Aber wenn ich solche Kontakte hätte …«

»Ja?« Neue Hoffnung blitzte in Genevièves Augen auf.

»Dann würde ich dir sagen müssen, dass eine Krähe der anderen kein Auge aushackt.«

»*Merde!*«

»Sprache, meine Liebe.«

»Wenn es wahr ist«, antwortete Geneviève trotzig. Sie fühlte sich wie eine Zehnjährige, die von ihrer Großmutter an der Nase herumgeführt worden war.

»Keine Chance?«

»Nicht bei mir. Ich weiß ja nichts«, beharrte die Großmutter. »Dein Bruder andererseits ... vielleicht solltest du es einmal bei ihm probieren. Er lebt ja dort, und wer weiß, wen Frédéric alles kennt.« Sie hob ihr Glas, prostete Geneviève zu und zwinkerte mit dem rechten Auge.

»Das wollte ich eigentlich vermeiden«, meinte Geneviève schließlich.

»Wieso denn? Du kommst doch gut zurecht mit deiner Familie. Apropos: Hast du diese Woche schon mit deiner Mutter telefoniert?«

Geneviève schluckte. »Nein, das ist mit dem neuen Fall komplett untergegangen.« Vom Regen in die Traufe. Normalerweise rief sie wenigstens einmal in der Woche daheim an. Alle paar Wochen machte sie auch einen kurzen Abstecher übers Wochenende in den Süden. Ihre Mutter wartete sicher schon seit Tagen darauf, dass sie sich meldete. Selbst den Anruf zu tätigen, kam nicht infrage. In dieser Hinsicht hatte ihre Tochter eine Bringschuld.

»Dachte ich mir«, sagte *Mamie* und tätschelte Genevièves Hand. »Deshalb habe ich das erledigt und ihr gesagt, dass du in Arbeit untergehst.«

»Oh, *Mamie*!« Geneviève strahlte. Und fühlte sich zugleich wie eine Zehnjährige. Verdammt, sie war über 30 Jahre alt und eine erfolgreiche Kommissarin. Wieso gab sie da so viel darauf, was ihre Familie von ihr hielt? Andererseits, wenn Mamie schon in Helferlaune war, wenigstens was private Angelegenheiten anging, konnte Geneviève gleich nachlegen. »Ich habe einen Wasserschaden im Wohnzimmer«, erklärte sie beiläufig.

»Wie das?«, fragte *Mamie* entsetzt.

»Offenes Fenster bei Regen«, antwortete Geneviève kurz. »Ich habe keine Ahnung, wer den Boden bei der Renovierung verlegt hat, aber du weißt doch sicher, wen Papa damit beauftragt hat.«

»Natürlich.« *Mamie* studierte ihre Enkelin mit einem strengen Blick. Geneviève zappelte unruhig auf ihrem Sitz hin und her. »Soll ich das für dich erledigen?«, ließ *Mamie* sie schließlich vom Haken.

»Das wäre großartig! Du weißt doch, wie beschäftigt ich …«

»Papperlapapp«, unterbrach *Mamie* sie. »Es ist dir einfach zu aufwendig, gib es zu.«

»Vielleicht.«

»Ist schon gut. Ich lasse das erledigen. Wäre jammerschade um den schönen Boden.«

Herbert riss sie mit zwei Töpfen *Moules Frites* aus ihrer Diskussion. Dazu stellte er einen Korb mit frischen, noch warmen Baguettescheiben auf den Tisch. Es roch einfach herrlich. Der Hauch von Knoblauch hätte jedem romantischen Abend den Todesstoß versetzt, aber daran verschwendete Geneviève in diesem Moment keinen Gedanken. Sie suchte sich aus ihrem Topf eine recht weit geöffnete Muschel für den Anfang. Mit den Fingern kitzelte sie das Innere heraus und verspeiste es gleich. *Delicieux!* Die leere Muschel benutzte sie nun als Werkzeug für die restlichen Muscheln. Dazwischen tunkte sie die Baguettescheiben in den köstlichen Sud. Das Leben konnte so einfach sein.

Nachdem sie das Essen beendet hatten, kam *Mamie* auf ihr ursprüngliches Thema zurück. »Im Ernst, meine Liebe. Auch wenn es dir schwerfällt, du wirst dich in Bezug auf die illegalen Casinos an deinen Bruder wenden müssen. Wenn dir einer helfen kann, dann er.«

»Papa nicht?«

Mamie hob die Schultern. »Vielleicht auch er, aber ich

würde mein Geld eher auf Frédéric setzen. Er ist umtriebiger, hat überall seine Nase drin.«

»Du kennst unser Verhältnis.«

Mamie nickte. »Es ist nicht anders als bei anderen Geschwistern. Glaubst du, ihr beiden seid die einzigen, die sich hin und wieder gestritten haben?«

»Nein, natürlich nicht. Aber er ist so ... selbstgefällig. Er lässt mich immer spüren, dass er mich für eine Idiotin hält, weil ich Polizistin geworden bin.«

»*Mon Dieu!* Deshalb machst du dir Gedanken? Wärst du Malerin geworden, hätte er dich deswegen aufgezogen. Er ist eben ein Mann. Männer fühlen sich immer bedroht, wenn sie es mit einer erfolgreichen Frau zu tun haben.« Geneviève glaubte, in *Mamies* Stimme etwas wie Stolz herauszuhören. Was ungewöhnlich war, denn auch die Großmutter war nicht sonderlich begeistert, dass sie Polizistin war. Auf der anderen Seite hatten die beiden immer ein ganz spezielles Verhältnis gehabt. Obwohl sie weniger Zeit bei *Mamie* als bei ihren Eltern verbracht hatte, fühlte es sich an, als wäre der Großteil ihrer Erziehung durch sie passiert. Sie wusste, dass unter der harten Schale ein weicher Kern verborgen war. *Mamie* war einfach nicht der Typ Mensch, der mit Komplimenten und Lob um sich warf.

Genauso wenig wie sie selbst. Nur eines der Dinge, die sie von ihr geerbt hatte. Auch die große, sportliche Figur und das rabenschwarze Haar, wobei das von *Mamie* inzwischen einem noblen Grau gewichen war. Sie hatten dasselbe eher längliche Gesicht mit der schmalen Nase und den sinnlichen Lippen. *Mamies* Augen hingegen waren ganz anders: ein warmes Braun, das jedoch selten ihren harten Blick erwärmen konnte. Im Gegenteil zu den blauen Augen Genevièves, die von eiskalt bis wohlig warm jegliche Emotion hervorbringen konnten. Das *Standardsetting* war allerdings kühl bis kalt. Wahrscheinlich eine unterbewusste Sicherheitsmaßnahme, damit ihr niemand zu nahe kam. Sie konnte es selbst nicht sagen. Es war einfach so in ihr. Aber war es das immer gewesen? Nein, eindeutig nicht. Das hatte alles mit diesem verdammten … Ach, noch ein Grund, wieso sie sich sträubte, nach Hause zu fahren.

»Gib dir einen Ruck«, forderte *Mamie* sie schließlich auf. »Wenn du deinen Fall lösen willst, wird dir nichts anderes übrigbleiben. Was sein muss, muss sein.«

»Ja, wahrscheinlich hast du recht«, antwortete Geneviève nachdenklich. Was aber nicht bedeutete, dass sie Frédéric noch heute Abend anrufen würde. Lieber eine Nacht darüber schlafen.

Im selben Moment klingelte ihr Handy.

Sie hob ab, ohne auf die Nummer zu schauen. Es würde wohl Lunette sein, die ihr spätabends ein Update geben wollte.

Weit gefehlt.

»Madame Morel?« Eine angenehme, warme Stimme. Irgendwie kam sie ihr bekannt vor, durch die verzerrenden Geräusche des Handys konnte sie sie aber nicht exakt einordnen.

»*Oui?*«, antwortete sie deshalb zögerlich.

»Hier spricht Henry Martel. Sie erinnern sich?« Und wie sie das konnte. Ein warmes Gefühl schlich sich in ihren Magen, ihre Wangen liefen rot an. *Mamie* sah sie fragend an. Geneviève schüttelte abweisend den Kopf.

»Martel? Ach ja, jetzt fällt es mir wieder ein. Sie waren der etwas übermütige Arzt?«

»Nicht übermütig. Nur schwer beeindruckt von Ihrer Schönheit.«

»Jetzt übertreiben Sie aber wieder. So werden Sie mich nie rumkriegen.« *Merde*, das klang nicht so, wie sie es gemeint hatte. »Ich meine, so werden Sie mich nicht überzeugen können.«

»Rumkriegen, überzeugen ... was immer Sie wollen. Aber eigentlich wollte ich gar nicht um ein Date fragen, sondern mich nach den Fortschritten Ihrer Ermittlungen erkundigen.« Sie glaubte ihm kein Wort. Aber er war gewitzt und nie um eine Ausrede verlegen.

»Wo haben Sie eigentlich meine Nummer her?«

»Eine charmante Dame am Kommissariat hat sie mir gegeben. Mademoiselle Lizeroux, wenn ich mich nicht irre?«

»Das ist meine Assistentin. Welchen Bären haben Sie ihr denn aufgebunden, dass Sie mit meiner Handynummer rausrückt?«

»Bären aufbinden?«, fragte er in gespielter Empörung. Sie konnte sich gut vorstellen, wie er in seinem großen Ledersessel saß, die Füße ausgestreckt und locker und lässig vor sich hin fabulierte. »Sie verletzen mich. Nein, ich meinte, ich hätte eine dringende Nachricht für Sie, die Bezug zu Ihren Mordermittlungen hat.«

»Und das hat Sie Ihnen geglaubt?«

»Scheinbar. Ich weiß nicht genau, aber sie klang etwas abgelenkt am Telefon. So, als wäre sie nicht allein gewesen.«

Mon Dieu, hatte sie gerade Gesellschaft von Major Faivre gehabt? Am Kommissariat? Bei aller Liebe, aber das konnte sie ihr nicht durchgehen lassen.

»Haben Sie meine Assistentin im Kommissariat erreicht?«, fragte sie nach, um sich zu versichern, bevor sie Lunette eine ordentliche Standpauke hielt.

»Nein, garantiert nicht. Es klang, als wäre sie in einem Auto unterwegs. Oder sagen wir so: als wäre sie in einem

Auto.« Das schmutzige Lachen, das Martel folgen ließ, sagte ihr alles, was sie wissen musste. Gut, wenigstens nicht im Kommissariat. Lunette hatte das Diensttelefon auf ihr Privathandy umgeleitet. Dann war es auch okay, wenn sie gerade … tat, was auch immer sie gerade getan hatte, als Martel angerufen hatte. Eigentlich war es sogar vorbildlich, dass sie um diese Uhrzeit abhob und Dienstgespräche entgegennahm. Sie musste ein ernstes Wort mit ihrer Assistentin sprechen. So viel Arbeitseifer war wirklich nicht notwendig. Sie sollte ihr frisch gefundenes Privatglück gefälligst genießen. Außerdem bekam Geneviève bei so ausufernder Arbeitswut selbst ein schlechtes Gewissen.

»Kommen Sie bitte zum Punkt«, forderte Geneviève ihn schließlich auf. »Was wollen Sie? Oder haben Sie wirklich neue Informationen für mich?«

Er lachte. »Sie sind so schwer zu erreichen, wenn Sie im Büro sind, Madame Morel. Sie haben mich ja schon ein-, zweimal abwimmeln lassen.«

»Zu Recht«, antwortete sie.

»Wenn Sie meinen. Trotzdem würde ich Sie demnächst gerne mal zum Abendessen ausführen. In ein Lokal Ihrer Wahl.«

»Monsieur, so geht das nicht. Das habe ich Ihnen bereits gesagt.«

»Probieren musste ich es. Ich sage es Ihnen ganz ehrlich: Ich habe keine neuen Informationen für Sie, woher auch? Aber ich bekomme Sie nicht aus meinem Kopf«, antwortete er ganz offen. Jeder Spaß war aus seiner Stimme verflogen. Er meinte es genauso, wie er es sagte.

Was aber nichts an Genevièves Einstellung ändern konnte. »Dann müssen Sie sich irgendwie ablenken, Monsieur. Ich bin mitten in Mordermittlungen und habe keine Zeit für ein gemütliches Abendessen.« Dabei warf sie ihrer grinsenden Großmutter einen entschuldigenden Blick zu.

»Und wenn Sie den Mörder gefasst haben?«

»Dann werden wir weitersehen. Wenn Sie mich weiter stalken, Monsieur, kann ich Ihnen garantieren, dass daraus nichts wird. *Bonne nuit.*« Sie legte auf und atmete tief durch.

»Neuer Verehrer.« Wieder eine Feststellung von *Mamie*. Kein Zweifel in der Stimme, ob sie vielleicht falschliegen könnte.

Geneviève nickte nachdenklich.

»Wer ist es?«

Sollte sie sich ihr anvertrauen? Ihr Bauch überstimmte den Kopf. »Der Arzt, von dem ich dir letztens erzählt habe. Wegen Monsieur Beauvais.«

»Noch immer? Man kann es schlechter treffen. Obwohl du davon ja nicht abhängig bist. Wie ist er so?«

»Keine Ahnung«, antwortete Geneviève ehrlich. »Ich habe nur eine Viertelstunde mit ihm geredet.«

»Dabei hast du scheinbar mächtig Eindruck hinterlassen.«

Nicht nur ich, dachte Geneviève. Laut sagte sie: »Er möchte unbedingt mit mir ausgehen.«

»Aber du weißt nicht, ob das eine gute Idee ist«, schnitt ihr die Großmutter das Wort ab. »Oder besser: Du weißt nicht, ob du dich verlieben willst. Ob du dich *traust.*«

Lange Zeit sagte Geneviève nichts. Dann nickte sie langsam.

»*Könntest* du dich in ihn verlieben?«

Verdammt noch mal, ja. Das war es, was ihr Angst machte. Eine Sache für eine Nacht wäre kein Problem, aber er hatte bei ihr dieses ganz besondere Bauchkribbeln ausgelöst. Und das nach ein paar Minuten. Das ging ihr viel zu schnell.

»Mein Kind«, sagte *Mamie* einfühlsam, eine Eigenschaft, die bei ihr sonst nicht sonderlich hervorstach, »du kannst dich nicht ewig hinter deinen Mauern verstecken. Der Junge in Cannes – das ist schon so lange her. Ihr wart beide fast noch Kinder. Jeder wird im Leben enttäuscht. Davon darfst du dir nicht dein ganzes Leben kaputtmachen lassen.«

Wahrscheinlich hatte *Mamie* recht. Trotzdem konnte Geneviève nicht einfach einen Schalter umlegen und auf heile Welt machen. Der Schutzwall, mit dem sie sich umgab, war mit viel Mühe errichtet worden. Außerdem stimmte es nicht, wenn *Mamie* meinte, sie sei damals beinahe ein Kind gewesen. Sie war – was?, 18, 20 gewesen, als die Geschichte mit Tom passiert war. Weit weg von einem Kind. Im Nachhinein gesehen aber auch noch weit weg von der Erwachsenen, die sie jetzt war. Insofern hatte *Mamie* also doch recht. Tom und die Folgen dieser Beziehung hatten ihr gut ein Jahrzehnt ihres Lebens gekostet. Ihres Liebeslebens. Sie hoffte, es würde nicht noch einmal so lange dauern, die Sache endlich und endgültig zu verarbeiten.

AB IN DEN SÜDEN

Es war kurz vor 6.30 Uhr morgens am nächsten Tag, als sich Geneviève im Gedränge vor dem *Gare de Lyon* wiederfand. Über ihr ragte der prägnante Uhrturm des Bahnhofs über 60 Meter in die Höhe. Ein weiteres Pariser Wahrzeichen. Wie so viele andere der Pariser Sehenswürdigkeiten war auch dem *Gare de Lyon* für die Weltausstellung im Jahr 1900 ein frisches Aussehen verpasst worden. Über mehrere Jahre hatten die Abriss- und Umbauarbeiten gedauert, ehe der Bahnhof sein heutiges Aussehen erhielt. Neben dem Uhrturm hatte der riesige Bahnhof, der alljährlich über 140 Millionen Passagiere abzufertigen hatte, ein weiteres, prägnantes Merkmal: ein 100 Meter langes Fresko in der Kassenhalle, das einige der Bahnhöfe Frankreichs zeigt.

Am bekanntesten war der Bahnhof aber wahrscheinlich für etwas ganz anderes: das Restaurant *Le Train Bleu*, ein Gourmettempel, der an Opulenz und Exklusivität fast nicht zu überbieten war. Die beiden Hauptfarben des Lokals waren royales Dunkelblau und Gold. Die Wände waren mit Unmengen von Blattgold überzogen, goldene Stehlampen und Lüster tauchten die riesige Speisehalle in ein sanftes gelbes Licht. Edles Parkett wurde von blauen Teppichläufern vor den achtlosen Schritten der Gäste geschützt, und auch hier an den Decken: endlos große Fresken. Man fühlte sich wie in ein Museum versetzt, in dem es rein zufällig auch etwas zu essen gab.

Trotz all dem Pomp und Luxus bot das Restaurant auch Take-away-Boxen für Reisende an. Zum wohlfeilen Preis von knapp 40 Euro. Geneviève interessierte sich dafür nicht. Sie passierte das Restaurant in der historischen Halle 1 des Bahnhofs und schlängelte sich durch andere Reisende in die Halle 2, von wo die Fernzüge abfuhren. Ein weiteres architektonisches Prunkstück. 13 Gleise führten von hier weg, die Reisenden waren geschützt durch ein reich verziertes Glasdach, das auf Stahlträgern ruhte. Der TGV wartete startbereit auf seine Passagiere.

Geneviève marschierte den langen stromlinienförmigen Zug entlang, bis sie ihren Waggon fand. Sie hatte sich ein eigenes Abteil in der ersten Klasse reserviert. Sie schloss die Tür zum Abteil hinter sich, sofort verstummte der Geräuschpegel, der sich über das Innenleben des futuristischen Zugs gelegt hatte. Dutzende Menschen, die ihren Platz suchten, ihre Kinder riefen, telefonierten oder einfach nur fluchten, weil sie gestolpert waren. Erschöpft ließ sie sich in den komfortablen Sitz sinken, ihren Rucksack stellte sie am Nebensitz ab. Der Vorabend mit *Mamie* hatte länger gedauert. Wieder einmal. Wenigstens hatte sich das restliche Gespräch nicht mehr um ihren Fall gehandelt. Auch nicht um ihr vergangenes Liebesleben. Es waren viele kleine Belanglosigkeiten gewesen, die die beiden Frauen dennoch bis knapp vor Mitternacht beschäftigt hatten. Den Entschluss, bereits am nächsten Tag die Reise nach Cannes anzutreten, hatte Geneviève beim Heimkommen gefällt. Über ihr Handy hatte sie das Ticket gekauft und ihren Platz reserviert. Lieber nicht zweimal darüber nachdenken, sonst hätte sie es sich vielleicht anders überlegt. Der Plan wäre beinahe gescheitert, als ihr Wecker um 5 Uhr morgens losplärrte. Sie war grundsätzlich eine Frühaufsteherin, aber 5 Uhr in der Früh war noch mal eine andere Nummer. Den entscheidenden Kick hatte ihr schließlich Merlot gegeben, der über den unerwartet frühen Wecker höchst erfreut gewesen war und sein Frauchen solange gequält hatte, bis Geneviève sich endlich aus dem Bett gerollt und ihm sein Futter gegeben hatte. Und dann war sie auch gleich aufgeblieben und hatte das Unaufschiebbare akzeptiert. Was nicht bedeutete, dass sie ihren Bruder vorwarnen würde. Wenigstens nicht um diese unchristliche Zeit. Sie hatte nur für eine Nacht gepackt, länger plante sie nicht, in ihrer alten Heimat zu bleiben. Sie wollte vor dem Wochenende zurück in Paris sein.

Pünktlich um 6.38 Uhr verließ der *TGV* den *Gare de Lyon*. Gemächlich ging es in der tiefer gelegenen Schienentrasse durch den 12. Bezirk Richtung Südosten. Finsternis verschluckte den Zug, als er in einen langen Tunnel eintauchte, den sie erst außerhalb der Stadtgrenzen von Paris verließen. Ab hier beschleunigte der Zug stetig, bis er seine Höchstgeschwindigkeit von 300 Stundenkilometern erreicht hatte. Das erlebte Geneviève aber nicht mehr. Im Tunnel waren ihre Augen zugefallen, und sie hatte den fehlenden Schlaf nachgeholt. Als sie gegen 9.30 Uhr aufwachte, hatte der Zug beinahe die Hälfte der Strecke zurückgelegt. Kurz hatte sie am Vorabend überlegt, ob sie mit ihrer Maschine an die *Côte* donnern sollte, hatte den Gedanken aber schnell wieder verworfen. Mit dem Motorrad oder Auto benötigte sie zwischen neun und zehn Stunden, mit dem Zug etwas mehr als die Hälfte und kam außerdem ausgeruht an.

Aus ihrem Rucksack zog sie das Buch, das sie zuletzt gelesen hatte. *Je suis la mort* neigte sich seinem Ende zu. Die beiden Protagonisten der Geschichte waren gerade dabei, das Grand Palais in Schutt und Asche zu legen, beziehungsweise taten dies ihre Verfolger auf der Jagd nach den beiden. Sie erschauderte. Sie konnte sich noch zu gut an den Vorfall erinnern. Wie kam diese Evangeline Moreau darauf, diese Geschichte als pseudo-reales Erlebnis auszugeben? Sie mochte das Buch, aber mit der Schriftstellerin und ihren Intentionen kam sie einfach nicht zurecht. So viele Menschen waren damals bei dem Attentat ums Leben gekommen. Das war nichts, was man ausschlachtete, um Geld zu machen.

Das hinderte sie jedoch nicht daran, das Buch zu Ende zu lesen. Der letzte Satz ließ sie nochmals frösteln. Nein, es war unmöglich, dass Lunette die Wahrheit erzählt hatte. Es konnte einfach nicht sein. Solche Sachen gab es nicht. Ihre Assistentin musste ihr einen richtigen Bären aufgebunden haben, etwas anderes konnte nicht sein.

Durfte nicht sein.

Sie verstaute das Buch in ihrem Rucksack. Es war inzwischen 11 Uhr, in etwas mehr als einer Stunde würde der Zug Cannes erreichen. Zeit, sich bei ihrem Bruder zu melden. Widerwillig tippte sie auf ihrem Handy auf seinen Namen. Sekunden später war die Verbindung hergestellt, und Frédéric hob gut gelaunt ab.

»*Quelle surprise, ma chère.* Wieso meldest du dich bei mir und nicht bei unserer Mutter? Sie sitzt seit Tagen auf glühenden Kohlen!«

Geneviève hätte am liebsten gleich wieder aufgelegt. Es war so typisch für ihren Bruder, sie gleich mit einem Vorwurf zu begrüßen. Als ob ihm so etwas nicht passieren konnte. Nein, tat es ja wirklich nicht. In den Augen der Eltern war er der perfekte Sohn. Hatte ohne zu murren das Familiengeschäft übernommen, eine hübsche Frau geheiratet und bereits für Enkelkinder gesorgt. Eigentlich musste sie ihm dankbar sein, denn so lagen ihr die Eltern wenigstens wegen dieser Sache nicht in den Ohren.

»Ich freue mich auch, dich zu hören, Bruderherz«, antwortete sie, ohne auf seine Vorwürfe einzugehen.

»Klingt nicht danach.« Süffisanz tropfte aus jedem Wort. Selbstgerechter Arsch, dachte Geneviève.

»Wenn du dich freiwillig bei mir meldest, brauchst du etwas. Habe ich recht?«

»Und wenn es so wäre?«

»Dann würde ich mir anhören, was es ist.«

Geneviève seufzte still. »Ich bin auf dem Weg zu euch.«

»Schön.« Klassische Bild-Text-Schere. Oder hier: Tonfall-Text-Schere.

»Ich komme in circa einer Stunde am Bahnhof an.«

»Das lässt du uns ja ganz schön früh wissen.«

»Kann dir doch egal sein, ich habe ohnehin mein eigenes Zimmer im Haus.«

»Schon, schon. Aber Mama möchte sich vielleicht auf dich vorbereiten.«

»Was gibt es da vorzubereiten?«, fragte Geneviève entgeistert.

»Wenn es nach mir ginge, würde ich auch keinen Aufwand betreiben. Aber du kennst sie doch.«

»Sehr nett.«

»Zu dir immer.«

»Haben wir genug Nettigkeiten ausgetauscht?« Das Gespräch nervte sie ungemein.

»Von mir aus«, antwortete Frédéric gleichmütig.

»Es geht um einen Fall.«

Am anderen Ende der Leitung hörte sie prustendes Lachen.

»Moment, Moment. Du willst von mir Hilfe bei der Aufklärung eines Falls?«

»Na ja ...«

»Keine Chance, Schwester.«

»Warte mal. Ich brauche nur ein paar Namen, Kontakte.«

»Von wem?« Frédérics Stimme wurde ganz businesslike.

»Ich bräuchte Kontakte zu ein paar illegalen Casinos in Cannes.«

»Hm.«

»Ist ohnehin nicht dein Geschäftszweig.«

»Da hast du recht. Aber so eine Information kostet.«

»Du willst Geld von deiner Schwester?« Sie war ernsthaft entsetzt. Sie war sich natürlich bewusst, dass ihr Bruder nicht einfach so mit Informationen rausrücken würde. Aber sich bezahlen lassen ging nun doch zu weit.

»Wer sagt denn etwas von Geld?« Geneviève konnte sich vorstellen, wie sich ihr Bruder gerade entrüstet an die Brust griff.

»Was dann?«

»Unsere Eltern geben morgen Abend eine Cocktailparty. Und ich will, dass du dabei bist.«

»Wozu? Was bringt dir das? Du bist doch froh, wenn ich nicht da bin. Dann stehst du wenigstens im Mittelpunkt.«

»Nun«, antwortete Frédéric mit vor Sarkasmus triefender Stimme, »erstens würde sich Mutter darüber freuen, und zweitens weiß ich, wie verhasst dir diese Anlässe sind.«

»Du bist so ein Arsch.«

»Ja, aber ein Arsch voller Informationen.« Damit legte er auf. Geneviève blickte fassungslos auf ihr Handy. Dann rief sie Lunette an und gab ihr Bescheid, dass sie länger als geplant in Cannes bleiben würde. Die mitgenommenen Klamotten würden für diesen Kurzurlaub nicht reichen. Ganz zu schweigen von der Cocktailparty, für die sie sich extra würde einkleiden müssen. Gut, es gab Schlimmeres, als ein neues Kleid einkaufen zu gehen.

Zum Beispiel, sich länger als eine halbe Stunde mit ihrem Bruder auseinandersetzen zu müssen.

Kurz nach 12.30 Uhr, mit minimaler Verspätung zum Fahrplan, rollte der Zug im *Gare de Cannes* ein. Mit einem Zischen öffneten sich die Türen. Geneviève stand mit ihrem Rucksack über eine Schulter geschlungen bereit zum Aussteigen. Leichtfüßig sprang sie auf den Bahnsteig und inhalierte die Luft des Südens. Es war der Duft der Heimat. Die frische, salzige Brise, die sanft vom Meer hereinwehte; Oleander, Olivenbäume und der junge, noch nicht blühende Lavendel – das war alles so typisch, dass es ihr erst auffiel, wenn sie für einen Kurzbesuch heimkehrte. Hätte es eines weiteren Beweises bedurft, dass sie an der Côte d'Azur war, so hätte die Palme vor dem Bahnhofseingang diesen erbracht. Im Vergleich zu Paris war dies eine andere Welt. Selbst das Licht war hier anders. Weicher. Pastelliger. Kein Wunder, dass es so viele Maler früher oder später hierhergezogen hatte.

Sie strahlte wie die aufgehende Sonne, als sie das Bahnhofsgebäude verließ und über die vorgelagerte Place de la Gare zur schmalen und ständig verstopften Rue Jean Jaures gehen wollte, um sich in einer Boulangerie gegenüber eine Kleinigkeit zu essen zu besorgen. Es blieb beim Konjunktiv, denn kaum hatte sie einen Fuß auf die Straße gesetzt, wurde sie angehupt. Sie drehte sich zur Seite und wollte losschimpfen, als sie erkannte, wer es war: Lorenzo, der italienischstämmige Chauffeur ihrer Familie. Auch so etwas, was sie verdrängte, wenn sie nicht gerade daheim war. Ihre Eltern und ihr Bruder ließen sich chauffieren. Lorenzo war einer von einer ganzen Handvoll Bediensteter im Morel'schen Haushalt.

»Mademoiselle Morel!«, rief er begeistert. Sie musste schmunzeln. Wer sprach sie sonst mit *Mademoiselle* an?

Aber Lorenzo kannte sie seit Kindheitstagen. Er ging auf die 60 zu und würde sie wohl auch in 20 Jahren noch mit Mademoiselle anreden.

»Lorenzo!«, rief sie erfreut zurück. Es war keine gespielte Freude. Sie mochte den alten Italiener, der mehr als die Hälfte seines Lebens in Cannes an der Seite ihrer Familie verbracht hatte und so etwas wie ein inoffizielles Familienmitglied geworden war. Der Chauffeur war ausgestiegen und ließ sich von Geneviève herzlich umarmen.

»Hat es mein Bruder nicht lassen können?«

»Sie abzuholen? *Mais oui*, Sie werden doch nicht mit dem Bus nach Hause fahren wollen?«

Geneviève hätte kein Problem damit gehabt, aber so war es natürlich etwas gemütlicher. Dass sie zugleich von ihrem Bruder mit dieser Aktion bevormundet wurde, schob sie geflissentlich zur Seite.

Lorenzo setzte die große schwarze Mercedes-Limousine in Bewegung. Das Anwesen der Familie Morel lag auf halbem Weg nach Antibes. Geneviève ließ die getönte Scheibe am Rücksitz hinunter. Sie wollte die Luft des Südens atmen, nicht die gefilterte Luft der Klimaanlage. Außerdem war es noch nicht so heiß. Es hatte angenehme 25 Grad. Eigentlich zu warm für Ende April, Anfang Mai, aber der Klimawandel hatte auch vor Frankreichs Süden nicht haltgemacht.

»Was führt Sie so überraschend in die Heimat?«, führte Lorenzo die Unterhaltung weiter, nachdem er die Limousine aus dem ärgsten Innenstadtverkehr Cannes' manövriert hatte.

»Ich brauche Rat in einem Mordfall.«

Lorenzo pfiff durch die Zähne. »Das ist aber eigentlich nicht die Spezialität Ihrer Familie.«

Der Chauffeur war die einzige außenstehende Person, die über die Familie Morel und ihr eigentliches Geschäft

Bescheid wusste. Es hatte sich nicht vermeiden lassen, weil Lorenzo ihrem Vater das eine oder andere Mal bei einem Coup zur Hand gegangen war.

»Nein, ist es nicht«, bestätigte Geneviève. »Aber ich benötige einige Kontakte. Die Spur führt nach Cannes. An wen sollte ich mich sonst wenden?«

»An die Polizei?« Lorenzo lachte fröhlich.

»Nicht in diesem Fall«, entgegnete Geneviève ernst. »Ich brauche einen Insider.«

Kurz darauf erreichten sie das Familien-Anwesen. Es war in den sanft ansteigenden Hügel hinter der Pointe Croisette gebaut. Über eine hohe Steinmauer konnte man viel Grün und die großzügig angelegte Villa erahnen. Auf der anderen Seite der Straße fiel das Gelände steil zum Meer hinunter ab. Das schmiedeeiserne Tor zum Anwesen öffnete sich wie von Geisterhand. Lorenzo steuerte den Wagen über die Auffahrt durch eine parkähnliche Anlage mit Palmen und Zypressen, ehe er vor dem Haupthaus anhielt. »*Bienvenue à la maison*«, sagte er, während er ihr die Tür aufhielt. Geneviève schnappte sich ihren Rucksack und stieg aus.

»*Tatie Gené!*«, kam es umgehend gebrüllt. Einen Moment später hatte Geneviève auch schon die Arme voll mit den Kindern ihres Bruders. Jules war zehn, Danielle war acht Jahre alt. Beide, gelinde gesagt, lebhaft und jedes Mal überglücklich, wenn sie ihre Tante besuchte. Sie waren um die Hausecke gestürmt und sofort an ihrer Tante hochgesprungen. Geneviève hatte gerade noch den Rucksack fallen lassen können, um ihre Nichte und ihren Neffen in die Arme zu nehmen, so stürmisch waren die beiden gewesen.

»Wir wussten gar nicht, dass du kommst!«, riefen sie wie aus einem Mund. Und gleich danach: »Hast du uns etwas mitgebracht?« Die Liebe von Kindern wuchs, wie jeder wusste, mit dem Ausmaß an Mitbringseln. In diesem Fall musste Geneviève die beiden enttäuschen.

»Och!!!«, war die ernüchterte Reaktion der Kinder. Genevièves Mitleid hielt sich in Grenzen. Sie wusste, dass die beiden alles hatten, was man sich als Kind wünschen konnte. Und da dachte sie noch nicht einmal an den riesigen Swimmingpool hinter der Villa, der in einer kleinen Ortschaft auch gerne als öffentliches Freibad durchgegangen wäre. Selbstverständlich mit eigener Wasserrutsche und eingebautem Wellenbad. Geld hatte man einfach. Man sprach nicht darüber. Oder nur selten. Aber man zeigte es gerne her.

Dass die beiden nicht völlig verzogen waren, lag an ihrer Mutter. Mit Letitia hatte Frédéric einen Glücksgriff getan, den er sich in Genevièves Augen eigentlich nicht verdient hatte. Letitia hatte bei einem der berüchtigten Empfänge ihrer Eltern als Kellnerin gejobbt, um sich das Geld für ihr Kunststudium zu verdienen. Sie war schön, gebildet – aber kam aus ärmlichen Verhältnissen. Das hatte Frédéric nicht abhalten können, ihr den Hof zu machen, wie es ihre Mutter geschwollen ausgedrückt hatte. Einer der wenigen hellen Momente ihres Bruders. Geneviève hatte die sich anbahnende Romanze zusätzlich angefeuert. Immer in der Hoffnung, dass Letitia positiven Einfluss auf das oft flegelhafte und verzogene Benehmen ihres jüngeren Bruders nehmen würde. Ihre Schwägerin hatte sich wirklich angestrengt, aber wenigstens was den Umgang mit Geneviève anging, war das vergebene Liebesmüh gewesen. Dafür hatte sie es bei Jules und Danielle umso besser gemacht. Sie hatte sogar ihren Kopf durchgesetzt, dass die beiden öffentliche Schulen besuchten, um nicht von dem Reichtum daheim völlig verdorben zu werden.

In das Familiengeheimnis war sie knapp vor der Hochzeit eingeweiht worden. Sie hatte einen Ehevertrag unterschreiben müssen und sich darin zu ewigem Stillschweigen in allen Sachen, welche die Familie betrafen, verpflichtet.

Was gar nicht notwendig gewesen wäre. Denn als Kunsthistorikerin war ihr natürlich schnell aufgefallen, welche Schätze im Haus der Familie Morel hingen. Selbstredend, dass man an solche Dinge nicht ausschließlich über legale Wege gelangte. Inzwischen plante sie mit Frédéric und ihrem Schwiegervater gemeinsam die Coups. Ihr Bruder hatte den Jackpot geknackt.

Letitia war es auch, die sie schließlich offiziell willkommen hieß. Wenige Momente nach ihren Kindern kam auch sie um die Ecke. Offensichtlich frisch vom Tenniscourt, denn sie trug ein weißes Tennisröckchen mit passendem Shirt. Die langen braunen Haare hatte sie zu einem Pferdeschwanz gebunden und durch die Öffnung an der Rückseite ihrer Baseballkappe gefädelt. Genevièves Vater hätte auch einen Golfplatz gebaut, wenn es das Grundstück hergegeben hätte. So war er schließlich mit zwei Kompagnons auf einen Platz knapp außerhalb von Cannes ausgewichen und hatte dort einen noblen Country Club gegründet. Perfekt, um das Schwarzgeld aus den Kunstdiebstählen zu waschen. Außerdem ergänzte es das Portfolio der Familie, das unter anderem auch aus einem nicht minder luxuriösen Privatclub an der Croisette von Cannes bestand, der neben einem preisgekrönten Restaurant auch einen Privatstrand umfasste. Dort würde auch die Cocktailparty ihrer Eltern stattfinden. Geneviève hatte noch immer keine Ahnung, wieso ihr Bruder unbedingt wollte, dass sie dorthin kam. Es stimmte schon, dass sie auf diese Anlässe nicht besonders erpicht war, aber das allein war normalerweise zu wenig Schadenfreude für ihren Bruder. Nun, sie würde es herausfinden.

»Gené, *Chérie*!«, fiel ihr Letitia schließlich um den Hals, nachdem die Kinder endlich von ihrer Tante abgelassen hatten. »Frédéric hat mir eben erst erzählt, dass du uns besuchen kommst.« Dabei blinzelte sie ihr verschwörerisch zu. Ihr Bruder hatte seine Frau also über den Grund des Besuchs eingeweiht. Nun, in Letitia hatte sie wenigstens eine Verbündete.

Was sich auch gleich als praktisch erwies, als Genevièves Mutter die Ankunft ihrer Tochter bemerkte. Sie war von Frédéric ebenfalls nicht vorgewarnt worden. »*Quel con*«, murmelte Geneviève, als ihr ihre Mutter um den Hals fiel, als wäre sie seit Jahren nicht mehr daheim gewesen. Dabei war es gerade mal einen Monat her.

»Du siehst ja fertig aus, *Chérie*«, raunzte Monique Morel, nachdem sie ihre Tochter gedrückt und geherzt hatte und sie zur besseren Begutachtung auf Armlänge von sich hielt. »Komm, Kleine. Du brauchst etwas zur Stärkung.«

»Mama!«, protestierte Geneviève, aber da hatte ihre Mutter ihr bereits ein Glas Champagner in die Hand gedrückt. Es war ja kurz nach Mittag, da konnte man nach Ansicht ihrer Mutter schon getrost ein gepflegtes Glas Champagner trinken.

Sie kam gar nicht zum Sprechen, so sehr plapperte ihre Mutter auf sie ein, strich ihr über die Wange, musterte sie eingehend und schenkte weiteren Champagner nach. Erst als ihr Vater, Michel Morel, zu ihnen stieß, wurde der Wortschwall der Mutter unterbrochen. Er freute sich ebenso sehr über den unerwarteten Besuch seiner Tochter, zeigte das aber weniger euphorisch als seine Frau.

»Wie schön, dass du unserer Einladung gefolgt bist«, flötete die Mutter. Sie hatte ihren Mann weg- und sich ihrer Tochter wieder aufgedrängt. »Es wäre doch schade gewesen, unseren Jahrestag ohne dich zu feiern?«

Moment, Moment. Einladung? Jahrestag?

»Aber euer Hochzeitstag ist doch erst im Herbst?« Auf die Einladung ging sie vorerst gar nicht ein.

»Ja natürlich, *Chérie*«, säuselte ihre Mutter und schmiegte sich dabei an ihren Mann. »Aber das jetzt ist unser Jahrestag. Der Tag, an dem ich deinen Vater kennengelernt habe. Ich dachte, dein Bruder hätte dir das so ausgerichtet?«

Geneviève ignorierte die Erwähnung des Bruders. »Seit wann feiert ihr das in aller Öffentlichkeit?«

»Warum nicht? Es muss immer ein erstes Mal geben.«

Geneviève hatte den Verdacht, dass ihrer Mutter einfach langweilig war und sie einen Vorwand für ein großes Fest benötigte. Solang es ihr Spaß machte ... Was die Einladung anging – da musste sie mit ihrem Bruder noch ein ernstes Wort sprechen.

»Wo ist denn mein geschätzter Bruder? Ich würde ihn auch gerne begrüßen.«

»Er liegt draußen am Pool«, gab Letitia Auskunft. Ihren fragenden Blick beantwortete Geneviève mit einem leichten Kopfschütteln.

Geneviève durchquerte das Haus und ging hinaus in den hinteren Garten, der mehr einem großen gepflegten Park ähnelte. Hinter dem großzügig angelegten Wintergarten war der Boden mit roten Terrakotta-Platten gefliest, die zu dem großen Pool führten. Im Hintergrund war der Tennisplatz zu sehen, den ihr Vater vor ein paar Jahren anlegen hatte lassen. Sie hatte ihn nie spielen gesehen, aber darum ging es dabei wohl nicht. Einen Pool hatte schnell jemand im Garten. Aber einen Tennisplatz? Und immerhin benützte Letitia ihn.

Ihr Bruder lag in Badeshorts auf einer Sonnenliege am Pool. Auf einem Tischchen daneben standen ein Sektkühler mit einer geöffneten Flasche Champagner, ein gefülltes

Glas und eine zusammengeschlagene Tageszeitung. Ihr Bruder hatte Sonnenbrillen auf, sein leises Schnarchen verriet ihr, dass er schlief. Sie nahm das Champagnerglas und schüttete es ihrem Bruder ins Gesicht.

»Was? Wer? *Merde!*«, fluchte er und fuhr auf.

»Hallo, Lieblingsbruder.« Es war nicht einmal gelogen. Er war ja auch ihr einziger Bruder. »Da bin ich. Wie war das mit der Einladung?«

SAVOIR-VIVRE

»*Putain!*« Frédérics Kopf war hochrot. »Was soll der Scheiß?!« Er fuhr auf, schüttelte sich und griff nach einem Handtuch.

»Das ist das Mindeste, was du dir verdient hast nach deiner Aktion mit der Einladung.«

»Was denn? Ich hab's dir doch am Telefon ausgerichtet.«

»Reichlich spät, meinst du nicht? Und von einer Einladung unserer Eltern hast du mir auch nichts gesagt.«

»Selber schuld, wenn du in Paris die Polizistin spielen musst.«

Geneviève blickte sich um. Der Rest der Familie war im Haus geblieben. Niemand sah die beiden. Sie packte ihren Bruder am Handgelenk und drehte seinen Arm auf den Rücken. Dann zischte sie in sein Ohr: »Hör mir zu. Deine Spiele kannst du spielen, wenn ich nicht da bin. Wenn dich Mama und Papa das tun lassen, ist das eine Sache. Wenn ich hier bin, wirst du dich wenigstens mir gegenüber normal benehmen. Was hast du dir davon versprochen, dass du mir die Einladung nicht geschickt hast?«

»Au, verdammt!«, fluchte Frédéric. »Lass mich gefälligst los!«

Geneviève drückte seinen Arm fester, sie spürte mehr denn sie hörte, dass die Knochen zu knirschen begannen.

»*Merde!*«

»Ich spiele gar nichts, mein Lieber. Also, haben wir ein Übereinkommen?«

Frédéric nickte hektisch. Geneviève ließ ihn los und füllte ihr leeres Glas mit dem Champagner aus dem Sektkübel. Ihr Bruder rieb sich daneben den Arm.

»*Mon Dieu!* So ein Aufstand wegen eines kleinen Streichs?«

Geneviève stand mit verschränkten Armen, das Sektglas auf den linken Arm gestützt, vor ihrem sitzenden Bruder. Selbst wenn er stand, war er einen halben Kopf kleiner als sie. Vielleicht war das der Auslöser für seinen Minderwertigkeitskomplex? »Von wegen klein. Du weißt genau, was passiert, wenn ich nicht gekommen wäre. Mama wäre völlig aufgelöst gewesen.«

»Aber du bist ja gekommen.«

»Zufällig. Eines würde mich noch interessieren.«

»Was?«

»Wieso hast du auf einmal darauf bestanden, dass ich zu der Party komme, wenn du mir davor die Nachricht nicht weitergeleitet hast?«

Frédéric grinste. Sie hätte ihm den Grinser am liebsten aus dem Gesicht gewischt. Mit der Faust. Aber er war ihr kleiner Bruder. Und vor allem war sie noch auf seine Hilfe angewiesen.

»Ach das«, wiegelte er ab, während er sich ein frisches Glas einschenkte. »Es war einfach das schlechte Gewissen.«

Bullshit, dachte Geneviève. Der kleine Scheißer heckte etwas aus. Aber sie würde es jetzt nicht aus ihm rauskriegen. Sie machte am Absatz kehrt und ließ ihren konsternierten Bruder am Pool sitzen. Was sollte sie sich ärgern? Sie war nun mal hier, und da konnte sie das Ganze auch genießen. Eigentlich war ihr Plan so gewesen, dass sie maximal eine Nacht daheim verbringen wollte. Nun würden es wohl mindestens zwei werden. Sie war sich sicher, dass Frédéric mit seinen Informationen erst rausrücken würde, wenn die Party vorbei war. Also konnte sie sich auch eine schöne Zeit machen.

»Letitia!«, rief sie, zurück im Haus. »Lust, shoppen zu gehen?«

Natürlich hatte ihre Schwägerin Lust. Sollte sich Frédéric einmal ein paar Stunden um die gemeinsamen Racker kümmern. Das tat er ohnehin viel zu wenig. Viel lieber saß er mit seinem Vater zusammen, um einen neuen Coup auszuhecken, oder ließ sich am Pool die Sonne ins Gesicht scheinen.

Dementsprechend wenig begeistert war er auch, als ihm seine Frau die beiden Kinder überantwortete. Ein strenger Blick seiner Schwester reichte, um ihn verstummen zu lassen. Er hatte bereits zum Protest angesetzt.

»Was genau brauchst du eigentlich?«, wollte Letitia auf der Fahrt nach Cannes wissen. Geneviève hatte sich ein altes Cabrio ihres Vaters geliehen. Es war ein roter Alfa Spider, Baujahr 1963. Von Papa persönlich restauriert. Sie konnte sich erinnern, als er das Cabrio mehr oder weniger schrottreif gekauft und dann über ein Jahr lang liebevoll hergerichtet hatte. Das Wurzelholz-Speichenlenkrad lag glatt und zugleich schwer in der Hand. Von einer Servolenkung hatte man in den 60ern noch nichts gehört. Die Sitze hatte der Vater in einer speziellen Werkstatt mit hellem Leder überziehen lassen. Alles Handarbeit und noch ohne den Fahrluxus, den moderne Autos boten. Dafür machte er fast ebenso viel Spaß wie ein Motorrad. Und weil er im Vergleich zu den anderen Autos des väterlichen Fuhrparks auch verhältnismäßig klein war, würden sie damit in der Stadt leichter einen Parkplatz finden.

»Ich muss mich für die Cocktailparty von Mama einkleiden. Dein Göttergatte hat mir verschwiegen, dass sie stattfindet.«

Letitia sah sie erstaunt an. »Was machst du dann hier?«

»Ich ermittle in einem Mordfall«, hielt sich Geneviève kurz. Sie schnaufte und rückte dann doch mit der ganzen Wahrheit raus: »Und ich brauche die Hilfe meines Bruders.«

»Viel Glück.«

»Danke.«

Keine zehn Minuten später stellte Geneviève den Wagen gegenüber des berühmten *Carlton* an der Croisette ab. Gleich daneben war der Eingang zum *Carlton Beach Club*, nur wenige Meter weiter der Eingang zum Strandclub ihrer Eltern, *L'art de la mer*. Die Kunst des Meeres – ja, genau. Ihr Vater konnte es einfach nicht lassen.

»Hat die Party ein bestimmtes Motto?«, erkundigte sich Geneviève.

»Nein, mit einem schwarzen Cocktailkleid solltest du durchkommen.«

Geneviève nickte. Ginge es nach ihr, würde sie in der Filiale der nächstbesten Kleiderkette einfallen. Das wollte sie ihrer Mutter aber nicht antun. »Vorschläge?«

Letitia lächelte schelmisch und zückte eine Kreditkarte. »Das ist die von Frédéric. Ich denke, für seine Vergesslichkeit hat er es sich verdient, dir ein neues Kleid zu spendieren. Was hältst du von *Valentino*?«

Geneviève konnte sich jedes *Valentino*-Kleid auch selbst leisten, und Frédéric würde der Preis auch nichts ausmachen. Was ihn aber stören würde, wäre, dass er es für sie bezahlt hatte.

»Deal!« Die beiden schlugen ein. Arm in Arm überquerten sie die beiden Fahrbahnen der Croisette. Der *Valentino*-

Store war gleich neben dem *Carlton*. Dazwischen lag eine Filiale von *Cartier*.

»Ich glaube, du brauchst auch unbedingt noch eine Halskette und passende Ohrringe, *Chérie*.« Das Grinsen in Letitias Gesicht wurde immer breiter.

Zwei Stunden später hatten die beiden knapp 30.000 Euro ausgegeben – das würde auch Frédéric spüren. Bei *Valentino* hatte sich Geneviève ein schwarzes kurzes Cocktailkleidchen ausgesucht. Einfacher Schnitt, figurbetont und mit zwei breiten Trägern. Damit bot das Dekolleté genug Platz für die Diamantenkette, die ihr ihr Bruder unwissentlich finanziert hatte und die den Löwenanteil der 30.000 Euro ausgemacht hatte. Die passenden Ohrringe waren zwar auch kein Klacks gewesen, aber im Vergleich zur Kette ein Schnäppchen. Das Kleid selbst war noch am billigsten gewesen.

Nach erfolgreicher Shoppingtour flanierten sie unter den Palmen der Croisette Richtung Westen und *Palais des Festivals*. In rund zwei Wochen standen hier die weltberühmten Filmfestspiele auf dem Programm. Dann würden sich wieder Stars, Starlets und Porno-Sternchen die Croisette zu Eigen machen, immer auf der Suche nach dem schnellen Schuss. Sei es von einem Fotografen oder durch eine Heroinnadel. Kam ganz auf den Prominentenstatus an.

Im Moment hatten sie die Croisette und den Strand aber noch ganz für sich allein. Abgesehen von den üblichen Verdächtigen, die Cannes jahrein, jahraus bevölkerten. In den Jachthäfen der Stadt lagen immer einige gigantische Schiffe vor Anker. Die meisten unter der Flagge eines arabischen Landes. Manche waren so groß, dass sie eigene Helikopter-Landeplätze an Bord hatten. Auf anderen Jachten sah man Ferraris oder Lamborghinis geparkt, mit denen die Besitzer gerne durch die engen Gassen rund um die Croisette cruisten. Hier ging es nicht um sehen und gesehen werden. Es ging *einzig* um gesehen werden.

Nach dem Festivalpalast passierten sie den *Vieux Port de Cannes* und das Rathaus. Gegenüber der *Mairie de Cannes* waren sie endlich am Ziel. Sie nahmen an einem Tisch vor dem Café *Le Cristal* Platz. Es war ein einfaches Café. Oder Bistro? So sicher war sich das Lokal wohl selbst nicht. Aber es existierte immerhin seit Jahrzehnten am Beginn der Rue Félix Faure. Geneviève erinnerte sich an unzählige schöne Abende. Keine 40 Meter entfernt war das Meer, zur rechten Seite erhob sich *Le Suquet*, ein Hügel, der die historische Altstadt von Cannes umfasste. Sie fühlte sich gleich wieder wie daheim in Paris. Auf ihrem Montmartre. Natürlich war *Le Suquet* mit nicht einmal 70 Metern Höhe kein Vergleich zum *Butte*, aber hier an der ebenen Küste wirkte er imposant.

Oben am »Gipfel« standen nicht nur die mittelalterliche Kirche *Notre-Dame-d'Espérance*, sondern auch eine alte Burg, die im elften Jahrhundert von Mönchen erbaut worden war und bis zum heutigen Tag existierte. Von der Spitze des benachbarten *Tour du Suquet* hatte man einen unvergleichlichen Blick über die Stadt und das türkis glitzernde Mittelmeer. Im Paradies konnte es nicht schöner sein, war sich Geneviève sicher. Sie stießen mit einem Kir an und genossen den Moment.

Geneviève verstand sich mit Letitia auch ohne viele Worte. Normalerweise. Diesmal sprudelte es aber nur so aus ihrer Schwägerin heraus. Sie erzählte von den Kindern und wie sie sich seit ihrem letzten Besuch – der ja erst ein paar Wochen zurücklag – entwickelt hatten. Wie gut die Schwiegereltern gesundheitlich noch immer beisammen waren und wie aktiv sich Genevièves Vater ins tägliche Geschäft einbrachte. Als Letitia dann begann, von ihren eigenen Beiträgen zu erfolgreichen Coups zu berichten, verfinsterte sich Genevièves Miene zusehends. Zum Glück war Letitia schnell von Begriff und steuerte die Unterhaltung rasch in ruhigere Gefilde.

Vor ihnen zogen ein paar Luxusschlitten langsam ihre Runden. Croisette hinauf, Croisette hinunter. Die Dächer offen, die braun gebrannten Unterarme lässig beim Fahrerfenster hinaushängend, die Lautstärke des Autoradios auf Anschlag. Am Beifahrersitz entweder der beste »Bro« oder ein herausgeputztes Sternchen, dessen ebenso pralle wie künstliche Brüste das Shirt zum Bersten zu bringen drohten. Darüber zogen Möwen krächzend und unbeeindruckt ihre Runden. Aus einem kleinen Park schräg gegenüber dudelte die Musik eines auf historisch getrimmten Ringelspiels herüber. Geneviève seufzte zufrieden. Nichts hatte sich hier geändert. Der Kir schmeckte wie damals. Die Machos stellten noch immer proletenhaft ihren Reichtum zur Schau, und ihre Familie bestand nach wie vor aus denselben Gaunern wie immer. Erweitert durch eine ambitionierte *Madame le Docteur* der Kunstgeschichte. Sie hoffte, dass ihre Nichte und ihr Neffe nicht denselben Weg einschlagen würden, aber zugleich wusste sie, dass es wenigstens einen der beiden erwischen musste. Tradition war nun mal Tradition.

Während Letitia einen weiteren Kir orderte, schloss Geneviève die Augen. Sie konnte ihre Familie nicht ändern, warum sich also damit herumärgern? Solang sie sie nicht in flagranti erwischte, konnte es ihr auch egal sein. Dann doch lieber das Leben hier unten genießen.

Genau das tat sie auch. Mit ihrer Schwägerin zog sie bis Mitternacht um die Häuser, genoss ein exquisites Steak in einem der zahlreichen Restaurants an der Croisette und einen Cocktail an der Bar des *Carlton*. Selbstverständlich alles auf Kosten ihres Bruders. Gegen 1 Uhr nachts fiel sie in ihrem Zimmer im Anwesen der Eltern geschafft ins Bett und in einen traumlosen Schlaf.

MUSSTE DAS SEIN?

Am nächsten Morgen schlief Geneviève ausgiebig aus. Viel ermitteln konnte sie nicht, solang ihr Bruder seine Informationen für sich behielt. Nach dem Frühstück fand sie in ihrem alten Kleiderschrank sogar passende Shorts, ein Shirt und Laufschuhe. Sie hatte ihr Zimmer vor ihrem Umzug nach Paris nie richtig ausgemistet. Es war immer gut, ein paar Notfallklamotten zu haben. So wie in diesem Fall. Ihre Joggingrunde führte sie Richtung Cannes, bis zur Plage de la Bocca am westlichen Ende von Cannes und wieder retour. Für die rund 16 Kilometer benötigte sie etwas weniger als 1,5 Stunden. Danach sprang sie zufrieden in den Pool, zog ein paar Längen und ließ sich von der mit jedem Tag mehr Wärme spendenden Sonne am Beckenrand trocknen. Um ihr schlechtes Gewissen zu beruhigen, rief sie zu Mittag Lunette am Kommissariat an.

»Boss!«, meldete sich ihre Assistentin hocherfreut. »Wie läuft es im Süden? Schon etwas herausgefunden?«

»Nicht wirklich«, gestand Geneviève. »Ich muss meinen Aufenthalt verlängern. Mein …« Beinahe hätte sie sich verplappert. Natürlich konnte sie Lunette nichts von den Kontakten ihrer Familie erzählen. »Mein Kontakt rückt mit der Information noch nicht raus.«

»Sollen wir die *Police Nationale* in Cannes einschalten? Die werden ihn hoffentlich zum Reden bringen.« Lunettes Enthusiasmus war sogar über eine Distanz von über 1.000 Kilometern gut zu hören.

»Nein, nein, auf keinen Fall«, wiegelte Geneviève entschieden ab. Das hatte noch gefehlt: die Polizei im eigenen Haus. »Morgen bekomme ich die Information auf jeden Fall.«

»Und wenn nicht?«

»Dann prügle ich sie aus meinem Informanten raus«, antwortete Geneviève eisig. Die Drohung war ernst gemeint. Sie und Frédéric hatten sich bereits als Kinder und Jugendliche oft genug gebalgt. Erwischte er sie nicht am falschen Fuß, war jedes Mal Geneviève als Siegerin aus diesen Auseinandersetzungen hervorgegangen.

»Wie du meinst.«

»Alles gut«, beruhigte Geneviève sie. »So weit wird es nicht kommen. Ich kenne den Informanten leidlich gut. Er hat mir versprochen, morgen damit rauszurücken.«

»Aber wieso erst morgen?«

»Er ist … schwierig«, antwortete Geneviève ausweichend. Und das war nicht einmal gelogen.

»Dafür habe ich etwas herausgefunden. Na ja, eigentlich habe ich herausgefunden, dass es nichts herauszufinden gibt.«

»Inwiefern? Du verwirrst mich.«

»Beauvais. Er ist in keiner der Spielbanken in deiner Gegend gelistet. Hat kein Spielverbot, war dort aber wenigstens in den letzten fünf Jahren auch nie als Gast registriert.«

»Das hatten wir auch nicht erwartet. Jetzt haben wir wenigstens Gewissheit.«

»Das ist richtig.«

»Sonst noch was, Lunette?«

»Nein. Alles ruhig hier. Also, wenigstens keine weiteren

Toten. Nur der übliche Wahnsinn. Demonstrationen, Staus und so Zeug.«

»Damit werdet ihr auch ohne mich fertig.«

»Klar doch. Wann können wir mit deiner Rückkehr rechnen?«

Geneviève überlegte. Heute Abend war die Party. Frédéric würde erst morgen mit seinen Informationen herausrücken. Aus Angst, Geneviève würde nur ein paar Minuten auf der Party verbringen und sich dann rasch absentieren. Zu blöd, dass er sie ebenso gut kannte wie sie ihn. Morgen also den Informationen ihres Bruders folgen. Übermorgen dann zurück nach Paris, wenn alles glatt lief.

Aber was war in diesem Fall schon glatt gelaufen?

»In zwei bis drei Tagen«, sagte sie schließlich zögerlich.

»Gut, ich halte derweil hier die Stellung.«

»Danke!« Geneviève beendete das Gespräch. Sie konnte sich darauf verlassen, dass ihr Arrondissement auch ohne ihre Anwesenheit in guten Händen war.

»Schwesterherz!«

Wenn man vom Teufel sprach. Frédéric riss sie aus ihren Gedanken.

»Ja?«, antwortete sie genervt.

»Du hast ja gestern eine ganz schöne Rechnung zusammenkommen lassen.«

»Ich?«, flötete sie unschuldig.

Ihr Bruder blickte auf sein Handy. »Laut meinem Konto habt ihr gestern insgesamt über 30.000 Euro in der Stadt rausgeblasen.« Sie konnte spüren, wie er unter der Oberfläche köchelte. Nach außen hielt die gelassene Fassade.

»Das war deine Frau, mein Lieber.« Geneviève blieb genauso ruhig.

»*Quelle bêtise!* Verarschen kann ich mich auch selbst. Aber es soll euch gegönnt sein. Es tut mir ja nicht weh.« Das war eine Lüge. Natürlich schmerzte ihn die Sache nicht finanziell. Aber sein Stolz, der war schwer angeschlagen.

»Was kann ich für dich tun?«, fragte Geneviève schließlich ruhig.

»Klär mich mal auf, was du genau von mir brauchst. Ich bin ein Ehrenmann …« An dieser Stelle musste Geneviève laut auflachen. Frédéric lief hochrot an, hielt sich aber noch im Zaum. »Ich bin ein Ehrenmann, egal, was ein *flic* darüber denkt. Und wenn du heute zur Feier kommst, bin ich natürlich bereit, meine Schulden bei dir einzulösen. Dafür benötige ich von dir aber zuvor Informationen.«

Geneviève gab sie ihm. Soweit er über den Fall Bescheid wissen musste. Mehr ging ihn nichts an. Nach kurzem Überlegen entschied sie sich, ihm auch von Beauvais' Vater zu erzählen, der hier in der Nähe umgebracht worden war.

»Du meinst, dass jemand den Bäcker umbringen hat lassen, um dem Neffen Angst einzujagen? Nachdem man zuvor schon den Vater umgebracht hat?« Frédérics Stimme war voller Zweifel. »Das klingt für mich sehr abenteuerlich. Fenster einschlagen, ja. Vielleicht den Neffen verprügeln, das auch. Aber Leute abzumurksen? Unbeteiligte?«

»Ich denke nicht, dass der Vater von Beauvais unbeteiligt war. Er war ein bekannter Krimineller mit einem ordentlichen Vorstrafenregister. Nur Bagatellen im Vergleich zu den hartgesottenen Jungs, aber dennoch.«

»Das kann ich mir trotzdem nicht vorstellen.«

»Du sollst auch nicht meinen Fall lösen, *cher frère*, sondern mir einen Kontakt herstellen. Wer von den illegalen Casinobesitzern wäre dazu in der Lage?«

»Meiner Meinung nach niemand. Aber meine Meinung interessiert dich ja nicht.«

»So ist es.« Genevièves Augen waren zu schmalen Schlitzen zusammengekniffen. Irgendwas war im Busch. Wieso explodierte er nicht? Wieso begann er auf einmal sogar süffisant zu grinsen?

»Ich werde mich mal umhören, wer in der Lage wäre, einen Schlägertrupp loszuschicken.«

»Bitte tu das. Wann kann ich mit Ergebnissen rechnen?«

»Du meinst, wann ich dir was sage?« Das Lächeln wandelte sich in ein ausgewachsenes Lachen. »Morgen Vormittag, nach der Party. Auf der du bis zum bitteren Ende bleiben wirst. Sonst bekommst du von mir gar nichts.«

»Wieso ist dir das auf einmal so wichtig? Schon klar, du weißt, dass ich mich um solche Anlässe nicht reiße. Aber so ein Theater? Da habe ich Schlimmeres überstanden.«

Frédéric drehte sich um und ging zum Haus zurück. Über die Schulter sagte er: »Wir werden ja sehen.«

Geneviève schluckte. Was zum Teufel hatte er vor?

Der Rest des Tages zog sich wie heißer Schmelzkäse. Rasch wurde ihr klar, dass Nichtstun so gar nicht Ihres war. Der Anstand hätte es geboten, dass sie sich bei der hiesigen Stelle der *Police Nationale* meldet. Aber Anstand war überbewertet. Wenigstens in ihrer Familie. Außerdem wollte sie niemanden aufschrecken. Offiziell war sie ja gar nicht in Cannes. Lediglich ein Kurzbesuch bei der eigenen Familie.

Die Langeweile wurde letztlich von ihrer Nichte und ihrem Neffen beendet. Jules und Danielle bettelten so lange, bis ihre Tante schließlich keinen anderen Ausweg mehr sah, als dem Wunsch der Kinder nachzukommen. Sie wollten zu einem öffentlichen Spielplatz in der Nähe. In der Hoffnung, dort einige ihrer Freunde zu treffen. Hand in Hand spazierten die drei eine Viertelstunde bis zum Spielplatz, der einem Tollhaus glich. In diesem Moment wurde Geneviève auch wieder klar, warum sie partout keine eigenen Kinder wollte. Der Spielplatz war die Hölle. Dutzende Kinder tobten durch die Gegend, jeden Moment drohte ein Kind von einer Rutsche zu fallen, aus allen Ecken und Enden des Spielplatzes wurde geschrien, gequengelt und geweint. Mittendrin die Eltern der Kinder. Die meisten völlig ungerührt, in Gespräche miteinander vertieft. Nein, das war nicht ihre Welt. Da war jede Demonstration der *Gelbjacken* leichter zu kontrollieren als das hier. Sodom und Gomorrha waren ein Kindergeburtstag dagegen. Halt, falscher Vergleich. Sie mochte sich gar nicht vorstellen, wie es auf einem Kindergeburtstag zuging, wenn die kleinen Teufel bis oben mit Schokolade und Zucker abgefüllt waren.

Geneviève konnte gar nicht so schnell schauen, da waren Jules und Danielle auch schon fort. Jules hatte sich einer Horde Fußball spielender Jungen angeschlossen, die ihn freudig empfingen. Gut, notierte Geneviève im Geist, das mussten Freunde sein. Die jüngere Danielle war – ganz klar – am anderen Ende des Spielplatzes bei einer Gruppe Mädchen, die sie ebenfalls freundlich begrüßten. Die Mädchen turnten auf einem Gerüst herum, das an ein Holzhaus auf Holzpfählen anschloss, von dem wiederum eine Art Seilbrücke wegging, die in einer weiteren Holzkonstruktion mündete, von der wiederum seitlich Kletterwände, Seile und eine Rutsche wegführten. Ein veritabler Hindernisparcours. Es juckte Geneviève in den Fingern, den Parcours in gelernter Manier zu meistern. Dann sah sie den kichernden und spielenden Mädchen zu, wie sie sich langsam an ihre Limits herantasteten, und empfand plötzlich eine innere Ruhe in sich. Die Burschen waren mit Kicken beschäftigt, also setzte sie sich in die Nähe Danielles. Sie war die Jüngere und benötigte eher Aufsicht. Das stellte sich aber auch bald als unnötig heraus. Der Spielplatz und seine Geräte waren gut gesichert. Was nicht bedeutete, dass Danielle ihre Tante nicht benötigte.

»Tatie Gené! Tatie Gené!«, brüllte die Kleine, gerade als Geneviève dabei war einzunicken. Die Melange der verschiedenen Geräusche hatte durchaus etwas Kontemplatives. Und zugleich Einschläferndes. Sie fuhr hoch.

»Ja, *Chérie*?«

»Kommst du zu uns mitspielen?«

Das hatte noch gefehlt. Geneviève setzte ein gezwungenes Lächeln auf und ging rüber zum Klettergerüst.

»Was spielt ihr denn?«

»Och, nichts Besonderes. Wir schauen, wer am schnellsten den Parcours bewältigt.«

»Ihr macht das gut.«

»Echt? Hast du uns zugeschaut?«, fragte die Kleine hörbar stolz.

»Die ganze Zeit!«

»Ich dachte, du schläfst.« Kindermund tut Wahrheit kund.

»Ich habe nur nachgedacht«, log Geneviève mit einem sanften Lächeln.

»Egal«, wiegelte die Kleine ab. »Willst du auch mal probieren?«

Geneviève nickte und ließ sich den Parcours erklären. Dann wandte sich Danielle an ihre Freundinnen. »Wisst ihr, meine Tante ist Polizistin. Sie hat schon ganz viele böse Menschen ins Gefängnis gesperrt. Das stimmt doch, Tante Gené?«

Geneviève lächelte und nickte. »Ja, das habe ich, mein Schatz.«

»Und dabei hast du auch ganz sicher böse Menschen verfolgen müssen!«

»Auch das stimmt.«

»Dann spielen wir Räuber und Gendarm! Wir sind die Verbrecher, und du musst uns fangen. Aber niemand darf den Boden berühren. Es gilt nur am Klettergerüst!«

Geneviève schluckte. Wenn die Kleine wüsste, wie nah sie an der Wahrheit dran war.

Das Spiel war schnell vorbei. Während ihrer Ausbildung hatte Geneviève ganz andere Hindernisparcours absolvieren müssen. Auf dem Kindergerüst hangelte sie herum wie ein Schimpanse. Das Ganze ging so schnell, dass den jungen Mädchen der Mund offen stehen blieb.

»Ich habe euch gesagt, dass meine Tante die Beste ist«, jubelte Danielle. »Sie hat Superkräfte.«

»Nana, Danielle, wir wollen es mal nicht übertreiben. Wollen wir noch eine Runde spielen?«

Und ob die Mädchen wollten. Diesmal ließ sich Geneviève mehr Zeit. Beim ersten Mal hatte sie der blinde Ehrgeiz getrieben. Jetzt merkte sie, wie viel Spaß das alles machen konnte. Die kleinen Mädchen lachten und kicherten, versuchten, sich in den Holzkonstruktionen zu verstecken, aber am Ende wurden sie trotzdem alle von Geneviève gefangen. Eine Stunde später war sie dermaßen erledigt, als hätte sie eben einen Marathon gelaufen. Ein Blick auf die Uhr verriet ihr, dass es auf 17 Uhr zuging. Zeit, sich auf den Heimweg zu machen. Sie sammelten den völlig verschwitzten, aber überglücklichen Jules ein und joggten nach Hause. Unglaublich, welche Energie Kinder hatten. Es war schön gewesen, für ein paar Stunden auf andere Gedanken gebracht zu werden. Die Realität holte sie ein, als sie daheim ihren Bruder sah.

»So kommst du mir nicht auf die Party«, empfing er sie tadelnd. Geneviève blickte an sich hinab und stellte fest, dass sie selbst wie ein Kind aussah, das eben vom Spielplatz heimkam. Zerknitterte Kleidung, Loch in der Hose, Grasflecken – einfach alles, was dazugehörte.

»Nein, Mama«, antwortete sie prustend. Die Kinder lachten mit ihr mit. »Ich gehe mich gleich duschen.« Hand in Hand mit Jules und Danielle stürmte sie ins Haus.

»Schatz?«, fragte ihre Mutter konsterniert, aber da war Geneviève schon an ihr vorbei und die Stufen in den ersten Stock hinauf. Sie brachte die Kinder auf ihre Zimmer und sperrte sich dann in ihrem eigenen ein. Dort rutschte sie mit dem Rücken an die Tür gelehnt zu Boden und lachte laut weiter. Kind zu sein, war schön.

Um Punkt 19 Uhr stieg sie in ihrem neuen sündteuren Abendoutfit in die Familien-Limousine. Sehr zu ihrem Leidwesen musste sie sich den Wagen mit ihrem Bruder teilen. Zum Glück war Letitia auch mit dabei. Ihre Eltern waren eine Stunde zuvor in den Club chauffiert worden, um zu kontrollieren, ob alles zu ihrer Zufriedenheit vorbereitet war.

»Gut siehst du aus«, meinte ihr Bruder, als Geneviève im Wagen Platz genommen hatte. »Schönes Outfit. Teuer?«, fragte er zuckersüß.

»Wäre es dir lieber, wenn ich billig aussehe?«, konterte sie.

Frédéric zuckte die Schultern und wies Lorenzo an loszufahren.

Vor dem Club war ein kurzer roter Teppich ausgerollt. Lorenzo parkte exakt so, dass seine Fahrgäste genau dort aussteigen konnten. Links und rechts war der rote Teppich mit Samtkordeln abgesperrt, dahinter standen zu beiden Seiten Fotografen. Geneviève wusste, dass ihre Mutter gerne im Mittelpunkt stand, aber das fand sie dann doch ein wenig übertrieben. Gegenüber hatte sich eine Menge Touristen versammelt, die dem Schauspiel erstaunt folgte und selbst mit ihren Handys Fotos machte.

»*Vite, vite*«, trieb sie ihr Bruder an. »Zum Gaffen hast du später Zeit. Die nächsten Gäste kommen schon. Lorenzo, *allez*!«

Geneviève tippelte auf ihren *Louboutin* Heels über den roten Teppich. Links und rechts blitzten die Fotoapparate der Presse. Hinter ihr genoss Frédéric das Blitzlichtgewitter mit seiner Frau am Arm. Von beiden Seiten prasselten Fragen auf ihn ein, vor allem, wer die Frau vor ihm war. »Niemand«, beschwichtigte er. »Nur ein Gast.«

So ein Arsch, aber Geneviève schluckte ihre Wut hinunter. Zugleich streckte sie ihren Rücken durch und ging mit gemessenem Schritt weiter Richtung Club. Die Fotografen richteten ihre Aufmerksamkeit auf die unbekannte Schöne. In ihrem Outfit machte sie einem Supermodel Konkurrenz. Die Situation begann ihr Spaß zu machen. Sie warf sich in Pose. Sie schenkte den Fotografen ihr süßestes Lächeln. Sie ließ sich sogar zu Luftküsschen hinreißen.

Sie hatte die Presseleute in der Hand. Aber sie sagte nichts. Sie hätte ihren Bruder in diesem Moment bloßstellen können. Aber wohin hätte das geführt? Es reichte, dass sie aus ihrem Augenwinkel wahrnahm, wie Frédérics Kopf wieder hochrot anlief.

Das Bloßstellen übernahm schließlich Letitia. Ihre Schwägerin löste sich von ihrem Mann und hakte sich bei Geneviève ein. »*C'est ma belle-soeur*«, flötete sie in die Mikrofone. »Und eine herausragende Polizistin«, fügte sie hinzu. Geneviève glaubte, hinter sich ihren Bruder explodieren zu hören. Aber er fing sich und rief: »Nur ein Scherz, nur ein Scherz. Natürlich ist das meine Schwester. Sie ist heute unser Ehrengast. Ich wollte sie überraschen.« Damit trieb er die beiden Frauen in den Club. Er schnappte sich wieder den Arm seiner Frau, die sich ihm aber entzog und ihm ins Ohr zischte: »Du kannst heute Nacht auf der Couch schlafen. Und morgen auch. Du benimmst dich ja wie ein verzogener Junge.« Womit sie natürlich völlig recht hatte. Auch wenn Frédéric das niemals so sehen würde.

In das Design des Strandclubs hatte Genevièves Vater viel Geld investiert und eine berühmte Innenarchitektin engagiert, die das Clubhaus optisch in eine Unterwasserhöhle verwandelt hatte. Die Wände waren aus rauem grauem Stein, in dem man stellenweise Poren erkennen konnte, aus denen künstliches Moos wuchs. Keine Stelle war glatt oder eben, alles verlief in Wellen und Einbuchtungen. Dazu Verzierungen aus Kalk, versteinerten Schwämmen, Ammoniten und Korallen, alles indirekt mit einem blauen Schimmer beleuchtet, der den Besuchern vorgaukelte, sich in einer Höhle tief unter dem Meer zu befinden. Einige Gemälde passten sich stimmig in die Dekoration ein. Der Boden war aus dunklem Walnussholz, die Tische und Stühle in edlem Dunkelgrau mit goldenen und silbernen Applikationen versehen. Die Kunst des Meeres – der Name war gut und passend gewählt. Auch wenn ihr Vater die Anspielung auf seine wahre Passion nicht hatte sein lassen können.

Das Clubhaus ragte vom meerseitigen Bürgersteig der Croisette auf Stützen etwa 20 Meter in den Sandstrand hinein. Am Ende der glasumfassten Fassade war eine kleine Terrasse, von der Stufen hinunter zum Strand und dem Outdoor-Bereich führten. Tagsüber konnten zahlende Gäste hier in Ruhe das Strandleben der Côte d'Azur genießen. An diesem Abend war der gesamte Bereich für die Privatveranstaltung von Genevièves Eltern gesperrt. Während oben im Clubhaus fein diniert werden konnte, wartete einen Stock tiefer im Freien die ausgelassene Party. Michel und Monique Morel hatten keine Kosten gescheut und einen der angesagtesten DJs des Landes einfliegen lassen. Den kannten sie zwar nicht, hatten sich in dieser Hinsicht aber vertrauensvoll von ihrer Schwiegertochter beraten lassen.

Zwischen Feuerstellen waren zwei Bars aufgestellt worden, die die Gäste mit dem unvermeidlichen alkoholischen Treibstoff versorgten. Verschlungen aufgelegte Holzplatten ermöglichten es den prominenten Gästen, über den Strand zu flanieren, ohne nach wenigen Metern gleich die Schuhe voller Sand zu haben.

Genevièves Eltern standen beim Eingang und begrüßten ihre Gäste persönlich. Letitia hatte ihr erzählt, dass rund 300 Persönlichkeiten der französischen Gesellschaft eingeladen waren. Manche kannte Geneviève, andere nicht. Den Innenminister und seine Frau erkannte sie zum Beispiel sofort. Auch die eine oder andere Schauspielerin war ihr bekannt. Aktuelle und ehemalige Profisportler waren in der Menschenmenge ebenfalls zu sehen. Ebenso wie Musiker und – natürlich – jede Menge Künstler aus den Bereichen der Malerei und Bildhauerei. Es war eine wilde Mischung, aber wenn Michel Morel rief, dann kamen sie alle. Das *L'art de la mer* war einer der angesagtesten Clubs des gesamten Küstenstreifens. Und Michel und Monique Morel galten nicht nur als Kunstsammler, sondern auch als große Mäzene der Kunstszene. Man musste sich ja die Künstler erziehen, deren Werke man später einmal stahl. Geneviève fragte sich, ob sich ihr Vater manchmal wie *Batman* fühlte. Tagsüber der spendable Milliardär, in der Nacht ein anderes, dunkles Geheimleben. Dazu passte die höhlenartige Atmosphäre im Club sehr gut.

Geneviève nahm an dem für ihre Familie reservierten Tisch Platz. Sie zählte die Sessel. Es waren zehn. Aber sie waren nur neun Personen. Jules und Danielle waren zuvor von Lunesttes Eltern abgeholt und mitgenommen worden. Andernfalls wäre in der Limousine kein Platz für Geneviève gewesen. Wer war der geheimnisvolle zehnte Gast an ihrem Tisch? Und ein Gast musste es sein, denn auch der zehnte Platz war gedeckt.

Schnaufend ließ sich Frédéric neben seiner Schwester auf seinen Sessel fallen. »Lass dich überraschen«, beantwortete er den fragenden Blick Genevièves kurz. Was blieb ihr anderes übrig?

Gegen 20.30 Uhr waren endlich alle Gäste eingetrudelt, und auch die Eltern hatten am Tisch Platz genommen. Bis auf den geheimnisvollen zehnten Gast war ihr Tisch nun voll besetzt. Derweil führte ein Moderator durch den Abend, verkündete das mehrgängige Menü und sprach Weinempfehlungen aus. 300 Gäste hatten in dem Strandclub natürlich nicht Platz, weshalb seine Stimme über Lautsprecher auch hinunter an den Strand übertragen wurde, wo die Tische für die weniger prominenten Gäste aufgestellt waren.

Nach und nach begannen Kellner durch die Tischreihen zu hasten und die erste Vorspeise zu servieren. Frédéric sah nervös auf die Uhr. Geneviève stocherte lustlos in ihrem Lachsparfait herum. In ihrem Magen hatte sich ein Knoten gebildet. Sie spürte, dass der geheimnisvolle zehnte Gast an ihrem Tisch etwas mit ihr zu tun haben musste. Sie konnte sich nicht vorstellen, um wen es sich handelte, aber das Gefühl wurde von Sekunde zu Sekunde unangenehmer.

Und dann stand der Überraschungsgast plötzlich am Tisch. Als wäre er aus dem Boden gewachsen.

»*Ça va, Chérie?*«

Geneviève fühlte sich, als hätte man den Boden unter ihren Füßen weggezogen. Daneben grinste Frédéric süffisant.

Es war Tom. Ihre große »Jugendliebe«. Der sie so mies behandelt hatte. Wegen dem sie seit über zehn Jahren keine vernünftige Beziehung mehr führen hatte können. Der einer anderen ein Kind angehängt hatte, während er eigentlich mit ihr zusammen gewesen war. Den sie für ihre große Liebe gehalten hatten. Für den sie alles gemacht hätte.

Der sie, ohne mit der Wimper zu zucken, hintergangen hatte.

Geneviève war sprachlos. Schweißtropfen bildeten sich auf ihrer Stirn. Tom stand vor ihr, breit grinsend. Verdammt, er sah noch immer so gut aus. Unordentlich gut. Groß, schlank, sportlich. Genauso wie bei *Mamies* Party vor 15 Jahren, als sie überzeugt war, dass Tom der Mann war, mit dem sie alt und glücklich werden würde.

Im Vergleich zu den anderen Gästen war er billig angezogen. Ein einfacher hellgrauer Anzug, darunter ein weißes zerknittertes Hemd und weiße Sneaker. Das Hemd oben geöffnet, darunter war die braun gebrannte Brust zu erkennen. Das Gesicht ebenso gebräunt, Lachfalten um die sanften braunen Augen. Kurze schwarze Haare, die unordentlich in alle Richtungen wegstanden, in den Haaren eine verspiegelte Sonnenbrille, die man um diese Uhrzeit eigentlich nicht benötigte.

»Ich darf?« Ohne auf eine Antwort zu warten, nahm er an dem freien Platz an Genevièves Seite Platz. Die Konversation am Tisch war verstummt. Selbst Genevièves Mutter warf ihrem Sohn einen bitterbösen Blick zu. Die Temperatur zwischen Frédéric und Letitia war auf den Nullpunkt gesunken. Jules und Danielle schauten fragend in die Runde. »Wer ist der Mann?«, fragte Danielle ihre Mutter leise.

Letitia verzog leicht das Gesicht. »Das ist ein Jetpilot. Ein alter Bekannter deiner Tante.« Tom war Kampfflieger in der französischen Marine und pflegte den klischeehaften Ruf der Piloten. Lebte ihn bis ins kleinste Detail.

Geneviève war kreidebleich geworden. Mit so einem Untergriff hatte sie nicht gerechnet. Dafür hatte sie nicht einmal ihren Bruder für fähig gehalten.

Sie hatte ihn unterschätzt.

»Entschuldigt mich«, nuschelte sie, die Stoffserviette vor dem Mund. Sie sprang auf und rannte zur Toilette. Kurz darauf leistete ihr Letitia Gesellschaft.

»So ein Arsch«, flüsterte ihre Schwägerin, während sie Geneviève das Haar aus dem Gesicht strich.

»Wer? Dein Mann oder Tom?«

»Beide.« Darauf mussten die zwei Frauen lachen.

»Und jetzt?«, fragte Letitia.

»Es geht schon«, murmelte Geneviève. Sie spritzte sich kaltes Wasser ins Gesicht, Letitia reichte ihr ein Stoffhandtuch zum Abtrocknen. »Es ist Mamas großer Abend, den werde ich ihr nicht kaputtmachen. Nicht wegen Tom. Nicht wegen Frédéric.«

Sie gingen zurück zum Tisch. Tom hatte sich ein Glas Rotwein bringen lassen. Er löffelte die servierte Suppe in sich hinein, als hätte er seit Tagen nichts gegessen. Indigniert sah ihm Monique Morel dabei zu. Michel Morel konferierte mit seinem Sohn mittels giftigen Blicken. Dieser Abend würde ein Nachspiel für den Junior haben. Was Frédéric nicht sonderlich zu stören schien. Er unterhielt sich angeregt mit Tom und ließ sich über seine letzten Einsätze erzählen. Tom selbst schien ohnehin komplett schmerzbefreit. Er strahlte, als sich Geneviève gezwungenermaßen wieder neben ihn setzte.

»Wie geht's dir, Schatz? Schon ewig nichts mehr von dir gehört. Du bist damals so überstürzt abgehauen. Ich habe das nie so richtig verstanden.«

Konnte ein Mensch wirklich so blöd sein?

Geneviève ignorierte ihn. Stattdessen stach sie mit ihrem Löffel in die Suppe wie ein Katamaran sonst in See. Sie ignorierte auch jeden weiteren Annäherungsversuch bis zum Ende des Dinners. Es war ewig schade um das hervorragende Menü, das ihre Mutter zusammengestellt hatte. Es war sicher köstlich, aber sie hatte keinen Appetit mehr. Der Mann neben ihr, den ihr Unwohlsein nicht im Geringsten zu tangieren schien, dafür umso mehr. Er schien sich an der erlahmten Unterhaltung am Tisch ebenso wenig zu stoßen. Tom hatte einfach das Selbstbewusstsein eines Jetpiloten, der bereits zigmal bei Lufteinsätzen sein Leben riskiert hatte. Ein eisiges Familienabendessen war dagegen ein Klacks. Vor allem, weil Frédéric sein Bestes gab und weiter über Genevièves Kopf hinweg mit Tom plauderte, als wäre nichts geschehen. Besonders interessiert schien er an Toms Liebesleben, über das der Angesprochene auch gerne und ausschweifend Auskunft gab.

Nachdem das Dessert abserviert war, trat Geneviève die Flucht an. Weit kam sie nicht. Ihr Bruder schnappte sie vor dem Ausgang am Ellbogen und drehte sie zu sich um.

»Wohin, Schwesterherz?«

»Heim. Mir reicht's hier.«

Frédéric lächelte sie an. »Schade, dabei hätte ich eine durchaus brauchbare Information für dich. Aber wenn du jetzt schon abhaust …«

Geneviève verstand den Wink mit dem Zaunpfahl. Sie hasste es, von ihm abhängig zu sein. Die Situation ließ ihr keine andere Wahl. Was aber nicht bedeutete, dass sie in der Nähe von Tom bleiben musste. Da kam ihr Letitia gerade recht. Ihre Schwägerin war eben dabei, die beiden Kinder mit ihren Eltern heimzuschicken. Für die zwei war es höchste

Zeit, ins Bett zu kommen. Geneviève verabschiedete sich ebenfalls herzlich von ihrer Nichte und ihrem Neffen. Dann schnappte sie sich Letitia und eilte mit ihr die Stiegen hinunter in den Outdoor-Bereich der Bar. Ein Großteil der Party hatte sich inzwischen hierher verlagert. Die Lautstärke der Musik war hochgefahren worden, und es herrschte allgemein ausgelassene Stimmung. An einer der Bars holten sich die beiden einen Gin-Tonic und mischten sich unter das tanzende Volk. Geneviève hoffte, dass sie sich in der Menschenmenge verlieren konnte und nicht mehr mit Tom zu tun haben würde.

Weit gefehlt.

Keine fünf Minuten waren vergangen, als sie spürte, wie sich jemand von hinten an sie schmiegte. Zuerst vorsichtig, dann forscher. *Merde*, nicht einmal beim Tanzen hatte man seine Ruhe. Mit kleinen rhythmischen Schritten versuchte sie, aus der Umarmung fortzutanzen, aber die Hände blieben an ihrer Hüfte. Fester und fordernder. Sie spürte, wie sich der aufdringliche Mensch ganz an sie schmiegte. Mit einem Ruck drehte sie sich um und sah direkt in das vertraute Gesicht von Tom. Da war es wieder, dieses unwiderstehliche Lächeln. Der ewig gleiche und verführerische Duft seines Parfums, das er auch mehr als ein Jahrzehnt nach ihrem finalen Streit trug.

»Hi, Babe!«, hauchte er ihr zu. Geneviève schmolz in seinen Armen dahin. Er drückte sie fester an sich. Sie konnte spüren, wie sehr es ihn erregte, sie nach so langer Zeit in seinen Armen zu halten. Schlimmer war, dass sie selbst ein Kribbeln im Bauch verspürte.

Dann war der Moment vorbei. Ihr Verstand übernahm wieder die Kontrolle, und sie fuhr ihr Knie hoch. Toms Reaktion war befriedigender als ihre letzten drei Orgasmen zusammengenommen. Schlagartig war das verführerische, in

Wirklichkeit aber nur überhebliche und süffisante Grinsen aus seinem Gesicht gewischt. Sein Oberkörper kippte nach vor. Sein Gesicht landete auf Genevièves Schulter. Jetzt war sie es, die ihn festhielt und ihr Knie fester in seine Körpermitte presste. Dabei umarmte sie ihn. Keiner der anderen Tanzenden hatte etwas mitbekommen. Die zwei sahen aus wie ein verliebtes Paar. So unterschiedlich konnten Realität und Wahrnehmung sein.

»*Chérie*«, flüsterte Geneviève zynisch in sein Ohr, während er sich vor Schmerzen in ihren Armen wand, aber sie ließ nicht los. »Ich weiß nicht, welchen Floh dir mein Bruder ins Ohr gesetzt hat, aber ich würde dir empfehlen, dich schleunigst aus dem Staub zu machen. Du hast auf dieser Party nichts verloren. Du hast in meinem Leben nichts verloren. Verzieh dich zu deinen Schlampen und deinen Bastarden. Nein, ich will gar nicht wissen, wie viele Frauen du seitdem *glücklich* gemacht hast und für wie viele Kinder du keine Alimente zahlst.«

Tom hing noch immer kraftlos in ihren Armen. Bei jedem Tanzschritt trieb sie ihr Knie aufs Neue in seine *testicules*. Sie hörte ihn würgen, so schlecht war dem Jetpiloten mittlerweile. Er war nicht in der Lage, auch nur ein Wort zu sagen. In ihren Ohren hörte sie ein leises Röcheln.

»Haben wir uns verstanden?«, zischte sie schließlich.

Mit Mühe schaffte es Tom zu nicken. Geneviève stieß ihn weg. Irgendwie schaffte er es, sich auf den Beinen zu halten. Dann bahnte er sich stolpernd einen Weg durch die Gästeschar. Sie sah ihm nach, wie er die Stufen hinauf zum Clubhaus wankte. Oben angekommen stieß er mit einer Hand den fragend dreinschauenden Frédéric zur Seite. Sie hörte ihn »*Putain*« fluchen, dann war er – wenigstens vorläufig – wieder aus ihrem Leben verschwunden.

Letitia war die ganze Zeit danebengestanden und hatte interessiert zugesehen, jederzeit bereit einzuschreiten. Zum Glück kannte sie ihre Schwägerin gut genug, um sich keine wirklichen Sorgen zu machen. Trotzdem drückte sie ihr einen frischen Gin-Tonic in die Hand.

»Danke.«

»Geht's wieder besser?«

»Oh ja, das hat echt gutgetan. Ich spüre seine Eier, *excuse moi*, noch immer auf meinem Knie.« Am Rand bekam sie mit, wie ihr Bruder verwirrt die Stufen herunterkam. »Am liebsten würde ich ihn auch dort reintreten. Aber vielleicht wollt ihr ja noch Kinder.«

»Meine Erlaubnis hast du«, winkte Letitia ab. »Von mir aus ist unsere Familienplanung ohnehin abgeschlossen. *Chin-chin!*« Lachend stießen sie an. Geneviève liebte ihre Schwägerin.

DAS ANDERE CANNES

Die Party hatte bis in die frühen Morgenstunden gedauert. Da lag Geneviève längst in ihrem Bett und schlief den Schlaf der Gerechten. Sie war kurz nach 2 Uhr morgens gegangen. Eine halbe Stunde nachdem Frédéric aufgegeben und sich nach Hause getrollt hatte. Er hatte es sich mit seiner kindischen Idee, ihren Ex einzuladen und als »Stargast« zu präsentieren, mit der gesamten Familie verscherzt. Die Eltern hatten ihn ignoriert, und auch Letitia hatte ihn geschnitten, wo es ging. Sie war weiter Geneviève zur Seite gestanden. Daheim angekommen hatte sie Frédéric schnarchend auf der großen Couch im Wohnzimmer gefunden. Irgendwie tat er ihr leid. Die aufgestauten Minderwertigkeitskomplexe ihr gegenüber, nur weil er in allem Zweiter gewesen war, waren eines erwachsenen Mannes nicht würdig. Im Grunde seines Herzens war er ein guter Mensch. Abgesehen von seiner kriminellen Natur selbstverständlich. Aber eigentlich konnte er keinem Menschen etwas zuleide tun. Der aggressive Ansatz, den er an diesem Abend an den Tag gelegt hatte, entsprach nicht seinem Naturell. Ihr Verhältnis war zwar nie innig gewesen, aber die Aktion gestern …

Sie hatte ihn nicht geweckt und war auf Zehenspitzen in ihr Zimmer geschlichen und schnurstracks ins Bett gefallen. Am nächsten Morgen war sie um 8 Uhr munter. Es war Samstag, die Kinder wurden von der Nanny bespaßt, und der Rest des Hauses lag noch im Tiefschlaf. Frédéric hatte sich irgendwie auf die Terrasse geschleppt und schlief nun auf einer der Sonnenliegen. Sie nützte die Zeit, stahl sich aus dem Haus und ging eine Stunde laufen. Als sie zurückkam, fand sie ein Kuvert unter ihrer Zimmertür. Sie öffnete den Umschlag und zog einen Zettel heraus. In zittriger Schrift forderte Frédéric sie darin auf, ihn in einem kleinen Café wenige 100 Meter vom Anwesen der Familie zu treffen.

»Hallo, Bruder«, begrüßte sie ihn, als sie im Café eintraf. Frédéric winkte sie wortlos zu einem freien Sessel an dem kleinen, runden Tisch, an dem er saß. Vor sich ein Glas Orangensaft, ein paar Schnitten Baguette, drei Scheiben *jambon* und eine Portion Butter.

»Frühstück?«, fragte er, seine Augen hinter einer schwarzen Sonnenbrille versteckt. Die Sonne der *Côte* knallte erbarmungslos herunter.

Geneviève nickte und bestellte sich ein Müsli und Schwarztee.

»Also?«, begann sie.

»Ich habe deine Informationen.«

»Das will ich auch hoffen. Rückst du auch damit heraus?«

»Natürlich. Ich bin ein Ehrenmann!«

Geneviève prustete laut los. Das Gesicht ihres Bruders wurde rot vor Zorn. »Also willst du sie oder nicht?«

»Doch, doch. Auf jeden Fall!« Sie riss sich zusammen, um Frédéric nicht noch mehr zu erzürnen.

»Zuerst die Geschichte mit dem Vater. Der Mord an ihm hat garantiert nichts mit deinem Fall zu tun. Er hat den Sohn zwar hier in einigen illegalen Casinos vorgestellt und eingeführt, aber auf dem Gewissen haben ihn ein paar Typen aus Marseille. Dort hat der Vater früher gespielt. Massig Schulden angehäuft. Ist dann untergetaucht, am Ende war die Sucht aber zu groß, und er hat wieder zu spielen begonnen. Hier in Cannes. Das hat sich natürlich schnell herumgesprochen, und die Typen aus Marseille haben ihn hopsgenommen.«

»Wieso hat das die Polizei nicht herausgefunden?«

»Wer sagt, dass sie das nicht hat? Gewisse Fälle dürfen einfach nicht gelöst werden, wenn du verstehst, was ich meine. Der Vater war ein kleiner Ganove gewesen. Ist niemandem abgegangen.«

Geneviève nickte. Sie verstand ihren Bruder nur zu gut. Korruption war überall ein Problem. Wieso sollte es an der mondänen Côte d'Azur anders sein?

»Und die Sache mit dem jungen Beauvais?«

Frédéric schob ihr einen Zettel über den Tisch. Geneviève las. Es waren nur wenige Worte und ein paar Ziffern.

»Danke«, sagte sie, schaufelte ihr Müsli in sich hinein, stand auf und ging.

»He!«, rief ihr Frédéric nach. »Und die Rechnung?«

»Danke für die Einladung«, erwiderte Geneviève und ließ ihren kochenden Bruder im Café zurück.

Die Adresse, die ihr Frédéric notiert hatte, befand sich in einem Industrieviertel östlich des Stadtzentrums gleich hinter der *Plage de la Bocca*. Geneviève borgte sich wieder den Alfa Spider ihres Vaters aus. Das Wetter lud dazu ein, das Verdeck zu öffnen, die Stereoanlage laut aufzudrehen und das Leben zu genießen. Sie musste über sich selbst schmunzeln. In Wirklichkeit war sie gar nicht so anders als die vor Testosteron sprühenden Machos, die in derselben Art und Weise die Croisette auf und ab cruisten.

Sie hatte es nicht eilig. Ihr Zugticket war für den nächsten Tag gebucht, noch am selben Abend zurück nach Paris zu fahren, war ihr zu stressig. Außerdem musste sie sich eingestehen, dass sie das Leben im Süden Frankreichs liebte. Langfinger-Familie hin oder her. Hier war sie geboren und aufgewachsen. Die *Côte* würde immer ein Teil von ihr sein. Dabei war sie nicht einmal dazugekommen, einen Sprung ins Meer zu machen. Interessant, wie nebensächlich das Berufsleben wurde, wenn man sich im Süden erst einmal eingegroovt hatte. Hier lief alles langsamer ab. Weniger hektisch. Die Menschen nahmen nicht alles so ernst. Das Lebensgefühl der Menschen im Süden Frankreichs war einfach ein anderes, entspannteres.

Geneviève fuhr zunächst über die Küstenstraße, bog auf der Pointe Croisette in eine kleinere Straße ab und fuhr die Cannes vorgelagerte Halbinsel am Ufer entlang, wo sie schließlich auf die Croisette, mit vollem Namen Boulevard de la Croisette, stieß und dieser weiter folgte. Immer Richtung Westen, den Strand entlang, bis sich schließlich zu ihrer Rechten die Gleise der Bahn aus ihrer Untertunnelung der Stadt Richtung Oberfläche schlängelten und die Straße zwischen sich und dem Meer einschnürten. Es war spürbar, dass das hier ein anderes Cannes war. Noch immer am Meer, aber doch anders. Sie bog rechts ab und fand sich in dem von Frédéric angegebenen Industrieviertel wieder. Fabrik- und Lagerhallen reihten sich aneinander. Alle anonym, gleichförmig. Dazwischen Lkw-Züge, einzelne Gleise der Bahn führten ebenfalls zu den Hallen. Leerstehende Güterwaggons warteten hungrig auf ihre Fracht. Selbst die Geräuschkulisse war hier anders. Die Stimmen der Stadt drangen nur mehr gedämpft durch, wie durch einen Schleier. Lediglich die Schreie der Möwen waren auch hier allgegenwärtig.

Das Navi auf ihrem Handy ließ sie mehrmals links und rechts abbiegen, ehe sie schließlich vor der gewünschten

Adresse stand. Eine weitere anonyme Lagerhalle. Flachdach, große, höher gelegte Ladeflächen für Lkw, die Farbe ein schmutziges Grau. Im Vergleich zu den anderen Lagerhallen, die sie auf ihrem Weg passiert hatte, war hier etwas anders: Es parkten verdächtig viele normale Autos am Gelände der Halle. Keine Nobelschlitten. Abgefuckte alte Rostschüsseln. Hierher kam, wer im Glücksspiel seine letzte Chance sah.

Ausnahmslos alle, die hierherkamen, verspielten selbst diese letzte Chance. Im Casino, egal ob legal oder illegal, gab es immer nur einen Sieger. Und das war nie der Spieler.

Geneviève stellte ihren Wagen eine Quergasse weiter ab. Sie wollte mit dem wertvollen Oldtimer nicht unnötig auffallen. Ihre Kleidung war möglichst unauffällig ausgewählt. Ausgewaschene Jeans, abgetragene Sneakers, die sie sich von Letitia ausgeborgt hatte, und ein einfaches weißes Shirt. Die Haare hatte sie zu einem Pferdeschwanz zusammengebunden, auf der Nase trug sie eine grellgelbe Plastiksonnenbrille, die sie am Weg bei einem Straßenverkäufer für praktisch kein Geld gekauft hatte.

Langsam spazierte sie zurück zu der Lagerhalle, in der sich laut ihrem Bruder das illegale Casino befand. Von außen sah man wenig bis nichts. Was nicht sonderlich verwunderte, war es doch Mittag, und selbst die desperatesten Spieler würden um diese Uhrzeit nicht unbedingt hier auftauchen. Oder doch? Ihr wurde bewusst, dass sie mit diesem Metier bislang wenig zu tun gehabt hatte. Morde waren das ihre. Illegale Spielhöllen nicht so sehr. Natürlich bekam man durch die Kollegen einiges mit, aber wie würde sich das in der Realität abspielen?

Ihr Bruder hatte ihr neben der Adresse auch eine Art Parole mitgegeben. Es war offensichtlich, dass man in dieses Casino nicht einfach so reinkam, sondern weiterempfohlen werden musste. So weit, so gut – aber wem konnte sie diese Parole sagen? Kein Mensch war auf dem Parkplatz vor der Lagerhalle, die selbst ebenfalls menschenleer schien, zu sehen. Kein Geräusch war zu hören, nur das unablässige Gekreische der Möwen. Irgendwo hinter den flachen Lagerhallen wogten die Palmen des Strands sanft in der Meerbrise. Vielleicht 200 Meter entfernt. Aber trotzdem wirkten sie wie aus einer anderen Welt.

Sie überquerte den Parkplatz und näherte sich dem Lagergebäude, einem rechteckigen Betonklotz. An der Hallenmauer führten Treppen hinauf zur Verladestelle für Lastwagen. Leichtfüßig sprang sie die Treppen hinauf und lugte vorsichtig um eine Ecke. Endlich! Doch noch ein Mensch. Hinter einer Fensterscheibe saß ein Portier, oder was auch immer der Mann darstellen mochte. Geneviève hätte viel Geld darauf gewettet, dass er nicht dafür zuständig war, Waren einer Spedition entgegenzunehmen.

Der fette Mann schwitzte in seinem kleinen Kabäuschen, Tropfen liefen über seine Stirn und den nackten Schädel. Im Nacken schlug seine Haut zwei dicke Wulste. Neben dem kleinen Kämmerchen war eine Aufzugstür. Sie war mit einem gelb-schwarzen Band überklebt. Auf der Tür hing ein Schild mit der Aufschrift »hors service«. So abgeschlagen wie die Tür aussah, fuhr dieser Aufzug wohl nirgendwo mehr hin.

»Ja?«, knurrte er unwirsch, als sich Geneviève vor ihm aufbaute.

»Ich möchte meinem Glück eine Chance geben«, wisperte sie verschwörerisch. Es war die Parole, die ihr Frédéric aufgeschrieben hatte.

»Wer will das nicht«, brummte der Stiernackige missmutig. Geneviève war sich ziemlich sicher, dass das nicht die vorgegebene Antwort auf ihr Passwort war. Der Mann beugte sich vor und fummelte unter seinem Pult herum. Dann war ein kurzes Zischen zu hören, und die Aufzugstür öffnete sich. Geneviève war ernsthaft überrascht. Sie hatte sich von der Tarnung des »defekten« Lifts täuschen lassen. Der Mann winkte sie hinein.

Sie betrat den Aufzug. Sofort schlug ihr unangenehmer Mief entgegen. Es roch nach altem Zigarrenrauch und frischem Bier. An der Decke hing eine flackernde Neonröhre. Das Innere der Aufzugskabine war mit Graffitis übersät. Eine zerbrochene Bierflasche lag in einer Ecke.

Die Tür schloss sich, und die Kabine setzte sich abwärts in Bewegung. Geneviève sah sich überrascht um. Sie hatte keinen Knopf gedrückt. Es war nicht einmal einer zu sehen. Das Bedienfeld war aus der Kabinenwand gerissen worden, nur ein paar tote Kabel schauten heraus. Der Aufzug musste also von außen bedient werden. Wahrscheinlich durch den Stiernacken, dem sie die Parole gegeben hatte. Irgendwie logisch. Sollte die Polizei kontrollieren kommen, würde der Aufzug völlig unauffällig wirken.

Nach wenigen Momenten hielt der Lift an, und die Tür öffnete sich. Vor ihr erstreckte sich ein 20 Meter langer Gang, wie der Lift notdürftig durch ein paar flackernde Neonröhren beleuchtet. Am Ende des Flurs war eine Tür. Auf Augenhöhe befand sich ein Schieber, wohl eine Art Guckloch.

Sie klopfte. Wenige Sekunden später öffnete sich der Schieber. Ein Paar dunkler Augen blickte sie prüfend an.

Weitere Sekunden verstrichen. Dann sagte sie abermals die Parole, was zu einem bestätigenden Grunzen auf der anderen Seite der Tür führte. Geöffnet wurde ihr trotzdem nicht.

»Umdrehen«, befahl die Stimme.

Geneviève kam der Aufforderung nach.

»Jacke hoch!«

Sie war heilfroh, dass sie ihre Dienstwaffe im Wagen gelassen hatte. Mit einer Pistole wäre sie sofort aufgeflogen.

Endlich öffnete sich die Tür und gab den Blick auf einen kleinen Vorraum frei. Geneviève atmete durch. Auch die zweite Hürde war gemeistert. Ab jetzt sollte es ein Kinderspiel sein.

Das Augenpaar schob sich hinter der Tür hervor und wurde Stück für Stück zu einem ganzen Mann. Groß, glatzig, grobschlächtig – das Aussehen schien in der Job-Description für solche Typen zu stehen.

Geneviève setzte einen Fuß über die Türschwelle. Der Türsteher packte sie am Ellbogen und drehte ihn ihr auf den Rücken. Geneviève ließ es vorerst geschehen. Mit dem Typen würde sie schon fertig werden, wenn es dazu kommen sollte. Diese Schläger tendierten dazu, sie zu unterschätzen.

Der Mann ließ sie los und begann, sie von oben nach unten abzutasten. Offiziell wohl, um sicherzugehen, dass sie keine versteckten Waffen mit sich führte. Inoffiziell aber eher, weil es ihm einfach Spaß machte, ihren Hintern und ihre Brüste zu betatschen. Geneviève hielt sich noch immer zurück.

Der Türsteher packte wieder ihren Arm und drückte ihn schmerzhaft auf den Rücken. Geneviève biss die Zähne zusammen. Jetzt übertrieb er es langsam.

»Was willst du hier?« Heißer stinkender Atem an ihrem Ohr.

»Ich suche mein Glück, habe ich doch schon gesagt«, antwortete sie gereizt. Ihr Puls begann zu steigen.

»Falsche Parole. Die gilt nur für oben. Was bist du? Eine scheiß Polizistin?«

Merde, entweder hatte ihr Bruder sie einfahren lassen, oder seine Informationen waren nicht so gut wie erhofft. In diesem Fall ging sie von Letzterem aus. Dass Frédéric sie wissentlich in Lebensgefahr brachte, traute sie ihm dann doch nicht zu.

»Hey, Alter, mach mal halblang. Ich will einfach ein bisschen Spaß haben«, antwortete sie weinerlich. Sie zog ein wenig an ihrem Arm, gerade so viel, dass der Typ es auch merkte, ihn zugleich aber im Glauben ließ, dass er alles unter Kontrolle hatte. Vielleicht ließ sich die Sache ja klären, bevor hier jemand zu Schaden kam.

Aber der Türsteher wollte es drauf ankommen lassen. Er packte fester zu und presste sich an Geneviève. »Hier runter kommt man nicht zum Spaß, Flittchen. Aber heute ist dein Glückstag. Ich will nämlich auch ein bisschen Spaß haben.« Er drängte sie von der Tür weg, ihren Arm immer fest im Griff. Hinter ihnen fiel die Tür ins Schloss. Außer ihnen war in dem Vorraum ein weiterer Stiernacken. Er saß hinter einem teuer aussehenden Tisch, vor ihm ein aufgeklappter Laptop, und sah dem Schauspiel belustigt zu. Vor einem großen Durchgang hing ein schwarzer Vorhang. Von dahinter kam leise Musik und das Gemurmel von Dutzenden Menschen. Links war eine unscheinbare weiße Tür. Dorthin drängte der Türsteher sein Opfer.

»Dauert nur eine Minute, Albert«, rief er über die Schulter dem anderen Mann zu.

»Länger hältst du ohnehin nicht durch«, antwortete Albert hämisch.

»Klappe, Idiot!« In Genevièves Ohr zischte er: »Aufmachen!«

Geneviève gehorchte. Wenn es denn sein musste, dann nicht vor den Augen von Albert. So ein harmloser Name, aber sein Äußeres ließ auf einen ganz anderen Charakter schließen. Narben im Gesicht, eine mehrmals gebrochene Nase, mit Steroiden übermäßig aufgepumpte Muskeln, die seine Proportionen komplett verzerrten. Ihr Typ, von dem sie keinen Namen kannte, hätte sein Zwillingsbruder sein können. Und beide die Söhne des Portiers oben. Vielleicht waren sie es sogar wirklich. Organisierte Kriminalität blieb oft in der Familie.

Sie musste es ja wissen.

Als die Tür offen war, stieß der namenlose Türsteher sie in den Raum. Es war eine Toilette. Sie stützte sich mit den Händen an der verfliesten Wand ab, um die Wucht des Stoßes abzufedern. Hinter ihr hörte sie, wie die Tür ins Schloss fiel. Dann war sie mit dem Stiernacken allein.

Zeit, diese Scharade zu beenden.

»Komm schon, Schätzchen, blasen!« Er öffnete den Reißverschluss seiner Hose. Als Geneviève nicht reagierte, wurde er lauter. »Hörst du nicht, *coquine*?«

Geneviève machte einen Schritt auf ihn zu. Sie lächelte ihn an. Damit hatte der Typ nicht gerechnet. Erst recht nicht, dass sie ihre Arme um seinen Hals schlang. In solchen Momenten strahlten ihre eisblauen Augen eine verführerische Wärme aus. Es war schwer, diesen Augen zu widerstehen. Innerlich kochte sie und fühlte sich angewidert. Der Kerl schwitzte und roch, als hätte er sich seit Tagen nicht geduscht.

»Wie hättest du es denn gerne?«, hauchte sie. Geneviève ließ ihre Hände über seinen Nacken, seine Schultern und seine Brust wandern. Den Ekel, den sie dabei verspürte, schluckte sie hinunter.

Endlich fand der Mann seine Fassung wieder. »Hart, ich mag es hart«, stöhnte er.

»Wenn du darauf bestehst.« Gelangweilt verdrehte sie die Augen. Wieso mussten diese Machos auch immer so berechenbar sein? Unvermittelt fuhr ihr Knie hoch. Es war nicht viel anders als am Vorabend mit Tom. Der Stiernacken stieß überrascht die Luft aus. Seine Augen wurden groß, die Backen plusterten sich auf. Damit war die Sache in Wirklichkeit auch schon vorbei. Wenn sie ihren Gegner einmal so weit hatte, war der Rest nur noch Formsache. Und diesmal war Geneviève mit ihrem Gegner noch nicht fertig. Um in Ruhe weiter zu ermitteln, musste sie ihn komplett außer Gefecht setzen. Sie schlug ihren Ellenbogen gegen sein Kinn, woraufhin er wieder zurückgeschleudert wurde. Dann ein Tritt gegen das Knie, und der Mann kauerte am Boden. Seine Hand fuhr unter seine Jacke, um die Pistole zu ziehen, die Geneviève zuvor bemerkt hatte. Aber wieder war sie schneller. Ihr Knie traf krachend seine Schläfe, damit war der Stiernacken endgültig ausgeknockt. Die Pistole nahm sie an sich und steckte sie unter ihrem Shirt in den Bund der Hose an ihrem Rücken.

Zurück im Foyer sah Albert überrascht auf. Geneviève gab sich gelassen, richtete sich die Haare und streifte ihre Jacke glatt. Sie erweckte den Anschein, dass sie mit der Sache auf der Toilette fertig war. Was zu einem gewissen Grad auch stimmte.

»Wo ist Vincent?«

»Er erholt sich noch. Ich habe ihm wohl zu sehr zugesetzt«, antwortete Geneviève kurz. Keine Lüge. Nicht so richtig. Trotzdem wurde Stiernacken Nummer zwei stutzig.

»Halt!«, rief er, als sich Geneviève durch den schwarzen Vorhang in den Hauptraum des Casinos, wie sie vermutete, drängte.

Geneviève schnaufte. Also wohl auch hier auf die harte Tour. Sie blieb artig stehen und wartete ab. Leider zog auch Albert eine Pistole. Ohne sie aus den Augen zu lassen, ging er zur Toilettentür. Geneviève blickte extra gelangweilt drein.

»Was soll das? Willst du deinen Kumpel unbedingt mit runtergelassenen Hosen sehen? Vincent hat auf mich nicht den Eindruck gemacht, dass er auf Männer steht.« Sie lachte schmutzig. Der Muskelprotz hielt inne. Was sollte er tun?

Geneviève nahm ihm die Entscheidung ab. Während der Typ unschlüssig vor der geschlossenen Toilettentür stand, war sie auf ihn zugegangen. Langsam, aufreizend. Auf jeden Fall so, dass er sich nicht bedroht fühlte.

»Also, Albert, willst du auch eine Runde mit mir drehen?«, sagte sie leise. Ihre Lider klimperten dabei, dass man es beinahe hören konnte. Der Stiernacken ließ verwirrt die Pistole sinken. Inzwischen war Geneviève ganz nah an ihm. Er konnte sogar ihr Parfum riechen. Die Haut an ihrem Hals glänzte ein wenig feucht. Sicher von der Nummer, die sie gerade mit Vincent geschoben hatte. Zugegeben, ein richtiger Quickie. Aber die Alte sah so scharf aus, da wunderte es ihn nicht, dass sein Kumpel so schnell gekommen war. Vielleicht hatte sie ja noch Energie für ihn. Er würde sicher länger durchhalten.

Ihre Hand glitt über seine Brust und die Oberarme, die beinahe die Nähte des Sakkos sprengten. Es war genauso wie bei seinem Zwilling vor wenigen Minuten. Wie berechenbar und verlässlich. »Wie stark du bist, solche Muskeln. Sogar mehr als Vincent«, schmeichelte sie.

Albert wankte ein wenig. Oh ja, die Schlampe wollte wirklich eine Nummer schieben.

»Findest ... au! *Merde!*« Geneviève hatte seine Unaufmerksamkeit eiskalt ausgenützt, ihn am Handgelenk gepackt, dieses verdreht und zur Sicherheit ihre Fingernägel tief in seine Haut gedrückt. Blut tropfte aus den Wunden. Erschrocken hatte Albert seine Pistole fallen gelassen. Geneviève hatte ebenso schnell reagiert und die Waffe noch im Fallen aufgefangen. In einer fließenden Bewegung hatte sie die Waffe entsichert, Albert mit einem Drehkick zu Fall gebracht und ihm die Pistole an den Hinterkopf gehalten.

»*Sale pute!*«, spuckte er zornig aus.

»*Tu la fermes*«, antwortete Geneviève schroff. Er sollte wirklich sein Maul halten, das war hier weder der Ort noch die Zeit für gute Manieren. Diese Menschen verstanden nur eine Sprache. Den Pistolenlauf drückte sie ihm härter an den Schädel. Sie hatte diese Situation vermeiden wollen, aber der Idiot hatte ihr ja keine Wahl gelassen. Sie wusste, dass die Aktion beobachtet worden war. In allen Ecken hingen Videokameras. Es würde nur Momente dauern, bis die Kavallerie kam. Sie packte Albert grob an den kurz geschnittenen Haaren und zwang ihn, auf Knien Richtung Lift zu robben. Dort platzierte sie sich mit dem Rücken zur Aufzugstür. Albert kniete vor ihr, sein Gesicht schaute Richtung Eingang zum Casinosaal. Die Hände hatte er zwischen seine Oberschenkel geschoben, Geneviève hielt ihn weiter mit der Pistole am Kopf in Schach. Sie hatte gerade ihre Position bezogen, als drei bewaffnete Männer das Foyer stürmten.

»*Arrête!*«, rief einer der drei.

Witzbold. Sah sie so aus, als würde sie davonlaufen? Vor allem: wohin? Hinter ihr war die Aufzugstür. Die geschlossene Aufzugstür. Und wie oben war auch hier kein Rufknopf. Kommen und Gehen funktionierte nur mit Erlaubnis des Besitzers. Aber mit dem wollte sie ohnehin sprechen.

Sie ließ sich von den drei auf sie gerichteten Pistolen nicht einschüchtern. Das einzige Eingeständnis war, dass sie ebenfalls in die Knie ging und Albert als Schutzschild verwendete.

»Das hier kann auch ganz ohne Blutbad enden. Ich will mit eurem Boss reden.«

Lautes Lachen von den drei Neuankömmlingen. »Niemand spricht mit dem Boss, wenn er es nicht will.«

Geneviève nützte das Amüsement der drei, um die zweite Pistole zu ziehen. Augenblicklich verstummte das Gelächter.

»Noch mal: Niemand muss heute sterben. Ich will nur mit eurem Boss reden.«

»Eine Frau gegen uns drei? Im Ernst?«, kam als Antwort.

»Eine Frau mit zwei Pistolen und einem Schutzschild. Ihr habt sicher gesehen, wozu ich imstande bin. Zwei von euch erwische ich auf jeden Fall, bevor ihr mich erwischt. Wollt ihr das riskieren?« Ein wenig Prahlen konnte in dieser Situation nicht schaden, und bestimmt hatten die drei Pistoleros auf Video gesehen, wie Geneviève mit Albert verfahren war. Die Ruhe in ihrer Stimme ließ die drei weiter zögern. Die Unsicherheit war ihnen ins Gesicht geschrieben. Sie mochten nicht die hellsten Kerzen auf der Torte sein, aber auch ihnen war klar, dass es zwei von ihnen erwischen würde, wenn es jetzt zu einer Schießerei kam.

»Schluss!«, hallte es durch das Foyer. Ein kleiner unscheinbarer Mann, der optisch gar nicht hierher passte, war durch den schwarzen Vorhang gekommen. Er sah durchaus distinguiert aus. Gut und teuer gekleidet, das konnte Geneviève beurteilen, ein gepflegter aufgezwirbelter Schnurrbart, das Haar grau, aber voll, strahlend weiße Zähne. Ein orangefarbenes Seidentuch in der Brusttasche seines dunkelgrauen Anzugs. Und ein eiskaltes Lächeln auf den schmalen Lippen.

»Boss …«, begann einer der drei Pistolenmänner.

Der Boss schnitt ihm mit einer kurzen Handbewegung das Wort ab.

»Sie sind resolut, ich mag das«, richtete er das Wort an Geneviève. »Ich würde auf verdeckte Polizistin setzen, aber ich kenne alle *flics* hier in der Gegend und Sie habe ich noch nie gesehen.«

»Macht es einen Unterschied?«, hielt sich Geneviève bedeckt.

»Nein, natürlich nicht.« Er machte eine Pause und bedeutete seinen Leuten, die Waffen zu senken. »Obwohl, vielleicht doch. Ich töte Polizistinnen nicht so gerne. Was nicht bedeutet, dass ich es nicht tun würde, wenn es notwendig wäre.« Das musste man dem Mann lassen: Er blieb trotz der angespannten Situation ebenso ruhig wie Geneviève. Seine Stimme war kalt wie sein Lächeln und seine Augen.

»Und wie sieht es mit *Boulangers* aus?«

Der Boss sah sie erstaunt an. »Bäcker? Wieso zum Teufel sollte ich einen Bäcker umbringen? Wovon sprechen Sie überhaupt?«

»François Beauvais. Ein Pariser Bäcker. *Der* Pariser Bäcker.«

»Beauvais, Beauvais. Lassen Sie mich nachdenken. Moment. Ja, jetzt hab ich's. Stand in den Nachrichten. Furchtbare Sache. Aber was habe ich damit zu tun?«

Er klang ehrlich. Geneviève begann, an ihrer Theorie zu zweifeln.

Unvermittelt streckte er die Hand aus und machte einen Schritt auf sie zu: »Noel Reynard. Ich würde lügen, wenn ich behauptete, dass ich erfreut bin, Ihre Bekanntschaft zu machen. Aber das Leben ist eben kein Wunschkonzert. Und unter anderen Umständen ...« Dabei lächelte er so charmant, dass Geneviève beinahe ihre Aufmerksamkeit verloren hätte.

»Zurück!«, rief sie und richtete die Pistole auf ihn.

Reynard blieb stehen und ließ die Hand sinken. »Wollen Sie mir nicht Ihren Namen verraten?«

»Nicht unbedingt.«

»Auch gut. Wie es aussieht, haben wir hier ein Unentschieden. Wie schlagen Sie vor, dass wir aus dieser Situation herauskommen? Ohne Blutvergießen, wie Sie selbst so schön vorgeschlagen haben.«

»Wir könnten damit beginnen, dass Sie Ihre Gorillas wegschicken.«

»Könnte ich.«

»Werden Sie.«

»Weil sonst?«

Geneviève drückte ab. Der Schuss hallte durchs Foyer. Im Spielsalon reagierte niemand. Dort war der Geräuschpegel zu hoch, und die Spieler waren zu sehr in ihre Sucht vertieft. Dafür zuckten die drei Gorillas zusammen. Albert wimmerte in ihrem Griff. Unangenehm stechender Geruch stieg von ihm auf. Er hatte sich in die Hose gepisst. Nur Reynard war ruhig geblieben. Genevièves Schuss hatte zwischen den Beinen eines seiner Bodyguards eingeschlagen.

»Entweder sind Sie eine unfassbar schlechte Schützin«, scherzte er unbeeindruckt, »oder Sie sind richtig gut.«

»Wollen Sie es herausfinden?«

Reynard schüttelte den Kopf. Er machte eine Handbewegung, und die drei Bodyguards verzogen sich. Als sie gegangen waren, zog Reynard selbst eine Pistole aus einem versteckten Brusthalfter. »Das verstehen Sie doch sicher, nicht?«

Geneviève nickte. Er wäre lebensmüde, wenn er einem Eindringling unbewaffnet gegenüberstünde.

»Also fangen wir noch mal von vorne an. Mein Name ist Noel Reynard. Mir gehört dieses Etablissement. Und Sie sind?«

»Auf der Suche nach dem Mörder von François Beauvais.«

»So weit waren wir schon. Ihren Namen wollen Sie mir nicht nennen, auch gut. Ich gehe davon aus, dass Sie eine

Polizistin sind. Nicht von hier. Aus Paris. Das heißt, dass Sie hier keine Befugnisse haben. Sollte so etwas in der Art passiert sein, hätten mich meine Kontakte vorgewarnt. Also: Was wollen Sie von mir?«

»Wieso haben Sie Beauvais umbringen lassen?«

»Nochmals, ich habe das nicht getan. Wieso glauben Sie das?«

»Wir wissen, dass Ihre Leute bei seinem Neffen mehrmals Schulden eingetrieben haben. Zur Warnung wurden Schaufenster eingeschlagen. Da ist es dann nicht mehr weit bis zu körperlicher Gewalt.«

Reynard senkte den Kopf. »Beauvais – richtig, ein junger Mann. Kommt alle paar Monate hierher zum Spielen. Hat leider nicht einen Funken Talent dafür. Ist so leicht zu lesen wie ein offenes Buch, oder wie eine Illustrierte, ein Magazin. Wissen Sie eigentlich, was das ist? Die jungen Leute lesen heutzutage ja alles nur mehr auf ihrem Handy.« Er lächelte Geneviève an. Er war gut, richtig gut. Aber sie fiel nicht darauf herein. Schließlich meinte er treuherzig: »Wieso soll ich seinen Onkel töten lassen, wenn der Neffe Schulden bei mir hat?«

»Sagen Sie's mir. Vielleicht war der Druck mit den Sachschäden nicht mehr groß genug, und Sie wollten Cédric Beauvais den Ernst der Lage klarmachen? Ihn umzubringen hätte nichts gebracht, dann hätte er seine Schulden nicht mehr begleichen können.«

»Logischer Gedankengang«, gestand Reynard ein. »Um wie viel Geld soll es denn gegangen sein?«

»Immer so um die 5.000 Euro.«

Reynard brach in schallendes Gelächter aus und steckte seine Pistole weg. »Wegen dieses Taschengelds soll ich jemanden umbringen lassen? Sie enttäuschen mich, Madame.

Ehrlich. Ich hätte Ihnen mehr Menschenkenntnis zugetraut. Aber vielleicht habe ich mich auch von Ihrem blendenden Äußeren täuschen lassen.«

Je mehr Geneviève darüber nachdachte, umso mehr schien es wirklich unlogisch, wegen solch vernachlässigbaren Summen jemanden umzubringen. Andererseits hätte es auch darum gehen können, einfach ein Zeichen zu setzen. Cédric Beauvais war sicher nicht der einzige Schuldner Reynards.

»Nein, meine Liebe. Da sind Sie bei mir wirklich an der falschen Adresse. Unter Umständen hätte ich ihm die Knochen brechen lassen – dem Neffen. Mich an Verwandten zu rächen ist nicht meine Art. Bei uns hier im Süden bedeutet Familie noch etwas.«

Geneviève nickte. »Und die Schaufenster?« Sie wollte wenigstens in dieser Hinsicht Sicherheit haben.

»Das klingt nach meinen Jungs. Sie müssen mir verzeihen, wenn ich nicht alle Details im Kopf habe. Sie glauben ja gar nicht, wie verantwortungslos manche Menschen hier mit ihrem Geld umgehen.« Reynard grinste.

»Sie könnten ja rechtzeitig einschreiten«, erwiderte Geneviève.

»Könnte ich. So wie Sie mir Ihren Namen nennen könnten.«

»*Touché!*«

»Hören Sie«, sagte Reynard und blickte auf seine Uhr. »Das war eine sehr amüsante Unterhaltung. Angenehm würde ich nicht sagen, aber amüsant war es allemal. Eine Wildkatze wie Sie habe ich hier noch nicht begrüßen dürfen.« Geneviève nahm das als Kompliment. »Aber schön langsam beginnt mir die Zeit davonzulaufen. Sie verstehen, dass mich meine Geschäfte rufen.«

Geneviève nickte. Ja, es war an der Zeit, von hier abzuhauen. Sie hatte die ganze Situation unterschätzt und war ohne Plan hereingeplatzt. Was eigentlich überhaupt nicht ihre Art war. Es musste an der vertrauten Heimat liegen, dass sie sich zu so einem gefährlichen Spiel hatte hinreißen lassen.

Sie war gewillt, Reynard zu glauben. »Wie wollen wir uns verabschieden?«, stellte sie die brennende Frage in den Raum.

»Sie erlauben?« Reynard machte zwei langsame Schritte zu dem Tisch, an dem Albert saß, als sie aus dem Aufzug gestiegen war. Geneviève verfolgte jede von Reynards Bewegungen misstrauisch. Seine Hand tastete unter der Tischkante, im nächsten Moment öffnete sich hinter ihr die Aufzugstür. Sie warf einen kurzen Blick über die Schulter, aber der Aufzug war leer.

»Wir machen es so«, sagte Reynard. »Ich lasse Sie gehen und tue so, als wäre nichts passiert. Dafür verpfeifen Sie mich nicht bei Ihren Chefs. Und damit meine ich nicht den Polizeichef von Cannes.«

»Weil Sie den ohnehin in der Tasche haben?«

Reynard zuckte mit den Schultern. »Eine Hand wäscht die andere. Das gilt hier wie da. Nein, ich meine natürlich, dass Sie zu keiner höheren Stelle gehen. Was hätten Sie auch davon? Außer, dass Sie nachts kein Auge mehr zumachen könnten, weil ich in diesem Fall auf mein Credo in Bezug auf das Töten von Polizisten verzichten würde.« Seine Stimme hatte jegliche Jovialität verloren. Sie war jetzt eiskalt und ernst.

»Sie haben noch immer nicht meinen Namen«, erinnerte ihn Geneviève, während sie langsam in den Aufzug stieg. Albert zerrte sie mit sich. Er musste weiter als Lebensversicherung herhalten. Sie konnte nicht wissen, was sie am oberen Ende des Aufzugs erwartete.

»Nein, aber ich habe Ihr Gesicht auf Video. Es ist nur eine Frage von Minuten, bis ich weiß, wer Sie sind. Egal, was noch passiert. In spätestens einer Stunde weiß ich, mit wem ich das Vergnügen hatte. Meine Beziehungen sind weitreichend.«

Daran hatte sie keinen Zweifel. Einschüchtern wollte sie sich dennoch nicht lassen. »Viel Glück«, sagte sie spöttisch. »Wenn Sie es herausgefunden haben, werden Sie auch erfahren, dass man sich mit mir besser nicht anlegt.«

»Oh, daran habe ich keinen Zweifel, meine Liebe. Sie haben bewiesen, dass Sie sich nicht ins Bockshorn jagen lassen.« Reynard machte eine bedeutungsschwangere Pause. »Ich denke aber, dass wir ohnehin kein Problem miteinander haben werden. Wo wir doch so nett miteinander geplaudert haben. Und sollte Ihnen in Paris jemals langweilig werden – Sie können jederzeit bei mir anfangen. Muskeln habe ich genug.« Er warf einen abschätzigen Blick auf den vor Geneviève kauernden Albert. »Woran es bei meinen Angestellten mangelt, ist Köpfchen.« Er drückte auf den Knopf unter der Tischplatte. »*À bientôt, Mademoiselle*«, rief er, als sich die Aufzugstüren bereits zuschoben.

»Wenn die Hölle zufriert«, murmelte Geneviève, während sich der Aufzug langsam nach oben bewegte.

Noch war die Sache nicht ausgestanden. Auch wenn Reynard sich alle Mühe gegeben hatte, vertrauenswürdig zu wirken, so war er am Ende des Tages nach wie vor ein Gauner. Und im Vergleich zu ihrem Vater ein gewalttätiger Gauner. Sie glaubte ihm aufs Wort, dass er ihr seine Leute auf den Hals hetzen würde, sollte sie etwas über sein Casino weitergeben. Nicht, dass sie das vorgehabt hätte. Auf der anderen Seite machte sie sich auch keine Sorgen, hätte sie es geplant. Sie konnte sich gut allein zur Wehr setzen. Abgesehen davon hatte sie im Notfall den gesamten Pariser Polizeiapparat hinter sich, um diese Bedrohung abzuwenden. Nein, so weit würde es auf keinen Fall kommen. Nicht, nachdem Reynard mehr über sie und ihre Familie herausgefunden hatte. Und über deren Beziehungen bis in die höchsten Kreise. Reynard mochte sich für einen großen Fisch halten, am Ende war er im Vergleich zu ihrer Familie doch nur eine kleine Sardine. Sollte er sich hier an der *Côte* ein schönes Leben machen. Früher oder später würde ein Herausforderer kommen, um ihm das Leben schwerzumachen. Oder es zu beenden. Sie hatte nicht vor, sich hier einzumischen.

Als der Aufzug mit einem schwachen »Pling« stoppte, zog Geneviève ihre Geisel hoch. Für die schlanke Kommissarin war es ein Leichtes, komplett hinter dem breit gebauten Albert zu verschwinden. Der Lauf der Pistole hatte die ganze Zeit über den Hinterkopf des Türstehers nicht verlassen. Der Mann zitterte und stank nach getrockneter Pisse. Geneviève atmete trotzdem tief ein.

Die Türen öffneten sich, helles Tageslicht drang herein.

»Los«, zischte sie von hinten. Mit der freien Hand packte sie ihn am Kragen seines Sakkos und stieß ihn vorwärts.

Nichts passierte. Das Kabäuschen, in dem zuvor der Portier auf Kundschaft gewartet hatte, war verlassen. Sie blickte an der Wand über dem Aufzug hoch. Vom Dach schien keine Gefahr zu drohen. Ihr Blick schweifte über den Parkplatz. Auch da war keine Menschenseele zu sehen. Natürlich konnte sich hinter einem der geparkten Autos jemand verstecken, doch das schien ihr sehr weit hergeholt. Ein Hinterhalt wäre beim Ausstieg aus dem Lift am einfachsten gewesen.

Dennoch: Vorsicht war die Mutter der Porzellankiste, wie ihr Vater immer zu sagen pflegte. Deshalb ließ sie Albert noch nicht gehen. Sie drängte ihn die Stufen hinunter und über den Parkplatz. Vom Himmel stach die Sonne, die mittlerweile eine beachtliche Kraft entwickelte. Im Vergleich zu den unterirdischen Räumen des Casinos war es heraußen trotzdem angenehm kühl. Erst jetzt fiel ihr auf, dass in dem Casino keine Klimaanlage gelaufen war. Eher das Gegenteil. Es war beinahe unangenehm heiß gewesen. Sicher auch ein Trick von Reynard, um seine Kundschaft zum Trinken zu verleiten. Betrunkene Spieler waren leichter auszunehmen.

Mit Albert als Schutzschild schaffte sie es bis zur Ausfahrt des Geländes. Dort schlug sie den Ganoven mit dem Griff seiner eigenen Pistole k. o. und drapierte ihn an der niedrigen Mauer, die das Gelände umfasste. Er sah richtig friedlich aus. Wie ein Betrunkener, der seinen Rausch ausschlief.

Dann nahm sie die Beine in die Hand, sprintete zu ihrem Wagen und fuhr los. Bis zur Croisette kontrollierte sie im Rückspiegel, ob sie verfolgt wurde. Was aber nicht der Fall war. Sie lachte laut auf. Natürlich war sie angespannt gewesen, hatte aber nie Angst gehabt, die Kontrolle zu verlieren oder nicht heil rauszukommen. Nun ließ das Adrenalin nach, aber in ihrem Kopf fühlte sie sich noch immer high wie ein Kite. Sie hatte ihre Aufgabe erledigt. Nur blöd, dass sie jetzt der Ansicht war, wieder von vorne beginnen zu müssen. Reynard hatte ihrer Überzeugung nach nichts mit dem Mord an Beauvais zu tun. In dieser Hinsicht hatte der Halunke garantiert nicht gelogen.

HEIMKOMMEN

Das Leben konnte ziemlich schön sein. Mit einem Drink in der Hand, der Sonne am Bauch, einer Sonnenbrille über den Augen und dem Rauschen des türkisblauen Meers in den Ohren.

Eben genauso, wie es Geneviève in diesem Moment genoss. Sie hatte den Alfa Spider ihres Vaters in der Tiefgarage des *Carlton* abgestellt und sich in einer kleinen – und verhältnismäßig günstigen – Boutique ganz in der Nähe einen einfachen Bikini gekauft. Damit war sie im *L'art de la mer* eingefallen und hatte sich ganz brav einen Sonnenstuhl am weißen Sandstrand zuweisen lassen. Die *Piña Colada* war ihr ein paar Minuten später ganz von selbst serviert worden.

Sie hatte sich entschieden, den Rest des Tages in Cannes zu verbringen. Sie hatte keine Lust, den nächsten TGV am frühen Abend Richtung Paris zu nehmen. Außerdem war sie jetzt schon ein paar Tage hier und hatte es noch kein einziges Mal an den Strand geschafft. Das ging nun wirklich gar nicht. Also hatte sie sich nach mehr oder weniger erfolgreicher Mission mit dem Strandbesuch selbst belohnt. Nach einem trüben Winter und einem bislang ebenfalls nicht berauschenden Frühling konnte ihr Körper durchaus ein bisschen Bräune vertragen. Die Südfranzösin in ihr gierte einfach danach. Und wer war sie schon, der eigenen Persönlichkeit zu widersprechen?

Alleine wurde es auf Dauer aber auch langweilig. Also schickte sie Letitia eine *WhatsApp*-Nachricht. Keine halbe Stunde später lag ihre Schwägerin eine Liege weiter, ebenfalls mit einem Cocktail in der Hand. Geneviève liebte sie. Letitia war die Schwester, die sie nie gehabt hatte. Immerhin etwas, für das sie ihrem Bruder dankbar sein konnte.

»Alles bekommen, was du wolltest?«, fragte Letitia. Sie musste gar nicht genauer erklären, was sie meinte.

»Ja und nein.«

»Hm.«

»Egal, genießen wir einfach diesen Tag. Morgen bin ich ohnehin wieder in Paris.«

»Fehlt dir das Meer?«

»Jedes Mal, wenn ich von hier wegfahre«, gestand Geneviève ein wenig wehmütig. »Aber wenn ich dann daheim bin …« Geneviève fiel auf, dass sie Paris als ihr Daheim bezeichnete, obwohl sie eben noch darüber schwadroniert hatte, wie sehr sie es hier genoss. Sie überlegte. Es stimmte schon, Paris war inzwischen ihr Zuhause. Aber sie genoss jeden Tag, den sie in Cannes verbringen konnte. Weil es sich wie ein Kurzurlaub anfühlte. Auch aus dem Urlaub verabschiedete man sich schweren Herzens.

»Ja? Wenn du dann daheim bist?«, hakte Letitia nach.

Geneviève schmunzelte. »Dann weiß ich wieder zu schätzen, was ich an Paris habe.«

»Dieser Moloch? Pah!«

»Doch, doch. Paris mag ein Moloch sein. Vieles mag nicht funktionieren. Ständig wird gestreikt, immer ist etwas los, immer herrschen Hektik und Aufregung. Aber das macht es gerade aus. Die Stadt pulsiert. Und außerdem ist es bei mir oben am *Butte* nicht so schlimm.«

»Ich sollte dich vielleicht echt mal besuchen kommen.«

»Auf jeden Fall!« Darauf stießen sie an.

Als es zu dämmern begann, gönnten sie sich im *L'art de la mer* eine kleine Mahlzeit, bevor sie den Abend in einer überlaufenen Cocktailbar an der Croisette abschlossen. Noch vor Mitternacht war Geneviève im Bett. Gerade als ihr die Augen zufielen, machte ihr Handy »Pling«. Dem Schlaf näher als dem Wachsein warf sie ein Auge auf das grell erleuchtete Display: »Wann hätten Sie für mich Zeit?« Doktor Henry Martel war der Absender. Hatte sie ihm nicht gesagt, dass sie sich bei ihm melden würde? Irgendwie war seine Hartnäckigkeit aber süß. Sie öffnete die Nachricht, damit Martel sehen konnte, dass sie seine Nachricht gelesen hatte. Auf eine Antwort verzichtete sie. Er durfte ruhig etwas schmoren.

Am nächsten Tag hatte sie etwas Zeit, bevor der TGV sie zurück nach Paris brachte. Sie nützte diese, um ausgiebig und in Ruhe mit ihren Eltern zu frühstücken. Seit ihrer Ankunft in Cannes hatte es sich noch nicht ergeben, mit den beiden mehr als ein paar flüchtige Sätze zu wechseln. Die Eltern erkundigten sich nach dem Befinden von *Mamie*, mehr höflichkeitshalber, denn ihre Mutter telefonierte ohnehin jeden zweiten Tag mit ihr. Insgesamt war es vor allem zu Beginn eine von vielen peinlichen Pausen gekennzeichnete Unterhaltung. Weder Geneviève noch ihre Eltern wollten über Berufliches reden. Es war ja eines der unausgesprochenen Familiengesetze, dass man sich damit gegenseitig nicht behelligte. Und Privates? Da hatte Geneviève wenig Lust zu erzählen. Nicht zuletzt, weil es auch kaum etwas zu erzählen gab. Irgendwann drehte sich das Gespräch schließlich um Unverfänglicheres. Sport, Politik – nichts, wo man groß aneckte. Die Anspannung wich, die Vertrautheit kam zurück. Am Ende war Geneviève froh, sich diesen Vormittag Zeit genommen zu haben. Es waren schließlich ihre Eltern. Und egal, welcher Profession sie in ihrer Abwesenheit nachgingen, sie würde sie immer lieben.

Und hoffentlich niemals in die Verlegenheit kommen, gegen sie ermitteln zu müssen.

Letitia brachte sie zu Mittag zum Bahnhof in Cannes. Frédéric hatte es vorgezogen, sich den ganzen Vormittag über nicht sehen zu lassen. Er war mit Freunden oder Geschäftspartnern, der Begriff war bei Frédéric austauschbar, Tennis spielen und hatte leider keine Zeit, sich von seiner geliebten Schwester zu verabschieden.

Als der TGV Fahrt aufnahm, schloss Geneviève die Augen und ließ die letzten Tage Revue passieren. Was hatte sie gelernt? Dass Cédric Beauvais, wie vermutet, Spielschulden in Cannes gehabt hatte. Dass die Schläger, ebenfalls wie vermutet, von dort geschickt worden waren. Aber dass sie allem Anschein nach nicht für den Mord an François Beauvais verantwortlich waren. Dessen war sie sich inzwischen ganz sicher. Reynard war der Typ Mensch, der damit geprahlt und sie über den Haufen schießen hätte lassen, wäre das der Fall gewesen. Der Verlust eines seiner Bodyguards wäre ihm herzlich egal gewesen. Nein, das war leider eine falsche Fährte gewesen.

Der TGV rollte unter Cannes Richtung Westen, erst kurz vor der Plage du Midi kletterte der Zug zurück an die Oberfläche und bewegte sich vorerst im gemächlichen Tempo in Sichtweite zum Strand weiter. An der Plage de la Bocca blickte Geneviève nach rechts. Hier hatte sie sich knapp 24 Stunden zuvor unter die Erde begeben, um den vermeintlichen Mörder von François Beauvais zu stellen. Was hatte sie sich eigentlich vorgestellt, wenn Reynard sich als Auftraggeber des Mordes herausgestellt hätte? Hatte sie ernsthaft geglaubt, dass sie den Casino-Boss so mir nichts, dir nichts aus seinem Reich hinauseskortieren hätte können? Sie schüttelte den Kopf und musste über sich selbst lachen. Nein, hatte sie nicht. Unterbewusst war ihr bereits zuvor klar gewesen, dass er es nicht war. Ihr Trip nach Cannes war aber auch mehr als eine Ausrede gewesen, wieder einmal in die Heimat zu kommen und sich ein paar schöne Tage zu machen. Ihr Kopf hatte die Auszeit und den Abstand zu Paris benötigt, um sich über einige Dinge klar zu werden. Ohne viel darüber nachzudenken. Einfach den Gedanken freien Lauf zu lassen.

Und jetzt waren sie endlich zu einer Erkenntnis gekommen. Sie nahm ihr Handy und tippte eine Nachricht an Lunette. Sie sollte ihr die Aufzeichnungen der Videokamera gegenüber von Buffets Laden besorgen – nicht nur jene der Stunden nach dem Mord, sondern auch der nächsten Tage. Und bei der Stadtverwaltung überprüfen, an welchen Tagen die Mülleimer dort geleert werden. So nicht mal wieder gerade gestreikt wurde.

Zufrieden schloss sie die Augen. Sie spürte, dass sie der Lösung des Falls ganz nah war. Viele Verdächtige blieben nicht mehr übrig. Sie freute sich schon darauf, Buffet freilassen zu können. So unsympathisch er ihr auch war, sie hasste es, wenn Unschuldige einsitzen mussten. Das war einfach nicht ihr Stil.

Kurz vor 16 Uhr am Nachmittag errichte der Zug den *Gare de Lyon* in Paris. Geneviève hatte fast die komplette Fahrt verschlafen und war voller Tatendrang. Sie nahm ein Taxi, das sie nach Hause brachte, wo sie sich ein paar Minuten um ihren schwer beleidigten Kater kümmern musste. *Mamie* hatte die letzten Tage Merlot versorgt. Von »sich um den Kater kümmern« konnte keine Rede sein. Sie hatte einfach morgens und abends kurz vorbeigeschaut und dem Kater die Schüssel mit Futter angefüllt. Es war nicht so, dass *Mamie* Katzen hasste, aber ein richtiger Fan war sie auch nicht. Sie liebte ihren Hund. Der war wenigstens berechenbar und hatte keinen eigenen Willen. Für Merlot hatte das geheißen, dass er die letzten dreieinhalb Tage keinen Ausgang bekommen hatte. Dementsprechend hatte sich der Kater auch gebärdet. Den Sand aus seinem Katzenklo hatte Merlot in der ganzen Wohnung verteilt. Außerdem war das Klo seit Genevièves Abfahrt nicht mehr entleert worden. Sie musste ein ernstes Wort mit ihrer Großmutter reden. So ging es nun wirklich nicht. Immerhin führte sie Aramis auch Gassi, wenn *Mamie* mal auf Urlaub war.

Ein anderes Mal. Jetzt musste erst mal Merlot ordentlich geknuddelt werden. Wenigstens solang er es zuließ. Was in etwa zehn Sekunden dauerte, dann drängte er maunzend zum Vorzimmerfenster.

»Schon gut, schon gut. Lass den anderen Katzen auch ein paar Vögel über.« Sie öffnete das Fenster, und innerhalb von Sekunden war das rote Tier draußen und im Blätterwald des Baumes verschwunden.

Die gebrauchte Wäsche wanderte in die Schmutzwäsche, die teuren Diamanten in einen Wandtresor, auf den ihr Vater bei der Renovierung bestanden hatte, und die beiden Pistolen aus dem Casino in Cannes … was sollte sie mit denen machen? Bei ihren Eltern hatte sie sie nicht lassen wollen. Die hatten keinen Bedarf, und wenn doch, dann gab es im Haus ohnehin Waffen genug. Wenn sie die Waffen in ihre Asservatenkammer gab, musste sie erklären, wo die herkamen. Auch keine berauschende Idee. Also wanderten sie schließlich auch in den Tresor, wo sie noch am wenigsten Schaden anrichten konnten. Ihr neues Cocktailkleid warf sie über die Lehne ihres Sofas und würde es in den nächsten Tagen in die Reinigung bringen. Dabei fiel ihr auf, dass ihr Holzboden keine Wellen mehr schlug. *Mamie* hatte Wort gehalten und sich um die Reparatur des teuren Bodens gekümmert. So fix ging das nur, wenn Madame Morel den Auftrag gab.

Dann schnappte sie sich ihre Lederjacke und machte sich auf den Weg ins Kommissariat. Natürlich auf ihrer Maschine. Das Cabrio ihres Vaters war auch nicht schlecht gewesen, überhaupt nicht, aber das kräftige Knattern unter ihrem Hintern zu spüren, war noch mal ein ganz anderes Erlebnis.

Gut gelaunt traf sie wenige Minuten später am Kommissariat ein. Lunette erwartete sie bereits in ihrem Büro. »Gut siehst du aus, hast sogar ein bisschen Farbe bekommen«, begrüßte sie ihre Chefin.

»Nicht nur das, aber danke«, antwortete Geneviève und ließ sich in ihren Sessel fallen. Es gab viel zu tun, sie konnte es kaum erwarten, die Sachen anzupacken.

»Wie schauen wir mit den angeforderten Videos aus?«

»Das wird bis morgen dauern, so schnell geht das leider nicht. Dafür hat sich etwas anderes ergeben. Vor einer Stunde haben wir erfahren, dass es ein Testament gibt.«

»Vom alten Beauvais?«

»Ermitteln wir aktuell noch in einem anderen Mordfall?«

Geneviève deutete ihrer Assistentin weiterzumachen.

»Gut, also François Beauvais hat seinen Neffen als Alleinerben eingesetzt. Wie die Aussagen von Beauvais junior und unsere eigenen Recherchen zeigen, gibt es wirklich keine weiteren Verwandten.«

»Wie groß ist das Erbe?«

Lunettes Augen funkelten. »Rund eine Viertelmillion Euro in bar beziehungsweise auf verschiedenen Bankkonten, dazu das Geschäftslokal inklusive der Rezepte des alten Beauvais. *Aller* Rezepte.«

»Auch das Baguette-Rezept?«

Lunette nickte. »Ja, ich sagte *alle* Rezepte. Der alte Beauvais hat seinem Neffen einfach alles vermacht. Keine Bedingungen, keine Sonderwünsche, dass mit einem Teil des Geldes die Armen und Waisen unterstützt werden müssen oder Ähnliches. Wenn Cédric Beauvais das Erbe antritt, kann er einfach zwei Türen weitergehen und dort weitermachen, wo sein Onkel aufgehört hat.«

»*Gezwungen* wurde aufzuhören.«

»Ja, wie auch immer.«

»Eigentlich tragisch«, meinte Geneviève nachdenklich.

»Ist das ein Mord nicht immer?«

Damit hatte Lunette natürlich recht, aber Geneviève wollte auf etwas anderes hinaus. »Cédric hätte nur ein paar Wochen, vielleicht Monate warten müssen, dann hätten sich seine Geldprobleme von ganz alleine in Luft aufgelöst.«

»Wegen der Krebskrankheit des alten Beauvais'?«

»Ja, letztlich hat ihn seine Verschwiegenheit die letzten Monate seines Lebens gekostet. Hätte er es seinem Neffen gestanden ...«

»Du bist also der Überzeugung, dass es Cédric war? Was ist mit der Spur in Cannes? Du hast mir ja noch nichts darüber erzählt.«

Geneviève seufzte. »Ich erzähl es dir beim Abendessen. Ich lade ein. Hier können wir heute ohnehin nichts mehr machen. Bevor wir Cédric verhaften können, brauche ich die Videos der Überwachungskamera. Darauf ist der Beweis, dass er der Mörder ist.«

»Wieso?«, protestierte Lunette. »Wir haben die Videoaufnahmen bereits gecheckt.«

Geneviève lächelte böse: »Richtig, aber nur die paar Stunden nach dem Mord. Hast du inzwischen herausgefunden, wann die Mülleimer normalerweise entleert werden?«

»Warte, das Mail der Stadtverwaltung muss hier irgendwo sein.« Lunette blätterte durch den Stapel Zettel, den sie auf ihrem Schoß liegen hatte. Schließlich fand sie den gesuchten Ausdruck. Sie wurde blass.

»Na?«, fragte Geneviève. Sie wusste, dass sie recht hatte.

»Zweimal die Woche. Eines der beiden Male war am Tag des Mordes. Lass mich schauen – ja, am Nachmittag. Dann erst wieder vier Tage später.«

»Kein Wunder, dass wir nicht gesehen haben, wie Buffet den Teigabstecher im Mülleimer entsorgt hat. Das passierte frühestens am Abend oder vielleicht erst an einem der nächsten beiden Tage. Und es war garantiert nicht Buffet. Wir hätten uns viel Mühe und Arbeit ersparen können, wenn wir gleich daran gedacht und uns einen längeren Videoausschnitt besorgt hätten.«

»Na ja, immerhin bist du so zu einem Abstecher in deine alte Heimat gekommen.«

»Wäre nicht unbedingt notwendig gewesen.«

»So schlimm?« Lunette kannte die Vorgeschichte ihrer Familie ja nicht, kam selbst aus einem wohlbehüteten Haus. Sie wusste lediglich, dass Geneviève und ihr Bruder ein nicht ganz friktionsfreies Verhältnis hatten.

»Nein, so schlimm auch nicht. Ich bin echt froh, dass ich ein paar Tage hier rausgekommen bin. Es hat mir die Augen geöffnet. Den Rest erzähle ich dir im Restaurant.«

»Wohin gehen wir?«

»Lass dich überraschen.«

Kurz darauf brausten sie auf Genevièves Maschine auch schon retour zu *Mamies* Haus. Bei Genevièves Fahrstil wurde Lunette angst und bange. Geneviève genoss es, wieder durch die schmalen Gassen des 18. Arrondissements zu knattern, im Weg stehende Autos am Gehsteig zu überholen und im Notfall auch eine kurze Einbahn schlicht zu ignorieren. Wer sollte ihr einen Strafzettel geben? Und wer sagte, dass man immer ein gutes Vorbild abgeben musste? Ihre Maschine war ohnehin nicht als Dienstmotorrad gekennzeichnet, und unter dem Helm konnte irgendwer stecken.

»Einen Pastis, bitte!« Lunette zitterte am ganzen Körper, als sie bei Herbert im *Chez Frédéric* den Beruhigungsdrink bestellte.

»So schlimm?«

»Ja«, antwortete Lunette ehrlich. »Eigentlich sollte man dir den Führerschein abnehmen.«

»Na, hallo!? Ich fahre auch nicht anders als der Rest der Leute hier.«

»Eben.«

Herbert brachte den Pastis. Stilgerecht in einem hohen, schmalen Glas mit zwei unterschiedlich hoch angebrachten Markierungsstrichen. Die pure goldgelbe Spirituose war bis zur unteren Markierung eingeschenkt, was exakt zwei Zentilitern entsprach. Dazu stellte der *garçon* einen dickwandigen Krug mit Eiswasser auf den Tisch.

Sie saßen im Freien, Heizstrahler waren keine notwendig, es war ein warmer Frühsommerabend. Und das Anfang Mai. Lunette nahm den Krug und schenkte das Eiswasser bis zur zweiten Markierung ein. Sofort wurde aus dem goldgelben Alkohol eine milchige Mischung. Exakt daher hatte die Anis-Spirituose auch ihren Namen. Pastis – Mischung.

Geneviève hatte sich eine kleine Karaffe Rosé aus der Provence bestellt. Sie mochte solche einfachen Weine und hatte nie verstanden, wie man sich bei einem in Hülle und Fülle verfügbaren Genussmittel derart in Klugscheißereien ergehen konnte. Sie hatte in ihrem Leben genügend Sommeliers und selbst ernannten Weinkennern beim Fachsimpeln zugehört. Sie glaubte keinem von ihnen ein Wort. Sie unterschied lediglich in »schmeckte« und »schmeckte nicht«. Der Rosé, den ihr Herbert servierte, fiel eindeutig in die Kategorie »schmeckte«. Sie glaubte, darin noch den Duft des Meeres wahrzunehmen, das Knirschen des Sandstrands unter ihren nackten Füßen, das Schreien der Möwen. Sie musste über sich selbst lachen. Tat sie nicht gerade, was sie an den sogenannten Weinexperten eben noch kritisiert hatte? Aber das hier war anders. Es waren die Erinnerungen an den kurzen Heimatbesuch. Sie wärmten ihre Brust und ihren Bauch, im Gegensatz zum fast eiskalten Rosé, der angenehm kühlend durch ihre Speiseröhre floss.

Nach den luxuriösen Schlemmereien der letzten Tage war ihr heute auch nach einem einfachen Abendessen. Genug Hummer, genug Shrimps, genug geschmorter Hase und all das andere Zeug. Ihr war nach einem ganz einfachen *Croque Madame*. Vor allem auf das dazugehörige Spiegelei hatte sie große Lust.

Lunette hatte sich für eine *Crème brûlée au chèvre* entschieden, die allerdings nicht alleine serviert wurde. Begleitet wurde die Kreation von bunten Blattsalaten in einem Himbeer-Balsamico-Dressing mit gerösteten Walnusskernen und dazu knusprig getoastetes Baguette. Sie genossen ihr Abendessen schweigend. Abgesehen von den leisen Schmatzgeräuschen.

Und dann waren sie plötzlich zu dritt am Tisch. Ein dunkler Schatten hatte sich aus dem schmalen Vorgarten, der sich zwischen den Treppen der Rue Maurice Utrillo und der Häuserzeile den Hügel hinaufzog, gelöst, war durch den schwarzen Eisenzaun gesprungen und hatte es sich plötzlich auf Genevièves Schoß bequem gemacht.

»Merlot!«, rief Geneviève erfreut. Normalerweise ließ er sich nicht blicken, wenn sie hier saß. Das war erst ein- oder zweimal vorgekommen. Offenbar war er nicht mehr beleidigt und holte sich nun die Streicheleinheiten, auf die er bei ihrer Rückkehr noch dankend verzichtet hatte. Als Belohnung fielen ein paar Stück von ihrem warmen Sandwich ab. Der Kater war im Grunde genommen ein Allesfresser.

»Dein Kater?«, fragte Lunette überrascht.

Geneviève nickte gerührt. Jetzt wusste sie wieder, was sie von Paris am meisten vermisst hatte. Der riesige Kater schnurrte so laut, dass das Pärchen am Nebentisch naserümpfend herüberblickte, was Geneviève nicht im Geringsten störte. Als Belohnung bekam er von Lunette die Hälfte eines Walnusskerns, der krachend und knackend im Maul zerkleinert wurde. Geneviève war so glücklich, dass sie eine kleine Schale mit rohen Shrimps bestellte. Herbert servierte auch diesen Sonderwunsch auf einem silbern glänzenden Tablett, das Geneviève unter den Tisch stellte. Merlot stürzte sich auf die Delikatesse. Auch Tiere konnten richtige Diven sein. Katzen ganz besonders.

Kaum hatte der Kater die Portion verdrückt, saß er auch schon am Schoß seines Frauchens. Geneviève streichelte ihn unablässig, während sie Lunette von ihren Tagen in Cannes erzählte. Dass sie den Tipp mit dem Casino von ihrem Bruder bekommen hatte, verschwieg sie ihrer Assistentin.

»Wieso bist du dort alleine reingegangen? Das ist verrückt!« Lunette war sichtlich verstört ob der Waghalsigkeit ihrer Chefin.

»Ich dachte nicht, dass die Sache so eskalieren wird. Nein, in Wirklichkeit dachte ich gar nichts. In Wirklichkeit bin ich ziemlich planlos runtergefahren. Und ich gebe zu, dass mir die Erfahrung mit solchen Etablissements fehlt. Ich hätte nicht gedacht, dass es dort so rau zugeht.«

»Und das aus dem Mund einer leitenden Kommissarin.«

Geneviève zuckte mit den Schultern. »Meine Spezialitäten sind Mordfälle, nicht illegale Spielhöllen. Aber es war eine interessante Erfahrung. Man lernt eben nie aus.«

»Du hättest dabei draufgehen können. Noch mal: Wieso hast du nicht Verstärkung mitgenommen? Und wieso haben dir die Kollegen unten nicht einfach jemanden mitgegeben? Seit wann lässt man ortsfremde Kollegen einfach so herumschnüffeln?« Lunette hatte sich in Rage geredet.

»Weil ich mich bei den Kollegen in Cannes gar nicht gemeldet habe.«

Lunette war sprachlos. »Wie bist du dann zu dem *Casino* gekommen? Die inserieren ja nicht in der lokalen Zeitung.«

»Ich habe von früher meine Kontakte«, antwortete Geneviève ausweichend. Sie versuchte, das Gespräch in andere Bahnen zu lenken. Es schrammte zu knapp an der Wahrheit über ihre Familie vorbei. »Was ist mit dem Präsidenten? Hat er sich an sein neues Baguette gewöhnt?«

»Ich habe wenigstens noch keine Beschwerden gehört. Laut Audette ist auch der Innenminister beruhigt, weil mit Buffet ein Verdächtiger einsitzt.«

»Na, der wird sich freuen, wenn wir den bald freilassen.«

»Dafür haben wir ja dann den richtigen Täter.«

»Und zugleich niemanden, der das Baguette nach dem Rezept des alten Beauvais backen kann. Ich habe nicht den Eindruck, dass Natalie was vom Geschäft versteht. Sie kümmert sich vorwiegend um den Verkauf.«

»Vielleicht verkauft Cédric das Rezept ja. Das Testament darf er ja auf jeden Fall antreten, selbst wenn er im Knast sitzt.«

»Das ist wirklich nicht unsere Sache. Der Präsident wird seine Baguette-Vorlieben eben umstellen müssen. Passiert sonst ja auch nach jeder Baguette-Prämierung. In ein paar Wochen wird es ein neues bestes Baguette der Stadt geben, dann hat sich das Thema ohnehin erledigt.«

»*Mon Dieu*«, entfuhr es Lunette, »wenn wir nur immer solche Sorgen hätten.«

»Erste-Welt-Probleme eben«, schloss Geneviève. Darauf stießen sie an.

Geneviève schlief in dem Wissen, am nächsten Tag den Mörder von François Beauvais dingfest zu machen, wie ein Baby. Merlot hatte es sich neben ihr gemütlich gemacht und genoss die Hand seines Frauchens auf seinem Rücken.

Eine weitere Nachricht von Doktor Martel ignorierte sie. Mit diesem Problem würde sie sich ab dem nächsten Abend auseinandersetzen. Wenn der Arzt und seine Hartnäckigkeit als Problem zu bezeichnen waren. Irgendwie war es ja charmant und auch durchaus ein gutes Zeichen. Wenn er sich so lange hinhalten ließ und trotzdem noch immer Interesse zeigte, war ihm vielleicht wirklich nicht nur nach einer heißen Nacht. Was natürlich nicht ausschloss, dass sie selbst einfach ein Abenteuer für eine Nacht haben wollte. Diese Option hielt sie sich auf jeden Fall offen. Damit war sie die letzten zehn Jahre gut gefahren, wie sie fand. Nicht jeder musste in einer langjährigen Beziehung seine Erfüllung finden. Vielleicht war ihr dieses Leben einfach vorherbestimmt. War ja nicht so, dass sie ständig unglücklich war. Ganz im Gegenteil. Und in Bezug auf ihre Familienhistorie war es ohnehin einfacher, sich nicht fest zu binden. Mit diesem Mühlstein um den Hals würde sie wohl auch den Rest ihres Lebens zurechtkommen müssen.

LA FIN

Der nächste Morgen startete für Geneviève, bevor ihr Handywecker läutete. Die Aufregung war groß und ließ sie nicht mehr weiterschlafen. Ein Blick auf ihre Uhr verriet, dass es gerade erst 5.30 Uhr war. Sie checkte ihre Mails am Handy, aber es wäre sehr verwunderlich gewesen, wenn eine Nachricht da gewesen wäre. Natürlich war da nichts. Nicht einmal Lunette arbeitete um diese Uhrzeit. Es kribbelte unter ihren Fingernägeln und in ihrem Bauch. Sie wollte den Mörder von François Beauvais endlich dingfest machen, aber dafür benötigte sie die Videoaufnahmen. Was einen mühsamen Amtsweg nach sich zog. Sie rechnete nicht damit, vor Mittag endlich die gewünschten Videoaufzeichnungen in ihrem Maileingang zu finden.

Merlot wurde rasch gefüttert, dann machte er es sich nochmals in Genevièves Bett gemütlich. Noch war es zu früh für seinen Freigang. Den gönnte sich dafür Geneviève. Sie lief ihre gewohnte Runde durch den Bezirk. Auf der Place du Tertre sah sie sogar Natalie, die vor der geschlossenen Patisserie gierig an einer Zigarette zog. Sie winkten sich freundlich zu, Geneviève wollte erst gar keinen Verdacht bei der jungen Beauvais aufkommen lassen. Hätte noch gefehlt, dass sie ihren Mann warnte und der sich im letzten Moment absetzte. Ein abgebrühter Verbrecher hätte das schon längst gemacht, wäre untergetaucht auf Nimmerwiedersehen, aber Beauvais junior war alles andere als ein eiskalter Mörder. Sie hatte sogar etwas Mitleid mit ihm. Hätte er sich früher der Polizei anvertraut – oder wenigstens seinem Onkel –, hätte viel Unglück vermieden werden können. Nur hatte das Leben für ihn eben einen anderen Plan gehabt. Keinen schönen. Keinen mit einem Happy End. Wie würde es für ihn sein, wenn er in ein paar Jahren seine Gefängnisstrafe abgesessen hatte? Würde Natalie auf ihn warten? Geneviève schüttelte im Laufen den Kopf. Das war nicht ihre Sache. Cédric Beauvais hatte sich die Suppe selbst eingebrockt. Jetzt musste er sie auch auslöffeln. Sie zwang sich selbst, die Sache distanziert zu sehen. Aber so war sie nicht. Ein gewisses Maß an Einfühlungsvermögen war es, das sie in ihrem Beruf so erfolgreich gemacht hatte. Hinter fast jedem Verbrechen steckte eine tragische Geschichte. Kaum ein Mensch wurde aus Spaß an der Sache zum Mörder. Natürlich gab es auch diese Fälle, aber sie waren glücklicherweise in der Minderzahl.

Nach einem schnellen Frühstück mit *Mamie* und dem Entlassen ihres Katers in die Freiheit des *Butte* fuhr Geneviève aufs Kommissariat. Sie fuhr ihren Laptop hoch – noch immer keine Videos. Schön langsam fühlte sie sich richtig aufgekratzt. Ungeduldig war sie schon den ganzen Vormittag gewesen. Sie hatte das Gefühl, dass ihr ihre Beute im letzten Moment durch die Finger schlüpfen könnte. Also wies sie Albouy an, *La Framboise Gourmande* persönlich zu überwachen. In Zivilkleidung. Er sollte sich in der Nähe der Patisserie aufhalten und diese unauffällig beobachten.

Kurz vor Mittag passierten zwei Sachen.

Zuerst meldete sich Albouy mit der Nachricht, dass Cédric und Natalie Beauvais ihre Patisserie mit einer Ausnahme den ganzen Vormittag über nicht verlassen hatten. Ihr kurzer Ausflug hatte sie zum Geschäft des ermordeten Onkels geführt. Dort hatten sie sich mit Handwerkern getroffen und diese in das Lokal gelassen. Anscheinend ließ Cédric den *Palais des Pains* nach seinem Geschmack umbauen. Die Leiche des Onkels war während Genevièves Abwesenheit von Isabelle freigegeben worden. Die Gerichtsmedizinerin hatte nichts Neues mehr gefunden. Den Begräbnistermin hatten die Beauvais der Polizei nicht mitgeteilt. Mussten sie auch nicht. Cédric und Natalie waren mit den Handwerkern im Lokal verschwunden und nach zehn Minuten wieder zurück in ihre Patisserie gegangen. Seitdem hatten sie ihren Laden nicht mehr verlassen.

Die zweite Sache war, dass die gewünschten Videoaufnahmen in Genevièves Mail-Postfach landeten. »*Enfin!*«, stieß sie erleichtert aus und rief Lunette zu sich. Ihre Assistentin brachte zwei Tassen Kaffee mit. Sie schlossen Genevièves Laptop an einen größeren Bildschirm an und starteten die Videoaufzeichnungen.

Die Aufnahmen begannen mit dem Entleeren der Mülleimer am Abend des Mordes. Die Zeitmarkierung zeigte die Uhrzeit: Es war kurz nach 18 Uhr abends. Die beiden Frauen betrachteten das Video hochkonzentriert. Keine einfache Sache, war es doch alles andere als ein aufregender Actionfilm. Dabei durften sie das Video nicht zu schnell vorspielen, um niemanden zu verpassen, der sich dem Mülleimer näherte. Es dauerte bis zur Dämmerung, bis sich etwas Spannendes tat. Davor war der Mülleimer kaum frequentiert worden. Sie sahen kopfschüttelnd zu, wie die Menschen nur wenige Meter daneben ihre Sachen einfach auf das Trottoir fallen ließen, ihre Zigaretten achtlos wegschnippten oder Kaugummis ausspuckten. Kurz nach 20 Uhr war es dann endlich so weit. Eine Person näherte sich dem Mülleimer und sah sich verstohlen um. Verdächtiger ging es kaum. Man merkte der Person an, dass sie es nicht gewöhnt war, Beweismittel unauffällig verschwinden zu lassen. Und zugleich so, dass sie jemand anderen inkriminierten. Auf dem Video war gut zu sehen, wie der Teigabstecher in den Mülleimer gesteckt wurde. Der Arm der Person verschwand fast zur Hälfte in dem Mülleimer, um sicherzugehen, dass er schön tief unten landete und nicht gleich jedem Mist durchstöbernden Bettler in die Hände fallen konnte. Die Person drehte sich um und blickte dabei genau in die Kamera.

»*Putain de merde!*«, entfuhr es Lunette.

Geneviève nickte zustimmend. Musste sie ihre komplette Theorie nochmals über den Haufen werfen? Die Person auf dem Video, die den Teigabstecher entsorgt hatte, war nicht Cédric Beauvais gewesen. Aber plötzlich passte alles. Auch die Schnittspuren an François Beauvais' Gurgel.

»Auf geht's«, sagte sie schließlich. »Albouy soll sich bereithalten. Ich denke, auf die *brigade criminelle* können wir in diesem Fall verzichten.«

»Ich gebe Jean ... ich gebe Major Faivre Bescheid.«

Geneviève schmunzelte. »Schon gut, meine Liebe. Ihr habt eure Liaison so gut geheim gehalten, dass inzwischen das ganze Kommissariat darüber munkelt.«

Lunette wurde knallrot im Gesicht.

»Mach dir keine Sorgen«, beruhigte Geneviève sie. »Solang es eure Arbeit nicht beeinträchtigt, habe ich damit kein Problem.«

»Sicher?«

»Sicher!«

Eine Viertelstunde später waren sie wieder auf der Place du Tertre. Hoffentlich zum letzten Mal für längere Zeit in offizieller Funktion. Anfang Mai quoll der Platz über vor Touristen. Das Geschäft in den Restaurants und Cafés brummte, vor den Malern und Karikaturisten hatten sich Schlangen gebildet. Die Sonne knallte vom Himmel, die Bäume am Platz standen in voller Blüte. Ein unverständliches Stimmengewirr aus aller Herren Länder lag über dem Platz. Aus den Lokalen drang leise typische Pariser Musik. Noch so ein Klischee, das hier oben am *Butte* so gerne bedient wurde und die Gegend zugleich so liebenswert machte. Eigentlich ein Tag wie jeder andere hier, und doch war er anders. Genevièves Stimmung war trüb. Einerseits mochte sie diese Momente, wenn ein Fall endlich vor dem Abschluss stand. Diesmal war es jedoch anders. In Kürze würde sie ein Leben zerstören. Zerstören müssen. Der Gerechtigkeit war Genüge zu tun. Auch wenn Beauvais senior ohnehin kurz vor dem Tod gestanden war, so gab es bei dieser Tat keine Chance, auf Totschlag im Affekt zu plädieren. Kein Gericht der Welt würde das durchgehen lassen. Vorsätzlich die Gurgel durchzuschneiden war eiskalter Mord. Egal, wie dringlich die dahinterliegenden Motive auch gewesen sein mochten.

Der Mannschaftswagen der Polizei sorgte natürlich für Aufsehen, als er kurz vor 17 Uhr mit Blaulicht vor der Patisserie einparkte. Geneviève hatte den Fahrer angewiesen, es nicht zu übertreiben. Es bestand keine Fluchtgefahr, da *Commandant* Albouy *La Framboise Gourmande* ohnehin observiert hatte. So blieben den staunenden Touristen immerhin die quietschenden Reifen und die Sirene vorenthalten. Gaffende Blicke gab es dennoch, als Geneviève und ihr Team dem Wagen entstiegen. Obwohl Geneviève die Situation nicht als gefährlich eingestuft hatte, trugen alle Einsatzkräfte schusssichere Westen, die Waffen hatten sie im Anschlag. Albouy gesellte sich zum Team und erhielt ebenfalls eine schusssichere Weste.

»Gehen wir rein«, gab Geneviève den Befehl. »Bitte nicht übertreiben, es sind Kunden anwesend«, fügte sie hinzu, nachdem sie einen Blick durch die Schaufenster geworfen hatte.

Albouy ging voran. »Sperrstunde, *Mesdames et Messieurs*«, rief er. »Bitte verlassen Sie rasch das Lokal.«

Drei Kundinnen sahen den *Commandant* verblüfft an. Eine von ihnen war gerade dabei, ihr Baguette in einer Einkaufstasche zu verstauen. Hinter der Theke fielen Natalie Beauvais beinahe die Augen aus dem Kopf. Nach Beauvais kamen Geneviève, Major Faivre und die restlichen vier Polizisten ins Lokal. Lunette hielt vor dem Lokal am Mannschaftswagen die Stellung.

»Natalie?«, sagte Geneviève auffordernd. Natalie sah die Einsatztruppe noch immer entgeistert an. Insgesamt waren es sieben Polizisten in halber Kampfmontur und mit gezückten Waffen, die plötzlich ihren Laden bevölkerten. Die Kundinnen an der Theke blickten fassungslos zwischen Natalie und Geneviève hin und her. Keine hatte sich bisher gerührt. Geneviève seufzte, schritt vor und nahm eine der drei freundlich, aber bestimmt am Ellbogen und lenkte sie aus der Patisserie. Die beiden anderen schüttelten auch endlich ihre Starre ab und folgten schnellen Schrittes.

»*Madame le Commissaire*, was soll das?« Es war Cédric, der die Polizisten empört anschrie. Er war eben aus der Backstube gekommen. Er putzte seine vom Mehl staubigen Hände an einem weißen Kittel ab.

Das war der kritische Moment. Wie würde Beauvais junior reagieren? Würde er die Fakten schlucken oder einen Aufstand machen? Dann könnte die Situation auch ganz schnell richtig unschön werden.

Es gab nur eine Möglichkeit, das herauszufinden.

»Madame Beauvais, wir sind hier, um Sie wegen des Mordes an François Beauvais zu verhaften«, sagte sie kühl.

»Wie bitte?« Cédric Beauvais brüllte die beiden Worte. Sein Kopf lief hochrot an. »Was soll der Scheiß? Wieso wollen Sie meine Frau verhaften?«

»Weil sie Ihren Onkel ermordet hat«, antwortete Geneviève gelassen. Nur keine Emotionen hochkommen lassen.

»So ein Blödsinn! Sie war die ganze Zeit bei mir, das haben wir Ihnen doch gesagt. Außerdem haben Sie schon Ihren Mörder. Was ist denn mit diesem Buffet?«

»Wissen Sie«, entgegnete Geneviève, »eigentlich müsste ich mich Ihnen gegenüber nicht rechtfertigen. Aber um die Situation nicht eskalieren zu lassen, werde ich es dennoch tun.«

»Da bin ich ja mal gespannt.« Die Feindseligkeit in Beauvais' Stimme war nicht zu überhören. Natalie Beauvais stand noch immer hinter der Theke, ohne ein Wort zu sagen. Sie wirkte einigermaßen gefasst.

»Buffet mag kein großer Sympathieträger sein, aber ein Mörder ist er nicht. Er hatte auch kein richtiges Motiv. Sie und Ihre Frau hingegen schon: die Spielschulden, die Ihnen immer wieder die Schläger aus dem Süden auf den Hals gehetzt haben.«

»Das ist alles nicht ...«

»Schluss!«, unterbrach ihn Geneviève schroff. »Natürlich ist es wahr. Ich habe es selbst überprüft, war sogar in dem illegalen Casino, in dem Sie Ihr hart verdientes Geld in regelmäßigen Abständen rausgeblasen haben. Ich würde Ihnen eine Therapie empfehlen. Wenn Sie so weitermachen, können die Leute aus dem Süden richtig unangenehm werden. Dann geht es Ihnen wie Ihrem Vater. Aber Ihren Onkel haben diese Typen nicht auf dem Gewissen. Das war Ihre Frau.«

»Aber ... aber ...«

»Nichts aber, so leid es mir auch tut. Natalie hat das wirklich geschickt angestellt. Und geplant. Eiskalt. Sie hat Buffet mittels anonymer Nummer die SMS geschickt und ihn zur Tatzeit herauf auf den *Butte* bestellt.«

Cédrics Stimme wurde flehentlich. »Madame, ich habe Ihnen bereits gesagt, dass wir die ganze Zeit zusammen waren.«

Geneviève schüttelte den Kopf. »Nein, waren Sie eben nicht. Ihre Frau ist Raucherin. Sie geht immer wieder für ein oder zwei Zigaretten vor die Tür. Genug Zeit, um einen kurzen Abstecher rüber zu Ihrem Onkel zu machen und ihm die Gurgel durchzuschneiden. Nicht wahr, Natalie?«

Cédric sah seine Frau fassungslos an. Natalie hatte Tränen in den Augen. Aber sie stritt nichts ab, hatte nicht einmal den Kopf geschüttelt.

»Ich habe es für uns getan, *Chérie*«, flüsterte sie schließlich leise.

Und brach zusammen.

Major Faivre hatte die Umgebung der Patisserie absperren lassen. Hinter den schwarz-gelben Polizeibändern drängten sich selbstverständlich noch mehr Schaulustige, als wenn man den Schauplatz einfach anonym belassen hätte. Was allerdings schwer möglich war, da sich zu dem Mannschaftswagen der Polizei inzwischen auch ein Streifenwagen und ein Fahrzeug der Rettung eingefunden hatten.

Im Inneren der *Framboise Gourmande* saßen Geneviève und die beiden Beauvais an einem der runden Kaffeehaustische, an denen ansonsten die Gäste ihre kleinen Leckereien vernaschten und sich einen Kaffee gönnten. Wenigstens Letzteres traf auch auf Geneviève zu. Sie hatte eine

Tasse café serré vor sich stehen, die stärkste Kaffeevariante, ein Espresso, zubereitet mit der Hälfte des üblichen Wassers. Sie hatte ihn jetzt nötig.

Natalie saß ihr gegenüber, *Commandant* Albouy stand hinter ihr. Sie hatte eine Naht auf der Stirn und hielt sich einen Eisbeutel an den Kopf. Als sie weggekippt war, hatte sie sich den Kopf an der Theke gestoßen und eine böse Platzwunde zugezogen. Deswegen war die Rettung verständigt worden, die die Wunde vor Ort verarztet hatte. Blutspuren zogen sich über Natalies Stirn, ein paar Spritzer waren auf ihrem weißen Kittel zu sehen. Neben ihr saß ihr Mann. Cédric hatte den Kopf gesenkt und die Hände zwischen seinen Knien gefaltet. Er konnte die ganze Geschichte nicht fassen.

Geneviève nahm einen Schluck von ihrem Kaffee. Das Koffein schoss umgehend in ihre Blutbahn und machte sie hellwach.

»Natalie.« In Genevièves Stimme klang jetzt wieder Einfühlsamkeit und Verständnis mit. Die *Patissière* sah Geneviève ausdruckslos an. »Wollen Sie uns die Geschichte erzählen?« Natalie schüttelte den Kopf. »Ich ... ich würde gerne mit meinem Anwalt sprechen.«

Die übliche Standardfloskel. Wenigstens hatte es genug Zeugen gegeben, die ihr erstes mündliches Geständnis bestätigen konnten. Geneviève bezweifelte, dass sie einen Anwalt hatte. Wenigstens keinen Strafverteidiger. Aber das waren die Sachen, die man aus dem Fernsehen lernte.

»Sie können dann gerne einen Anwalt anrufen. Wir können es auch gleich machen, wenn Sie mir eine Telefonnummer geben.« Natürlich kam keine Telefonnummer. Geneviève hatte Natalie richtig eingeschätzt. Sie nahm einen Schluck vom Kaffee. »Gut, dann erzähle ich die Geschichte, wie ich sie einschätze. Sie können mir ja nachher sagen, ob und wo ich falsch gelegen bin. *Commandant* Albouy wird das Gespräch übrigens aufzeichnen. Damit auch alles seine Richtigkeit hat.« Natalie ließ Genevièves Angebot unkommentiert.

»So wie ich das sehe, haben Sie über längere Zeit versucht, Ihren Onkel zu überzeugen, dass er in Pension und Ihnen und Ihrem Mann das Geschäft übergeben soll. Es ist groß genug, um dort eine große Boulangerie und Patisserie aufzumachen. Etwas, das ihr sehr traditionell denkender Onkel nicht machen wollte. Außerdem hatte er keine Lust, sein Geschäft aufzugeben. Inzwischen wissen wir auch, warum: Er hatte ohnehin nicht mehr als ein paar Wochen oder Monate zu leben, weil er einen Gehirntumor hatte. Aber Ihr Onkel war ein stolzer Mann. Schwäche konnte und wollte er nicht zeigen. Also verriet er Ihnen nichts von seiner Krankheit. Ironischerweise war das sein frühzeitiges Todesurteil. Hätten Sie davon gewusst, hätten Sie ihn nicht umbringen müssen, sondern einfach ein paar Monate warten. Ich gehe davon aus, dass Sie und Ihr Mann wussten, dass ein mögliches Erbe Ihnen zufallen wird. Andere Familienmitglieder gab es nicht, und Monsieur Beauvais war nicht der Typ, der sein Vermögen an ein Tierheim spendet. So weit richtig?« Sie sah Natalie an. Die sagte nichts, verzog auch keine Miene.

»Vielleicht hätten Sie auch so noch gewartet, aber die Geldprobleme Ihres Mannes wegen seiner Spielsucht wurden immer größer. Und irgendwann hat Ihr Onkel wohl gesagt, dass sich Cédric selbst darum kümmern muss. Er war ja kein Geldausgabeautomat. Wahrscheinlich hat er das sogar aus Liebe zu seinem Neffen gesagt. Einfach weil er wollte, dass der endlich sein Leben in den Griff bekommt und nicht so endet wie sein Bruder Hugo. Eine hoffnungslose Geschichte, wenn Sie mich fragen, denn Cédric belügt sich ja in dieser Hinsicht noch immer selbst.«

»Hören Sie …!«, fuhr der Angesprochene dazwischen.

»*Silence!*«, herrschte Geneviève ihn an, worauf Beauvais in sich zusammensackte.

»Am Tag des Mordes haben Sie einen letzten Versuch gestartet. Sie hatten alles vorgeplant. Sollte Monsieur Beauvais nicht auf Ihren Vorschlag eingehen, würden Sie ihn umbringen und es so aussehen lassen, als ob Buffet es getan hätte. Deshalb haben sie den anderen Bäcker mittels anonymer SMS zur Place du Tertre bestellt. Sie haben sich davor schlaugemacht und wussten, dass es unmöglich ist, sein Handy auf den Meter genau zu tracken. Für Ihre Zwecke reichte es ohnehin, dass er zur Tatzeit einfach in der Nähe war. Nein, er sollte gar nicht zu nah beim Lokal sein, sonst hätte er Sie gesehen. Natürlich hat sich Ihr Onkel wieder geweigert, sein Geschäft aufzugeben. Daraufhin haben Sie ihm von hinten die Kehle durchgeschnitten. Der arme Mann hat mit so etwas nicht gerechnet. Seiner Nichte, auch wenn sie angeheiratet ist, dreht man schon mal bedenkenlos den Rücken zu. Die Wunde spricht eindeutig dafür, dass Sie es waren, Natalie. Sie sind Linkshänderin, das kann man gut daran beobachten, mit welcher Hand Sie die Zigarette halten. Außerdem sind Sie kleiner als Ihr Onkel. Das passt alles perfekt.«

»*Madame?*« Einer der Polizisten unterbrach Genevièves Monolog.

»Ja?« Sie wandte sich dem Uniformierten zu.

»Wir haben ein Wegwerfhandy gefunden.«

Genevièves Team hatte in der Zwischenzeit das Büro der Beauvais förmlich auseinandergenommen. Das Handy war der letzte Beweis, den sie benötigte. Und jetzt hatte sie ihn.

»Ist es gesperrt?«, fragte sie.

Der Polizist nickte. Geneviève streckte ihre Hand aus und erhielt das Handy. Natürlich war es gesperrt.

»Natalie, wären Sie so gut?« Geneviève hielt ihr das Handy vor die Nase. Die Angesprochene reagierte nicht. Geneviève warf Albouy einen kurzen Blick zu. Der *Commandant* nahm Natalie am Arm und führte ihre Hand zum Handy. Noch immer keine Reaktion. Seufzend griff er Natalies Daumen und presste ihn auf den Fingerabdrucksensor. Das Handy entsperrte sich.

Geneviève scrollte sich durch einige Menüs, schließlich kam sie zu den verschickten Nachrichten und – Bingo! – da waren die Nachrichten, die an Buffet verschickt worden waren.

»Wollen Sie vielleicht jetzt Ihr Gewissen erleichtern?«, fragte Geneviève Natalie. Wieder ein ausdrucksloses Kopfschütteln.

Geneviève atmete tief durch. »Gut, dann beende ich die Geschichte. Nur, damit auch Ihr Mann weiß, wie alles ausgegangen ist. Nach dem Mord sind Sie zurück in Ihr Geschäft. Den Teigabstecher haben Sie die ganze Zeit über bei sich getragen. War sicher nicht einfach, einen ganzen Tag mit dem Mordinstrument herumzulaufen. Sogar mir damit gegenüberzusitzen bei unserem ersten Gespräch. Respekt, Ihr Mann hätte besser Sie spielen lassen sollen. Sie haben ein gutes Pokerface. Außerdem haben Sie in der Planung ja eine gewisse Kaltblütigkeit an den Tag gelegt. Bei unserem ersten Gespräch haben Sie den Verdacht dann auch gleich auf Monsieur Buffet gelenkt. Naheliegend. Natürlich suchen wir zunächst immer nach Feinden eines Opfers. Manchmal hält man sich die Schlange leider zu nah an der eigenen Brust. Wie auch immer. Nach Geschäftsschluss sind Sie rüber in die Rue Saint-Séverin und haben dort den Teigabstecher in der Nähe von Buffets Laden entsorgt. Und das war Ihr großer Fehler. Dabei wurden Sie nämlich auf Video gebannt. Sie haben uns sogar den Gefallen getan, direkt in die Kamera zu starren.« Geneviève legte eine Pause ein. »Wollen Sie endlich etwas dazu sagen?«

Natalie schluchzte und schaute ihrem Mann sekundenlang in die Augen. »Ich habe es für uns getan, *Chérie*. Wirklich. Das musst du mir glauben.« Cédric Beauvais' Mimik war schwer zu lesen. Wut, Hass, Trauer, Mitleid, Liebe – all das huschte in Sekundenschnelle über seine Augen und Lippen. Tränen liefen ihm über die Wangen. Schließlich nahm er seine Frau in den Arm. Geneviève deutete Albouy, dass er es zulassen sollte.

»Warum? Warum? Wir hätten es auch so geschafft«, schluchzte er, sein Gesicht in den Haaren seiner Frau vergraben.

»Nein, hätten wir nicht. Die Kommissarin hat recht. Du verschließt die Augen vor der Realität. Du hättest nie im Leben eine Therapie gemacht. Aber ich liebe dich, egal, wie viele Fehler du hast. Ich wollte uns Zeit kaufen. Irgendwo hatte ich die Hoffnung, dass alles wieder gut wird, dass du mit dem Spielen aufhörst. Diese Schläger ... ich konnte keine Nacht mehr schlafen. Habe immer darauf gewartet, dass sie wieder bei uns auftauchen. Ich habe es einfach nicht mehr ausgehalten. Ich habe keinen anderen Weg mehr gesehen.«

Cédric Beauvais rieb seine tränenverschmierte Wange am Haar seiner Frau. Er küsste sie auf die Lippen. »Ich warte auf dich«, schluchzte er.

Dann klicken endlich die Handschellen. Albouy führte Natalie Beauvais ab. Eine Stunde später hatte die Polizei die Beweissicherung in der Patisserie abgeschlossen und den Schauplatz verlassen. Neben Geneviève war lediglich ein Polizeipsychologe noch in der *Framboise Gourmande*. Cédrics harter Weg zurück musste in diesem Moment beginnen. Jetzt, wo der Schock tief genug saß. In ein paar Tagen würde er sich die Welt vielleicht wieder schönreden. Geneviève wollte und konnte das nicht zulassen. Sie würde ihn unterstützen, wo es ging. Cédric Beauvais war jetzt ganz allein mit seinen Problemen. Sie konnte nicht verantworten, wo das hinführen könnte.

Gegen 20 Uhr verließ schließlich auch sie die Patisserie. Cédric hatte sich von dem Psychologen überzeugen lassen, die nächsten paar Tage in einem Sanatorium zu verbringen. Dort war er in erster Linie vor sich selbst geschützt. Zugleich konnten dort auch die ersten Schritte zur Therapie seiner Spielsucht gesetzt werden. Die Bewohner des *Butte* würden es auch eine Zeit lang ohne die Patisserie aushalten.

Vor dem Geschäft war Major Faivre damit beschäftigt, die letzten Reste der Absperrung zu beseitigen. Das Leben am Montmartre ging inzwischen wieder seinen gewohnten Lauf. Die Lokale waren voll, in der einsetzenden Dämmerung hatten sich die Laternen und Lichterketten am Platz eingeschaltet und tauchten ihn in romantisches Licht. Albouy und Lunette hatten ebenfalls auf ihre Chefin gewartet.

Geneviève atmete die warme Frühlingsluft tief ein. Sie fühlte sich besser. Der Fall war erfolgreich abgeschlossen, die Schuldige überführt worden.

»Ich hätte es ihr nicht zugetraut«, meinte Lunette schließlich, als sie zusahen, wie Major Faivre die letzten Utensilien im Auto verstaute.

»Warum?«, entgegnete Geneviève. »Frauen können alles. Auch morden.«

»Hat noch jemand Lust auf einen kurzen *Apéro*?« Überrascht sah Geneviève Albouy an. Er war eigentlich nicht der gesellige Typ. Wenigstens im Büro nicht.

»Ja klar«, antwortete sie schließlich. »Ich weiß auch einen passenden Ort.«

Wenig später saßen sie im Gastgarten des *Chez Frédéric*, jeder ein gefülltes Glas Pastis vor sich. Momente später sprang Merlot auf Genevièves Schoß, was, außer bei Lunette, zu allgemeinem Staunen führte. Alle durften den roten Kater einmal streicheln, was Merlot ohne zu murren über sich ergehen ließ. Als Belohnung gab es für ihn eine Portion frische Shrimps.

Die nächste Stunde wurde über Gott und die Welt, nur nicht über den Fall geplaudert. Albouy warf immer wieder neugierige Blicke auf Lunette und den Major, die ihr Möglichstes taten, um ihre Liaison geheim zu halten. Irgendwie fanden sich ihre Hände aber immer wieder unter der Tischplatte. Was dem geschulten Auge Albouys nicht entging.

»Ihr zwei seid jetzt also ein Paar?«, sprach er schließlich den Elefanten im Raum an.

»Wieso so neugierig, *Commandant*?«, erwiderte Lunette verschmitzt.

»Ich und neugierig?«

»Aber ja, sonst würden Sie doch nicht fragen.«

»Nein!«

»Doch!«

»Oh!«, schloss Albouy. Worauf der gesamte Tisch in lautes Gelächter ausbrach. Die Gäste an den anderen Tischen rümpften die Nase.

Lunette gab ihrem Major einen Kuss. Geneviève tippte eine Nachricht an Doktor Henry Martel in ihr Handy.

APRÈS LA FIN

Drei Tage nach der Verhaftung von Natalie Beauvais fand sich eine Hundertschaft an Menschen auf dem *Cimetière de Montmartre* ein. Die Stimmung war wie vor der Premiere eines Theaterstücks. Gegeben wurde allerdings kein Schauspiel, sondern das Begräbnis von François Beauvais. Überall wurde leise getuschelt und getratscht. Selbstverständlich hatte sich herumgesprochen, wer die Mörderin des legendären *Boulangers* war. Aus der Ferne dröhnte der Lärm der Rue Caulaincourt, die auf Stelzen über den östlichen Teil des Friedhofs führte.

Auch die Abwesenheit des Neffen war Gesprächsthema. War er über den Mord am Onkel zu bestürzt? Hatte ihn das Verbrechen seiner Frau den Verstand gekostet? Dass Spielschulden hinter der ganzen Geschichte steckten, daran dachte niemand. Über die genauen Hintergründe hatte die Polizei sich gegenüber den Medien ausgeschwiegen. Geneviève wollte Cédric Beauvais nach hoffentlich erfolgreicher Therapie einen nicht vorbelasteten Neustart ermöglichen. Wie offensiv er dann gegenüber seinen Kunden mit der Wahrheit umging, blieb ihm überlassen. Die ersten Nachrichten aus dem Sanatorium waren immerhin positiv. Cédric hatte freiwillig selbst für vier Wochen eingecheckt, nahm die Therapie an, brachte sich positiv ein und war auf einem guten Weg. Der allerdings noch ein langer war. Und einer, den er später allein gehen musste. Geneviève und ihr Team hatten ihm den Weg gezeigt und die Tür geöffnet. Durchgehen musste er selbst.

Unter den Hunderten Trauergästen waren auch *Mamie*, Geneviève und Doktor Henry Martel. »Grotesker Ort für ein zweites Date, meinst du nicht?«, flüsterte er leise.

»Sieh es einfach als Test«, murmelte Geneviève zurück. Sie konzentrierte sich auf die Ansprache des Pfarrers, die über einen Verstärker und Boxen übertragen wurde. Die Trauergäste verteilten sich über die vielen Kopfsteinpflasterwege des Friedhofs. Die wenigsten sahen auch, was sich am Ehrengrab des Bäckers abspielte. Geneviève und ihre Begleitung gehörten zu jenen, die einen guten Blick hatten. *Madame le Maire* hatte sie als offizielle Vertreterin des Arrondissements eingeladen. Die Bürgermeisterin hatte sogar darauf bestanden, dass Geneviève anwesend war. Immerhin hatte sie den Fall gelöst und dem alten Beauvais Frieden gebracht, wie sie es geschliffen ausgedrückt hatte. *Mamie* hatte sich das Begräbnis ebenfalls nicht entgehen lassen. Sie hatte sogar so getan, als ob Beauvais ein alter Freund von ihr gewesen war. Was natürlich völliger Schwachsinn war, aber es stimmte: Beauvais war ihr Stammbäcker gewesen, und ab einem gewissen Alter besuchte man eben mehr Begräbnisse als Geburtstage. Etwas übertrieben hatte sie es in Genevièves Augen allerdings. Mit ihrem pechschwarzen Kostüm von *Balmain*, dem breitkrempigen Hut und dem schwarzen Schleier sah sie aus, als wäre sie die Witwe. Es war jenes Kostüm, dass sie auch zum Begräbnis ihres Mannes vor gut 30 Jahren getragen hatte. Geneviève konnte sich kaum an ihren Großvater erinnern. Sie wusste aber, dass er eines qualvollen Todes gestorben war. Offiziell war die Todesursache als Herzinfarkt angegeben worden. Was natürlich nicht stimmte. Über den Täter und sein Schicksal hatte sich *Mamie* immer ausgeschwiegen.

Nicht nur einer der Trauergäste stand plötzlich vor Olivia Morel, um ihr sein Beileid auszudrücken. Schein und Sein. Die Leute ließen sich von ihrem Outfit beeindrucken, blenden und falsche Schlüsse ziehen. *Mamie* kannte keine Scheu und nahm jede Kondolenz mit einem leisen Murmeln an. Geneviève verdrehte jedes Mal die Augen, aber beließ es dabei. Doktor Martel sah der Sache sowieso fassungslos zu. Aber er kannte *Mamie* und ihre Marotten noch nicht. Ein Umstand, der sich in Zukunft ändern sollte, wenn es nach der Großmutter ging, denn sie hatte von der ersten Minute an Gefallen an Genevièves neuem Freund gefunden. Nicht, dass Geneviève Martel bereits als solchen bezeichnet hätte, aber das war ihrer Großmutter – wie so vieles anderes – egal. Ein Doktor war in ihren Augen immer ein guter Fang. Das Beste an einem Arzt: Er wusste, wie man schwieg. Eine Eigenschaft, die durchaus vorteilhaft war, wenn man in die Familie Morel einheiraten wollte. Das war in Genevièves Augen nicht einen, sondern mindestens fünf Schritte zu weit gedacht. Fehlte nur, dass *Mamie* begann, Namen für ihre Urenkel auszusuchen.

»Als Test?«, fragte Martel belustigt.

»Warum nicht? Wenn du wirklich Interesse an mir hast, kommst du mit mir auch zu solchen Anlässen.«

»Habe ich bestanden?«

»Schauen wir einmal«, antwortete Geneviève keck. »Aber du stellst dich nicht schlecht an.«

Das erste Date hatten sie am Abend nach der Verhaftung von Natalie Beauvais gehabt. Sie hatten im *Chez Frédéric* zu Abend gegessen. Ganz keusch und unverfänglich. Geneviève wollte eine vertraute Umgebung für ihr erstes Treffen. In solchen Dingen war sie außer Übung. Sie konnte sich nicht einmal mehr an ihr letztes, echtes erstes Date erinnern. Es waren immer nur Aufreißübungen in Clubs oder Bars gewesen. Für eine Nacht, zur Befriedigung ihrer Bedürfnisse, die sie wie jede andere Frau auch hatte.

Die Sache mit Martel hatte das Potenzial, mehr zu werden. Er hatte sich bei ihrem Abendessen als überaus charmant und unaufdringlich gezeigt. Jetzt, da er sein Ziel erreicht und ein Date mit Geneviève bekommen hatte, waren sein Übermut und übertriebenes Selbstbewusstsein in den Hintergrund getreten. Sie konnte mit ihm über Kunst und Sport reden und hörte ihm gebannt zu, wenn er über skurrile medizinische Fälle erzählte. Natürlich immer, ohne Namen zu nennen. So schnell konnte sie gar nicht schauen, war es auch schon Mitternacht gewesen. Merlot hatte sie an diesem Abend in der Wohnung eingesperrt gelassen. Nicht, dass er dazwischengefunkt hätte.

Angenehmerweise hatte Martel zum Abschluss des Abends nicht einmal gefragt, ob er sie nach Hause bringen sollte. Sie musste ja nur eine Tür weiter gehen. Er hatte nicht einmal gefragt, ob er sie noch auf einen Abschlussdrink in ihre Wohnung begleiten durfte. Entweder war er, wenn es einmal so weit war, schüchtern, oder er hatte seine Lektion durch die abweisende Haltung Genevièves in den letzten Tagen gelernt. Geneviève hatte sich dabei ertappt, wie sie ihn selbst beinahe nach oben eingeladen hätte. Im letzten Moment hatte sie sich auf die Zunge gebissen und geschwiegen. Der Abschiedskuss, den ihr Martel schließlich auf die Wange drückte, war dann jedoch eine Spur zu lang, um nur freundschaftlich zu wirken. Beschwingt war sie nach oben gelaufen, hatte sich den verdutzten Merlot geschnappt und ihn übermütig geknuddelt. Am nächsten Tag hatte sie Martel als Begleitung zum Begräbnis von Beauvais eingeladen. Er hatte den ersten Test bestanden, aber sie hatte einige weitere auf Lager. So leicht ließ sich ihr emotionaler Panzer nicht durchbrechen.

Neben dem Grab hatte die Bürgermeisterin des Bezirks den Pfarrer abgelöst. Sie sprach einige salbungsvolle Worte, wie es Politiker bei solchen und in Wirklichkeit jeder anderen Gelegenheit auch taten. Geneviève mochte die Frau, aber ihre Ansprache lief bei ihr auf Durchzug. Bei dem einen Ohr rein, beim anderen raus. Eine halbe Stunde später war es endlich vorbei. Die Bürgermeisterin hatte eine ausgewählte Schar an Gästen zu einem Trauertrunk ins Rathaus des 18. Arrondissements eingeladen. Geneviève und ihre Begleitung waren unter den Auserwählten, aber sie hatte dankend abgelehnt. Es hatte gereicht, dass sie beim Begräbnis in der ersten Reihe gestanden war. Mehr öffentliche Aufmerksamkeit vertrug sie nicht. Schon gar nicht in Begleitung eines neuen Liebhabers, wie die Medien am nächsten Tag garantiert in ihren Berichten über das Begräbnis schreiben würden.

Als sich die Trauergemeinde aufgelöst hatte, spazierte sie mit Martel und ihrer Großmutter noch ein wenig über den Friedhof. Leichter warmer Mai-Regen hatte eingesetzt. Ihre Großmutter hatte sich bei ihr eingehakt. Martel ging einen Schritt daneben. Das Revier musste abgesteckt werden. Schweigend gingen sie an den Gräbern unzähliger berühmter Menschen vorbei. Dalida, die Sängerin, der ein Ehrengrab gewidmet war, Heinrich Heine, Jacques Offenbach, Pierre Cardin – so viel Geschichte, so viel Genie und Kreativität auf so engem Platz. Und alles Vergangenheit.

»Friedhöfe lehren uns Demut«, orakelte *Mamie* schließlich. »Sie zeigen uns, wie vergänglich das Leben ist. Alles, was wir tun können, ist, den Generationen nach uns etwas zu hinterlassen. Sie etwas zu lehren, ihnen auf die Beine zu helfen.« Martel nickte, konnte jedoch die Doppeldeutigkeit in *Mamies* Worten nicht erkennen. Sie waren an Geneviève gerichtet.

Lächelnd tat sie die versteckte Schelte ihrer Großmutter ab: »Ich habe viel von dir gelernt, *Mamie*. Und dafür werde ich dir ewig dankbar sein. Aber ich muss meinen eigenen Weg gehen, das verstehst du doch sicher.« Die Großmutter schnaubte verächtlich, tätschelte ihrer Enkelin dann aber zärtlich die Wange. »Du hast schon immer deinen eigenen Kopf gehabt. Und sagen hast du dir auch noch nie etwas lassen.«

Geneviève hob *Mamies* Schleier hoch und gab ihr einen Kuss auf die Wange. »Das habe ich doch von dir.«

Mamie verabschiedete sich. Sie wollte sich noch mit ihren Freundinnen treffen. Geneviève hoffte inständig, dass es wirklich nur ein freundschaftliches Treffen war.

»Was war das jetzt?«, riss Martel sie aus ihren Gedanken.

»Hm?«

»Die Ansprache deiner Großmutter. Irgendwie habe ich das Gefühl, dass ich nicht alles richtig verstanden habe.«

Geneviève lachte laut auf. Zum Glück waren keine anderen Friedhofsbesucher in der Nähe.

»Was ist daran so lustig?«

Geneviève strich ihm mit dem Handrücken das Revers seines Sakkos gerade. »Nichts, eigentlich ist es gar nicht lustig.«

»Was ist es dann?«

»Nur ein weiterer Test.«

COMMISSAIRE MOREL KEHRT ZURÜCK

*Weitere Titel finden Sie auf den
folgenden Seiten und im Internet:*
WWW.GMEINER-VERLAG.DE

Commissaire Morel ermittelt:

1. Fall: Der tote Bäcker vom Montmartre
ISBN 978-3-8392-0577-8

2. Fall: Die toten Engel vom Montmartre
ISBN 978-3-8392-0689-8

3. Fall: Die mysteriöse Tote vom Montmartre
ISBN 978-3-8392-0774-1

4. Fall: Die bittersüße Rache vom Montmartre
ISBN 978-3-8392-0857-1

Helen Herbst
**Lady Agnes und
der tote Gärtner im Rosenbeet**
Kriminalroman
288 Seiten, 12,5 x 20,5 cm,
Klappenbroschur
ISBN 978-3-8392-0883-0

In den schattigen und kostspieligen Gemäuern von Rosewood Manor lebt die eigenwillige Lady Agnes Blackwood ein zurückgezogenes Leben. Das ändert sich, als ihr Gärtner mit einer Gartenschere in der Brust aufgefunden wird. Kommissar Edward Sterling wird mit dem Fall betraut. Doch Lady Agnes kommt nicht umhin, vom chaotischen Äußeren des Kommissars auf dessen Arbeitshaltung zu schließen. Ihr bleibt nichts anderes übrig, als selbst zu ermitteln. So schwer kann das nicht sein. Schließlich hat sie bereits mehr als zweihundert Krimis gelesen.

GMEINER SPANNUNG

WWW.GMEINER-VERLAG.DE
Wir machen's spannend